La revocación

Michael Connelly
La revocación

Traducción de Antonio Lozano

AdN

Título original inglés: *The Reversal*.

Publicado por acuerdo con Little, Brown & Company, Nueva York, Nueva York, EE. UU. Todos los derechos reservados.

Diseño de colección: Pep Carrió
Diseño de cubierta: Estudio Pep Carrió

PAPEL DE FIBRA
CERTIFICADA

Copyright © by Hieronimus, Inc., 2010
© de la traducción: Antonio Lozano Sagrera, 2014
© AdN Editorial (Grupo Anaya S. A.), 2025
    Calle Valentín Beato, 21
    28037 Madrid
    www.AdNovelas.com
    ISBN: 978-84-10138-36-0
    Depósito legal: M. 24.615-2024
    Printed in Spain

Para Shannon Byrne,
con todo mi agradecimiento

PRIMERA PARTE

EL DESFILE DE LA VERGÜENZA

1

La última vez que almorcé en el Water Grill compartí mesa con un cliente que había asesinado a su esposa y al amante de esta de forma fría y calculadora. Les había pegado sendos tiros en la cara. Había requerido de mis servicios no solo con la intención de que lo defendiera en el juicio, sino también para que lo exonerase de todos los cargos y limpiara su buen nombre de cara a la opinión pública. En esta ocasión me hallaba frente a alguien con quien debía andarme todavía con más cuidado. Comía con Gabriel Williams, el fiscal del distrito del condado de Los Ángeles.

Era un mediodía frío en mitad del invierno. Estaba sentado a la mesa con Williams y su leal jefe de gabinete de confianza –léase asesor político–, Joe Ridell. El almuerzo se había fijado a la una y media, una hora prudente, porque la mayoría de los abogados del tribunal ya estarían de regreso en el Tribunal Penal, y el fiscal del distrito no airearía sus devaneos con un miembro del lado oscuro. Esto es, conmigo, Mickey Haller, defensor de los débiles.

El Water Grill era un lugar agradable para almorzar en el centro de la ciudad. La comida y la atmósfera eran propicias, la separación entre mesas era aceptable si querías conversar con cierta intimidad, y la carta de vinos casi no tenía parangón por aquella zona. Era de ese tipo de sitios en los que uno se deja la americana puesta y el camarero te extiende sobre el regazo una servilleta negra para ahorrarte la molestia. El equipo de la fiscalía pidió martinis a cuenta del contribuyente, y yo me contenté con el agua que el restaurante me iba sirviendo de manera gratuita. Williams tardó un par sorbos de su ginebra y una aceituna en comenzar a explicarme el motivo por el que nos estábamos ocultando a plena luz del día.

–Mickey, tengo algo que proponerte.

Asentí. Ridell ya me había puesto sobre aviso cuando me llamó esa mañana para organizar el almuerzo. Yo había accedido a que nos viéramos y, a continuación, me había puesto a hacer llamadas con el fin de recopilar toda la información interna posible acerca de la oferta que se avecinaba. Ni siquiera mi exmujer, que estaba a sueldo de la Fiscalía del Distrito, tenía la menor pista.

–Soy todo oídos –dije–. No todos los días el fiscal del distrito en persona quiere hacerte una proposición. Me consta que no debe de guardar relación con ninguno de mis clientes, pues ellos no le merecerían mucha atención al mandamás. Y, de todos modos, ahora mismo no llevo muchos casos. La cosa está floja.

–De acuerdo, tienes razón –concedió Williams–. Esto no guarda ninguna relación con tus clientes. Tengo un caso del que me gustaría que te encargaras.

Volví a asentir. Por fin lo entendía. Todo el mundo odia al abogado de la defensa hasta que lo necesita. No sabía si Williams tenía hijos, pero se las habría arreglado para averiguar que yo no llevaba casos de menores. Así pues, supuse que debía de tratarse de su mujer. Probablemente hubiera robado algo de una tienda, o acaso pesaran cargos contra ella por haber conducido bajo los efectos del alcohol, y quería que se mantuviera en secreto.

—¿A quién han detenido? —pregunté.

Williams miró a Ridell y ambos se lanzaron una sonrisa cómplice.

—No se trata de nada de eso —respondió Williams—. Esto es lo que te propongo. Quiero contratar tus servicios, Mickey. Quiero que te vengas a trabajar a la Fiscalía de Distrito.

Ni se me había pasado por la cabeza que el motivo de la llamada de Ridell fuera que me quería contratar como fiscal. Pertenecía al cuerpo de abogados defensores desde hacía más de veinte años. La suspicacia y la desconfianza que despertaban en mí los fiscales y policías tal vez no fueran las que me merecían los pandilleros de Nickerson Gradens, pero sí eran las suficientes como para excluir la posibilidad de unirme a sus filas. En pocas palabras: ni ellos me querían, ni yo los quería a ellos. Me resultaba imposible fiarme de ellos, con las únicas excepciones de la exmujer a la que ya he aludido, y de un hermanastro que trabajaba de detective para el Departamento de Policía de Los Ángeles. Y de quien menos me fiaba era de Williams, que era antes un político que un fiscal, lo que lo hacía aún más peligroso. Si bien había ejercido como fiscal al principio de su carrera, luego había trabajado dos décadas como abogado pro derechos civiles antes de postularse como fiscal del distrito en calidad de independiente y asumir el cargo durante una oleada de descontento hacia la policía y la fiscalía. Todas mis alarmas estaban encendidas desde el instante en que me había puesto la servilleta en el regazo.

—¿Trabajar para ti? —le pregunté—. ¿Haciendo qué, exactamente?

–De fiscal especial. Solo por esta vez. Quiero que te encargues del caso de Jason Jessup.

Me lo quedé mirando durante un buen rato. Mi primer impulso fue echarme a reír a mandíbula batiente. Debía de tratarse de una broma muy bien urdida. Pero luego entendí que no podía ser eso. Nadie te cita en el Water Grill solo para gastarte una broma.

–¿Quieres que lleve la acusación de Jessup? Por lo que he oído, no hay de qué acusarlo. El caso es un pato sin alas. Lo único que puedes hacer es dispararle y comértelo.

Williams meneó la cabeza, dando a entender que no necesitaba convencerme a mí, sino a sí mismo.

–El martes que viene es el aniversario del asesinato –dijo–. Voy a anunciar que hemos pensado en llevar a Jessup a juicio de nuevo. Me gustaría que estuvieras a mi lado durante la rueda de prensa.

Me recliné en la silla y los observé. He dedicado buena parte de mi vida adulta a pasear la mirada por los tribunales, intentando leer las expresiones de jurados, jueces, testigos y fiscales. Creo que se me da bastante bien. Pero sentado a aquella mesa no podía leer nada en Williams ni en su compinche, pese a que los tenía sentados a un par de metros.

Jason Jessup era un asesino convicto de niños, que se había pasado casi veinticuatro años en prisión hasta que, hacía un mes, el Tribunal Supremo de California le había revocado la pena y había devuelto el caso al condado de Los Ángeles para que o bien se repitiera el juicio, o bien se retiraran los cargos. La revocación había llegado después de una batalla legal de más de dos décadas, dirigida sobre todo por el mismo Jessup desde su celda. Ninguna de las apelaciones, mociones, quejas, protestas u objeciones legales de cualquier otro tipo sobre las que había investigado habían ayudado a aquel abogado hecho a sí mismo a avanzar por los tribunales estatales y federales. Sin embargo, al final había conseguido llamar la atención de una organización de letrados denominada Proyecto de Justicia Genética. Aceptaron su causa y su caso y, al cabo de un tiempo, obtuvieron autorización para realizar un examen genético del semen hallado en el vestido de la niña por cuyo estrangulamiento lo habían condenado.

La sentencia de Jessup se había producido antes de que se generalizara el uso de análisis de ADN en los juicios penales. El análisis, efectuado muchos años después de los hechos, determinó que el semen que se había encontrado en aquel vestido no pertenecía a Jessup, sino a un individuo desconocido. A pesar de que los tribunales habían ratificado la condena de Jessup una y otra vez, aquella nueva información había vuelto las tornas a su favor. El Tribunal Supremo aceptó las pruebas de ADN y otras inconsistencias, tanto en la fase probatoria del procedimiento como en el juicio, para invalidar el caso.

Hasta allí llegaban mis conocimientos sobre el caso Jessup, procedentes en su mayor parte de la prensa y de los chismes que se oyen en los juzgados. No estaba al tanto de los detalles de la orden judicial, tan solo conocía algunos fragmentos que había leído en *Los Angeles Times*. Sabía que era firme, y que se hacía eco de muchas de las largamente reclamadas peticiones de inocencia de Jessup, así como de las irregularidades que tanto la policía como la fiscalía habían cometido en el transcurso del caso. En mi calidad de abogado defensor, no puedo decir que no me sintiera complacido al ver la manera en que los medios de comunicación se cebaron en la fiscalía después de que se diera a conocer el fallo. Digamos que era la alegría del desfavorecido ante la desgracia ajena. En realidad, no importaba ni que yo no estuviera implicado en un caso que se remontaba a 1986 ni que el organigrama de la fiscalía hubiera cambiado de arriba abajo desde aquellos tiempos: las victorias que caen del lado de la defensa son tan pocas que siempre te asalta una sensación de alegría, compartida por tu colectivo, ante el éxito ajeno y la derrota del *establishment*.

El Tribunal Supremo había anunciado el fallo la semana anterior, con lo que se abría un plazo de sesenta días a lo largo de los cuales la fiscalía tendría que determinar si llevaba a Jessup de nuevo a juicio o lo exoneraba de los cargos. Daba la impresión de que no había pasado ni un solo día desde el fallo sin que Jessup hubiera hecho acto de presencia en los telediarios. Había ofrecido multitud de entrevistas, telefónicas y presenciales, desde San Quintín. En ellas había proclamado su inocencia y había cargado las tintas contra los policías y los fiscales que lo habían metido ahí. Las celebridades de Hollywood y los deportistas profesionales le habían mostrado su apoyo. Además, había interpuesto una demanda civil contra la ciudad y el condado, a los que reclamaba varios millones de dólares por los daños ocasionados por haber permanecido tantos años encarcelado por error. La incesante cobertura mediática, signo de los tiempos, le había proporcionado un foro permanente, del que se estaba valiendo para auparse a la categoría de héroe del pueblo. Cuando finalmente abandonara la prisión, él también se habría convertido en una celebridad.

A tenor de los pocos detalles que conocía del caso, me daba la sensación de que se trataba de un hombre inocente a quien habían sometido a un cuarto de siglo de tortura, por lo que bien se merecía cualquier cosa que pudiera obtener a cambio. Sin embargo, era consciente de que las pruebas de ADN le allanaban el camino, por lo que el caso estaba perdido y la idea de volver a llevar a Jessup a juicio se me antojaba un ejercicio de masoquismo político, impropio de unos cerebros tan bien amueblados como los de Williams y Ridell.

A menos que…

–¿Qué sabéis que yo no sepa? –les pregunté–. Ni yo ni *Los Angeles Times*, me refiero.

Williams esbozó una sonrisa engreída y se echó hacia delante para ofrecerme su respuesta.

–Todo lo que Jessup ha podido demostrar valiéndose del Proyecto de Justicia Genética es que su ADN no se encontraba en el vestido de la víctima. En su calidad de demandante, no era asunto suyo determinar a quién pertenecía.

–De modo que habéis sido vosotros quienes lo habéis analizado a través de los bancos de datos.

Williams asintió.

–Lo hicimos. Y obtuvimos una respuesta. Y se abstuvo de decir nada más.

–Y bien, ¿a quién pertenecía?

–No voy a revelártelo a menos que te subas a bordo. De lo contrario, tengo la obligación de observar la debida confidencialidad. Lo que sí te diré es que creo que nuestros descubrimientos nos abren la puerta a una táctica jurídica que podría neutralizar el asunto del ADN, y dejar el resto del caso (y de las pruebas) razonablemente intacto. No hizo falta recurrir al ADN para condenarlo la primera vez. Tampoco lo necesitamos ahora. Al igual que en 1986, creemos que Jessup es el culpable del crimen, y estaría faltando a mi deber profesional si no intentara procesarlo, al margen de cuáles sean las probabilidades de verlo condenado, las posibles consecuencias políticas y la manera en que la opinión pública perciba el caso.

Dijo todo eso como si estuviera mirando a la cámaras, en vez de a mí.

—Entonces, ¿qué te impide procesarlo? —le pregunté—. ¿Por qué acudes a mí? Tienes en nómina a trescientos abogados muy capacitados. Me sé de uno que se ha quedado para vestir santos en el despacho de Van Nuys que aceptaría el caso sin pestañear. ¿Por qué yo?

—Porque esta acusación no puede partir de la Fiscalía del Distrito. Estoy seguro de que has leído u oído hablar de las alegaciones. El caso está contaminado, y no importa que ni uno solo de los malditos abogados que trabajan para mí estuviera en activo por aquel entonces. Necesito reclutar a alguien de fuera, que alguien independiente lo lleve a juicio. Alguien…

—Para eso está la Fiscalía General. Si necesitas un abogado independiente, acudes a ella.

Me estaba limitando a meterle el dedo en el ojo, y todos los que estábamos sentados en aquella mesa lo sabíamos. Gabriel Williams no iba a pedirle bajo ningún concepto al fiscal general del estado que se personara en el caso. Eso equivaldría a cruzar una línea roja política. El de fiscal general de California era un cargo elegido por votación pública, y todos los especialistas políticos de la ciudad coincidían en considerarlo el siguiente destino de Williams, una escala en su camino a la mansión del gobernador o a otras cumbres políticas. Lo último que se le pasaba por la cabeza a Williams era ofrecerle a un potencial rival político un caso que pudiera volverse en su contra, por viejo que fuera. En la política, en los tribunales y en la vida no le ofreces a tu contrincante un garrote con el que te pueda apalear.

—No vamos a llevar este caso a la Fiscalía General —señaló Williams sin darle mayor importancia—. Y por eso te quiero a ti, Mickey. Eres un conocido y respetado abogado penalista. Creo que el público confiará en tu independencia en este asunto y, por lo tanto, aceptará la condena que consigas cuando ganes el caso.

Mientras miraba fijamente a Williams, se acercó un camarero a tomarnos el pedido. Sin romper en ningún momento el contacto visual conmigo, Williams le dijo que se marchara.

–No le he prestado mucha atención a este asunto –dije–. ¿Quién es el abogado defensor de Jessup? Me resultaría difícil enfrentarme a un compañero a quien conociera bien.

–Por el momento solo cuenta con el del Proyecto de Justicia Genética y el abogado de la causa civil. No ha contratado letrados para su defensa, ya que, para serte sincero, confía en que desistamos de la idea.

Asentí. Un obstáculo menos.

–Pero le aguarda una buena sorpresa –prosiguió Williams–. Vamos a arrastrarlo hasta aquí y someterlo de nuevo a juicio. Fue él quien lo hizo, Mickey, y eso es todo cuanto necesitas saber. Hay una niña pequeña que sigue muerta, y eso es todo cuanto cualquier fiscal necesita saber. Acepta el caso. Haz algo por tu comunidad y por ti mismo. Quién sabe, tal vez te guste y te apetezca quedarte. Si así fuera, no hay duda de que consideraríamos esa posibilidad.

Bajé los ojos hacia el mantel de lino y medité sobre lo que acababa de decir. Por un momento, conjuré, de forma involuntaria, la imagen de mi hija sentada en un tribunal, viéndome del lado del Pueblo, y no del de los acusados. Williams siguió hablando, ajeno al hecho de que ya había tomado una decisión.

–Es obvio que no podré pagarte tus honorarios, pero, si aceptas subirte al carro, no creo que, a fin de cuentas, lo vayas a hacer por el dinero. Puedo conseguirte un despacho y una secretaria. Y puedo ofrecerte toda la ayuda científica y forense que necesites. Lo mejorcito de cada casa…

–No quiero ningún despacho en la Fiscalía del Distrito. Necesitaría mantenerme al margen de ella. Debo trabajar de forma completamente autónoma. No más comidas. Realizamos el anuncio y luego me dejas tranquilo. Yo decido cómo proceder con el caso.

–De acuerdo. Utiliza tu propio despacho, siempre que no guardes en él ninguna prueba. Y, por descontado, tú tomas tus propias decisiones.

–Y, si acepto hacer esto, yo elijo a mi abogado ayudante y a mi propio detective dentro del Departamento de Policía de Los Ángeles. Gente de la que me pueda fiar.

–¿Tu abogado ayudante saldría de mi departamento o sería un externo?

–Necesitaría a alguien de dentro.

–En tal caso, supongo que estamos hablando de tu exmujer.

–Exacto, siempre que acepte. Y, si de algún modo conseguimos una sentencia de culpabilidad, la sacarás de Van Nuys y la trasladarás al centro de la ciudad, a la sección de Grandes Crímenes, que es adonde pertenece.

–Eso es más fácil decirlo que…

–Este es el trato. O lo tomas o lo dejas.

Williams le lanzó una mirada a Ridell y vio a su supuesto compinche hacer un gesto de asentimiento casi imperceptible.

–De acuerdo –concedió Williams, y se volvió de nuevo hacia mí–. En tal caso, supongo que acepto. Si tú ganas, ella está dentro. Hay trato.

Me tendió la mano por encima del mantel y se la estreché. Él sonrió, pero yo no.

–Mickey Haller, por el Pueblo –comentó–. Suena bien.

Por el Pueblo. Debería haberme hecho sentir bien. Debería haberme hecho sentir que formaba parte de algo noble y correcto. Pero todo cuanto tenía era la incómoda sensación de haber cruzado una suerte de línea roja.

–Fantástico –añadí.

2

Viernes, 12 de febrero, 10 horas

Harry Bosch se acercó hasta el mostrador de la Fiscalía del Distrito, situada en la decimoctava planta del Tribunal Penal. Dio su nombre e indicó que estaba citado a las diez con el fiscal del distrito Gabriel Williams.

–De hecho, su reunión va a celebrarse en la sala de conferencias A –le dijo la recepcionista tras consultar el ordenador que tenía delante–. Cruce la puerta, gire a la derecha y camine hasta el final del pasillo. Tuerza de nuevo a la derecha, y la sala de conferencias A quedará a su izquierda. Está señalizada en la puerta. Ellos le están esperando.

La puerta, incrustada en una pared con paneles de madera a espaldas de la mujer, se abrió con un zumbido y Bosch la atravesó, preguntándose por el hecho de que *ellos* estuvieran esperándole. La tarde anterior había recibido la citación de la secretaria del fiscal general Bosch, y todavía era incapaz de determinar de qué se trataba. Cabía esperar cierto secretismo por parte de la Fiscalía General, pero, por lo general, se filtraba algo de información. Hasta ese momento, ni siquiera sabía que iba a reunirse con más de una persona.

Siguiendo el camino que le habían indicado, Bosch llegó hasta la puerta en la que se leía SALA DE CONFEREN-CIAS A, llamó una vez y oyó una voz femenina que decía «Adelante».

Entró. Vio a una mujer que se sentaba sola en una mesa para ocho personas. Había documentos, expedientes, fotos y un ordenador portátil esparcidos frente a ella. Le resultaba vagamente familiar, pero no sabía decir de qué. Era atractiva, y una melena oscura y rizada le enmarcaba el rostro. Tenía unos ojos afilados que lo siguieron mientras entraba, y una sonrisa afable, casi curiosa. Era como si supiera algo que a él se le escapaba. Vestía el traje de chaqueta azul marino de rigor entre las mujeres de la fiscalía. Quizás Harry no había sido capaz de situarla, pero dio por sentado que era una suplente del fiscal del distrito.

—¿Detective Bosch?

—Ese soy yo.

—Entre, por favor. Tome asiento.

Bosch retiró una silla y se sentó frente a ella. Sobre la mesa vio una foto de la escena de un crimen en la que aparecía el cadáver de un menor en un contenedor abierto. Se trataba de una niña, y llevaba puesto un vestido azul de manga larga. Iba descalza, y yacía en una pila de desechos procedentes de una obra y otras formas de basura. Los contornos blancos de la foto comenzaban a amarillear. Ya tenía sus años.

La mujer cubrió la foto con un expediente y le tendió la mano por encima de la mesa.

—Creo que no nos conocemos —le dijo—. Me llamo Maggie McPherson.

Bosch reconoció el nombre, pero fue incapaz de recordar de dónde, o de vincularlo con algún caso.

—Soy suplente del fiscal del distrito —prosiguió—, y voy a ser la segunda en el equipo de la acusación contra Jason Jessup. La primera…

—¿Jason Jessup? —preguntó Bosch—. ¿Lo van a llevar a juicio?

–En efecto. Lo anunciaremos la semana que viene, y tengo que pedirle que mantenga la confidencialidad hasta entonces. Siento mucho que nuestro primer fiscal esté llegando tarde a la reu...

La puerta se abrió y Bosch se dio la vuelta. Mickey Haller entró en la sala. Bosch tuvo que mirarlo dos veces. No porque no lo reconociese. Eran medio hermanos y le bastaba echarle un vistazo para saber que era él. Pero encontrarse a Haller en la Fiscalía General era una de esas imágenes que no acababan de tener sentido. Haller era un abogado defensor. Pegaba tanto en la Fiscalía General como un gato en una perrera.

–Ya lo sé –le dijo Haller–. Te estarás preguntando de qué demonios va esto.

Haller se acercó sonriendo hasta el lado de la mesa que ocupaba McPherson y comenzó a retirar una silla. Fue entonces cuando Bosch recordó de qué le sonaba el nombre de ella.

–Vosotros dos... –comenzó Bosch–. Estuvisteis casados, ¿verdad?

–Cierto –le respondió Haller–. Durante ocho maravillosos años.

–¿Y ella está llevando a juicio a Jessup y tú lo estás defendiendo? ¿No crea eso un conflicto de intereses?

La sonrisa de Haller se ensanchó de oreja a oreja.

–Solo supondría un conflicto si perteneciéramos a bandos opuestos, Harry. Pero no es así. Ambos queremos procesarlo. Juntos. Yo soy el primer fiscal, y Maggie el segundo. Y queremos que tú seas nuestro detective.

Bosch estaba completamente confundido.

–Esperad un minuto. Tú no eres fiscal. Esto...

–Me han nombrado fiscal independiente, Harry. Todo se ajusta a la legalidad. De no ser así, no estaría sentado aquí. Vamos a ir detrás de Jessup, y queremos que nos ayudes.

Bosch retiró una silla y se sentó en ella lentamente.

–Por lo que he oído, no hay manera de meterle mano a este caso. A menos que me estés diciendo que Jessup amañó la prueba del ADN.

–No, no lo estamos diciendo –le respondió McPherson–. Hemos efectuado nuestras propias pruebas y comprobaciones. Los resultados eran correctos. El ADN que apareció en el vestido de la víctima no era suyo...

–Pero eso no significa que hayamos perdido el caso –se apresuró a añadir Haller.

Bosch paseó la mirada de McPherson a Haller y luego a la inversa. Era indudable que había algo que no acababa de pillar.

–Entonces, ¿a quién pertenecía el ADN?

McPherson miró a Haller de soslayo antes de responder.

–A su padrastro. Ya está muerto, pero creemos poder explicar por qué se encontró su semen en el vestido de su hijastra.

Haller se inclinó con ansias sobre la mesa.

–Una explicación que deja margen suficiente para volver a condenar a Jessup por el asesinato de la niña.

Bosch se detuvo a pensar un momento y la imagen de su hija relampagueó en su cabeza. Sabía que en el mundo existen determinados tipos de maldad que hay que tener a raya, sin reparar en lo difícil que resulte. La lista la encabezaban los asesinos de niños.

–De acuerdo –dijo–. Contad conmigo.

3

Martes, 16 de febrero, 13 horas

La Fiscalía General tenía una sala de prensa que permanecía intacta desde los tiempos en que se había utilizado para informar acerca del caso Charles Manson. Sus descoloridos paneles de madera y sus marchitas banderitas en un rincón habían servido de escenario para miles de ruedas de prensa. Ello les había conferido a todos los actos celebrados allí un aire andrajoso que se contradecía con el poder y la fuerza de la institución. El fiscal general del estado no era la comparsa de ningún litigio, pero transmitía la idea de que en su sede no había dinero ni para echar una mano de pintura fresca.

Sin embargo, semejante escenario resultó adecuado para anunciar lo que se había decidido con respecto a Jessup. Quizá por primera vez en la historia de aquellos sagrados salones de la justicia, el fiscal iba a ser, en efecto, una comparsa. La decisión de volver a juzgar a Jessup entrañaba riesgos se mirase por donde se mirase, y la posibilidad, bastante fundada, de que acabase en fracaso. Mientras aguardaba a la entrada de la sala junto a Gabriel Williams, delante de un escuadrón de cámaras de vídeo, focos y periodistas, fui consciente al fin del terrible error que había cometido. Mi decisión de aceptar el caso con la esperanza de ganarme la aprobación de mi hija, de mi exmujer y de mí mismo iba a toparse con unas consecuencias desastrosas. Iba directo al matadero.

Era una ocasión excepcional para quienes la iban a vivir en persona. Los medios de comunicación habían acudido para informar del fin de la historia. No cabía duda de que la Fiscalía General se disponía a hacer público que no se iba a volver a juzgar a Jason Jessup. Probablemente el fiscal general no se disculparía con él, pero, por lo menos, iba a admitir que carecía de pruebas, que no podía seguir adelante con el caso del individuo que había pasado tantos años encarcelado. El caso iba a cerrarse y, a los ojos de la ley y de la opinión pública, Jason Jessup se convertiría por fin en un hombre libre e inocente.

Por lo general, a los medios de comunicación no se los puede engañar por completo. Cuando se da el caso, no suelen reaccionar bien. Pero no cabía duda de que Williams los había enredado a todos. Nos habíamos pasado toda la semana haciendo avances de manera furtiva, reuniendo al equipo y repasando las pruebas a las que todavía se tenía acceso. No se había filtrado ni una sola palabra, lo que resultaba del todo inaudito por aquellos pasillos. Si bien pude atisbar las primeras señales de sospecha en las cejas de los periodistas a medida que me reconocían al entrar en la sala, Williams fue quien se encargó de soltar el gancho noqueador tan pronto como se hubo colocado frente a un atril infestado de micrófonos y de grabadoras digitales.

–En una mañana de domingo de la que hoy se cumplen veinticuatro años, Melissa Landy, de doce años, fue raptada del jardín de su casa en Hansock Park y brutalmente asesinada. La investigación no tardó en apuntar hacia un sospechoso llamado Jason Jessup. Lo detuvieron, lo declararon culpable en un juicio y lo sentenciaron a cadena perpetua sin posibilidad de acceder a la libertad condicional. Hace dos semanas, el Tribunal Supremo del estado revocó la condena y la redirigió a mi departamento. Estoy aquí para anunciar que la Fiscalía General del condado de Los Ángeles se dispone a volver a llevar a juicio a Jason Jessup por la muerte de Melissa Landy. Los cargos de rapto y asesinato siguen en pie. Este departamento tiene la intención de someter de nuevo al señor Jessup al escrutinio de la ley hasta sus últimas consecuencias.

Llegados a ese punto, hizo una pausa con el fin de añadirle solemnidad a su anuncio.

—Como ya saben, el Tribunal Supremo dictaminó que se habían cometido irregularidades durante el primer juicio. Por supuesto, estas se produjeron más de veinte años antes de que el actual gobierno llegara al poder. Para evitar conflictos políticos y cualquier futura sospecha de conducta inadecuada por parte de este departamento, le he asignado este caso a un fiscal especial de carácter independiente. Muchos de vosotros ya conocéis al hombre que tengo a mi derecha. Michael Haller ha destacado como abogado penalista durante las dos últimas décadas. Es un miembro imparcial y respetado dentro de la profesión. Ha aceptado el encargo y, desde el día de hoy, pasa a asumir su responsabilidad. La política de este departamento ha sido siempre la de no discutir los casos con los medios de comunicación. Sin embargo, tanto Haller como yo estamos dispuestos a contestar algunas preguntas, siempre que no interfieran ni con aspectos concretos del caso ni relacionados con las pruebas.

Se produjo un clamor de voces que nos lanzaban preguntas.

Williams alzó la mano pidiendo calma.

—De uno en uno. Empecemos por usted.

Señaló a una mujer que se sentaba en la primera fila. No recordaba su nombre, pero sabía que trabajaba para el *Times*. Williams sabía cuáles eran sus prioridades.

–Kate Salters, del *Times* –se presentó, en tono amable–. ¿Podría explicarnos qué lo llevó a tomar la decisión de volver a juzgar a Jessup si las pruebas del ADN lo han exonerado del crimen?

Antes de entrar en la habitación, Williams me había comentado que él se encargaría de realizar el anuncio y de gestionar las preguntas, a menos que estas se dirigieran a mí. Había dejado bien claro que aquel iba a ser su espectáculo. Yo decidí dejar bien claro, desde el principio, que aquel iba a ser mi caso.

–Déjeme que le responda yo –dije, al tiempo que me encaramaba sobre el atril y los micrófonos–. Las pruebas de ADN efectuadas por el Proyecto de Justicia Genética han determinado que los fluidos hallados en la prenda de la víctima no pertenecían a Jason Jessup. Pero esto no lo eximía de su participación en el crimen. Hay una diferencia. La prueba de ADN se limita a facilitar información adicional para que el jurado la valore.

Me retiré y vi que Williams me dedicaba una mirada en plan «Ni se te ocurra tocarme las pelotas».

–Entonces, ¿a quién pertenecía el ADN? –gritó alguien. Williams se apresuró a acercarse para contestar.

–De momento no vamos a responder a ninguna pregunta relacionada con las pruebas relativas al caso.

–¿Por qué has aceptado el caso, Mickey?

La pregunta provenía del fondo de la sala. Los focos me impedían ver quién la había formulado. Me situé de nuevo frente a los micrófonos. Maniobré de tal forma que Williams tuvo que apartarse.

–Buena pregunta –empecé–. La verdad es que es inhabitual verme al otro lado de la barrera, por expresarlo de alguna manera. Pero creo que por casos como este merece la pena cruzar al otro lado. Soy un empleado de la justicia, y un miembro orgulloso de su rama californiana. Prestamos un juramento que nos compromete a buscar la legitimidad y la justicia de acuerdo con la Constitución y las leyes de este país y de este estado. Uno de los deberes de todo abogado consiste en asumir una causa justa sin tomar en consideración sus intereses personales. Esta es una de esas causas. Alguien debe hablar en nombre de Melissa Landy. He analizado las pruebas del caso, y creo estar en el bando correcto. El baremo debe marcarlo el contar con pruebas más allá de toda duda razonable. Creo que aquí disponemos de esas pruebas.

Williams dio un paso adelante y colocó una mano sobre mi brazo para apartarme con delicadeza de los micrófonos.

—No podemos ser más específicos en lo relativo a las pruebas —se apresuró a añadir.

—Jessup ya lleva veinticuatro años en la cárcel —comentó Salters—. A menos que lo condenen por asesinato en primer grado, lo más probable es que salga libre debido a que se computará todo el tiempo que ya ha pasado entre rejas. Señor Williams, ¿de verdad cree que volver a juzgar a este hombre merece el esfuerzo y el gasto que acarreará?

Antes de que hubiera acabado de formular su pregunta, supe que la periodista y Williams habían hecho un trato. Ella le lanzaba pelotas flojas que él bateaba fuera de la pista, con lo que transmitiría una beneficiosa imagen de honradez en las noticias de las once y en los periódicos del día siguiente. A cambio, ella recibiría exclusivas sobre las pruebas y la estrategia que se iba a seguir en el juicio. En ese momento decidí que aquellos eran *mi caso, mi juicio* y *mi trato*.

–Nada de eso importa –dije bien alto desde mi posición esquinada.

Todas las miradas se centraron en mí. Incluso Williams se dio la vuelta.

–¿Puedes hablar en dirección a los micrófonos, Mickey?

Era la misma voz a cuyo dueño no podía distinguir. Me llamaba Mickey. Una vez más me planté frente a los micrófonos. Aparté a Williams a codazo limpio, como si fuera un pívot de baloncesto que luchara por atrapar un rebote.

–El asesinato de un menor es un crimen que debe perseguirse por todos los medios de que disponga la ley. No importan los riesgos que pueda implicar. No tenemos la menor garantía de que vayamos a salir victoriosos, pero esto no influyó en mi decisión. El baremo es la duda razonable, y en este sentido creo que lo superamos. Pensamos que las pruebas en su conjunto demuestran que este hombre cometió el crimen y no importa cuánto tiempo haya transcurrido ni cuánto tiempo lleve en la cárcel. Hay que llevarlo a juicio. Tengo una hija que es apenas un poco mayor de lo que era Melissa cuando murió… ¿Saben?, la gente parece haberse olvidado de que, en el primer juicio, el Estado solicitó la pena de muerte. El jurado recomendó que no se tomara esa medida, y eso condujo a que el juez le impusiera la cadena perpetua. Pero todo eso pertenece al pasado, y nosotros hablamos del presente. Volveremos a reclamar la pena de muerte para este caso.

Williams colocó una mano sobre mi hombro y me apartó de los micrófonos.

–Eeeh… No adelantemos acontecimientos –se apresuró a decir–. Mi departamento aún no ha decidido si solicitará o no la pena de muerte. Eso llegará a su debido tiempo. Pero el señor Haller ha esgrimido un argumento tan válido como triste. No existe peor crimen en nuestra sociedad que el asesinato de un niño. Debemos hacer cuanto esté en nuestra mano para que Melissa Landy obtenga la justicia que se merece. Gracias por habernos acompañado hoy.

–Esperen un momento –gritó un periodista que se sentaba en las filas intermedias–. ¿Qué me dicen de Jessup? ¿Cuándo van a traerlo aquí para someterlo a juicio?

Williams se agarró al atril con ambas manos. Aquel movimiento parecía espontáneo, pero estaba pensado para mantenerme apartado de los micrófonos.

–La policía de Los Ángeles ha detenido al señor Jessup a primera hora de la mañana. En estos momentos viene hacia aquí desde la prisión de San Quintín. Se le asignará una celda en una comisaría del centro de la ciudad y el caso echará a andar. Su condena fue revertida, pero los cargos contra él siguen vigentes. A estas alturas no tenemos nada más sobre lo que informar.

Williams se retiró y me hizo un gesto en dirección a la puerta. Esperó a que comenzara a moverme y dejara atrás los micrófonos. Me siguió a pocos pasos y, mientras salíamos por la puerta, me susurró al oído.

–Si lo vuelves a hacer, te despido *ipso facto*. Sin dejar de caminar, me volví para replicarle:

–¿Hacer qué? ¿Responder a alguna de tus preguntas ensayadas?

Nos adentramos en los pasillos. Ridell nos estaba esperando en compañía del responsable de comunicación del departamento, un tipo llamado Fernández. No obstante, Williams me guio en la dirección opuesta. Seguía susurrándome.

–Te has salido del guion. Como lo hagas una vez más, habremos acabado.

Me detuve en seco, me volví y Williams casi me pasa por encima.

–Escucha, no soy tu marioneta. Soy un trabajador independiente, ¿recuerdas? Si me tratas de otra manera, te vas a encontrar sacando las castañas del fuego sin guantes.

Williams se limitó a mirarme. Era obvio que no me estaba saliendo con la mía.

–¿Y qué demonios ha sido esa estupidez sobre la pena de muerte? –me preguntó–. Todavía no estamos ni remotamente cerca de ese punto, y no estabas autorizado para sacarlo a colación.

Era más robusto y más alto que yo. Había empleado su cuerpo para limitar mis movimientos y arrinconarme contra la pared.

–Llegará a oídos de Jessup y le hará pensar –le respondí–. Con algo de suerte, aceptará un trato y todo esto se acabará, incluida la causa civil. Te ahorrarás el dinero. Porque de eso se trata,

¿verdad? Del dinero. Conseguimos una condena y él se libra del juicio civil. Y, de este modo, la ciudad y tú os ahorráis unos cuantos millones de dólares.

–No tiene nada que ver con eso. Estamos hablando de justicia. De todos modos, deberías haberme advertido acerca de cuáles eran tus intenciones. No puedes utilizar a tu jefe como si fuera un saco terrero.

La intimidación física apenas duró. Coloqué la palma de la mano sobre su pecho y lo aparté.

–Sí, bueno, es que resulta que no eres mi jefe. Yo no tengo jefes.

–¿En serio? Como ya te he dicho, podría ponerte de patitas en la calle en este mismo instante.

Señalé hacia la puerta de acceso a la sala de prensa que estaba al final del pasillo.

–Sí, eso daría buena imagen. Despedir al fiscal independiente a quien acabas de contratar. ¿No fue esto mismo lo que hizo Nixon durante la chapuza del Watergate? A él le funcionó de maravilla. ¿Por qué no regresamos ahí dentro a comunicarlo? Estoy convencido de que aún quedará alguna cámara encendida.

Williams dudó. De repente era consciente del dilema al que se enfrentaba. Lo había arrinconado contra la pared sin hacer un solo movimiento. Si me despedía, quedaría como un completo imbécil y sin posibilidad alguna de ser elegido. Él lo sabía. Se inclinó hacia mí y sus susurros descendieron unas cuantas notas para lanzarme la amenaza más vieja del manual del uno contra uno. Yo estaba preparado.

–Ni se te ocurra joderme, Haller.

–Pues entonces no me jodas el caso. Esto no es un acto de tu campaña ni tiene nada que ver con el dinero. Hablamos de un asesinato, jefe. Si quieres que obtenga una condena, apártate de mi camino.

Le lancé el hueso de llamarlo jefe. Williams apretó los labios y me miró fijamente durante un buen rato.

–Es la única manera de que consigamos entendernos –dijo finalmente.

Asentí.

–Sí. Eso creo.

–Antes de hablar con los medios de comunicación, pedirás autorización a mi departamento. ¿De acuerdo?

–Hecho.

Se dio la vuelta y se encaminó hacia el final del pasillo. Su séquito le siguió. Me quedé mirando cómo se marchaban. Lo cierto era que no había ningún aspecto legal al que ponerle más objeciones que la pena de muerte. No era porque hubieran ejecutado a alguno de mis clientes, ni por haber llevado algún caso en el que la solicitaran. Tan solo respondía a mi creencia en la idea de que una sociedad cultivada no mataba a los suyos.

Sin embargo, esto no evitó que, de algún modo, en este caso en particular no usara a mi favor la amenaza de la pena de muerte. Mientras permanecía de pie en aquel pasillo vacío, pensé que aquello tal vez me convirtiera en mejor fiscal de lo que había imaginado.

4

Por lo general era el mejor momento de un caso. El trayecto hacia el centro con un detenido esposado en el asiento trasero. No había nada mejor. Por descontado que en el horizonte se vislumbraba la recompensa de una condena. Estar presente en un tribunal en el momento en que se hacía público un veredicto. Observar en directo la impresión y, acto seguido, el modo en que se apagaban los ojos del acusado. Pero el trayecto siempre lo superaba. Era algo más cercano y personal. Un momento que Bosch saboreaba siempre. La persecución había llegado a su fin, y el caso estaba a punto de metamorfosearse del enérgico impulso de la investigación al calmado ritmo del juicio.

Sin embargo, en aquella ocasión era diferente. Habían transcurrido dos largos días, y Bosch no estaba saboreando nada. Él y su compañero, David Chu, habían conducido hasta Corta Madera el día anterior, y se habían registrado en un motel de la 101 para pasar la noche. Por la mañana se dirigieron a San Quintín, donde presentaron una orden judicial por la que se les transfería la custodia de Jason Jessup. Acto seguido, recogieron a su prisionero para emprender el camino de regreso a Los Ángeles. Siete horas de ida y vuelta con un compañero que hablaba demasiado. Siete horas de vuelta con un sospechoso que no hablaba lo suficiente.

Ahora se encontraban en la cumbre del valle de San Fernando, a una hora de la penitenciaría municipal ubicada en el centro de Los Ángeles. A Bosch le dolía la espalda de llevar tantas horas al volante. Tenía agarrotado el músculo de la pantorrilla derecha de tanto apretar el acelerador. El vehículo municipal no disponía de regulador de velocidad.

Chu se había ofrecido a conducir, pero Bosch le había dicho que no. Chu cumplía religiosamente con los límites de velocidad, incluso en la autopista. Eso significaba que Bosch tendría que soportar sus dolores de espalda (y la angustia subsiguiente) durante una hora más.

Si se dejaba eso de lado, Bosch conducía en medio de un silencio incómodo, dándole vueltas a un caso que parecía proceder en sentido inverso. Solo llevaba unos días con él. Ni siquiera había tenido tiempo de familiarizarse con todos los hechos, y ahora se encontraba en compañía del sospechoso, que yacía en el asiento trasero. A Bosch le daba la sensación de que lo prioritario era detenerlo, y la investigación propiamente dicha no arrancaría hasta que hubieran puesto a Jessup bajo custodia.

Comprobó la hora. La rueda de prensa que habían convocado debía de haberse acabado. El plan consistía en que Haller, McPherson y él se reunieran a las cuatro para seguir trabajando en el caso. Pero para el momento en que hubiera entregado a Jessup, ya se le habría hecho tarde. Además, necesitaba acercarse al Departamento de Archivos de la Policía de Los Ángeles a recoger dos cajas.

—¿Qué te ocurre, Harry?

Bosch le lanzó una mirada a Chu.

—Nada.

No estaba dispuesto a hablar delante del sospechoso. A ello cabía añadir que Chu y él no llevaban ni un año siendo compañeros. Era demasiado pronto para que Chu empezara a extraer conclusiones a partir de su actitud. Harry no quería que supiera que había tenido la agudeza suficiente como para deducir que se sentía incómodo.

Jessup habló desde la parte de atrás. Eran las primeras palabras que salían de su boca desde que solicitara permiso para ir al baño a las afueras de Stockton.

–Lo que le ocurre es que no tiene un caso. Lo que ocurre es que sabe que todo este asunto es una estupidez y no quiere formar parte de ello.

Bosch miró a Jessup por el espejo retrovisor. Estaba ligeramente inclinado hacia delante porque llevaba las manos esposadas y unidas a una cadena que desembocaba en unos grilletes que le rodeaban los tobillos. Se había afeitado la cabeza, una práctica muy común entre aquellos prisioneros deseosos de intimidar a los otros internos. Bosch pensó que, en su caso, seguramente había funcionado.

–Creía que no querías hablar, Jessup. Has invocado tu derecho a permanecer en silencio.

–Sí, tienes razón. Voy a mantener la jodida boca cerrada y esperar a mi abogado.

–Se encuentra en San Francisco. Yo de ti no aguantaría la respiración.

–Está haciendo algunas llamadas. El Proyecto de Justicia Genética tiene gente por todo el país. Ya estábamos preparados para esto.

–¿De verdad? ¿Estabais preparados? ¿Quieres decir que recogiste tu celda porque pensabas que te iban a transferir? ¿O fue porque pensabas que te ibas a casa?

Jessup no supo qué responder.

Bosch se incorporó a la 101, que los conduciría hasta Hollywood a través del Chuenga Pass, antes de llegar al centro de la ciudad.

–¿Cómo acabaste metido en el Proyecto de Justicia Genética, Jessup? –preguntó, intentando animar de nuevo la conversación.

–Por su página web, tío. Les mandé una petición y vieron las gilipolleces que se estaban cometiendo con mi caso. Lo aceptaron y aquí estoy. Estáis completamente jodidos si pensáis que tenéis la menor oportunidad de ganar. Ya me dejé liar una vez por vosotros, cabrones. Primera y última vez. En dos meses todo esto se habrá acabado. He pasado veinticuatro años en prisión. ¿Qué suponen dos meses más? Solo conseguirán que se disparen los derechos por mi libro. Supongo que os lo tendría que agradecer, y también al fiscal general.

Bosch volvió a lanzar una mirada al retrovisor. En circunstancias normales le habría encantado que el sospechoso al que llevaba fuera un parlanchín. La mayoría de las veces su verborrea los transportaba de cabeza a la prisión. Pero Jessup era demasiado perspicaz y cauteloso. Escogía con cuidado sus palabras, evitaba hacer referencia alguna al crimen, y no iba a cometer ningún error del que Bosch pudiera sacar partido.

A través del espejo, podía verlo mirando por la ventanilla. Nada hacía suponer qué le pasaba por la cabeza. Sus ojos parecían muertos. Bosch reparó en el final de un tatuaje que apenas asomaba por el cuello. Daba la impresión de que formaba parte de una palabra, aunque no podía asegurarlo.

–Bienvenido a Los Ángeles, Jessup –dijo Chu sin darse la vuelta–. Supongo que ha pasado bastante tiempo desde la última vez, ¿no?

–Anda y que te den, gilipollas amarillo –le replicó Jessup–. Esto terminará pronto, y entonces seré libre para irme a la playa. Me agenciaré una buena tabla de surf y cabalgaré sobre algunas olas apetitosas.

–No cuentes con ello, asesino –lo rebatió Chu–. Estás en caída libre. Te tenemos cogido de las pelotas.

Bosch era consciente de que Chu intentaba provocar una respuesta, un desliz. Sin embargo, le estaba saliendo el tiro por la culata. Jessup era demasiado astuto para él.

Harry se cansó del tira y afloja, incluso después de haber estado seis horas en el más absoluto de los silencios. Encendió la radio del coche y pilló los últimos coletazos de una crónica sobre la rueda de prensa del fiscal general. Subió el volumen para que Jessup pudiera oírlo y Chu cerrara la boca.

–Williams y Haller han declinado realizar comentarios sobre las pruebas, pero señalaron que no estaban tan impresionados con los análisis de ADN como el Tribunal Supremo del estado. Haller reconoció que el ADN encontrado en el vestido de la víctima no pertenecía a Jessup. Sin embargo, aclaró que el resultado no lo eximía de su participación en el crimen. Haller es un reconocido abogado penalista, y será la primera vez que se enfrente, como fiscal, a un caso de asesinato. Esta mañana no dio muestra alguna de albergar dudas al respecto: «Una vez más, reclamaremos la pena de muerte para este caso».

Bosch bajó el volumen y dirigió los ojos al retrovisor. Jessup seguía mirando por la ventana.

–¿Qué te ha parecido eso, Jessup? El tipo va a por la inyección letal.

Jessup respondió con tono fatigado.

–Una pose de capullo. Además, en este estado ya no ejecutan a nadie. ¿Sabes lo que significa el *corredor de la muerte*? Significa que te dan una celda y un mando para que controles los canales de la televisión. Significa más facilidades para llamar por teléfono y recibir visitas, y mejores comidas. Anda y que les den. Espero que de verdad vaya a por todas, tío. Aunque no importará lo más mínimo. Esto es una gilipollez. Todo este asunto es una gilipollez. No se trata más que de dinero.

La última frase estuvo revoloteando durante un buen rato hasta que Bosch acabó por morder el anzuelo.

–¿Qué dinero?

–Mi dinero. Tío, ya verás como me vendrán con un trato. Me lo ha asegurado mi abogado. Querrán que acepte un trato alegando el tiempo que he pasado en prisión, de modo que no tengan que pagarme mi dinero. No hay ninguna otra cosa detrás de este jodido asunto, y tú no eres más que el chico de los recados. Un jodido empleado de FedEx.

Bosch permaneció en silencio. Pensaba en la posible veracidad de aquello. Jessup había demandado a la ciudad y al condado, y les exigía unos cuantos millones. ¿Resultaba verosímil pensar que el nuevo juicio no fuera más que una maniobra política encaminada a ahorrarse aquel importe? Tanto el gobierno como las entidades estaban asegurados. A los jurados les encantaba machacar a las corporaciones carentes de rostro y a las organizaciones burocráticas con sentencias obscenamente caras. Un jurado que creyera que los fiscales y la policía habían actuado de forma corrupta para tener a un hombre inocente en prisión durante veinticuatro años iba a ser más que generoso con la víctima. Una sentencia de ocho ceros podría resultar devastadora tanto para las arcas del estado como para las del condado, por mucho que se repartieran la factura.

En cambio, si maniobraban para que Jessup pasara por el aro de un acuerdo en virtud del cual este reconocía su culpabilidad con el fin de obtener la libertad, entonces el litigio se volatizaría. Y, con él, lo haría todo el dinero que pudieran generar el libro y la película con los que ya contaba.

–¿A que tiene sentido, eh? –dijo Jessup.

Bosch lo miró por el retrovisor y se encontró con que ahora Jessup lo escrutaba. Devolvió la vista a la carretera. Notó que el móvil le vibraba y lo sacó de la chaqueta.

–¿Quieres que responda yo, Harry? –preguntó Chu.

Era su forma de recordarle que estaba prohibido hablar por teléfono mientras se conduce. Bosch le hizo caso omiso y respondió a la llamada. Era el teniente Gandle.

–¿Andas cerca, Harry?

–A punto de salir de la 101.

–Bien. Solo quería ponerte al día. Están apiñados a la entrada. Péinate un poco.

–Entendido. Quizá le dé a mi compañero la posibilidad de entrar en directo.

Bosch le echó una mirada a Chu, pero no le dio más explicaciones.

–Sea como fuere, ¿qué viene a continuación? –preguntó Gandle.

–Alegó su derecho a guardar silencio, por lo que nos limitaremos a ponerlo a disposición judicial. Luego tengo que regresar al cuartel de mando a reunirme con los fiscales. Me quedan algunas preguntas pendientes.

–Dime, Harry, ¿tienen pillado a este tipo o no?

Bosch contempló a Jessup por el retrovisor. Volvía a tener la mirada fija tras la ventanilla.

–No lo sé, teniente. Cuando yo lo sepa, usted también lo sabrá. Escasos minutos después aparcaron en la parte trasera de la prisión. Varias cámaras de televisión aguardaban en la rampa que conducía a la puerta de ingresos. Chu se enderezó en el asiento.

–El desfile de la vergüenza.

–Sí. Llévatelo tú adentro.

–Hagámoslo ambos.

–No. Yo me quedaré aquí.

–¿Estás seguro?

–Sí. No te olvides de mis esposas.

–De acuerdo, Harry.

El recinto estaba abarrotado de furgonetas de los medios de comunicación con las antenas desplegadas al máximo. Sin embargo, el espacio que quedaba justo delante de la rampa estaba despejado. Bosch se acercó hasta él y aparcó.

–De acuerdo. ¿Estamos listos allá atrás, Jessup? –preguntó Chu–. Que empiece la función.

Jessup no contestó. Chu abrió la puerta y salió. Acto seguido, abrió la de Jessup para que este hiciera lo propio.

Bosch observó el espectáculo subsiguiente sin abandonar el vehículo.

5

Martes, 16 de febrero, 16:14 horas

Una de las cosas que más me gustaban de haber estado casado con Maggie McPherson era que nunca había tenido que enfrentarme a ella en un tribunal. La separación matrimonial había generado un conflicto de intereses que me había ahorrado diversas derrotas profesionales y humillaciones. No cabía duda de que era la mejor fiscal que había visto jamás en acción, y no la llamaban Maggie la Fiera porque sí.

Ahora íbamos a encontrarnos por primera vez en el mismo bando, sentados el uno junto al otro a la mesa del tribunal. Pero lo que en un primer momento se había antojado una gran idea

–por no mencionar los posibles beneficios que podría proporcionarle a Maggie– estaba tardando bien poco en parecerme un arma de doble filo. A Maggie no le hacía ninguna gracia ser la segunda fiscal. Y no le faltaban motivos. Ella era una fiscal muy profesional. Había puesto entre rejas a docenas de criminales, desde traficantes de drogas a delincuentes de medio pelo, pasando por violadores y asesinos. Yo también había tomado parte en docenas de juicios, pero nunca lo había hecho en calidad de fiscal. Maggie iba a tener que ejercer de ayudante de un novato, y semejante perspectiva no le hacía ni puñetera gracia.

Nos encontrábamos sentados en la sala de conferencias A con los expedientes del caso diseminados sobre la enorme mesa. Aunque Williams me había asegurado que podría trabajar de manera independiente desde un despacho, lo cierto es que todavía no se estaba dando el caso. No disponía de ningún lugar de trabajo fuera de mi casa. Básicamente utilizaba como tal el asiento trasero de mi coche, un Lincoln Town, pero este no me iba a ser suficiente en el caso del Pueblo contra Jason Jessup. Mi ayudante estaba acondicionándome una oficina temporal en el centro de la ciudad, pero todavía faltaban unos días para que estuviera lista. Mientras tanto, allá estábamos, con la vista baja y la tensión alta.

–Maggie –la interpelé–, admito sin reparos que, en lo tocante a procesar a los malos, no te llego ni a la suela de los zapatos. Ahora bien, si hablamos de intrigas políticas y procesar a los malos, resulta que las autoridades pertinentes me han colocado al frente de este caso. Así son las cosas, y podemos aceptarlas o no. Acepté el encargo y pedí que vinieras conmigo. Si no crees que...

–Simplemente, no me hace ni puñetera gracia la idea de pasarme todo el caso llevándote el maletín.

–No lo harás. Mira, una cosa son las ruedas de prensa y la imagen que demos de cara al exterior, pero doy por sentado que vamos a trabajar como un equipo. Serás tan responsable de la investigación como yo, y tal vez más. Lo mismo ocurrirá con el juicio. Perfilaremos una estrategia entre los dos, y la llevaremos a cabo. Pero debes darme algo de cuartelillo. Sé cómo moverme por los pasillos de un tribunal. La única diferencia, en esta ocasión, consistirá en que estaré sentado en la mesa de al lado.

–Ahí es donde te equivocas, Mickey. Cuando actúas como abogado defensor, eres responsable de una sola persona. De tu cliente. Pero, cuando actúas como fiscal, representas a la ciudadanía en su conjunto, y eso implica una responsabilidad mucho mayor. Por ese motivo lo llaman «el peso de la prueba».

–Lo que tú digas. Si con esto quieres darme a entender que no debería estar haciendo esto, entonces no es a mí a quien tienes que venir a quejarte. Cruza el pasillo y habla con tu jefe. Pero, si me aparta del caso, también te apartará a ti, y volverás a Van Nuys, donde te quedarás durante el resto de tu carrera. ¿Es eso lo que quieres?

No me respondió, lo que ya implicaba una respuesta de por sí.

–De acuerdo, pues. Vamos a intentar sacar esto adelante sin arrancarnos los pelos de la cabeza el uno al otro, ¿te parece? No estoy aquí para apuntarme una condena y darle un empujoncito a mi carrera. Solo lo haré una vez y, después, adiós. De modo que ambos deseamos lo mismo. Y sí, tendrás que ayudarme. No obstante, también estarás ayudando…

Mi teléfono empezó a vibrar. Lo había dejado sobre la mesa. No reconocí el número que aparecía en la pantalla, pero contesté con la sola intención de huir de la conversación con Maggie.

–Haller.

–Hola, Mick, ¿qué tal he estado?

–¿Quién habla?

–Sticks.

Sticks era un cámara de vídeo autónomo que suministraba imágenes a los informativos locales y, en ocasiones, también a los grandes. Lo conocía desde hacía tanto tiempo que ya ni siquiera recordaba su verdadero nombre.

–¿Qué tal has estado dónde, Sticks? Me coges ocupado.

–En la rueda de prensa. Pero si te lo he puesto en bandeja, hombre.

Entonces caí en la cuenta de que Sticks era el individuo que había detrás de los focos y que me había estado lanzando preguntas.

–Ah, sí. Sí que estuviste bien. Te lo agradezco.

–Ahora me vas a cuidar tú con este caso, ¿verdad? Me avisarás si hay algo que me pueda interesar, ¿no? Alguna exclusiva.

–Sí. Por eso no te preocupes, Sticks. Yo te cubriré las espaldas. Pero ahora tengo que dejarte.

Colgué y volví a dejar el móvil en la mesa. Maggie tecleaba algo en su ordenador personal. Parecía que el descontento se había evaporado, y dudaba si sacar de nuevo el tema a colación.

–Era un tipo que trabaja para los informativos. Podría sernos útil en algún momento.

–No queremos cometer ninguna irregularidad. La fiscalía debe responder a unos parámetros éticos mucho mayores que la defensa.

Sacudí la cabeza. No tenía nada que hacer ante aquel argumento.

–Eso es una estupidez, y no digo que vaya a cometer ninguna irr...

Se abrió la puerta. Harry Bosch entró empujándola con la espalda, ya que tenía las manos ocupadas con dos grandes cajas.

–Siento llegar tarde –se disculpó.

Colocó las cajas encima de la mesa. Pude ver que la grande contenía pruebas extraídas de los archivos del caso. Supuse que en la pequeña estaba el expediente policial de la primera investigación.

–Han necesitado tres días para dar con la caja relativa al crimen. No estaba en el pasillo ochenta y seis, sino en el ochenta y cinco.

Me miró, y luego a Maggie, y volvió a fijar la vista en mí.

–¿Qué me he perdido? ¿Se ha desencadenado alguna crisis en la sala de las crisis?

–Estábamos discutiendo tácticas procesales, y resulta que tenemos puntos de vista contrapuestos.

–¡No me digas!

Se acomodó en una silla en la otra punta de la mesa. Notaba que tenía algo más que decirnos. Sacó tres expedientes en forma de acordeón de la caja donde se almacenaba la documentación relativa al crimen, y los puso sobre la mesa. Luego depositó la caja en el suelo.

–Ya que estamos aireando nuestras diferencias, Mick… Creo que antes de meterme en este culebrón debería haberme contado algunas cosas.

–¿Como cuáles, Harry?

–Como que todo este maldito asunto no va de ningún asesinato, sino de dinero.

–¿De qué me estás hablando? ¿Qué dinero?

Bosch no me contestó. Se limitó a mirarme fijamente.

–¿Te refieres a la demanda de Jessup? –le pregunté.

–Exacto. He tenido una conversación de lo más interesante con Jessup mientras conducía. Me ha dado que pensar, y se me ha pasado por la mente la idea de que, si forzamos a este tipo a aceptar un acuerdo, retirará la demanda contra la ciudad y el condado, ya que un individuo que admite ser un asesino no tendrá la capacidad legal para interponer una demanda y sostener que lo coaccionaron. Lo que supongo que quiero que me cuentes es qué se esconde realmente detrás de todo esto. ¿Estamos intentando llevar a juicio a un sospechoso de asesinato, o tan solo queremos ahorrarle a la ciudad y al condado unos cuantos millones de dólares?

Percibí cómo Maggie se envaraba al sopesar esa posibilidad.

–Debes de estar de broma –intervino–. Si eso…

–Alto, alto –la interrumpí–. Mantengamos la calma. No creo que ese sea el caso, ¿de acuerdo? No te creas que no he pensado en ello, pero Williams no dijo ni una palabra acerca de intentar llegar a un acuerdo con Jessup. Me indicó que fuéramos a juicio. De hecho, da por sentado que irá a los tribunales por el mismo motivo que acabas de señalar. Jessup no aceptaría ningún acuerdo basado en el tiempo que ha pasado en la cárcel, ni por ningún otro motivo, ya que en tal caso no tendría ninguna gallina de los huevos de oro. Ni libro, ni película, ni una indemnización procedente de las arcas de la ciudad. Si desea hacerse con el dinero, debe ir a juicio y ganarlo.

Maggie asintió lentamente, como si le pareciera una hipótesis razonable. A Bosch no parecía tranquilizarlo ni por asomo.

–Pero ¿cómo puedes saber lo que pretende Williams? –inquirió–. No eres uno de ellos. Podrían haberte reclutado, dado cuerda, apuntado en la dirección correcta y luego quedarse sentados para ver cómo te ponías en movimiento.

–Razón no le falta –añadió Maggie–. Jessup ni siquiera tiene abogado defensor. En cuanto haya conseguido uno, empezará a negociar.

Levanté las manos en un llamamiento a la calma.

–Recapitulemos acerca de lo que ha sucedido en la rueda de prensa de hoy. Anuncié que íbamos a solicitar la pena de muerte. Solo lo hice para ver cómo reaccionaba Williams. No se lo esperaba y, cuando acabamos, me metió presión en los pasillos. Me dijo que no yo no estaba capacitado para tomar decisiones de ese tipo. Le respondí que era una estrategia premeditada para que Jessup comenzara a pensar en un trato. Eso le hizo reflexionar. No lo veía claro. Si estuviera planeando un trato para echar por tierra la demanda civil, habría sido capaz de detectarlo. Se me da bien leer las intenciones de la gente.

Noté que aún no había convencido a Bosch.

—¿Te acuerdas de aquellos dos tipos de Hong Kong del año pasado, los que querían meterte en el siguiente avión para China? Los calé bien y supe cómo bregar con ellos.

Bosch estaba dando su brazo a torcer. Lo percibí en su mirada. Lo que había sucedido en China era un recordatorio de que me debía una, y ahora yo me estaba cobrando la deuda.

—De acuerdo —cedió—. Así pues, ¿qué hacemos?

—Damos por sentado que Jessup va a ir a juicio. En el preciso instante en que consiga un abogado, lo sabremos. De todas maneras, comenzamos a prepararnos ya mismo porque, si yo fuera su representante, no renunciaría a un juicio rápido. Trataría de ponerle todo tipo de obstáculos a la acusación para que apenas tuviera tiempo de prepararse, y la obligaría a aceptar las condiciones o, en caso contrario, quedarse calladita.

Comprobé la fecha en mi reloj.

—Si no me equivoco, eso nos deja cuarenta y ocho días hasta que comience el juicio. Nos queda mucho trabajo por delante.

Nos miramos y permanecimos en silencio durante un momento, hasta que le otorgué el mando a Maggie.

—Maggie se ha pasado buena parte de la última semana trabajando en esta demanda. Harry, me consta que lo que acabas de traer se solapará en gran medida con lo que tiene ella que decir, pero ¿por qué no empezamos por dejar que Maggie exponga el modo en que se desarrolló el juicio de 1986? Creo que eso nos concederá un buen punto de partida para que nos hagamos una idea de cómo debemos proceder en esta ocasión.

Bosch asintió y le indiqué a Maggie que comenzara, cosa que hizo en cuanto hubo sacado el ordenador portátil y lo hubo colocado frente a ella.

–De acuerdo. En primer lugar proporcionaré algunos conceptos básicos. Dado que se trataba de un caso en el que se solicitaba la pena de muerte, la parte más larga del juicio fue la selección del jurado. Duró casi tres semanas. El juicio propiamente dicho se prolongó siete días. Después hubo tres días de deliberaciones en torno a los primeros veredictos, a los que se sumaron las dos semanas que se prolongó la fase de discusión de la pena de muerte. Pero solo se dedicaron siete días a aportar testimonios y argumentos. Me parece muy rápido para tratarse de un caso en el que se solicitaba la pena de muerte. Fue bastante pim pam pum. Y con respecto a la defensa... Bueno, brilló por su ausencia.

Me miró como si yo hubiera sido el responsable de la pobre defensa del acusado. ¡Pero si en 1986 yo ni siquiera había terminado la carrera de Derecho!

–¿Quién fue su abogado? –pregunté.

–Charles Barnard. Lo he consultado con el Colegio de Abogados de California y no va a encargarse del nuevo juicio. Consta que falleció en 1996. También hace tiempo que murió el fiscal, Gary Lintz.

–No recuerdo a ninguno de los dos. ¿Quién fue el juez?

–Walter Sackville. Lleva tiempo jubilado, pero me acuerdo de él. Un tipo duro.

–Tuve unos cuantos casos con él –añadió Bosch–. No aceptaba tonterías de ninguna de las partes.

–Continúa –le rogué.

–De acuerdo. La historia de la acusación fue la siguiente. La familia Landy (esto es, la víctima, Melissa, de doce años; su hermana, Sarah, de trece; la madre, Regina, y el padrastro, Kensington) vivía en el Windsor Boulevard de Hancock Park. Su hogar se encontraba a una manzana al norte de Wilshire, en los alrededores de la Iglesia Trinitaria Unida de Dios, cuyos dos servicios dominicales congregaban por aquel entonces a unas seis mil personas. La gente aparcaba los coches por todo Hancock Park para acudir a la iglesia. Hasta que un día, hartos del tráfico y de no tener donde aparcar los domingos, los residentes acudieron al ayuntamiento a protestar. Consiguieron que, durante los fines de semana, el vecindario se convirtiera en una zona de aparcamiento exclusivo para residentes. Debías contar con una pegatina identificativa para poder aparcar en la calle, y eso incluía los alrededores de Windsor. Esto abrió las puertas a la presencia de grúas contratadas por el ayuntamiento. Patrullaban por el vecindario los domingos por la mañana como si de tiburones se tratara. Si un coche no tenía el adhesivo preceptivo en el parabrisas, era una presa fácil. Al remolque. Y eso nos lleva finalmente a Jessup, nuestro sospechoso.

–Conducía una grúa –comenté.

–Exacto. Lo hacía para una subcontrata del ayuntamiento llamada Remolques Aardvark. Un bonito nombre que los colocaba en lo más alto del listín telefónico cuando la gente aún los utilizaba.

Eché un vistazo a Bosch y, a juzgar por su reacción, deduje que era el tipo de persona que prefería recurrir a los listines telefónicos antes que a internet. Maggie no lo advirtió. Prosiguió.

–En la mañana de autos, Jessup formaba parte de la patrulla que recorría Hancock Park. En casa de los Landy, la familia se encontraba instalando una piscina en el patio trasero. Kensington Landy era un músico que componía bandas sonoras. Las cosas no le iban nada mal por aquel entonces. Así pues, estaban ocupados con la piscina. En el jardín trasero había un gran agujero abierto y montones de tierra. Los padres no querían que sus hijas estuvieran jugando por ahí: era peligroso y, además, llevaban puestos sus vestidos para ir a misa. Además, en la casa hay un amplio jardín delantero. El padrastro les dijo a las niñas que jugaran fuera durante unos minutos, mientras el resto de la familia salió de camino a la iglesia. A la mayor, Sarah, se le pidió que vigilara a Melissa.

—¿Iban a la Iglesia Trinitaria? –pregunté.

—No, a la del Sagrado Corazón, que está en Beverly Hills. Sea como fuere, las niñas no llegaron a estar fuera ni quince minutos. La madre estaba arreglándose en el piso de arriba, y el padrastro, que se suponía que debería haber estado vigilándolas, veía la televisión. Un resumen de la jornada deportiva del día anterior en la cadena ESPN, o donde la dieran entonces. Se olvidó de ellas.

Bosch meneó la cabeza, y supe exactamente cómo se sentía. No estaba juzgando al padrastro, sino haciéndose una idea de cómo había ocurrido aquello, del terror que experimenta todo padre cuando es consciente del tremendo coste que acarrea un pequeño desliz.

—En un momento dado, oyó un grito –prosiguió Maggie–. Corrió hasta la puerta principal. Se encontró a la otra niña, Sarah, en el jardín. Estaba gritando: un hombre se había llevado a Melissa. El padrastro corrió calle arriba en su búsqueda, pero no vio ni rastro de ella. Y así, sin más, había desaparecido.

En ese punto, mi exmujer se detuvo para recomponerse. Todos los que estábamos en esa habitación teníamos una hija en la flor de la juventud, y nos hacíamos cargo de cómo se habían partido en dos las vidas de todos los miembros de la familia Landy a raíz de aquello.

–Se dio parte a la policía, que no tardó en responder. Al fin y al cabo, estaban en Hancock Park. Apenas se tardó unos minutos en emitir los primeros boletines informativos. Se movilizó a los detectives de inmediato.

–¿Y dices que todo esto ocurrió a plena luz del día? –preguntó Bosch.

Maggie asintió.

–Alrededor de las diez y media de la mañana. Los Landy pensaban acudir a misa de once.

–¿Y nadie más vio nada?

–No te olvides de que aquello era Hancock Park. Muchos setos altos, muchos muros y mucha intimidad. Esa gente se las arregla muy bien para mantenerse alejada del mundo. Nadie vio nada. Nadie oyó nada hasta que Sarah comenzó a gritar; pero ya era demasiado tarde.

–¿La casa de los Landy tenía un seto o un muro?

–Setos de dos metros de alto en las vertientes norte y sur de la finca, pero no en el lado que daba a la calle. Se especuló con que Jessup hubiera pasado por delante con el camión de la grúa, visto a la niña sola en el patio y actuado por impulso.

Nos quedamos sentados en silencio mientras pensábamos en la tremenda arbitrariedad del destino. Un camión de la grúa pasa por delante de una casa. Su conductor ve a una niña, sola y vulnerable. Solo tarda un instante en comprender que puede llevársela y salir impune.

–Entonces –prosiguió Bosch–, ¿cómo lo pillaron?

–Los detectives que estaban prestando servicio no tardaron ni una hora en presentarse en el lugar de los hechos. Al frente estaba Doral Kloster, que acudió con su compañero, Chad Steiner. He hecho averiguaciones al respecto. Steiner ha fallecido, y Klos ter está retirado, pero padece un alzhéimer muy avanzado, por lo que no puede sernos de utilidad.

–Maldita sea –bramó Bosch.

–Bueno, el caso es que llegaron ahí a toda prisa y actuaron a toda velocidad. Sarah contó que el secuestrador iba vestido como un basurero. A medida que avanzaba el interrogatorio, llegaron a la conclusión de que se refería a que iba vestido con un mono mugriento como el que llevan los empleados de recogida de basuras. Aseguró haber oído el camión de la basura en la calle, si bien no había podido verlo: estaba jugando al escondite con su hermana, y en aquel momento se hallaba detrás de un arbusto. El problema es que era domingo. Ese día no se recoge la basura. Pero el padrastro escuchó el testimonio de la niña y ató cabos. Puntualizó que debía de referirse a las grúas que recorren las calles de arriba abajo los domingos por la mañana. Los detectives consiguieron un listado de las subcontratas del ayuntamiento y comenzaron a visitar los parques móviles.

»En ese tramo de Wilshire trabajaban tres subcontratas. Una de ellas era Aardvark. Allá que acudieron, y comprobaron que había tres grúas asignadas a esa zona. Llamaron a los conductores, entre los que se contaba Jessup. Los otros dos tipos eran Derek Wilbern y William Clinton. ¡Lo digo en serio! Los separaron para interrogarlos y no descubrieron nada sospechoso. Buscaron sus nombres en los registros y resultó que tanto Jessup como Clinton estaban limpios, pero Wilbern tenía antecedentes. En concreto, lo habían detenido por intento de violación hacía dos años, aunque al final no lo condenaron. Esto habría bastado para conducirlo hasta la comisaría central y someterlo a una rueda de reconocimiento, pero la niña seguía sin aparecer y no había tiempo para formalidades.

–Probablemente se lo llevaron de vuelta a la casa –aventuró Bosch–. No tenían elección. Debían hacer que el asunto siguiera avanzando.

–Exacto. Sin embargo, Kloster sabía que pisaba terreno pantanoso. Aunque consiguiese que la niña identificara a Wilbern, se arriesgaba a perder el caso en los tribunales por haberla coaccionado demasiado. Ya me entendéis: «Míralo bien. ¿Es este el sujeto?». De modo que se decantó por la segunda mejor opción. Se llevó consigo a los tres conductores, ataviados con sus monos respectivos, y se presentaron en la casa de los Landy. Todos ellos eran varones blancos veinteañeros. Todos vestían el mono de la empresa. Kloster se saltó el procedimiento para no perder tiempo, movido por la esperanza de hallar a la niña con vida. El dormitorio de Sarah Landy se encontraba en la parte delantera del segundo piso. Kloster condujo a la niña hasta su habitación y le indicó que mirase a la calle por la ventana, a través de las persianas venecianas. Se comunicó por radio con su compañero, el cual sacó a los tres hombres del vehículo policial y los hizo quedarse de pie en la calle. Sin embargo, Sarah no identificó a Wilbern. Señaló a Jessup y dijo que era él.

Antes de proseguir, Maggie repasó los documentos que tenía frente a sí para comprobar la cronología de los hechos que habían realizado los detectives.

–La identificación se produjo a la una en punto. Eso es lo que se dice un trabajo bien veloz. La chica llevaba desaparecida poco más de dos horas. Empezaron a poner a Jessup contra las cuerdas, pero no soltaba prenda. Lo negaba todo. Todavía estaban apretándole las clavijas cuando les llegó la llamada. Acababan de encontrar el cadáver de una niña en un contenedor situado detrás del teatro El Rey, en Wilshire. Este se encontraba a diez manzanas de Windsor y del hogar de los Landy. Más adelante se determinó que la causa de la muerte había sido estrangulamiento manual. No la habían violado, ni se habían encontrado rastros de semen en la boca ni en la garganta.

Llegados a ese punto, Maggie detuvo el resumen. Miró a Bosch, y luego a mí, y asintió con solemnidad, como si pidiera un minuto de silencio por los muertos.

6

Bosch disfrutaba mirándola y oyéndola hablar. Se notaba que el caso ya la había atrapado. Maggie la Fiera. Estaba claro por qué la llamaban de ese modo. Y lo más importante: esa era la manera en que ella se veía a sí misma. No llevaba ni una semana trabajando con ella en el caso, pero lo había comprendido nada más conocerla. Sabía cuál era el secreto. Las cosas no giraban en torno a un código y un procedimiento. Ni tampoco tenían que ver con jurisprudencia y estrategia. Todo se reducía a atrapar las tinieblas que flotaban allá afuera y conducirlas hasta tu interior. Hacerlas tuyas. Forjarlas con tu fuego interior hasta convertirlas en un objeto afilado y poderoso que pudieras sostener con ambas manos, y presentar batalla.

Sin descanso.

–Jessup solicitó un abogado y no hizo más declaraciones –prosiguió McPherson–. En un primer momento, el caso se articuló en torno a la identificación que había llevado a cabo la hermana mayor y las muestras halladas en la grúa de Jessup. Se hallaron tres mechones del cabello de la víctima dentro de un desgarrón situado en uno de los asientos. Tal vez fuera allí donde la estranguló.

—¿No se encontró nada en el cuerpo de la chica? —preguntó Bosch—. ¿Nada proveniente de Jessup o de la grúa?

—Nada que pudiera usarse en los tribunales. El ADN se halló en su vestido cuando lo analizaron dos días después. De hecho, se trataba del vestido de la hermana mayor. La menor lo había tomado prestado ese día. Se encontró una pequeña cantidad de semen en el dobladillo delantero. Lo analizaron, aunque, como es obvio, la vía penal no admitía las pruebas de ADN por aquel entonces. Se determinó que su dueño pertenecía al grupo sanguíneo A positivo, el segundo más frecuente entre los seres humanos, que alcanza al treinta y cuatro por ciento de la población. Jessup lo tenía, pero todo aquello apenas sirvió para incluirlo en la lista de sospechosos. El fiscal decidió no utilizar el análisis en el juicio porque de este modo la defensa habría podido señalarle al jurado que solo en el condado de Los Ángeles había más de un millón de varones que respondían a esas características.

Bosch la vio lanzar una nueva mirada a su exesposo. Como si él fuera el responsable de la ofuscación que todos los abogados defensores mostraban en todos los juzgados. Harry empezaba a hacerse una idea de por qué no había funcionado aquel matrimonio.

—Es asombroso lo lejos que hemos llegado —comentó Haller—. Ahora se construyen y se resuelven casos recurriendo tan solo al ADN.

—Prosigamos. —McPherson le hizo caso omiso—. El fiscal tenía una muestra de cabello y una testigo. Y también la oportunidad: Jessup conocía el vecindario, y se encontraba trabajando allí la mañana en que se cometió el asesinato. En cuanto al motivo, el historial de Jessup reveló que su padre había abusado de él; además, tenía un comportamiento psicótico. Buena parte de ello salió a relucir cuando se solicitó la pena de muerte. Sin embargo (y voy a decir esto antes de que te me eches encima, Haller), no había sido condenado por ningún delito penal.

–¿Y has dicho que no se encontraron pruebas de que se hubiera producido una agresión sexual? –preguntó Bosch.

–No hubo prueba alguna de que hubiera habido penetración o agresión sexual alguna. Pero no cabe duda de que este crimen tuvo connotaciones sexuales. Dejando a un lado el semen, fue el clásico crimen en el que se quiere demostrar que se posee el control. El perpetrador quería disfrutar de un momento efímero de control en un mundo en el que sentía que apenas podía controlar nada. Actuó de manera impulsiva. En aquel momento, el semen que se encontró en el vestido era una pieza del mismo rompecabezas. Se especuló con que había matado a la chica, se había masturbado a continuación, y había limpiado los restos, aunque dejando por un error una pequeña cantidad de semen en la prenda. La mancha tenía el aspecto de un resto que ha sido transferido. No era una gota. Era un pegote.

–La confirmación que acabamos de obtener del ADN ayudaría a explicarlo –añadió Haller.

–Posiblemente –respondió McPherson–, pero dejemos las nuevas pruebas para más adelante. Ahora mismo estoy hablando de lo que tenían y de lo que sabían en 1986.

–De acuerdo. Continúa.

–Hasta aquí llega todo lo relativo a las pruebas, pero no al caso que iba construyendo la fiscalía. Dos meses antes del juicio, recibieron una llamada del tipo que estaba en la celda contigua a la de Jessup en la penitenciaría del condado. Este...

—Puñeteros chivatos —la interrumpió Haller—. Nunca he conocido a ninguno que dijera la verdad, ni a un fiscal que, a pesar de ello, no los usara.

—¿Puedo seguir? —preguntó McPherson, molesta.

—Por favor —le respondió Haller.

—Felix Turner, un convicto reincidente por asuntos de drogas que entraba y salía de la cárcel del condado tan a menudo que lo nombraron celador. Conocía el funcionamiento diario tan bien como cualquier funcionario de prisiones. Incluso les daba la comida a los internos cuando había apagones. Les contó a los detectives que Jessup le había dado información que solo podría conocer el asesino. Le tomaron declaración y, en efecto, proporcionó detalles sobre el crimen que no se habían hecho públicos. Por ejemplo, que a la víctima le quitaron los zapatos, que no sufrió ninguna agresión sexual y que el asesino se había limpiado en su vestido.

—Así que lo creyeron y lo convirtieron en su testigo estrella —aventuró Haller.

—Lo creyeron y lo llamaron al estrado a declarar. No fue el testigo estrella, pero su testimonio fue relevante. De todas maneras, al cabo de cuatro años, el *Times* sacó en portada un perfil de Felix Móvil de Prepago Turner, un chivato profesional que había testificado para la fiscalía en dieciséis casos diferentes durante los últimos siete años, y que había obtenido a cambio significativas reducciones de condena y de cargos. A ello cabía sumar otros beneficios, como celdas individuales, buenos trabajos y cantidades generosas de cigarrillos.

Bosch recordaba el escándalo. Había hecho que, a principios de la década de 1990, los cimientos de la Fiscalía de Distrito se tambalearan. Además, aquello obligó a cambiar la manera de valerse de los informantes carcelarios como testigos en los juicios. Fue uno de los muchos golpes que sufrieron las fuerzas policiales a lo largo de la década.

—Turner perdió mucho crédito tras la investigación que llevó a cabo el periódico. En ella se afirmaba que había contratado los servicios de un detective privado externo para que le pasara información relativa a cualquier delito. Como quizá recordéis, aquello cambió el modo en que usamos la información que nos llega a través de las prisiones.

—No del todo —matizó Haller—. No acabó por completo con el recurso a los chivatos, que es lo que debería haber ocurrido.

—¿Podríamos limitarnos a hablar de nuestro caso? —bufó McPherson, visiblemente cansada de la petulancia de Haller.

—Claro —respondió este—. Centrémonos.

—De acuerdo. Pues bien, cuando el *Times* sacó todo esto a relucir, ya hacía bastante tiempo que Jessup había sido condenado y residía en San Quintín. Por descontado, interpuso un recurso de apelación alegando que tanto la policía como la fiscalía habían actuado de manera irregular. El caso no tardó en venirse abajo, pues todos los jurados coincidieron en que, si bien el uso de Turner como testigo había resultado indignante, el testimonio de este no había bastado para que reconsideraran su veredicto. Con el resto de las pruebas había más que suficiente como para condenarlo.

—Y eso fue todo —concluyó Haller—. Le estamparon el sello, y a otra cosa.

—Y ahora viene el epílogo de esta historia. Muy interesante. El caso es que a Felix Turner lo hallaron muerto en West Hollywood un año después de que se publicase aquel artículo del *Times* —acotó McPherson—. El caso no llegó a resolverse.

–Hasta donde yo sé, se lo tenía merecido –añadió Haller.

El comentario provocó una pausa en la exposición de los hechos. Bosch aprovechó para reconducir la reunión al terreno de las pruebas y formular algunas preguntas a las que había estado dándoles vueltas.

–¿Aún disponemos de la prueba del cabello?

McPherson necesitó un momento para olvidarse de Felix Turner y regresar a las pruebas.

–Sí, todavía contamos con ella. Este caso data de hace veinticuatro años, pero siempre ha estado en entredicho. De hecho, ese es el motivo por el que Jessup y sus asesores legales nos han sido de tanta ayuda. No han dejado de presentar recursos y apelaciones, por lo que no se han llegado a destruir las pruebas del juicio. Ni que decir tiene que, con el transcurso del tiempo, esto le ha permitido desembarazarse del análisis del ADN hallado en el retal del vestido, pero todavía contamos con el grueso de las pruebas del juicio, y podremos utilizarlo. Sostiene desde el primer día que el cabello aparecido en la camioneta lo colocó ahí la policía.

–Dudo que, en el nuevo juicio, la estrategia de la defensa difiera mucho de la que siguió durante el primer juicio y las consiguientes apelaciones –dijo Haller–. La chica se equivocó al efectuar la identificación, ya que estaba condicionada en contra de él, y a partir de ese instante todo fueron prisas para llevarlo a juicio. Enfrentada a una descomunal ausencia de pruebas físicas, la policía dejó cabello de la víctima en su grúa. Estábamos en 1986 y al jurado no le impresionó la jugada. Pero esto sucedió antes de Rodney King y las revueltas de 1992, del caso O. J. Simpson, del escándalo Rampart y todas las controversias posteriores en que se ha visto envuelto el Departamento de Policía. Tal vez ahora le funcione de maravilla.

–Y, visto lo visto, ¿qué opciones tenemos? –preguntó Bosch.

Haller dirigió la mirada a McPherson, que se sentaba al otro lado de la mesa, antes de responder.

–Si nos basamos en todo lo que sabemos hasta el momento –respondió–, creo que tendría más opciones si estuviera en el bando contrario.

Bosch pudo ver cómo a McPherson se le nublaban los ojos.

–Pues entonces tal vez deberías regresar al otro lado.

–No: he hecho un trato. Quizá no sea un trato muy ventajoso para mí, pero voy a respetarlo. Además, para una vez que estoy del lado del poder y de la razón… Podría acostumbrarme a ello, incluso si se tratara de una causa perdida.

Le sonrió a su exmujer, pero ella no le devolvió el cumplido.

–¿Qué hay de la hermana? –preguntó Bosch.

–¿La testigo? Esa es nuestra segunda preocupación. Debería tener treinta y siete años, pero no sabemos si sigue viva. Dar con ella está resultando todo un problema. De entrada, hay que descartar la ayuda de los padres. Su padre biológico falleció cuando tenía siete años. Su madre se suicidó frente a la tumba de su hermana tres años después del asesinato. Y su padre adoptivo se dio a la bebida hasta que tuvo un fallo hepático y murió cuando esperaba un transplante, hace seis años. Le encargué a uno de nuestros detectives que realizara una búsqueda rápida en el ordenador. El rastro de Sarah Landy se pierde en San Francisco más o menos en las mismas fechas en que murió su padrastro. Ese mismo año acababa de cumplir con los términos de su libertad condicional a raíz de una condena por consumo de drogas. Los datos de que disponemos muestran que se ha casado y divorciado en dos ocasiones, y que la han detenido varias veces por asuntos de drogas y delitos de poca monta. Y después, tal y como he comentado, desapareció del radar. O bien está muerta, o bien está limpia. Aunque se hubiera cambiado de nombre, sus huellas dactilares habrían dejado un rastro en caso de que la hubieran detenido en los últimos seis años. No hay nada.

—No creo que podamos armar ningún caso si no contamos con ella —reconoció Haller—. Necesitaremos a una persona de carne y hueso que, veinticuatro años más tarde, extienda el dedo acusador y afirme que fue él quien lo hizo.

—Estoy de acuerdo —convino McPherson—. Ella es la clave. Los miembros del jurado necesitarán que la mujer les asegure que no se equivocó cuando era niña. Que estaba tan segura entonces como lo está ahora. Si no podemos dar con su paradero para conseguir que lo haga, entonces apenas disponemos de poco más que del cabello de la víctima. Ellos se escudarán en la prueba de ADN, y no tendremos nada que hacer al respecto.

—Y caeremos envueltos en llamas —apostilló Haller. McPherson no le replicó. No era necesario.

—No os preocupéis —los tranquilizó Bosch—. Yo la encontraré.

Los dos abogados se lo quedaron mirando. No era momento de lanzar discursitos motivacionales carentes de sentido. Pero lo decía en serio.

—Bien —dijo Haller—. Esa será tu prioridad absoluta.

Bosch extrajo el llavero y abrió la diminuta navaja que llevaba adherida a este. Acto seguido desprecintó con ella la caja que contenía las pruebas del crimen. No tenía ni la menor idea de lo que había dentro. Las pruebas que se habían presentado a juicio hacía veinticuatro años seguían en manos de la Fiscalía del Distrito. En esa caja debía de haber pruebas que no llegaron a utilizarse en los tribunales.

Bosch se colocó unos guantes de látex que llevaba en el bolsillo y procedió a abrirla. En la parte superior había una bolsa de papel que contenía el vestido de la víctima. Le sorprendió. Había dado por hecho que el vestido se había mostrado en el juicio, aunque fuera para arrancarles una respuesta emocional a los miembros del jurado. Al abrir la bolsa, se esparció un olor rancio por la habitación.

Extrajo el vestido y lo sostuvo por los hombros. Los tres permanecían en silencio. Bosch tenía entre los dedos el vestido que llevaba la niña cuando la asesinaron. Era azul, con un lazo algo más oscuro en la parte delantera. Le habían recortado un cuadrado de unos quince centímetros a la altura del dobladillo delantero. Era el lugar donde se había encontrado la mancha de semen.

–¿Qué hace esto aquí? –preguntó Bosch–. ¿No se supone que deberían haberlo enseñado en el juicio?

Haller se abstuvo de hacer comentarios. McPherson se inclinó hacia delante y miró el vestido con detenimiento antes de responderle.

–Creo que... no lo mostraron por culpa del recorte... Si hubieran enseñado el vestido, la defensa habría podido preguntar por él. Lo cual, a su vez, habría conducido a que saliera a colación el grupo sanguíneo. La fiscalía decidió no adentrarse en ese jardín durante la fase de presentación de las pruebas. Tal vez confiaran en las fotografías de la escena del crimen que mostraban a la niña con ese vestido. Dejaron que fuera la defensa la que sacara el asunto a relucir, pero esta no lo hizo.

Bosch dobló el vestido y lo depositó encima de la mesa. En la caja también había un par de zapatos negros de charol. Le parecieron muy pequeños y tristes. Una segunda bolsa contenía la ropa interior y los calcetines de la víctima. El informe del laboratorio indicaba que se habían analizado las prendas en busca de fluidos corporales, cabellos y otras fibras, sin que se hubiera obtenido resultado alguno.

Al fondo de la caja apareció una bolsa de plástico en cuyo interior había un colgante de plata con un dije. Miró a través del plástico y descubrió que se trataba de una figurita de Winnie the Pooh. Había una bolsa más que contenía un brazalete de cuentas aguamarinas en torno a una goma elástica.

–Eso es todo.

–Deberíamos solicitar que el equipo forense lo analizara todo de nuevo –propuso McPherson–. Nunca se sabe. La tecnología ha avanzado lo suyo en veinticuatro años.

–Me aseguraré de ello –respondió Bosch.

–Por cierto, ¿dónde se encontraron los zapatos? –preguntó McPherson–. La víctima no los llevaba puestos en las fotografías que se tomaron en la escena del crimen.

Bosch le echó un vistazo al informe relativo a las pertenencias que estaba pegado en la parte superior del interior de la caja.

–Por lo que pone aquí, los encontraron debajo del cuerpo. Debieron de salírsele en el interior de la grúa, quizá mientras la estrangulaban. El asesino los arrojó al contenedor, y luego hizo lo propio con el cuerpo.

Las imágenes que sugería el contenido de la caja provocaron que entre los miembros del equipo de la acusación se instalara una angustia sorda. Bosch se dispuso a recolocar todos los artículos con delicadeza. Por último, depositó el envoltorio en el que estaba el colgante.

–¿Qué edad tenía vuestra hija cuando dejó de interesarle Winnie the Pooh? –les preguntó.

Haller y McPherson intercambiaron una mirada. Haller titubeó.

—Cinco o seis años —respondió McPherson—. ¿Por qué lo dices?

—Creo que la mía también. Sin embargo, esta niña de doce años lo llevaba adherido a su colgante. Me pregunto el motivo.

—Quizá se deba a su procedencia —apuntó Haller—. Hayley, nuestra hija, aún lleva un brazalete que le regalé hará unos cinco años.

McPherson lo miró como si pusiera en duda sus palabras.

—Pero no todo el rato —se apresuró a añadir Haller—, tan solo de vez en cuando. En algunas ocasiones en que paso a recogerla. Quizá fue su padre biológico quien le entregó el colgante antes de morir.

El ordenador de McPherson emitió un ligero pitido que comunicaba la llegada de un *e-mail*. Escrutó la pantalla durante unos instantes antes de hablar.

—Es un mensaje de John Rivas. Es el encargado del turno de tarde de las lecturas de cargos en el Departamento 100. Jessup dispone ya de un abogado penalista, y John trabaja para conseguirle una audiencia en la que se estudiará su solicitud de libertad bajo fianza. Vendrá para acá en el último autobús que sale de la penitenciaría municipal.

—¿Quién es su abogado? —preguntó Haller.

—Esto te va a encantar. Clive el Astuto Royce ha aceptado el caso *pro bono*. Lo recomienda el Proyecto de Justicia Genética.

A Bosch le sonaba ese nombre. Royce era un tipo de perfil alto a quien adoraban los medios de comunicación y que nunca dejaba escapar la ocasión de plantarse delante de una cámara para soltar todo aquello que no podía decir en un tribunal.

–Pues claro que ha aceptado el caso *pro bono* –explicó Haller–. Lo compensará yéndose al otro extremo. Declaraciones altisonantes y titulares de prensa. Eso es todo lo que le importa.

–Nunca me he enfrentado a él –observó McPherson–. Estoy impaciente.

–¿Jessup ha conseguido fecha para la audiencia?

–Todavía no, pero Royce ya ha entablado conversaciones con el secretario judicial. Rivas quiere saber si queremos que se encargue del asunto. Se opondrá a la fianza.

–No, ya nos encargamos nosotros –dijo Haller–. En marcha.

McPherson apagó su ordenador al mismo tiempo que Bosch volvía a colocar la tapa sobre la caja de las pruebas.

–¿Quieres venir a echarle un vistazo al enemigo? –le preguntó Haller.

–Acabo de pasar siete horas con él, ¿recuerdas?

–Creo que no se refería a Jessup –intervino McPherson. Bosch asintió.

–No, paso. Voy a llevar este material al Departamento de Investigaciones Científicas, y después comenzaré a buscar el rastro de nuestra testigo. Cuando dé con ella, os lo comunicaré.

7

Martes, 16 de febrero, 17:30 horas

El Departamento 100 era la sala de justicia más grande del Tribunal Penal de Los Ángeles, y estaba reservada para las lecturas de cargos que se celebraban por las mañanas y por las tardes. Eran los puertos de entrada gemelos al sistema judicial de la ciudad.

A todo aquel contra el que pesara algún cargo había que conducirlo a la presencia de un juez en un plazo de veinticuatro horas. En el caso del Tribunal Penal de Los Ángeles, esto hacía necesaria una sala de justicia de gran tamaño con aforo suficiente como para que pudieran tomar asiento los familiares y amigos de los acusados. La sala se empleaba para las primeras audiencias posteriores a las detenciones, cuando los seres queridos aún no eran conscientes de cuánto se iba a prolongar el largo, tortuoso y devastador trayecto en el que acababa de embarcarse el demandado. No era infrecuente que a la lectura de cargos se presentaran mamá, papá, la esposa, la cuñada, el tío, la tía e incluso uno o dos vecinos con el fin de mostrarle su apoyo y dejar patente la indignación que les causaba el hecho de que lo hubieran detenido. Si tenía algo de suerte, al cabo de dieciocho meses, cuando el rodillo del caso se acercara a su final con la lectura de la sentencia, el demandado aún conservaría junto a sí a su vieja y queridísima madre.

Al otro lado de la cancela reinaba un bullicio similar, con letrados de todo tipo. Veteranos que peinaban canas, abogados de oficio sumidos en el aburrimiento, torticeros representantes de miembros de algún cártel, fiscales recelosos y periodistas carroñeros. Todos andaban mezclados. O tal vez se recostaban en el vidrio que los separaba de sus clientes para susurrarles lo que fuera. Presidía aquel hormiguero el juez Malcolm Firestone, quien se sentaba con la cabeza gacha y los hombros puntiagudos cada vez más cerca de las orejas. La toga negra les otorgaba la apariencia de unas alas plegadas. En general, daba la impresión de un buitre impaciente por abalanzarse sobre los sanguinolentos desechos del sistema judicial.

Así pues, Firestone se dispuso a despachar la audiencia vespertina dedicada a la lectura de cargos. Esta arrancó a las tres de la tarde y se prolongó hasta bien entrada la noche: la lista de detenidos era ingente, y había que cumplir con todos ellos. Al juez le preocupaba que los asuntos avanzaran. Si no actuabas con rapidez en aquella sala, corrías el riesgo de que te pasaran por encima y te quedaras atrás. La justicia era una cadena de montaje con una cinta transportadora que no se detenía nunca. Firestone quería irse a casa. Los abogados querían irse a casa. Todo el mundo quería irse a casa.

Entré en la sala acompañado de Maggie. Lo primero que vi fue cómo estaban montando las cámaras en una especie de corral de dos metros que se ubicaba a mano izquierda, al otro extremo del cubículo de cristal donde aguardaban los acusados de seis en seis. Como los focos no me daban en la cara, esta vez pude ver a mi amigo Sticks. Estaba desplegando las patas de su trípode, el instrumento que le había valido su apodo. Cuando me vio me hizo un gesto con la cabeza. Se lo devolví.

Maggie me dio un golpecito en el hombro y me señaló a un hombre que se sentaba a la mesa de la fiscalía junto con otros tres abogados.

—El que hay en el extremo es Rivas.

—De acuerdo. Ve a hablar con él mientras yo le pido al secretario judicial que me registre.

—No tienes que registrarte, Haller. Eres un fiscal, ¿recuerdas?

—Oh, qué guay. Me había olvidado.

Nos dirigimos a la mesa de la fiscalía, y Maggie me presentó a Rivas. El fiscal estaba aún en pañales. Daba la impresión de que acababa de salir de alguna facultad de Derecho de primera fila. La intuición me decía que estaba esperando que llegase su oportunidad. Debía de estar inmerso en algún politiqueo para poder ascender en el escalafón y abandonar el agujero infernal que era una sala de lectura de cargos. No le ayudaba el hecho de que yo hubiera cambiado de bando para hacerme con el más preciado de los casos a los que se enfrentaba la fiscalía. Su lenguaje corporal me dejó patente la desconfianza que despertaba en él. Estaba en la mesa equivocada. Era el zorro en el gallinero. Y sabía que, antes de que acabara la audiencia, iba a confirmar sus sospechas.

Tras un desganado apretón de manos me puse a buscar a Clive Royce. Me lo encontré apoyado sobre la barandilla, deliberando junto a una mujer joven que tal vez fuera su ayudante. Estaban inclinados el uno frente al otro, mirando un expediente abierto por el que asomaba un fajo de documentos. Me acerqué a ellos con la mano extendida.

—¡Clive Royce! ¿Cómo le van las cosas a mi viejo amigo inglés? Alzó la vista y una sonrisa cruzó de inmediato su bien bronceado rostro. Como un perfecto caballero, se incorporó antes de estrechar mi mano.

–¿Qué tal, Mickey? Lamento que esta vez todo apunte a que vamos a ser rivales.

Sabía que lo lamentaba, pero no mucho. Royce se había labrado la carrera gracias a que apostaba siempre por el caballo ganador. No se habría arriesgado a ejercer *pro bono* y a desfilar en un caso de semejante repercusión mediática si no pensara que iba a cosechar publicidad gratis y una nueva victoria. Estaba allí para ganar, y detrás de esa sonrisa se alineaban unos dientes muy afilados.

–Yo también. Estoy convencido de que harás que me arrepienta del día en que cambié de bando.

–Bueno, supongo que ambos estamos cumpliendo con nuestras obligaciones públicas, ¿verdad? Tú ayudando al fiscal del distrito y yo representando a Jessup.

Pese a que llevaba viviendo en Estados Unidos más de la mitad de sus cincuenta años de existencia, Royce seguía arrastrando un acento inglés. Le otorgaba un aura culta y distinguida que contrastaba con su afición a defender a tipos acusados de crímenes horrendos. Vestía un traje de tres piezas con una línea de tiza apenas perceptible en la gabardina. La coronilla de su calva tenía un aspecto moreno y suave. Hasta el último pelo de la barba teñida de negro había sido acicalado con mimo.

–Es una manera de verlo –le contesté.

–Oh, ¿qué ha sido de mis modales? Mickey, esta es mi adjunta, Denise Graydon. Va a ayudarme con la defensa del señor Jessup.

Graydon se levantó y me estrechó la mano con firmeza.

–Encantado de conocerla –le dije.

Miré a mi alrededor para comprobar si Maggie andaba cerca y poder presentársela, pero se hallaba enfrascada en una conversación con Rivas en la mesa de la fiscalía.

–Bueno –le dije a Royce–. ¿Has conseguido incluir a tu cliente en las audiencias?

–De hecho, sí. Será el primero del próximo grupo. Ya nos hemos reunido, y estamos listos para solicitar una fianza. De todos modos, y dado que aún disponemos de algunos minutos, me preguntaba si te importaría salir un momento al pasillo para hablar de un asunto.

–Por supuesto, Clive. Hagámoslo ahora.

Royce le pidió a su adjunta que lo esperara en la sala y que acudiera a nuestro encuentro cuando condujeran al siguiente grupo de acusados hacia la jaula de vidrio. Seguí a Royce a través de la cancela y del pasillo, a ambos lados del cual se apiñaban los asistentes. Cruzamos las puertas de seguridad y salimos de la sala.

–¿Quieres que nos tomemos una taza de té? –me preguntó Royce.

–No creo que tengamos tiempo. ¿Qué ocurre, Clive?

Royce se cruzó de brazos y se puso serio.

–Tengo que decirte, Mick, que no tengo la menor intención de avergonzarte. Eres un amigo, y un colega en el banquillo de la defensa. Sin embargo, te has metido en una situación de la que no puedes salir victorioso, ¿verdad? ¿Qué vamos a hacer al respecto?

Sonreí y paseé la mirada arriba y abajo por el abarrotado pasillo. Nadie nos estaba prestando atención.

–¿Me estás diciendo que tu cliente quiere un acuerdo para salir libre?

–Todo lo contrario. No va a haber ni la menor negociación. El fiscal del distrito ha tomado la decisión equivocada, y es evidente la maniobra que está llevando a cabo y el modo en que te está utilizando como un simple peón. Debo advertirte de que, si insistes en llevar a juicio a Jessup, acabarás haciendo el ridículo. Me sentía en la obligación de decírtelo, por cortesía profesional.

Antes de que pudiera responderle, Graydon salió de la sala y se encaminó deprisa hacia nosotros.

–Uno de los miembros del primer grupo no está listo, de modo que han adelantado la comparecencia de Jessup. Lo acaban de traer.

–Enseguida vamos –dijo Royce.

Ella titubeó antes de darse cuenta de que su jefe quería que regresara a la sala. Así lo hizo, y Royce volvió a prestarme atención. Hablé antes de que lo hiciera él.

–Te agradezco la cortesía y la preocupación, Clive, pero, si tu cliente desea un juicio, tendrá un juicio. Estaremos preparados, y ya se verá quién hace el ridículo y quién vuelve a la cárcel.

–Genial, entonces. Espero ansioso el combate.

Lo seguí de vuelta al interior. Ya había empezado la sesión y, al avanzar por el pasillo, vi a Lorna Taylor, la gerente de mi despacho y mi segunda exmujer, sentada al final de una de las concurridas filas. Me incliné para susurrarle al oído.

–Hola, ¿cómo tú por aquí?

–No podía perderme el gran momento.

–¿Cómo te has enterado? Yo lo sé desde hace quince minutos.

–Supongo que a la vez que las radios locales. Me encontraba por la zona buscando oficinas de alquiler cuando escuché por la radio que Jessup iba a presentarse frente al juez. Y aquí me tienes.

–Bueno, gracias por estar aquí, Lorna. ¿Cómo anda la búsqueda? De verdad que necesito abandonar este edificio. Pronto.

–Me quedan tres visitas después de esta. Serán suficientes.

Mañana te haré saber lo que he decidido al final, ¿de acuerdo?

–Sí, eso es…

El secretario pronunció el nombre de Jessup.

–Mira, tengo que entrar ahí. Luego hablamos.

–¡A por ellos, Mickey!

Encontré un asiento vacío que me aguardaba al lado de Maggie en la mesa de la fiscalía. Rivas se había movido a la fila de asientos situada justo frente a la cancela. Royce se había situado junto a la jaula de vidrio, donde le murmuraba indicaciones a su cliente. Jessup llevaba puesto un mono naranja –el uniforme carcelario– y ofrecía un aspecto tranquilo y cabizbajo. Asentía a todo cuanto le decía Royce. En cierto modo parecía más joven de lo que me había imaginado. Supongo que contaba con que todos esos años pasados entre rejas se hubieran cobrado un peaje. Sabía que tenía cuarenta y ocho años, pero no aparentaba más de cuarenta. Tenía la piel pálida, aunque irradiaba salud; sobre todo, si se la comparaba con la hiperbronceada de Royce.

–¿Dónde te habías metido? –me susurró Maggie–. Creí que iba a tener que encargarme de esto yo sola.

–Había salido a departir con el abogado defensor. ¿Tienes los cargos a mano? Por si tengo que leerlos para que consten en acta.

–No hará falta. Tu único cometido consistirá en afirmar que crees que, en el caso de Jessup, existe riesgo de fuga y que eso supone un peligro para la comunidad. Él…

–Pero yo no creo que exista riesgo de fuga. Su abogado me acaba de decir que están preparados para la acción y que no les interesa ningún arreglo. Quiere el dinero, y la única forma de conseguirlo es yendo a juicio… y ganándolo.

–¿Entonces?

Parecía asombrada y bajó la vista a los expedientes que se apiñaban frente a sí.

—Mags, tu filosofía consiste en cuestionarlo todo y no dar cuartel. No creo que vaya a funcionar esta vez. Dispongo de una estrategia, y...

Se volvió y se inclinó hacia mí.

—En ese caso, dejaré que tú, tu estrategia y tu colega calvo del equipo de la defensa os encarguéis de ello.

Retiró la silla y se levantó. Recogió el maletín del suelo.

—Maggie...

Atravesó la cancela, furiosa, y se encaminó hacia la puerta trasera de la sala. Mientras la veía marcharse era consciente de que, aunque aquel desenlace no me gustaba, no había tenido más remedio que dejarle claro cuáles serían las líneas maestras de nuestra relación como abogados de la acusación.

Se cantó el nombre de Jessup, y Royce se identificó para que constara en acta. Entonces llegó mi turno de incorporarme y de pronunciar unas palabras que jamás creí que fueran a salir de mis labios.

—Michael Haller, por el Pueblo.

Incluso el juez Firestone alzó la vista desde su asiento. Me escrutó por encima de sus gafas para leer. Tal vez fuera la primera ocasión en varias semanas en que sucedía algo fuera de lo corriente en esa sala. Un abogado defensor de pura cepa pasaba a representar al Pueblo.

—De acuerdo, caballeros. El propósito de esta audiencia es proceder a la lectura de cargos. En la nota que tengo en mis manos se indica que desean discutir la posibilidad de solicitar una fianza. A Jessup lo habían condenado por secuestro y asesinato hacía veinticuatro años. Pero el Tribunal Supremo no desestimó aquellos cargos cuando revocó la sentencia. Había dejado el asunto en manos de la Fiscalía del Distrito. De modo que, veinticuatro años después, los cargos seguían vigentes y su petición de no culpabilidad seguía en su sitio. Había que asignarles el caso a un tribunal y a un juez para que se procediera con el juicio. Por norma general, cualquier maniobra encaminada a discutir posibles fianzas quedaría aplazada hasta ese momento. Pero Jessup se había valido de Royce para tomar la delantera, y por eso había acudido a Firestone.

—Señoría —comenzó Royce—, mi cliente ya fue procesado hace veinticuatro años. Lo que nos gustaría hacer hoy es debatir la concesión de una fianza y conducir este caso a juicio. El señor Jessup lleva mucho tiempo esperando su libertad y que se haga justicia. No tiene la menor intención de renunciar a su derecho a un juicio rápido.

Sabía que aquel era el paso que Royce iba a dar, porque era el mismo que yo habría dado en su lugar. A toda persona acusada de un crimen se le garantiza un juicio rápido. Lo más frecuente es que los juicios se demoren, o bien a petición de la defensa, o bien con su beneplácito, ya que ambas partes quieren contar con más tiempo para prepararlos. Como medida de presión, Royce no planeaba suspender el juicio rápido. Dado que el caso y las pruebas tenían veinticuatro años, y la testigo más relevante estaba en paradero desconocido, obligar a la fiscalía a luchar contrarreloj no solo era prudente, sino que además era la opción más elemental. Las agujas de ese reloj habían echado a andar cuando el Tribunal Supremo revocó la sentencia. Desde ese momento, el Pueblo disponía de sesenta días para llevar a juicio a Jessup. Ya habían transcurrido doce.

—Puedo entregarle el caso al secretario para que se lo asigne a quien considere pertinente —dijo Firestone—. Y preferiría que el juez asignado decidiese con respecto a la fianza.

Royce quedó sumido en sus pensamientos antes de contestar. Al hacerlo, giró ligeramente el cuerpo de modo que las cámaras ofrecieran su lado bueno.

—Señoría, mi cliente ha pasado veinticuatro años encarcelado injustamente. Y no solo lo digo yo, sino también el Tribunal Supremo del estado. Ahora lo han sacado de la prisión y traído hasta aquí para afrontar un nuevo juicio. Todo esto forma parte de una maniobra que no tiene nada que ver con la justicia, y todo con el dinero y los politiqueos. De lo que se trata es de eludir la responsabilidad de haber privado a un hombre de su libertad valiéndose de corruptelas. Aplazar este asunto hasta una nueva audiencia en un día por determinar no hará más que prolongar la parodia de justicia que rodea a Jason Jessup desde hace más de dos décadas.

—Entendido.

Firestone seguía con aspecto de estar molesto y enfadado. La cadena de montaje había sufrido una interrupción. La agenda del juez probablemente había arrancado con una lista de más de setenta y cinco nombres, y el deseo de despacharlos a todos para poder cenar en casa antes de las ocho. Royce se disponía a retrasar las cosas hasta donde pudiera con su petición de debatir a fondo si se debía poner en libertad a Jessup mientras aguardaba al inicio del juicio. Pero Firestone, al igual que Royce, estaba a punto de recibir la sorpresa del día. Si no conseguía llegar a casa a tiempo para cenar, no iba a ser por mi culpa.

Royce le solicitó al juez un BP, lo que significaba que Jessup no debía entregar ningún dinero como fianza y quedaba en libertad bajo palabra. Apenas era el primer acto. No le cabía la menor duda de que, en el mejor de los casos, la liberación de Jessup pasaría por un desembolso económico. A los sospechosos de asesinato no se les concedía un BP. En las escasas excepciones en que se concedía la libertad bajo fianza en casos de asesinato, esta era exorbitante. Si Jessup era capaz de reunir ese dinero, o bien gracias a sus simpatizantes, o bien mediante los derechos por libros o películas que supuestamente estaba negociando, aquello era irrelevante de cara a la decisión final.

Royce remató su petición aduciendo que no podía considerarse que Jessup incurriera en riesgo de fuga por el mismo motivo que yo le había apuntado a Maggie. No le interesaba en absoluto salir corriendo. Solo le preocupaba luchar con el fin de lavar su nombre después de haberse pasado veinticuatro años encarcelado de manera injusta.

—El señor Jessup no tiene otro objetivo que permanecer en su sitio para poder demostrar, de una vez por todas, que es inocente y que ha pagado un precio infernal por los errores y la conducta represible de la Fiscalía del Distrito.

Mientras Royce hablaba, yo no dejaba de observar a Jessup en la jaula de vidrio. Sabía que las cámaras le estaban enfocando y mantenía una pose de legítima indignación. A pesar de sus esfuerzos, no podía disimular la rabia y el odio que traslucían sus ojos. Había llegado a ese punto después de veinticuatro años de prisión.

Firestone anotó algo y me preguntó cuál era mi parecer. Me incorporé y aguardé a que levantara la vista en mi dirección.

—Proceda, señor Haller —me acució.

—Señoría, el Estado no va a oponerse esta vez a la concesión de la libertad bajo palabra al señor Jessup… siempre y cuando pueda mostrarnos alguna documentación en la que conste su lugar de residencia.

Firestone me lanzó una mirada casi eterna. Estaba procesando mi respuesta. Era justo lo contrario de lo que se esperaba. Los cuchicheos de la sala parecieron bajar de volumen a medida que todos y cada uno de los abogados allí presentes asimilaban el impacto que causaba mi anuncio.

—¿Le he entendido bien, señor Haller? —me preguntó Firestone—. ¿No pone objeción alguna a una libertad de tipo BP para un caso de asesinato?

—Correcto, señoría. No albergamos dudas de que el señor Jessup se presentará al juicio. Si no lo hiciera, se quedaría sin dinero.

—¡Señoría! —exclamó Royce—. Protesto contra el hecho de que el señor Haller contamine esta sesión lanzando estúpidos prejuicios con la sola intención de llamar la atención de los medios de comunicación aquí reunidos. En este momento, mi cliente no tiene más propósito que...

—Le entiendo, señor Royce —le interrumpió Firestone—, pero creo que usted ya ha pasado el tiempo suficiente frente a las cámaras. Dejémoslo aquí. Si la fiscalía no pone ninguna objeción, dejaré en libertad bajo palabra al señor Jessup una vez que le haya hecho entrega al secretario judicial de la documentación que acredite su residencia. El señor Jessup no está autorizado a abandonar Los Ángeles sin el permiso del tribunal al que le sea asignado su caso.

A continuación, Firestone le derivó el caso al secretario del tribunal para que se lo reasignara a otro departamento con el fin de llevarlo a juicio. Por fin estábamos fuera de su ámbito de jurisdicción. Podía volver a poner en marcha la cadena de montaje y llegar a casa a la hora de la cena. Recogí los expedientes que Maggie se había dejado y me levanté de la mesa. Royce estaba de regreso en su asiento junto a la barandilla, metiendo expedientes en su maletín de cuero. Su joven ayudante le echaba una mano.

—¿Cómo te has sentido, Mick? —me preguntó.

–¿Quieres decir ejerciendo de fiscal?

–Sí, pasándote al otro bando.

–Para serte sincero, apenas he notado la diferencia. Lo de hoy ha sido un puro trámite.

–Te las van a hacer pasar canutas por haber dejado que mi cliente salga en libertad.

–Que les den por culo si no aceptan una broma. Tú solo preocúpate de que no se meta en líos, Clive. De lo contrario, sí que me van a echar a las fieras. Y a él también.

–Por eso no sufras. Vamos a cuidar de él. Sabes que esa es la menor de tus preocupaciones, ¿no?

–¿Por qué, Clive?

–Apenas tienes pruebas, no puedes localizar a tu principal testigo y el análisis de ADN le dará carpetazo al caso. Eres el capitán del Titanic, Mickey, y fue Gabriel Williams quien te puso a los mandos. No dejo de pensar por dónde te tiene cogido.

De todo cuanto dijo, solo una cosa me hizo reflexionar. ¿Cómo podía saber lo del testigo desaparecido? Por descontado, ni se lo pregunté ni reaccioné a la bofetada que me lanzó con sus sospechas de que el fiscal del distrito me tenía pillado por algún sitio. Actué con la autosuficiencia que había observado en todos y cada uno de los fiscales a quienes me había enfrentado.

–Dile a tu cliente que disfrute mientras anda correteando por ahí fuera, Clive, porque, tan pronto llegue el veredicto, volverá adentro.

Clive sonrió mientras cerraba su maletín. Cambió de tema.

–¿Cuándo podremos discutir la presentación de las pruebas?

–Cuando quieras. Mañana por la mañana empezaré a preparar la solicitud.

–Bien. Hablamos pronto, Mick, ¿de acuerdo?

–De nuevo, cuando tú quieras, Clive.

Se dirigió hacia la mesa del secretario del tribunal, probablemente con la intención de indagar acerca de la liberación de su cliente. Atravesé la cancela y fui en busca de Lorna para abandonar juntos la sala. Afuera me esperaba un pequeño grupo de reporteros y de cámaras. Los primeros me lanzaron preguntas sobre mi decisión de no oponerme a la libertad de Jessup. Les dije que no haría comentarios y proseguí mi camino. Aguardaron en el mismo sitio a que saliera Royce.

–No sé, Mickey –me confió Lorna–. ¿Cómo crees que reaccionará el fiscal del distrito cuando se entere de que Jessup sale con libertad sin fianza?

Mientras formulaba la pregunta empezó a sonarme el móvil que llevaba en el bolsillo. Descubrí que me había olvidado de apagarlo en la sala del tribunal. Aquel error podría haberme costado muy caro, dependiendo de la opinión que le merecieran a Firestone ese tipo de interrupciones con un juicio ya en marcha.

–No tengo ni la menor idea –me sinceré con Lorna mientras miraba a la pantalla–, pero creo que estoy a punto de averiguarlo.

Le acerqué el aparato para que pudiera ver que en el identificador de llamadas ponía «fdla» (fiscal del distrito de Los Ángeles).

–Contesta. Me voy pitando. Ándate con cuidado, Mickey. Me dio un beso en la mejilla y se encaminó hacia el ascensor.

Le di al botón de responder. No me había equivocado. Era Gabriel Williams.

–¿Qué demonios estás haciendo, Haller?

–¿A qué te refieres?

–Uno de los míos me ha dicho que has dejado que Jessup saliera en libertad bajo palabra.

–Es verdad.

–Entonces, te lo preguntaré de nuevo. ¿Qué demonios estás haciendo?

–Mira, yo…

–No, mira tú. No sé si es que simplemente le estabas dando a uno de tus colegas de la defensa lo que quería o es que directamente eres estúpido, pero *nunca* se deja a un asesino en libertad. ¿Me entiendes? Ahora quiero que regreses ahí dentro y solicites una nueva audiencia para el establecimiento de una fianza.

–No voy a hacer eso.

Antes de que Williams volviera a la carga, se produjo un denso silencio de al menos diez segundos.

–¿Te he oído bien, Haller?

–No sé qué has oído, Williams, pero no pienso regresar a pedir otra audiencia. Debes entender una cosa: me diste una mierda de caso y me las tengo que apañar con él lo mejor que pueda. Las pruebas de que disponemos tienen veinticuatro años. En uno de los extremos del caso hay un inmenso boquete causado por el ADN, y existe una testigo presencial a quien no podemos localizar. Todo ello apunta a que debo hacer cuanto esté en mi mano para que este caso salga adelante.

–¿Y eso qué tiene que ver con sacar a este tipo de la cárcel?

–¿Es que acaso no lo ves? Jessup se ha pasado veinticuatro años entre rejas. No es que haya estado en una escuela de señoritas. Fuera quien fuera la persona que entró ahí, ahora es mucho peor. Si lo dejamos libre, volverá a joderla. Y el que la vuelve a joder nos beneficia.

–En otras palabras, mientras ese individuo pulule por ahí estás poniendo en riesgo la seguridad pública.

–No, porque vas a hablar con el Departamento de Policía de Los Ángeles para que lo vigilen. Así nadie saldrá herido y podrán echarle el lazo en el mismo instante en que mee fuera de tiesto.

Se produjo otro silencio. Esta vez me llegaron murmullos, por lo que supuse que Williams estaba discutiendo el asunto con su asesor, Joe Ridell. Cuando volvió a dirigirse a mí, su voz seguía seria, pero el tono airado se había perdido en el camino.

—De acuerdo. Te voy a decir lo que quiero que hagas. Cuando te dispongas a realizar maniobras de este tipo, comunícamelo antes. ¿Comprendes?

—Ni lo sueñes. Querías un fiscal independiente, y eso es lo que tienes. O lo tomas o lo dejas.

Hubo una pausa, y a continuación colgó sin mediar palabra. Apagué el teléfono, y dediqué un momento a ver cómo Clive Royce salía de la sala y se lanzaba de cabeza a la nube de reporteros y cámaras. Como consumado experto que era en la materia, aguardó unos instantes a que todo el mundo hubiera tomado posiciones y enfocado los objetivos. Acto seguido, procedió con la primera de sus improvisadas, aunque cuidadosamente planificadas, ruedas de prensa.

—Creo que la Fiscalía del Distrito está muerta de miedo —comenzó.

Sabía que esas iban a ser sus primeras palabras. No necesitaba quedarme a oír el resto. Caminé hacia la salida.

8

Miércoles, 17 de febrero, 9:48 horas

Hay gente que no quiere que la encuentren. Toma medidas. Altera con una rama el rastro que dibujan sus huellas en el suelo. Hay quien está huyendo y no le preocupa lo que deja atrás. Lo que le importa a esa gente es que el pasado va quedando a sus espaldas y que tienen que avanzar para aumentar esa distancia.

Una vez que hubo revisado el trabajo del detective de la Fiscalía del Distrito, a Bosch apenas le bastaron dos horas para averiguar el nombre y la dirección actuales de la testigo desaparecida, Sarah, la hermana mayor de Melissa Landy. No había recurrido a ninguna rama. Se había valido de los medios que tenía más a mano, y no había dejado de moverse. El detective de la Fiscalía del Distrito, que le había perdido el rastro en San Francisco, no había mirado atrás en busca de pistas. Ese había sido su error. Había mirado hacia delante, y se había topado con un sendero vacío.

Bosch empezó de la misma manera que su antecesor, tecleando en el ordenador el nombre de Sarah Landy y su fecha de nacimiento, el 14 de abril de 1972. Los diversos motores de búsqueda del departamento arrojaron un buen surtido de encontronazos con las fuerzas de la ley y con la sociedad.

En primer lugar, estaban las detenciones por asuntos de drogas en 1989 y 1990, tramitadas con discreción y benevolencia por el Departamento de Atención al Menor. Pero no gozaba de su comprensión cuando hubo de enfrentarse a cargos similares a finales de 1991 y en otras dos ocasiones a lo largo de 1992. Se le concedió la libertad condicional y entró en un periodo de rehabilitación. A ello le siguieron unos años en los que no dejó huella digital alguna. Una nueva página de búsqueda le facilitó a Bosch una ristra de direcciones suyas en Los Ángeles a principios de la década de 1990. Harry comprobó que todas ellas eran de barrios marginales, donde con toda probabilidad los alquileres eran bajos, y el acceso a las drogas, fácil. La sustancia ilegal favorita de Sarah era el cristal, una anfetamina que aniquilaba las neuronas por miles de millones.

Y allí terminaba el rastro de Sarah Landy, la niña que se había escondido tras unos arbustos y visto cómo un asesino secuestraba a su hermana.

Bosch abrió el primer expediente que había sacado de la caja y le echó un vistazo a la hoja con la información de la testigo, Sarah. Encontró su número de la Seguridad Social y lo introdujo en el buscador junto a su fecha de nacimiento. Así obtuvo dos nombres más: Sarah Edwards, desde 1991, y Sarah Witten, desde 1997. Un cambio en el primer apellido de una mujer solía indicar que se había casado. El detective de la Fiscalía del Distrito había notificado el hallazgo de dos certificados de matrimonio.

Las detenciones bajo el nombre de Sarah Edwards continuaron. Entre ellas, dos por delitos contra la propiedad y una por prostitución. Sin embargo, había transcurrido tanto tiempo entre uno y otro, y su historial personal era ya de por sí tan triste, que probablemente evitó acabar una vez más entre rejas.

Bosch hizo clic sobre las fotos que se le habían hecho a raíz de cada una de esas detenciones. Mostraban a una mujer joven que, pese a los cambios en el estilo y el color del pelo, conservaba en la mirada las huellas del dolor y una pose desafiante. Una de las imágenes mostraba un cardenal de un violeta oscuro bajo el ojo izquierdo, y llagas abiertas a lo largo de la línea del mentón. Aquellas fotos bastaban para contar su historia. Un descenso en picado por el mundo de las drogas y la delincuencia. Una herida interna que no se podía curar, una culpa para la que no había alivio posible.

Bajo el nombre de Sarah Witten no dejó de haber detenciones: solo cambió la localización. Tal vez era consciente de que estaba acabando con la paciencia de los fiscales y jueces empeñados en concederle una segunda oportunidad. Seguramente habían leído algún resumen de su vida antes de proceder a una sentencia. Se dirigió al norte, a San Francisco, y de nuevo tuvo problemas recurrentes con la ley. Drogas y delitos menores, cargos que con frecuencia van de la mano. Bosch comprobó las fotografías tomadas en comisaría y se encontró con una mujer que parecía mucho mayor de lo que afirmaba su edad. Aparentaba más de cuarenta años, cuando lo cierto era que aún no había llegado a la treintena.

En 2003 cumplió su primer periodo significativo entre rejas a raíz de una sentencia a seis meses en la prisión del condado de San Mateo. Se había declarado culpable de un cargo de posesión de drogas. Los registros mostraban que estuvo cuatro meses encerrada y que, a continuación, siguió un programa de rehabilitación en la misma penitenciaría. Era la última de sus huellas que contenía el sistema. A partir de ese momento no se había detenido ni examinado del carné de conducir a nadie que llevase su nombre ni su número de la Seguridad Social en ninguno de los cincuenta estados. Bosch probó otras triquiñuelas digitales, que había aprendido mientras trabajaba en la Unidad de Casos Abiertos y No Resueltos, donde el rastreo por internet había sido elevado a categoría de arte. Le resultó imposible recuperar la pista. Sarah había desaparecido.

Bosch salió del ordenador y extrajo los archivos que había en la caja. Empezó a escanear los documentos, a la búsqueda de claves que pudieran ayudarlo a dar con el rastro. Encontró más que eso al hallar una fotocopia del certificado de nacimiento de Sarah. Recordó entonces que la niña vivía con su madre y con su padrastro en el momento en que se produjo el asesinato de su hermana.

El nombre que aparecía en el certificado de nacimiento era Sarah Ann Gleason. Lo introdujo en el ordenador junto con la fecha de nacimiento. No encontró ningún historial delictivo bajo ese nombre, pero sí un carné de conducir expedido por el estado de Washington hacía seis años. Se había renovado hacía apenas dos meses. Hizo clic en la fotografía y obtuvo resultado. Aunque a duras penas. Bosch la estudió durante un buen rato. Habría jurado que Sarah Ann Gleason estaba rejuveneciendo.

La intuición le decía que había dejado atrás la mala vida. Había encontrado algo que le había permitido cambiar. Quizás había seguido algún tratamiento. Quizás había tenido un hijo. No cabía duda de que la vida le había cambiado a mejor.

Acto seguido, Bosch hizo circular su nombre por otro buscador, y obtuvo datos relacionados con sus servicios domiciliados y sus aparatos por satélite. La dirección encajaba con la que aparecía en su carné de conducir. Bosch estaba seguro de haberla encontrado. Port Townsend. Lo buscó en Google. Al momento estaba viendo un mapa de la península Olímpica, situada en el extremo noroccidental de Washington. Sarah Landy había cambiado de nombre tres veces y se había desplazado hasta el rincón más remoto de los Estados Unidos continentales, pero él la había encontrado.

El teléfono comenzó a sonar en el momento en que se disponía a llamarla. Era el teniente Stephen Wright, jefe de la Sección de Investigaciones Especiales del Departamento de Policía de Los Ángeles.

—Solo quiero que sepas que hace quince minutos que estamos plenamente operativos en el asunto Jessup. La unidad al completo está comprometida con ello, y todas las mañanas te entregaremos los registros de nuestros equipos de vigilancia. Si necesitas cualquier otra cosa o deseas unirte al grupo en algún momento, llámame.

—Gracias, teniente. Lo haré.

—Esperemos que ocurra algo.

—Eso estaría bien.

Bosch colgó y llamó a Maggie McPherson.

—Tengo unas cuantas cosas que decirte. La primera es que la SIE, la Sección de Investigaciones Especiales, ya está en marcha. Puedes comunicárselo a Gabriel Williams.

Le pareció oír una risita ahogada antes de que le respondiera.

—Es irónico, ¿no?

—Sí. Puede que acaben matando a Jessup y no haga falta preocuparse por el juicio.

La Sección de Investigaciones Especiales era un cuerpo de vigilancia de élite que existía desde hacía más de cuarenta años, pese a que su índice de bajas era mayor que el de cualquier otra unidad del departamento, incluyendo el SWAT. Se recurría a la SIE para observar de forma clandestina a los depredadores alfa; es decir, los sujetos sospechosos de haber cometido crímenes violentos que no se detendrían hasta que la policía los cazara in fraganti. Ases de la vigilancia, los miembros de la sección estaban al acecho hasta que el sospechoso volvía a delinquir. En ese momento se le echaban encima para detenerlo, lo que a menudo acarreaba trágicas consecuencias.

La ironía a la que se refería McPherson era que Gabriel Williams había sido un abogado a favor de los derechos civiles antes de presentarse a fiscal del distrito. Había demandado al departamento por los tiroteos que llevaba a cabo la SIE, aduciendo que sus estrategias estaban diseñadas para atraer a los sospechosos hacia enfrentamientos mortales con la policía. Había llegado hasta el extremo de llamarla «escuadrón de la muerte» el día en que anunció una demanda por un tiroteo que se había saldado con cuatro muertos a la entrada de un restaurante de comida rápida de la franquicia Tommy's. Y ahora se valía de aquel escuadrón de la muerte como un peón que podría ayudarle a ganar el caso contra Jessup y, con ello, darle alas a sus ambiciones políticas.

–¿Se te informará de sus actividades? –preguntó McPherson.

–Todas las mañanas me entregarán un informe sobre la vigilancia. Y contactarán conmigo si se produce alguna buena noticia.

–Perfecto. ¿Algo más? Voy con un poco de prisa. Estoy trabajando en uno de mis anteriores casos y tengo una audiencia a punto de empezar.

–Sí, he encontrado a nuestra testigo.

–¡Eres un genio! ¿Dónde está?

–En Washington, en el extremo septentrional de la península Olímpica. El lugar se llama Port Townsend. Está utilizando su nombre de nacimiento, Sarah Ann

Gleason, y todo apunta a que lleva seis años viviendo ahí sin meterse en líos.

—Eso nos conviene.

—Quizá no.

—¿Por qué?

—Tengo la impresión de que ha dedicado la mayor parte de su vida a alejarse de lo que ocurrió aquel domingo en Hancock Park. Si finalmente ha conseguido dejarlo atrás y lleva una vida tranquila en Port Townsend, posiblemente no le interese remover viejas heridas. Ya sabes a lo que me refiero.

—¿Ni siquiera por su hermana?

—Tal vez ni eso. Ha pasado mucho tiempo.

McPherson permaneció un buen rato en silencio antes de decidirse a responder.

—Esa es una forma cínica de ver las cosas, Harry. ¿Cuándo piensas ir?

—Lo antes posible. Primero tengo que organizarme con mi hija. Cuando fui a recoger a Jessup en San Quintín, se quedó con una amiga, pero la cosa no ha ido muy bien, y ahora tengo que buscarme la vida de nuevo.

—Siento mucho oír eso. Quiero acompañarte.

—Creo que podré arreglármelas.

—Eso ya lo sé, pero tal vez sea bueno que cuentes con una mujer y una fiscal a tu lado. Cada vez estoy más convencida de que ella va a ser el quid de todo este asunto, y de que se convertirá en mi testigo. El modo en que la abordemos será determinante.

—Llevo unos treinta años abordando testigos. Creo que…

—Deja que la agencia de viajes de que disponemos aquí se encargue de los preparativos. Así podremos ir juntos y discutir la estrategia.

Bosch hizo una pausa. Era consciente de que no iba a hacerla cambiar de opinión.

–Como quieras.

–Bien. Se lo diré a Mickey y hablaré con la agencia. Cogeremos un vuelo matinal. Mañana tengo el día despejado. ¿Es demasiado precipitado para ti? No me gustaría nada tener que esperar hasta la semana que viene.

–Me las apañaré.

Había un tercer motivo por el que Bosch la había llamado, pero decidió guardárselo para sí. La decisión de acompañarlo a Washington lo había vuelto más precavido a la hora de compartir la manera en que pensaba proceder con la investigación.

Colgaron y se puso a tamborilear con los dedos sobre el borde de la mesa, mientras le daba vueltas a lo que iba a decirle a Rachel Walling.

Tras unos breves instantes, sacó el móvil e hizo la llamada. Tenía su número memorizado en el aparato. Para su sorpresa, contestó a la primera. Se la había imaginado mirando el nombre que aparecía en el identificador de llamadas y dejando que saltara el contestador. Su relación se había acabado hacía mucho tiempo, pero aún existían restos de sentimientos muy intensos.

–Hola, Harry.

–Hola, Rachel. ¿Cómo estás?

–Bien. ¿Y tú?

–Bastante bien. Te llamaba por algo relacionado con un caso.

–Por supuesto. Harry Bosch nunca sigue los canales habituales. Va directo al grano.

–En este caso no hay canal habitual que valga. Y sabes que si te llamo es porque confío en ti y, por encima de todo, respeto tu opinión. Si acudo a canales habituales, solo conseguiré que Quantico me mande un criminólogo que no será más que una voz al otro lado de la línea. Y que, además, tardaría dos meses en llamarme con alguna novedad. ¿Qué harías tú en mi caso?

–Oh… Probablemente hiciera lo mismo.

–A todo ello hay que sumarle el hecho de que no quiero que la agencia se meta en este asunto. Lo único que quiero es que me des tu opinión y me aconsejes, Rachel.

–¿De qué caso estamos hablando?

–Creo que te va a gustar. Se trata del asesinato de una niña de doce años, cometido hace veinticuatro años. Encontraron culpable a un tipo, y ahora debemos llevarlo de nuevo a juicio. He pensado que a la fiscalía le vendría bien un perfil psicológico del asesino.

–¿Te refieres al caso del Jessup que sale en las noticias?

–Exacto.

Sabía que aquello le interesaría. Podía notarlo en su voz.

–De acuerdo, tráeme todo lo que hayas reunido. ¿De cuánto tiempo dispongo? Ahora mismo tengo un cerro de trabajo.

–Al contrario de lo que sucedió con aquel asunto de Echo Park, en esta ocasión no hay prisa. Es probable que mañana me ausente de la ciudad. Y la cosa podría alargarse. Podrías quedarte varios días con los expedientes. ¿Sigues en la misma dirección, encima del Million Dollar Hotel?

–Así es.

–De acuerdo, pasaré a dejarte la caja.

–Por aquí andaré.

9

Miércoles, 17 de febrero, 15:18 horas

Los calabozos situados al lado del Departamento 124, en la planta trece del edificio del Tribunal Penal, estaban vacíos, con la excepción de mi cliente Cassius Clay Montgomery. Sentado en un extremo del banco con gesto enfurruñado, no se levantó cuando me vio regresar.

–Siento llegar tarde.

No dijo nada. Ni siquiera reparó en mi presencia.

–Vamos, Cash. Tampoco es que tuvieras otros planes. ¿Qué más te daba esperar aquí o en la prisión del condado?

–En la prisión tienen tele, tío –dijo, y levantó la vista en mi dirección.

–De acuerdo, te has perdido el programa de Oprah. ¿Puedes acercarte? Así no tendríamos que airear nuestros asuntos a grito pelado.

Se incorporó y se acercó a los barrotes. Yo estaba de pie al otro lado, por detrás de la línea roja marcada en el suelo que establecía un umbral de un metro de largo.

–No me importa que airees nuestros asuntos. Aquí ya no queda nadie que pueda oírnos.

–Te he dicho que lo siento. He tenido un día muy ocupado.

–Sí, supongo que yo soy uno de esos negratas que no cuentan para nada, ya que no te van a hacer salir en la tele ni vas a poder entregarlos a la justicia.

–¿De qué demonios me hablas?

–Te he visto en las noticias, colega. ¿Ahora eres fiscal? ¿De qué mierda va eso?

Asentí. Era obvio que a mi cliente le preocupaba más el hecho de que yo fuera un chaquetero que tener que esperarse a la última audiencia del día.

–Mira, todo lo que puedo decirte es que acepté el trabajo a regañadientes. No soy fiscal. Soy abogado defensor. Soy tu abogado defensor. Pero en ocasiones llaman a tu puerta porque necesitan algo. Y resulta difícil negarse.

–Y, entonces, ¿qué pasa conmigo?

–Nada. Sigo siendo tu abogado, Cash. Y tenemos que tomar una decisión trascendental. La audiencia será corta y sencilla. Solo servirá para fijar el día del juicio. Sin embargo, el señor Hellman, el fiscal, sostiene que la oferta que te hizo solo es válida hasta hoy. Si le decimos a la jueza Champagne que estamos listos para ir a juicio hoy mismo, entonces se revoca el trato y vamos a juicio. ¿Le has dado más vueltas al asunto?

Montgomery apoyó la cabeza entre dos barrotes y no abrió la boca. Pude ver que era incapaz de decidirse. Tenía cuarenta y siete años, de los cuales nueve los había pasado en prisión. Lo habían acusado de robo a mano armada y asalto con violencia, y le esperaba una caída bien dura.

Según la policía, Montgomery se había hecho pasar por un residente de un barrio de viviendas de protección oficial de Rodia Gardens en el que se trapicheaba con drogas. Llegado el momento de pagar, había sacado un arma y exigido al traficante que le diera las drogas y el fajo de dinero que llevaba encima. El traficante se dispuso a sacar su pistola, pero la que se disparó fue la que le apuntaba. Y ese traficante, Darnell Hicks, que además era miembro de una banda, iba a pasarse el resto de la vida en una silla de ruedas.

Como era costumbre en aquel tipo de barrios, nadie cooperó en la investigación. Incluso la víctima afirmó no recordar lo que había ocurrido, confiando en que sus hermanos Crips interpretaran su silencio como una invitación a tomarse la justicia por su mano. Sin embargo, los detectives pusieron en marcha un caso. Las imágenes de vídeo que mostraban a mi cliente a la entrada del barrio les permitieron localizar el vehículo y, a continuación, relacionar las manchas de sangre de la puerta con la víctima.

No era un caso perdido, pero sí lo suficientemente sólido como para tomar en consideración la oferta de la fiscalía. Si Montgomery la aceptaba, se enfrentaría a tres años de prisión, de los cuales seguramente acabaría cumpliendo dos y medio. Si decidía arriesgarse y el juicio terminaba en una condena por asesinato, no se libraría de pasar al menos quince años a la sombra. Los daños físicos severos y el uso de un arma de fuego para perpetrar un delito eran su perdición. Sabía de primera mano que la jueza Judith Champagne no era benevolente en lo relativo a delitos a mano armada.

Le había recomendado que aceptara el trato. Para mí no había discusión posible, pero no iba a ser yo quien cumpliera ninguna pena. Montgomery no podía decidirse. No se trataba tanto del tiempo que iba a tener que pasar entre rejas como del hecho de que la víctima, Hicks, era un Crip, y los tentáculos de la banda se extendían por todas las prisiones del estado. Incluso una sentencia de tres años podía conllevar su condena a muerte. Montgomery no estaba seguro de salir con vida de aquel lance.

—No sé qué decirte —le comenté—. La oferta es muy interesante. El fiscal del distrito no desea ir a juicio por esto. No quiere colocar a una víctima en el estrado contra su voluntad, y ocasionarle a su caso más perjuicios que beneficios. De ahí que te haya concedido la mayor rebaja posible. Pero quien decide eres tú. Has dispuesto de varias semanas para pensártelo, y el plazo se ha agotado. Dentro de unos minutos tenemos que salir de aquí.

Montgomery intentó sacudir la cabeza, pero mantenía la frente presionada contra los dos barrotes.

—¿Y eso qué significa?

—No significa una mierda. ¿No podemos ganar este caso, tío? Quiero decir que, ahora que eres fiscal, ¿no puedes conseguir que me vean de otra manera?

—Una cosa no tiene que ver con la otra, Cash. No puedo hacer lo que me dices. Tienes que tomar una decisión. O aceptas los tres años o vamos a juicio. Y, como ya te he comentado, no cabe duda de que ya se nos ocurriría algo. No disponen de ningún arma y la víctima no está dispuesta a contar su versión. Sin embargo, sí que tienen muestras de sangre en la puerta de tu vehículo, y la filmación en la que se te ve abandonando Rodia justo después del tiroteo. Podemos ceñirnos a tu versión de los hechos. Defensa propia. Estabas ahí para comprar una piedra y él vio tu fajo e intentó robártelo. Quizás el jurado se lo trague, sobre todo si él no testifica. Pero también se lo tragará si lo hace, puesto que le voy a obligar a recurrir a la quinta enmienda tantas veces que, antes de bajarse del estrado, parecerá Al Capone.

—¿Quién es Al Capone?

—Estás de broma, ¿no?

—No, tío. ¿Quién es?

—No importa, Cash. ¿Qué quieres hacer?

—¿Te parece bien que vayamos a juicio?

—Por supuesto. Solo me preocupa ese abismo, ¿sabes?

—¿Qué abismo?

—El que existe entre lo que te ofrecen ahora y lo que te llevarías si pierdes el juicio. Hablamos de una diferencia de por lo menos doce años, Cash. Eso es mucho tiempo como para jugársela. Montgomery se retiró de los barrotes. Habían dejado sendas hendiduras idénticas a ambos lados de su frente. Ahora los agarraba con las dos manos.

—La cosa es que, tanto si me caen tres años como si son quince, no voy a salir vivo en ningún caso. Tienen sicarios en todas las cárceles. Sin embargo, en la del condado todo el mundo está separado y a salvo en su celda. Ahí estoy bien.

Asentí. El problema era que cualquier sentencia superior a un año debía cumplirse en una cárcel estatal. La del condado estaba pensada exclusivamente para los que aguardaban la celebración de sus juicios o les habían caído condenas cortas.

—De acuerdo. Entonces, supongo que vamos a juicio.

—Creo que sí.

—Espera, que enseguida vendrán a buscarte.

Llamé con suavidad a la puerta de la sala de juicios y me abrió el secretario judicial. Había una sesión en marcha y la jueza Champagne presidía la vista de otro caso. Vi a mi fiscal sentado contra la cancela y me acerqué a deliberar. Aquel era mi primer caso con Philip Hellman y me había parecido un individuo extremadamente razonable. Decidí poner a prueba los límites de esa virtud una última vez.

—Mickey, he oído que ahora somos colegas —me dijo con una sonrisa.

—Temporalmente. No pretendo hacer carrera.

—Bien, no necesito más competencia. ¿Qué vamos a hacer con el caso?

—Creo que seguiremos dándole vueltas.

—Vamos, Mickey, he sido muy generoso. No puedo…

–Tienes toda la razón. Has sido absolutamente generoso, Phil, y te estoy agradecido por ello, igual que mi cliente. Lo único que ocurre es que no puede aceptar un trato porque cualquier cosa que lo lleve a una prisión estatal equivaldrá a su sentencia de muerte. Ambos sabemos que los Crips irán a por él.

–En primer lugar, yo no sé nada de eso. Y, en segundo lugar, si de verdad opina eso, tal vez no debería haber intentado robar a los Crips, ni haberle pegado un tiro a uno de los suyos.

Asentí. Tenía razón.

–Ahí estoy contigo, pero mi cliente sostiene que actuó en defensa propia. Tu víctima sacó el arma antes que él. Por lo tanto, supongo que iremos a juicio y tendrás que pedirle a la jueza que se haga justicia con una víctima que no la desea, con alguien que solo testificará si lo obligas a hacerlo, y que luego asegurará que no se acuerda de una mierda.

–Tal vez tengas razón. Al fin y al cabo, le pegaron un tiro.

–Sí, y quizá cuele ante el jurado; sobre todo, cuando saque a relucir su pedigrí. Comenzaré por preguntarle cómo se gana la vida. De acuerdo con lo que ha averiguado Cisco, mi detective, vende droga desde que tenía doce años y su madre lo puso de patitas en la calle.

–Mickey, ya hemos pasado por todo esto. ¿Qué quieres? Estoy a un paso de decir: «Anda y que os den, vamos a juicio».

–¿Que qué es lo que quiero? Quiero asegurarme de que no pones en peligro el arranque de tu prometedora carrera.

–¿Qué?

–Mira, hombre, eres un fiscal muy joven. ¿Te acuerdas de lo que acabas de decir? Eso de que no necesitas más competencia. Bueno, pues otra cosa que no necesitas es arriesgarte a manchar tu expediente. No cuando acabas de empezar a jugar. Lo único que te conviene es quitarte este muerto de encima. Así que esto es lo que quiero: un año en la cárcel del condado y una indemnización. Tú le pones el precio a esta última.

–¿Me estás tomando el pelo?

Lo dijo tan alto que se ganó una mirada de la jueza. A continuación bajó mucho la voz.

–¿Me estás tomando el puto pelo?

–De verdad que no. Si piensas en ello, es una solución muy satisfactoria, Phil. Todo el mundo sale ganando.

–Ah, ¿sí? ¿Y qué va a decir la jueza Judy cuando le presente esta propuesta? La víctima se va a pasar toda su vida en una silla de ruedas. La jueza no dará su conformidad nunca.

–Solicitamos verla en su despacho y se la vendemos juntos. Le decimos que Montgomery desea ir a juicio alegando defensa propia, y que el estado alberga serias dudas derivadas de la probada falta de cooperación de la víctima y de su condición de alto mando de una organización criminal. Era fiscal antes de convertirse en jueza. Lo entenderá. Posiblemente muestre más simpatía por Montgomery que por tu víctima traficante de drogas.

Hellman se pasó un buen rato pensando en ello. La vista anterior a la de Champagne llegó a su fin y la jueza le ordenó al secretario judicial que hiciera entrar a Montgomery. Era el último caso del día.

–Ahora o nunca, Phil –lo apremié.

–De acuerdo. Allá vamos –dijo por fin.

Hellman se levantó y se dirigió a la mesa de la fiscalía.

–Señoría –arrancó–, antes de traer al acusado, ¿podrían los abogados discutir el caso en su despacho?

Champagne era una jueza veterana y había visto de todo.

Arrugó la frente.

–¿Deberá constar en acta, caballeros?

–Tal vez no sea necesario –indicó Hellman–. Desearíamos discutir los términos de una resolución del caso.

–Entonces, por descontado. Vamos.

La jueza bajó del estrado y se encaminó de regreso a su despacho. Hellman y yo la seguimos. Cuando alcanzamos la puerta situada junto al puesto del alguacil, me incliné para susurrar unas palabras al oído del joven fiscal.

–Montgomery obtendrá una rebaja por el tiempo que ya ha cumplido en la cárcel, ¿verdad?

Hellman se detuvo de golpe y se volvió hacia mí.

–Debes de estar de…

–Que era broma… –me apresuré a contestarle.

Alcé las manos en señal de rendición. Hellman frunció el ceño y se dirigió al despacho de la jueza. Tenía que intentarlo.

10

El desayuno transcurrió en silencio. Madeline Bosch removía los cereales con la cuchara, pero apenas se la llevaba a la boca. Bosch sabía que su hija no estaba enfadada porque él se dispusiera a pasar la noche lejos de casa. Ni tampoco porque no fuera a acompañarlo. Estaba convencido de que ella disfrutaba de los descansos que suponían sus escasos viajes. El motivo de su enfado eran las medidas que él había adoptado para cuidar de la niña en su ausencia. Su hija tenía catorce años, pero se comportaba como si tuviera veinticuatro. Si de ella hubiera dependido, la habrían dejado sola y ella cuidaría de sí misma. De no haber sido posible, habría preferido quedarse con su mejor amiga, que vivía calle arriba. Lo que menos le habría gustado es tener que alojar en casa a la señora Bambrough, una maestra del colegio.

Bosch sabía que era perfectamente capaz de cuidar de sí misma, pero aún no había llegado el momento. Solo llevaban unos pocos meses viviendo juntos, los mismos que habían transcurrido desde que ella perdiera a su madre. Él no estaba preparado para dejar sola a su hija, por mucho que ella insistiera con todas sus fuerzas en que sí lo estaba.

Bosch dejó de comer y la interpeló.

—Mira, Maddie, al día siguiente tienes colegio, y la última vez que te quedaste en casa de Rory os pasasteis la noche despiertas, y luego os quedasteis dormidas en la mayoría de las clases, para desesperación de todos vuestros profesores.

—Te dije que no lo volveríamos a hacer.

—Creo que debemos esperar un poco a averiguarlo. Le diré a la señora Bambrough que está bien que Rory venga a verte, pero que no se quede hasta la medianoche. Podéis hacer los deberes juntas, o algo.

—Como que va a querer venir sabiendo que me está vigilando la subdirectora. Muchas gracias, papá.

Bosch tuvo que concentrarse para no echarse a reír. Aquel asunto parecía muy sencillo, comparado con lo que ella había tenido que afrontar desde el pasado octubre, cuando empezó a vivir con él. Aún acudía de forma regular a sesiones de terapia, que parecían estar yéndole muy bien para sobrellevar la muerte de su madre. A Bosch le encantaba que sus discusiones versaran sobre quién iba a cuidar de ella. Mejor eso que pelearse por asuntos mucho más serios.

Miró el reloj. Era hora de irse.

—Si ya has concluido de jugar con la comida, puedes llevar el tazón al fregadero. Tenemos que ponernos en marcha.

—«Terminado», papá. Deberías usar la palabra correcta.

—Lo siento. ¿Has *terminado* de jugar con tus cereales?

—Sí.

—Bien. Pues vámonos.

Bosch se levantó de la mesa y se dirigió a su habitación para recoger la bolsa de viaje que yacía sobre la cama. Viajaba ligero de equipaje, pues confiaba en no pasar más de una noche fuera. Con algo de suerte, incluso era posible que pudieran coger algún vuelo de regreso esa misma noche.

Maddie le esperaba junto a la puerta con una mochila al hombro.

–¿Lista?

–No, solo estoy aquí de pie porque es bueno para la salud.

Bosch se acercó a ella y, antes de que pudiera reaccionar, le dio un beso en la coronilla. De todas formas, su hija trató de resistirse.

–Te pillé.

–¡Papáááá!

Cerró la puerta detrás de ellos y colocó la bolsa de viaje en el asiento trasero del Mustang.

–Tienes tu llave, ¿verdad?

–Sí.

–Solo me aseguraba.

–¿Podemos irnos? No quiero llegar tarde.

Condujeron colina abajo en silencio. Al llegar al colegio, Bosch vio a Sue Bambrough poniendo orden en el carril en el que desembocaban los escolares al descender de los vehículos. Conseguía que los niños más lentos se apearan y se dirigieran sin demora hacia las aulas. Lo mantenía todo en orden.

–Pues ya sabes lo que toca, Mads. Llámame, o envíame un mensaje, o un vídeo, pero hazme saber que estás bien.

–Me bajo aquí.

Abrió la puerta de forma apresurada, antes de llegar al lugar donde se encontraba la subdirectora. Maddie salió del coche y se giró para agarrar su mochila. Bosch aguardó a que llegara la señal que le indicaría que todo estaba bien.

–Ándate con cuidado, papá. –Ahí estaba.

–Y tú también, cariño.

Maddie cerró la puerta. Bosch bajó el cristal y avanzó hasta llegar a la altura de Sue Bambrough. Esta se inclinó para asomar la cabeza por la ventanilla.

—Hola, Sue. Ahora está un poco enfurruñada, pero al final del día ya se le habrá pasado. Le he dicho que Aurora Smith puede venir a casa, siempre que no se quede hasta muy tarde. Quién sabe, quizás incluso hagan juntas parte de los deberes.

—No te preocupes por ella, Harry.

—He dejado el cheque en la mesa de la cocina, y hay algo de dinero suelto por si necesitáis cualquier cosa.

—Gracias, Harry. Si crees que la cosa se va a alargar más de una noche, házmelo saber. Por mi parte no hay ningún problema.

Bosch miró por el retrovisor. Quería hacerle una pregunta sin causar un atasco.

—¿Qué ocurre, Harry?

—Esto… Decir que has *concluido* de hacer algo, ¿es incorrecto? Ya sabes, ¿un mal uso del idioma?

Sue trató de disimular una sonrisa.

—Si te está corrigiendo, es que los acontecimientos están siguiendo su curso. No te lo tomes como algo personal. Los machacamos con estas cosas y, cuando llegan a casa, lo que buscan es machacar a su vez a alguien. Lo correcto sería decir que has *terminado* de hacer algo. Pero se te entiende perfectamente.

Bosch asintió. Un conductor que había detrás de él hizo sonar el claxon. Dio por hecho que se trataba de alguien que tenía prisa por dejar a su hijo y no quería llegar tarde al trabajo. Saludó a Sue con la mano a modo de agradecimiento y se fue de allí.

Maggie la Fiera lo había llamado la noche anterior para contarle que no había ningún vuelo desde Burbank, por lo que debían tomar uno directo desde el aeropuerto de Los Ángeles. Ello significaba que tendrían que enfrentarse al brutal tráfico matinal. Bosch vivía en unas colinas que quedaban por encima de la autovía de Hollywood, la única autovía que no llevaba al aeropuerto. En su lugar bajó por Highland hasta Hollywood y luego se pasó a La Cienega. Se formó un embotellamiento a la altura de las refinerías de Baldwin Hills y se le agotó el margen de tiempo de que disponía. Luego fue por La Tijera y, al llegar al aeropuerto, se vio forzado a estacionar el coche en uno de los caros aparcamientos colindantes, ya que no tenía tiempo de coger un autobús lanzadera desde los más baratos.

Rellenó en el mostrador los formularios que lo acreditaban como un agente del orden. A continuación, un agente del aeropuerto lo escoltó por los controles de seguridad. Por fin pudo llegar a la puerta de embarque, que estaba a punto de cerrarse. Buscó a McPherson con la mirada, pero no la vio. Dio por hecho que se encontraría en el interior del avión.

Embarcó y pasó por el ritual de presentarse y saludar. Entró en la cabina para mostrar su placa y repartir apretones de manos entre la tripulación. Acto seguido, se dirigió al fondo del aparato. McPherson y él se sentaban junto a sendas salidas de emergencia. Tan solo los separaba el pasillo. Ella ya había tomado asiento y empuñaba un vaso grande de Starbucks. Era evidente que había llegado con tiempo de sobra para coger el vuelo.

–Estaba convencida de que no te iba a dar tiempo –le dijo a Bosch.

–Me ha faltado el canto de un duro. ¿Cómo te las has arreglado para llegar tan temprano? Tú también tienes una hija.

–La dejé con Mickey anoche.

Bosch asintió.

–Salidas de emergencia. Eso está bien. ¿Con qué agencia de viajes trabajas?

–Con una buena. Por eso quería encargarme del asunto. Le mandaremos la factura al Departamento de Policía de Los Ángeles. Irá a tu nombre.

–Oh, qué detalle.

Bosch había guardado su bolsa de viaje en uno de los compartimentos superiores: quería disponer de espacio para estirar las piernas. Una vez que se hubo sentado y abrochado el cinturón, vio que McPherson había embutido dos gruesos expedientes en la red del asiento delantero. Él no tenía nada con lo que mantenerse ocupado. Sus expedientes estaban dentro de la bolsa, pero no le apetecía levantarse para sacarlos. Extrajo el cuaderno de notas del bolsillo trasero del pantalón. Se disponía a girarse para preguntarle algo a McPherson, pero una azafata se acercó por el pasillo y se detuvo para susurrarle.

–Usted es el detective, ¿verdad?

–Esto… Sí. ¿Hay algún…?

Antes de que pudiera pronunciar la frase de Harry el Sucio, la azafata le informó de que lo habían ascendido a un asiento en primera clase que acababa de quedarse libre.

–Oh, es un gesto muy amable por su parte y por la del capitán, pero me temo que no puedo aceptarlo.

–No hay sobrecoste alguno. Es…

–No, no es eso. Verá, estoy aquí con esta dama, que es mi jefa, y yo…, quiero decir, nosotros… necesitamos hablar y trabajar en nuestro caso. De hecho, ella es fiscal.

La azafata apenas tardó un momento en comprender la explicación. Acto seguido, asintió con un gesto y le dijo que iba a regresar a la parte delantera del avión para informar a sus superiores.

—Y yo que creía que la caballerosidad había muerto —dijo McPherson—. Acabas de renunciar a un asiento en primera clase para estar conmigo.

—Ahora que caigo, debería haberle pedido que te lo ofreciera a ti. Eso sí que habría sido auténtica caballerosidad.

Bosch miró hacia el pasillo. La misma azafata sonriente se volvía hacia ellos.

—Estamos recolocando a algunos pasajeros y hemos encontrado espacio para ustedes dos. Acompáñenme.

Se levantaron y la siguieron pasillo arriba. Bosch, que marchaba detrás de McPherson, sacó la bolsa del compartimento. Ella se volvió y le sonrió.

—Aquí está mi caballero de reluciente armadura.

—Sí, claro —respondió Bosch.

Los asientos estaban el uno junto al otro en primera fila. McPherson se quedó con el de ventana. Al poco de haberse reubicado, el avión despegó para afrontar un vuelo de tres horas con destino a Seattle.

—Bueno —dijo McPherson—, Mickey me ha comentado que nuestra hija no conoce a la tuya.

Bosch asintió con un gesto.

—Sí, ya va siendo hora de que eso cambie.

—Sin duda. He oído que son de la misma edad, y que cuando comparasteis fotos resultó que incluso se parecen.

—Su madre y tú os dabais un aire. Tenía tu mismo color de piel.

«Y era tan ardorosa como tú», pensó Bosch. Sacó el teléfono y lo encendió para mostrarle una foto de Maddie.

—¡Es asombroso! —exclamó McPherson—. Podrían ser hermanas.

Bosch no dejó de mirar la foto mientras hablaba.

—Este año ha sido muy duro para ella. Perdió a su madre y cruzó el océano. Dejó atrás a todos sus amigos. He intentado que llevara las cosas a su ritmo.

—Motivo de más para que conozca a la familia que tiene aquí.

Bosch se limitó a asentir. En el último año había dado largas a las numerosas llamadas en las que su hermanastro le pedía que sus hijas se conocieran. No tenía claro qué posibles relaciones lo hacían ser tan reticente, si las que pudieran establecerse entre las dos primas o las relativas a los dos hermanastros.

Consciente de que la conversación había llegado a su fin, McPherson desplegó la mesilla y extrajo los expedientes. Bosch apagó el móvil y lo guardó.

—Así pues, ¿nos ponemos a trabajar? —preguntó Bosch.

—Un poco. Quiero estar preparada.

—¿Hasta dónde deberíamos contarle? Pensaba que podríamos limitarnos a hablarle de la identificación. Confirmarlo y ver si está dispuesta a testificar de nuevo.

—¿Y no sacar el asunto del ADN?

—Exacto. Eso podría convertir un sí en un no.

—Pero ¿no tendría que saber todo lo que le espera?

—Llegado el momento, sí. Ha transcurrido mucho tiempo. Le he seguido el rastro. Ha pasado por etapas y experiencias muy duras, aunque parece que ha salido bastante bien de ellas. Supongo que, una vez que estemos ahí, veremos qué hacer.

—Pues entonces improvisemos. Si llegado el caso nos da la impresión de que es lo correcto, creo que tendríamos que contárselo todo.

—Tú decides.

—Lo mejor del asunto es que solo tendrá que hacerlo una vez. No debemos buscar ni una audiencia preliminar ni un gran jurado. Jessup tuvo que pasar por los tribunales en 1986, pero eso no es lo que el Supremo ha revocado. De modo que vamos directamente a juicio. Solo la necesitaremos una vez, y punto.

–Eso está bien. Y tú velarás por ella.

–Sí.

Bosch asintió. Se daba por sentado que ella era mejor fiscal que Haller. Al fin y al cabo, era el primer caso de Haller. A Harry le alegraba que ella se ocupara de la testigo más importante del juicio.

–¿Y qué pasa conmigo? ¿Con cuál de los dos tengo que coordinarme?

–Todavía no lo hemos decidido. De hecho, Mickey cuenta con que Jessup testifique. Sé que lo está esperando. Pero no hemos hablado de quién se encargará de tu parte. Me imagino que dedicarás mucho tiempo a leerle al jurado las declaraciones juradas que se hicieron durante el primer juicio.

Cerró el expediente, con lo que dio por finalizado el trabajo.

Se pasaron el resto del vuelo conversando desenfadadamente sobre sus respectivas hijas y hojeando las revistas que reposaban delante de sus asientos. El avión aterrizó temprano en el aeropuerto de Seattle. Alquilaron un vehículo y se dirigieron hacia el norte. El coche venía equipado con un GPS, pero la agencia de viajes de la Fiscalía del Distrito le había entregado a McPherson información sumamente detallada acerca de cómo llegar a Port Townsend. Condujeron hasta Seattle y ahí se montaron en un ferri para cruzar el estrecho de Puget. Una vez aparcado el vehículo, subieron a tomarse un café a la cubierta, donde encontraron una mesa con vistas al exterior junto a unos ventanales. Bosch miraba por la ventana. McPherson lo sorprendió con una observación.

–No eres feliz, ¿verdad, Harry?

Bosch la miró y se encogió de hombros.

–Este caso es muy extraño. Ya tiene veinticuatro años de antigüedad, el malo está entre rejas y lo primero que hacemos es sacarlo de ahí. No es que me haga infeliz, es que me resulta raro, ¿me comprendes?

Los labios de McPherson dibujaban una media sonrisa.

–No me refería al caso, sino a ti. No eres un hombre feliz. Bosch bajó la mirada al café que sostenía con ambas manos,

y lo sujetó a la mesa. No porque el ferri se moviera, sino porque tenía frío y de ese modo podía calentarse por dentro y por fuera.

–Vaya –respondió.

Un prolongado silencio se cernió entre ellos. No tenía claro qué debía compartir con esa mujer. Apenas hacía una semana que lo conocía, y ya estaba haciéndole comentarios personales.

–La verdad es que ahora no tengo tiempo para ser feliz –dijo a la postre.

–Mickey me contó lo que le pareció procedente sobre Hong Kong y lo que le ocurrió a tu hija.

Bosch asintió, aunque era consciente de que Maggie no conocía toda la historia. Nadie la conocía, a excepción de Madeline y él.

–Sí. Ahí se torcieron muchas cosas. Supongo que ese es el problema. Creo que si consigo hacer feliz a mi hija, entonces yo también lo seré. Sin embargo, no sé cuándo ocurrirá.

Alzó la mirada y encontró comprensión en sus ojos, lo que lo llevó a sonreír.

–Sí, deberíamos hacer que las primas se conozcan –dijo Bosch, y dio el tema por zanjado.

–Por supuesto.

11

Martes, 18 de febrero, 13:30 horas

Los Angeles Times publicaba un extenso reportaje sobre el primer día en libertad de Jason Jessup después de veinticuatro años. El periodista y el fotógrafo se habían citado con él al amanecer en Venice Beach. Una vez allí, el protagonista de la noticia, que tenía cuarenta y ocho años, había probado suerte con su afición de juventud: el surf. Durante los primeros intentos, se había mostrado titubeante sobre la tabla que le habían prestado, pero no tardó en enderezarse y cabalgar sobre las olas. Una foto de Jessup bien erguido en la tabla mientras completaba un tirabuzón con los brazos extendidos y la mirada en el cielo destacaba sobre el resto en la primera página del periódico. La instantánea mostraba los resultados de las dos décadas que se había pasado levantando pesas en la cárcel. El cuerpo de Jessup era todo músculo. Tenía un aspecto esbelto y malvado.

Después de la playa, la siguiente parada había sido un restaurante de la franquicia In-N-Out en Westwood para tomarse una hamburguesa y unas patatas fritas con todo el kétchup que había querido. Una vez finalizado el almuerzo, Jessup acudió al despacho que Clive Royce tenía en el centro de la ciudad, donde mantuvo una reunión de dos horas con la batería de letrados que lo representaban, tanto en las causas civiles como en las penales. Se había vetado la presencia del *Los Angeles Times* en esa cita.

Jessup se pasó el resto de la tarde en el Chinese Theater de Hollywood, viendo una película titulada *Shutter Island*. Se compró un tanque de palomitas con mantequilla capaz de alimentar a una familia de cuatro miembros. No dejó ni un grano de maíz hinchado. Luego regresó a Venice, donde un colega surfista de los tiempos del instituto le había prestado una habitación en su apartamento, que estaba al lado de la playa. El día llegó a su fin con una barbacoa en la playa, acompañado de una cohorte de simpatizantes que nunca había dudado de su inocencia.

Permanecí en mi mesa de trabajo estudiando las fotos a todo color de Jessup que adornaban dos de las páginas interiores más destacadas del diario. Como de costumbre, este se había volcado con la historia. Mascaban los honores periodísticos que les supondría el hecho de ser testigos de excepción de la recta final de la carrera de Jessup hacia la libertad total. Había pocas historias periodísticas tan golosas como la de un hombre inocente que sale de la cárcel, y *Los Angeles Times* intentaba hasta la desesperación atribuirse parte del mérito de su puesta en libertad.

La foto más grande mostraba sin tapujos cómo disfrutaba Jessup frente a una bandeja roja de plástico en una de las mesas del In-N-Out. Esta contenía una hamburguesa doble completamente equipada, con patatas fritas dobles bañadas en kétchup y queso fundido. El pie de foto decía lo siguiente:

¿Por qué sonríe este hombre? 12:05. Jessup se come su primera doble-doble en veinticuatro años. «Llevo una eternidad esperando esto.»

Los demás pies no le andaban a la zaga, debajo de las imágenes que mostraban a Jessup en el cine con su tanque de palomitas, empuñando una cerveza en la barbacoa, abrazando a su amiguete del instituto o cruzando la puerta de cristal en la que se leía «Royce y Asociados, Abogados». A juzgar por el tono del artículo y de las fotos, nada hacía indicar que Jason Jessup todavía estaba acusado de haber asesinado a una niña de doce años.

La historia se centraba en la manera en que Jessup paladeaba la libertad, incapaz de hacer planes sobre su futuro hasta que se resolvieran sus «asuntos legales». Pensé que aquella era una bonita forma de darle la vuelta a las cosas: convertir unos cargos por secuestro y asesinato, así como un juicio pendiente, en meros «asuntos legales».

Tenía el periódico desplegado sobre la mesa del escritorio que Lorna había alquilado para mi nueva oficina en Broadway. Estábamos en un segundo piso del edificio Bradbury, a solo tres manzanas del Tribunal Penal.

—Creo que deberías colgar algo de las paredes.

Alcé la vista. Era Clive Royce. Había franqueado la recepción sin anunciarse porque yo había enviado a Lorna a Philippe's a comprar el almuerzo para los dos. Royce señaló hacia las paredes desnudas de mi despacho provisional. Cerré el periódico y lo apunté con la portada.

—Acabo de encargar una copia de 20 × 20 de la foto de Jessup sobre la tabla de surf. La colgaré en la pared.

Royce se acercó hasta mi mesa y cogió el periódico. Estudió la imagen como si la viera por primera vez, algo que ambos sabíamos que no era cierto. Royce se había comprometido a fondo a darle forma a la historia, y había obtenido una recompensa: la foto de la puerta de su despacho, con el nombre de su bufete estampado en el cristal.

–Sí, han hecho un gran trabajo, ¿no crees?

Me lo devolvió.

–Supongo que tienes razón…, siempre que te guste que tus asesinos correteen bien contentos.

Royce no me respondió, de modo que proseguí.

–Sé lo que estás haciendo, Clive, porque yo en tu lugar haría lo mismo. Pero, tan pronto como nos hayan asignado un juez, le pediré que te pare los pies. No pienso permitir que siembres la confusión entre los miembros del jurado.

Royce frunció el ceño, como si lo que le sugería fuese completamente descabellado.

–Hay libertad de prensa, Mick. No puedes controlar a los medios de comunicación. El tipo acaba de salir de la cárcel y, te guste o no, eso es noticia.

–De acuerdo. Y también puedes conceder exclusivas a cambio de presencia mediática. Una presencia capaz de plantar una semilla en la cabeza de un posible miembro del jurado. ¿Qué tienes planeado para hoy? ¿Jessup ayudando a presentar el programa de las mañanas del Canal Cinco? ¿O tal vez colocarlo de jurado en el concurso de chili de la feria gastronómica estatal?

–Ya que lo mencionas, la Radio Pública Nacional quería hacerle un seguimiento durante el día de hoy, pero tenía mis reservas. He dicho que no. Asegúrate de contarle eso también al juez.

–Guau, ¿de verdad que les has dicho que no a los de la Radio Pública Nacional? ¿No se deberá a que la audiencia no encaja en el perfil que se le suele exigir a los jurados? ¿O acaso tienes algún plan mejor en marcha?

Royce volvió a fruncir el ceño. Me miraba como si lo hubiera empalado con mi lanza de integridad. Miró a su alrededor, agarró una silla del escritorio de Maggie y la acercó para colocarse frente a mí. Se sentó con las piernas cruzadas, se alisó el traje y procedió a hablar.

—A ver, Mick, dime. ¿Tu jefe piensa de verdad que, si te coloca en un edificio aparte, la gente pensará que no trabajas a sus órdenes? Nos tomas el pelo, ¿verdad?

Le sonreí. Se iba a quedar con las ganas de sacarme de mis casillas.

—Una vez más, Clive, déjame decirte, para que conste en acta, que en este asunto no tengo jefe. Soy independiente. No trabajo para Gabriel Williams.

Hice un gesto que abarcaba la habitación.

—Me encuentro aquí, y no en el tribunal, y todas mis decisiones relativas a este caso se tomarán desde este escritorio. Sin embargo, mis decisiones no son tan importantes ahora mismo. Eres tú quien tiene una decisión que tomar, Clive.

—¿Y de qué tipo de decisión me hablas? ¿Una resolución?

—Exacto. El plato especial del día. Solo se sirve hasta las cinco de la tarde. Tu hombre se declara culpable, yo retiro la petición de pena de muerte, y ambos llegamos a un acuerdo con el juez sobre la sentencia. Nunca se sabe, quizá Jessup salga libre si se computa el tiempo que ya ha cumplido en prisión.

Royce esbozó una sonrisa cordial y sacudió la cabeza.

—No me cabe la menor duda de que eso haría felices a las fuerzas vivas de esta ciudad. Sin embargo, temo tener que decepcionarte, Mick. Mi cliente sigue sin mostrar el menor interés por pactar un acuerdo. Y eso no va a cambiar. Lo cierto es que confiaba en que, a estas alturas, te hubieras dado cuenta de lo inútil que es ir a juicio, y que hubieras retirado los cargos. No puedes ganar, Mick. El Estado debe ceder en esta ocasión y, por desgracia, tú eres el pringado que se presentó voluntario para que le dieran por el culo.

–Bueno, supongo que eso ya se verá, ¿no?

–Por supuesto que se verá.

Abrí el cajón central del escritorio y extraje un cedé metido en una funda verde de plástico. Lo deslicé por encima de la mesa y se lo acerqué.

–No pensaba que vendrías en persona a buscarlo, Clive. Supuse que enviarías a un detective o a un recadero. Tienes unos cuantos trabajando para ti, ¿no? Junto con un publicista a tiempo completo.

Royce cogió el cedé con parsimonia. En la funda de plástico podía leerse PRUEBA DE LA DEFENSA 1.

–Vaya, parece que hoy nos hemos levantado sarcásticos, ¿eh? Habría jurado que hace apenas dos semanas eras uno de los nuestros, Mick. Un humilde miembro del colegio de abogados defensores.

Asentí, contrito. Me había dado donde más dolía.

–Lo siento, Clive. Quizá se me esté subiendo a la cabeza el poder de la institución a la que represento.

–Acepto tus disculpas.

–Y siento haberte hecho perder el tiempo viniendo hasta aquí. Tal y como te adelanté por teléfono, ese cedé contiene toda la información de que disponemos hasta el momento. Se trata, sobre todo, de viejos expedientes e informes. No voy a jugar al escondite contigo, Clive. Me he encontrado en esa situación más veces de las que se pueden contar. De modo que, cuando yo tenga algo, tú también lo tendrás. Pero, por ahora, esto es lo que hay.

Royce dio unos golpecitos en el borde de la mesa con la funda del cedé.

–¿Ninguna lista de testigos?

–La hay, pero, por el momento, es básicamente igual que la del juicio de 1986. He añadido a mi detective y quitado algunos nombres, como los padres y otras personas ya fallecidas.

—No me cabe duda de que Felix Turner ha sido eliminado.

Sonreí como el gato de Chesire.

—Por suerte, no tendrás ocasión de llevarlo al juicio.

—Sí, es una pena. Me habría encantado metérselo al Estado por el culo.

Asentí. No se me escapó el hecho de que Royce había abandonado sus localismos ingleses y ahora me estaba bombardeando con expresiones genuinamente estadounidenses. Era un síntoma de su frustración con respecto a Turner. Un sentimiento que, a tenor de mi larga trayectoria como abogado defensor, podía entender a la perfección. En el nuevo juicio no se realizaría mención alguna al anterior. Ninguno de los nuevos miembros del jurado sabría nada de lo que había ocurrido entonces. Y eso significaba que el hecho de que el Estado se valiera entonces de un recluso que había demostrado ser un chivato poco creíble no afectaría al nuevo equipo de la acusación, pese a la gravedad del pecado que había cometido la fiscalía.

Decidí proseguir.

—Debería tener otro cedé para ti a finales de esta semana.

—Sí. No dormiré pensando en lo que me traes.

Sarcasmo recibido.

—Ten presente una cosa, Clive. Una prueba es algo que va en dos direcciones. Si excedes los treinta días, iremos a ver al juez.

La normativa requería que cada una de las partes intercambiara todas las pruebas que hubiera recopilado. Para ello disponían de un plazo máximo de treinta días antes del inicio del juicio. Quien incumpliera este calendario se exponía a una sanción y le abría la puerta a un posible aplazamiento del juicio, porque en tal caso el juez podía considerar que la parte infractora necesitaba una ampliación de plazo para preparar mejor el caso.

–Sí, bueno. Hazte cargo: no esperábamos el giro de los acontecimientos que se ha producido –apuntó Royce–. En consecuencia, nuestra defensa está en pañales. Pero tampoco pienso jugar contigo, Mick. No tardaremos en pasarte un cedé… siempre y cuando hayamos encontrado alguna prueba que ofrecer.

Yo sabía que, por puro pragmatismo, la defensa no solía compartir muchas pruebas, a menos que su estrategia fuera adoptar una defensa numantina. Sin embargo, le había lanzado la advertencia porque recelaba de Royce. En un caso tan antiguo como el que nos ocupaba, podría intentar desenterrar o bien a algún testigo que aportara una coartada, o bien algún otro elemento que hubiera pasado desapercibido entonces. Y yo quería enterarme antes de que llegara a los tribunales.

–Te lo agradezco.

A sus espaldas, Lorna entraba en el despacho. Llevaba dos bolsas marrones, una de las cuales contenía mi sándwich de rosbif.

–Oh, disculpad. No sabía que…

Royce se dio la vuelta.

–Ah, la adorable Lorna. ¿Cómo estás, querida?

–Hola, Clive. Veo que tienes el cedé.

–Ciertamente. Gracias, Lorna.

Ya me había dado cuenta de que Royce exageraba el acento inglés y el tono formal en determinadas circunstancias; sobre todo, cuando tenía frente a sí a mujeres atractivas. Me preguntaba si aquello era consciente o no.

–Traigo dos sándwiches, Clive. ¿Te apetece uno?

No era el momento de que Lorna se mostrara magnánima.

–Creo que estaba a punto de marcharse –me apresuré a responder.

–Sí, cariño, debo irme. De todos modos, muchas gracias por tan amable oferta.

–Estaré aquí fuera si me necesitas, Mickey.

Lorna cerró la puerta y regresó a la recepción. Royce se giró de nuevo hacia mí y me habló entre susurros.

–Ya sabes que no deberías haber dejado escapar a esa, Mick. Era una joya. Y unir ahora fuerzas con la primera señora Haller para despojar a un hombre inocente de su largamente merecida libertad… Todo este asunto tiene algo de incestuoso, ¿no crees?

Me limité a mirarlo durante un buen rato.

–¿Necesitas algo más, Clive?

Alzó el cedé.

–Creo que con esto me bastará por hoy.

–Bien. Debo volver al trabajo.

Pasamos por delante de la recepción, lo acompañé hasta la salida y cerré la puerta tras él. Me volví para mirar a Lorna.

–Se me hace raro, ¿no crees? –me dijo–. Vernos a este lado, en el de la fiscalía.

–Sí.

Me tendió una de las bolsas del almuerzo.

–¿Puedo preguntarte algo? ¿Cuál de los dos sándwiches le ibas a dar? ¿El tuyo o el mío?

Me miró con gesto serio. A continuación le asomó una sonrisa de culpabilidad.

–Estaba siendo educada, ¿vale? Pensaba que tú y yo podríamos compartir uno.

Meneé la cabeza.

–No vayas por ahí ofreciéndole mi sándwich de rosbif a cualquiera. Y menos a un abogado defensor.

Le arranqué la bolsa de un tirón.

–Gracias, querida –le dije, con mi mejor acento británico. Ella se rio y yo regresé a mi despacho a almorzar.

12

Una vez que hubieron sacado el coche del ferri en Port Townsend, Bosch y McPherson siguieron las indicaciones del GPS del vehículo de alquiler hasta la dirección que constaba en el carné de conducir de Sarah Ann Gleason. El rastro los condujo por un pueblecito pesquero de aspecto victoriano y, a continuación, una zona más rural salpicada de casas grandes y aisladas. El hogar de Gleason era una casa fabricada con tablillas que desentonaba con el estilo victoriano de la localidad vecina. El detective y la fiscal se acercaron hasta el porche y llamaron a la puerta. No obtuvieron respuesta.

–Tal vez esté trabajando o haciendo algo –aventuró McPherson.

–Es posible.

–Podríamos regresar al pueblo para conseguir alojamiento y volver después de las cinco.

Bosch miró su reloj. La jornada escolar debía de estar recién acabada, y lo más probable era que Maddie se encontrara de camino a casa con Sue Bambrough. Se imaginó a su hija ofreciéndole a la subdirectora el más inexpugnable de sus silencios.

Bajó del porche y comenzó a caminar hacia un extremo de la casa.

–¿Adónde vas?

—A comprobar la parte trasera. Espérame.

En cuanto hubo doblado la esquina vio otra estructura que se erigía a unos cien metros de la casa. Era un granero, o tal vez un garaje. No tenía ventanas, pero destacaba la presencia de una chimenea. Pudo distinguir oleadas de calor, pero nada de humo, que se alzaban desde las dos tuberías negras fijadas al techo. Frente a las puertas cerradas había dos coches y una furgoneta aparcados.

Bosch se quedó mirando durante tanto rato que McPherson acabó por ir a su encuentro.

—¿Por qué tardas…?

Bosch levantó la mano para indicarle que se callara, y señaló en dirección al edificio.

—¿Qué es? —susurró McPherson.

Antes de que Bosch pudiera contestar, una de las puertas del garaje se abrió unos pocos metros y una figura salió al exterior. A juzgar por su apariencia, debía de ser o bien un hombre joven, o bien un adolescente. Encima de la ropa llevaba un delantal negro de pies a cabeza. Se quitó unos pesados guantes que le llegaban hasta los codos y se encendió un cigarrillo.

—Mierda —susurró McPherson, como si respondiera a su propia pregunta.

Bosch dio la vuelta hasta una esquina de la casa con el fin de ocultarse. Agarró a McPherson para que lo acompañara.

—Casi en todas las ocasiones en que la detuvieron por asuntos de drogas había anfetaminas de por medio —dijo en voz baja.

—Estupendo —murmuró McPherson a modo de respuesta—. Nuestro testigo principal se dedica a cocinar anfetaminas.

El joven fumador se volvió. Al parecer, reaccionaba a algo que le acababan de decir desde el interior del edificio. Tiró el cigarrillo al suelo, lo pisó y regresó adentro. Cerró la puerta de un tirón, y dejó abierta una ranura de unos quince centímetros.

—Vamos —apremió Bosch.

Empezó a moverse, pero McPherson le puso una mano sobre el brazo.

—Espera, ¿de qué demonios estás hablando? Deberíamos llamar a la policía de Townsend para pedir refuerzos, ¿no crees?

Bosch se la quedó mirando un momento antes de responder.

—Vi la comisaría mientras atravesábamos el pueblo —dijo McPherson, como si intentara convencerla de que los refuerzos estaban en posición y tan solo aguardaban una orden.

—Si pedimos refuerzos no van a mostrarse muy colaboradores con nosotros. Para empezar, nos dejamos caer por el pueblo y ni nos hemos tomado la molestia de visitarlos. La detendrán, y nos encontraremos con nuestra testigo principal a la espera de un juicio por asuntos de drogas. ¿Cómo crees que se lo tomará el jurado encargado del caso de Jessup?

No respondió.

—¿Sabes qué? —dijo Bosch—. Espérame aquí mientras voy a echar un vistazo. Hay tres vehículos, así que tal vez haya tres cocineros. Si veo que no puedo hacer frente a la situación, pediremos refuerzos.

—Lo más probable es que vayan armados, Harry. Tú...

—Lo más probable es que no vayan armados. Lo comprobaré y, si juzgo que existe peligro, llamaremos a Port Townsend.

—Esto no me gusta nada.

—Puede que nos beneficie.

—¿Qué dices? ¿Cómo?

–Piensa en ello. Estate atenta a mi señal. Si algo sale mal, súbete al coche y lárgate de aquí.

Alzó las llaves del coche y ella las cogió a regañadientes. Bosch podía notar que estaba pensando en lo que le había dicho. La ventaja. Cazar a su testigo en una situación comprometida podía asegurarles su cooperación y su testimonio.

Bosch la dejó ahí y se dirigió hacia el granero por un caminito de conchas aplastadas. No intentó esconderse, por si había vigilantes. Se puso las manos en los bolsillos para no parecer ninguna amenaza, solo alguien que se había perdido y que necesitaba que lo orientaran.

El suelo de conchas imposibilitaba acercarse en silencio, pero el volumen de la música aumentaba a medida que se acercaba al granero. Era rock and roll, pero no pudo identificar los intérpretes. Guitarras poderosas y un ritmo contundente. La canción desprendía un aroma retro que le hizo pensar si la había escuchado hacía mucho tiempo, quizás en Vietnam.

Bosch se encontraba a unos seis metros de la puerta entreabierta cuando esta se abrió por completo y de ella salió el mismo joven. Al verlo más cerca, le echó unos veintiún años. Desde el momento en que puso un pie fuera, Bosch advirtió que debería haber contado con que regresaría a terminarse el cigarrillo. Ahora era demasiado tarde. El fumador lo había visto.

Sin embargo, ni titubeó ni dio voz de alarma. Miró a Bosch con curiosidad mientras extraía un cigarrillo del paquete. Sudaba a chorros.

–¿Ha aparcado frente a la casa? –preguntó.

Bosch se detuvo a dos metros y medio de él y se sacó las manos de los bolsillos. No se volvió para mirar en dirección a la casa. Prefirió mantener la mirada fija en el chaval.

–Oh, sí. ¿Hay algún problema? –preguntó.

—No, pero casi todo el mundo conduce hasta el granero. Sarah suele indicarles que lo hagan.

—Oh, no lo sabía. ¿Está Sarah?

—Sí, está dentro. Adelante.

—¿Seguro?

—Sí. Casi hemos acabado por hoy.

Bosch comenzaba a entender dónde se estaba metiendo. En algo con lo que no contaba. Le echó un vistazo furtivo a la casa. Vio que McPherson los observaba desde una esquina. Aquella no era la manera más apropiada de obrar, pero volvió a girarse y se dirigió hacia el interior.

Al instante lo golpeó el calor. El interior del granero era un infierno. Y con motivo. Lo primero que vio Bosch fue la puerta abierta de un gigantesco horno del que salía un resplandor anaranjado producto de las llamas.

Otro joven y una mujer estaban de pie a unos siete metros de la fuente de calor. También lucían delantales y guantes gruesos. El hombre sostenía entre las manos un par de tenazas de hierro con las que inmovilizaba un alargado pedazo de vidrio fundido, que estaba unido a la cabeza de una tubería de hierro. La mujer le iba dando forma con un bloque de madera y un par de pinzas.

No cocinaban droga. Eran vidrieros. La mujer se protegía el rostro con una máscara de soldador. Bosch no podía identificarla, pero estaba muy seguro de encontrarse frente a Sarah Ann Gleason.

Volvió a salir por la puerta y le indicó por señas a McPherson que todo estaba en orden, pero no estaba seguro de que pudiera captarla a tanta distancia. Le hizo un gesto para que se acercara.

—¿Pasa algo, amigo? —le preguntó el fumador.

—¿Has dicho que la que está ahí dentro es Sarah Gleason? —le respondió Bosch.

—Sí, es ella.

—Necesito hablar con ella.

—Tendrás que esperar a que haya acabado con la pieza. No puede parar mientras esté blanda. Llevamos casi cuatro horas trabajando en ella.

—¿Cuánto os queda?

—Cosa de una hora. Tal vez pueda hablar con ella mientras trabaja. ¿Desea que le fabriquemos una pieza?

—No hay problema. Creo que podré esperar.

McPherson condujo hasta el granero y salió del vehículo. Bosch le abrió la puerta y le explicó con calma que habían juzgado mal lo que habían visto. Le contó que aquel granero era un taller de fabricación de vidrio. Le expuso cómo quería afrontar la situación. Debían llevar a Gleason a algún sitio donde pudieran hablar en privado. McPherson sacudió la cabeza y sonrió.

—¿Qué habría pasado si hubiéramos irrumpido ahí dentro con refuerzos?

—Supongo que habríamos roto unos cuantos vidrios.

—Y conseguido enfurecer a una testigo.

Bosch alcanzó el expediente que reposaba sobre el salpicadero. Se lo colocó dentro de la chaqueta, bajo uno de los brazos. De ese modo podría llevarlo encima sin que se notara.

Entraron en el taller, donde los esperaba Gleason. Se había quitado los guantes y alzado la máscara para dejar el rostro a la vista. Estaba claro que el fumador le había contado que eran unos posibles clientes. Al principio, Bosch no hizo nada por sacarla de su error. No pensaba revelar el verdadero motivo de su presencia hasta que se hubieran quedado a solas.

—Yo soy Harry y ella es Maggie. Disculpe por irrumpir de esta manera.

—Oh, no pasa nada. Nos gusta que la gente tenga la oportunidad de ver cómo trabajamos. De hecho, ahora nos encontramos en medio de un proyecto al que debo regresar. Los invito a quedarse mirando, y de paso les cuento un poco lo que hacemos.

—Eso estaría muy bien.

—Manténgase apartados. Aquí empleamos materiales extremadamente calientes.

—Por supuesto.

—¿De dónde son? ¿De Seattle?

—No. Venimos de California. Estamos bastante lejos de casa.

Si la mención a su estado natal había activado alguna alarma en Gleason, no se le notó. Bajó la máscara sobre el rostro sonriente, se colocó los guantes y volvió al trabajo. Durante los cuarenta minutos siguientes, Bosch y McPherson observaron cómo Gleason y sus dos ayudantes completaban la pieza de vidrio. Mientras trabajaba, Gleason le iba contando sin descanso sus evoluciones, y les detallaba las funciones de cada uno de ellos. El hombre más joven era soplador, y el otro, bloqueador. En tanto que vidriera,

Gleason era la capataza. La pieza que estaban esculpiendo consistía en una hoja de parra de un metro y medio. Su destino era una estructura que colgaría del vestíbulo de una empresa de Seattle llamada Rainier Wine.

Gleason también les habló acerca de su historia reciente. Había inaugurado el taller apenas hacía dos años, después de pasarse tres aprendiendo el oficio junto a un artista vidriero de Seattle. Esa manera de explayarse acerca de sí misma y de verla trabajar el vidrio le proporcionó mucha información útil a Bosch. Para ella, su trabajo consistía en recolectar color. Empleaba herramientas pesadas para manipular algo bello y frágil que, al mismo tiempo, emitía un peligroso brillo compuesto de temperaturas extremas. El calor que desprendía el horno era sofocante, de modo que tanto Bosch como McPherson se quitaron las chaquetas. Gleason les dijo que el horno podía llegar a los dos mil trescientos grados, y a Bosch le maravilló que los artistas pudieran trabajar tan cerca de allí durante tantas horas. El agujero de la gloria, una pequeña abertura por la que introducían de forma reiterada la escultura con el fin de recalentarla y añadirle capas, resplandecía como la mismísima entrada al averno.

Cuando dieron por concluida la jornada y depositaron la pieza en el último horno, Gleason les pidió a sus ayudantes que limpiaran el taller antes de marcharse a casa. Acto seguido, invitó a Bosch y a McPherson a que la esperaran en su despacho mientras se limpiaba.

El despacho también hacía las funciones de sala de descanso. La decoración era sobria: una mesa y cuatro sillas, un archivador, un armario para almacenar trastos y una pequeña cocina. Sobre la mesa reposaba una carpeta con fundas de plástico. Allí había fotos de piezas de vidriería elaboradas por el taller. McPherson las estudió y pareció conmoverse con algunas de ellas. Bosch sacó el expediente que llevaba dentro de la chaqueta y lo puso encima de la mesa. Quería ir al grano.

–Debe de ser bonito poder crear algo a partir de la nada –dijo McPherson–. Ojalá yo fuera capaz de hacerlo.

Bosch meditó una posible respuesta, pero, antes de que se le ocurriera algo, se abrió la puerta y entró Sarah Gleason. Desprovista de la aparatosa máscara, el delantal y los guantes, era más pequeña de lo que Bosch se había imaginado. Apenas medía metro y medio, y dudaba que pesara más de cuarenta kilos. Sabía que algunos traumas infantiles detienen el crecimiento. Por eso no le sorprendió que Gleason tuviera el aspecto de una mujer atrapada en un cuerpo de niña.

Ya no llevaba el cabello caoba atado con una goma detrás de la cabeza. Se lo había soltado. Enmarcaba un rostro cansado con ojos de un azul oscuro. Vestía pantalones vaqueros azules, zuecos y una camiseta negra en la que se leía DEATH CAB. Se encaminó directamente hasta la nevera.

–¿Puedo ofrecerles algo? No tengo nada de alcohol, pero si necesitan algo frío...

Bosch y McPherson rechazaron la oferta. Harry advirtió que había dejado abierta la puerta del despacho. Le llegaba el sonido de alguien que barría el taller. Se levantó para cerrarla.

Gleason se dio la vuelta con una botella de agua en la mano. Vio a Bosch cerrar la puerta, y el recelo afloró en su cara. Bosch alzó una mano en señal de calma y extrajo la placa con la otra.

–No pasa nada, señora Gleason. Somos de Los Ángeles y solo necesitamos hablar en privado con usted.

Y le mostró la placa.

–¿De qué va esto?

–Me llamo Harry Bosch. Ella es Maggie McPherson. Es letrada y trabaja para la Fiscalía del Distrito del condado de Los Ángeles.

–¿Por qué han mentido? –Estaba enfadada–. Dijeron que querían que les fabricáramos una pieza.

–No. En realidad no lo hicimos. Su ayudante, el bloqueador, lo dio por sentado. Todavía no hemos revelado el motivo de nuestra visita.

No cabía duda de que estaba con la guardia alta. Bosch pensó que habían echado a perder el acercamiento y, con él, la oportunidad de asegurar su testimonio. Entonces Gleason dio un paso al frente y arrancó la cartera de la mano de Bosch. Escudriñó la identificación que figuraba en la placa. Un gesto muy infrecuente. Podían contarse con los dedos de una mano las ocasiones en que le había sucedido a lo largo de su dilatada carrera como detective. Vio su mirada clavada sobre sus datos y advirtió que había reparado en que el nombre que le había dado no se correspondía con el que constaba en la tarjeta identificativa.

–¿Ha dicho que se llama Harry Bosch?

–Harry, para abreviar.

–Hieronymus Bosch. ¿Se lo pusieron por el artista?

Bosch asintió.

–A mi madre le gustaban sus cuadros.

–Bueno, a mí también me gustan. Creo que sabía algo acerca de los demonios interiores. ¿Era este el motivo por el que le gustaba a su madre?

–Eso creo.

Le devolvió la cartera y Bosch notó cómo le invadía cierta sensación de calma. El momento de ansiedad y aprensión había pasado gracias al pintor que le había dado el nombre.

–¿Qué desean de mí? Llevo diez años sin pisar Los Ángeles.

Bosch reparó en que, si estaba siendo sincera, no había regresado a la ciudad cuando su padre se encontraba en el lecho de muerte.

–Solo queremos hablar –la tranquilizó–. ¿Podemos sentarnos?

–¿Hablar de qué?

–De su hermana.

–¿De mi hermana? Yo no... Verán, van a tener que explicarme de qué...

–No lo sabe, ¿verdad?

–¿Saber qué?

–Siéntese y se lo contaremos.

Al final se acercó a la mesa y tomó asiento. Se sacó un paquete de cigarrillos del bolsillo y se encendió uno.

–Lo siento. Es el último vicio que me queda. Y con ustedes dos presentándose así... Necesito fumar.

Bosch y McPherson dedicaron los diez minutos siguientes a recapitular acerca de la historia y ponerla al corriente de la versión resumida de la puesta en libertad de Jason Jessup. Gleason apenas mostró reacción alguna a la noticia. Nada de lágrimas, nada de rabia. No formuló ninguna pregunta sobre la prueba de ADN que lo había sacado de la prisión. Se limitó a explicar que no mantenía contacto con nadie de California, que ni siquiera tenía televisión y que no leía la prensa. Aseguró que la distraían del trabajo y de sus esfuerzos por curarse de su adicción.

–Vamos a juzgarlo de nuevo, Sarah –le contó McPherson–. Y estamos aquí porque necesitamos que nos ayude.

Bosch notaba cómo Sarah estaba haciendo introspección sobre sí misma. Trataba de procesar el impacto de lo que le estaban contando.

–Ha pasado mucho tiempo –respondió al fin–. ¿No pueden limitarse a utilizar lo que conté en el primer juicio?

McPherson sacudió la cabeza.

–No podemos, Sarah. Ni siquiera le permitiremos al nuevo jurado que sepa que el caso ya se ha juzgado, porque podría influir en la manera en que valoren las pruebas. Le haría adoptar prejuicios contra el acusado y un veredicto de culpabilidad resultaría insostenible. En aquellas circunstancias en que los testigos de un juicio anterior están muertos o tienen alguna incapacidad mental, leemos sus primeros testimonios durante el juicio para que consten en acta, pero no le revelamos su procedencia al jurado. Cuando no se dan esas circunstancias, necesitamos que la persona convocada se acerque al tribunal a testificar.

No tenía claro si Gleason había reparado siquiera en la respuesta de McPherson. Estaba sentada, con la mirada perdida en el infinito. Sus ojos no se despegaban de aquel remoto foco, ni siquiera cuando hablaba.

—Me he pasado toda la vida intentando olvidarme de aquel día. Lo he intentado todo para conseguirlo. Probé las drogas con el objetivo de crear una gran burbuja dentro de la que poder refugiarme. Hice que… No importa, lo que quiero decir es que no creo que pueda serles de mucha ayuda.

Bosch intervino antes de que McPherson pudiera reaccionar.

—Le diré qué podemos hacer. De momento podemos limitarnos a hablar unos minutos acerca de lo que recuerda, ¿le parece? Y si no funciona, no funciona. Usted fue una víctima, Sarah, y no queremos que siga siéndolo.

Aguardó unos instantes a que Gleason respondiera, pero esta se mantuvo en silencio, la mirada absorta en la botella de agua que reposaba sobre la mesa que tenía enfrente.

—Empecemos por aquel día —arrancó Bosch—. Por ahora no necesito que rememore el terrible momento en que tuvo lugar el secuestro de su hermana, pero ¿recuerda haber identificado a Jason Jessup cuando se lo preguntó la policía?

Asintió lentamente.

—Recuerdo que miré por la ventana. Desde el piso de arriba. Abrieron un poco las cortinas para que pudiera hacerlo. Se suponía que ellos no podían verme. Los hombres. Era el que llevaba una gorra. Hicieron que se la quitara, y fue entonces cuando lo reconocí. De eso me acuerdo.

El detalle de la gorra animó a Bosch. No recordaba haberse topado con él en los informes del caso, ni habérselo oído comentar a McPherson durante el resumen, pero el hecho de que Gleason lo recordase con tal viveza era una buena señal.

–¿Qué tipo de gorra llevaba? –preguntó.

–Una de béisbol. Azul.

–¿Una gorra de los Dodgers?

–No estoy segura. Tampoco creo que entonces lo supiera. Bosch asintió y prosiguió.

–¿Cree que, si le mostrara una fotografía tomada en una rueda de identificación, sería capaz de reconocer al hombre que se llevó a su hermana?

–¿Se refiere al aspecto que tiene ahora? Lo dudo.

–No, el de ahora no –intervino McPherson–. Lo que necesitaríamos es que nos confirmase en el juicio la identificación que realizó entonces. Le mostraríamos fotos de aquella época.

Gleason dudó y, acto seguido, asintió.

–Por supuesto. Por mucho que me haya castigado con los años, no he conseguido olvidar la cara de ese hombre.

–De acuerdo, comprobémoslo.

Mientras Bosch desplegaba el expediente sobre la mesa, Gleason se encendió un nuevo cigarrillo con la colilla del anterior.

El expediente contenía seis fotos en blanco y negro de hombres de la misma edad, constitución y color de piel. Entre ellas, una de Jessup tomada en 1986. Harry sabía que ese era el momento decisivo del caso.

Las fotos se distribuían en dos hileras de tres. La de Jessup se encontraba en la ventana central de la fila inferior. El hoyo número cinco. Un emplazamiento que siempre le había traído suerte a Bosch.

–Tómese su tiempo –le pidió.

Gleason sorbió un poco de agua y dejó la botella a un lado. Se inclinó sobre la mesa, acercando el rostro a treinta centímetros de las fotografías. No le llevó mucho tiempo. Señaló la foto de Jessup sin pensárselo dos veces.

–Ojalá pudiera olvidarlo. Pero no puedo. Siempre está en algún rincón de mi cabeza. Entre las sombras.

–¿Alberga algún tipo de duda con respecto a la foto que ha escogido? –le preguntó Bosch.

–No. Fue él.

Bosch le echó un vistazo a McPherson, quien le devolvió un ligero cabeceo. Era una buena identificación y la habían conducido de la manera apropiada. Tan solo echaba en falta alguna muestra de emoción por parte de Gleason. Quizás esos veinticuatro años la habían vaciado por completo. Harry sacó un bolígrafo y se lo entregó a Gleason.

–¿Podría escribir sus iniciales y la fecha de hoy bajo la foto que acaba de escoger, por favor?

–¿Por qué?

–Para confirmar que la hemos identificado. Simplemente contribuye a darle valor una vez que se presente en el juicio.

Bosch reparó en que ella no había preguntado si había escogido la foto correcta. No lo había necesitado, y esa era una nueva muestra de su buena memoria. Otra señal positiva. Después de que le devolvieran el bolígrafo, Bosch cerró el expediente y lo arrojó a un rincón. Le echó otro vistazo a McPherson. Ahora venía la parte difícil. Conforme habían acordado con anterioridad, cuando llegasen a ese punto iba a ser McPherson la encargada de decidir si sacaba a relucir el asunto del ADN o esperaban a contar con más garantías de que Gleason iba a testificar.

McPherson prefirió no esperar.

–Sarah, hay un segundo asunto que debemos discutir ahora. Ya le hemos hablado de la prueba de ADN que le permitió a este hombre obtener un nuevo juicio y, esperemos, una libertad solo temporal.

—Sí.

—Cotejamos el informe del ADN con las bases de datos de California. Obtuvimos una coincidencia. El semen que se encontró en el vestido que llevaba su hermana pertenecía a su padrastro.

Bosch miró a Sarah con detenimiento. Ni el menor rastro de sorpresa asomó a su cara ni a sus ojos. Esta información no suponía una novedad para ella.

—El Estado comenzó a tomar muestras de ADN en 2004 a todos los sospechosos de asesinato. Ese mismo año detuvieron a su padre por darse a la fuga tras un atropello con heridos. Se saltó un semáforo y atro...

—Padrastro.

—¿Disculpe?

—Ha dicho «su padre». No era mi padre. Era mi padrastro.

—Cierto. He metido la pata. Lo siento mucho. Sea como fuere, el ADN de Kensington Landy constaba en la base de datos y se corresponde con el hallado en la muestra del vestido. Lo que resultó imposible determinar fue cuánto tiempo llevaba esa muestra en el vestido en el momento en que fue descubierta. Podrían haberla depositado ahí el mismo día del asesinato, la semana anterior o incluso un mes antes.

Sarah empezó a volar en piloto automático. Estaba ahí y no lo estaba. Tenía la mirada clavada en un punto situado muy lejos de la habitación donde se encontraban.

—Tenemos una teoría, Sarah. La autopsia que se le practicó a su hermana determinó que no había sido víctima de abusos sexuales por parte de su asesino ni de nadie con anterioridad a ese día. También sabemos que el vestido que llevaba le pertenecía a usted y que Melissa se lo pidió prestado aquella mañana porque le gustaba.

McPherson hizo una pausa, pero Sarah permaneció callada.

–Cuando vayamos a juicio, tendremos que dar alguna explicación sobre el semen que se halló en su vestido. Si no lo hacemos, se dará por sentado que procedía del asesino, y que este fue su padrastro. Perderemos el caso y Jessup, que es el verdadero asesino, saldrá libre. Estoy convencida de que no quiere que pase eso, ¿verdad, Sarah? A alguna gente de ahí fuera le parece que veinticuatro años entre rejas son suficientes para pagar por el asesinato de una niña de doce años. No saben por qué estamos haciendo esto. Pero quiero que sepa que yo no opino lo mismo, Sarah. Ni mucho menos.

Sarah Gleason no contestó de inmediato. Bosch esperaba que vertiera lágrimas, pero, en vista de que estas no llegaban, comenzó a preguntarse si los traumas y las depravaciones que habían jalonado su vida le habían cauterizado las emociones. O quizá poseía una fuerza interior que su diminuta estatura conseguía camuflar. Sea como fuere, cuando finalmente respondió, lo hizo con una voz tan neutra y desapasionada que contrastaba con la franqueza de sus palabras.

–¿Saben lo que siempre pensé?

McPherson se inclinó hacia delante.

–¿Qué, Sarah?

–Que ese hombre mató a tres personas aquel día. A mi hermana, luego a mi madre… y, después, a mí. Ninguna de nosotras pudo librarse.

Se produjo un largo silencio. McPherson colocó lentamente una mano sobre uno de los brazos de Gleason. Era un gesto de consuelo allá donde no había consuelo posible.

–Lo siento, Sarah –susurró McPherson.

–De acuerdo –se decidió Gleason–. Se lo contaré todo.

13

Mi hija ya echaba de menos a su madre en la cocina, aunque esta solo llevaba fuera un día. Estaba tirando a la basura su cena medio mordisqueada preguntándome cómo diablos puede salir mal un sándwich de queso fundido cuando sonó mi móvil. Era Maggie, ansiosa por saber qué tal nos iba mientras ella estaba de viaje.

–Dame alguna buena noticia –le dije a modo de saludo.

–Vas a tener la oportunidad de pasar la tarde con nuestra preciosa hija.

–Sí. Esa es una buena noticia… aunque no le gusta cómo cocino. Dame alguna otra buena noticia.

–Nuestra testigo principal está preparada. Va a declarar.

–¿Realizó la identificación?

–Lo hizo.

–¿Os habló acerca del ADN? ¿Encaja con nuestra teoría?

–Sí y sí.

–¿Y está dispuesta a venir hasta aquí a testificar acerca de todo eso?

–Lo hará.

Sentí como si una descarga de doce voltios me atravesara el cuerpo.

–La verdad es que todo son buenas noticias. ¿Hay algún pero?

–Bueno…

Noté cómo el viento dejaba de inflar las velas. Estaban a punto de comunicarme que Sarah seguía siendo una drogadicta o que había algún otro obstáculo que me iba a impedir recurrir a ella en el juicio.

–Y bien, ¿de qué se trata?

–Ni que decir tiene que habrá quien le ponga objeciones a su testimonio, pero este es bastante consistente. Es una superviviente, y se nota. Lo cierto es que solo echo una cosa en falta: las emociones. Le ha pasado de todo y parece que está un poco quemada; en el aspecto emocional, me refiero. No le verás ni lágrimas ni sonrisas. Siempre está a media distancia de ambas.

–Eso lo podemos trabajar. Podemos entrenarla.

–Ya, pero debemos andarnos con cuidado. No te digo que no esté bien tal y como está, solo que parece estancada en punto muerto. Por lo demás, todo perfecto. Creo que te gustará, y que nos ayudará a meter a Jessup de nuevo en prisión.

–Fantástico, Maggie. De verdad. Todavía te gusta la idea de encargarte de ella durante el juicio, ¿verdad?

–Podré hacerlo.

–Royce la atacará sacando a relucir las anfetaminas, los problemas de memoria y todo eso. Su estilo de vida. Tienes que estar preparada para cualquier cosa.

–Lo estaré. Eso te deja a ti con Bosch y Jessup. ¿Todavía crees que testificará?

–¿Jessup? Sí. No le queda otra. Clive sabe que no puede hacerle eso a un jurado. No después de veinticuatro años. De modo que, en efecto, yo me encargaré de Jessup y de preparar a Bosch.

–Al menos con Harry no debes preocuparte por los antecedentes.

–Por los que le constan a Clive.

–¿Y eso qué significa?

–Significa que no debes subestimar a Clive el Astuto Royce. Los fiscales siempre incurrís en los mismos errores. Os confiáis en exceso, y eso os vuelve vulnerables.

–Gracias, F. Lee Bailey. Te lo recordaré cuando vuelvas a defender a O. J. Simpson o a Patricia Hearst –ironizó ella.

–¿Cómo ha estado hoy Bosch?

–Como Bosch. ¿Y a ti cómo te ha ido?

Me asomé por la puerta de la cocina. Hayley estaba sentada en el sofá con los deberes esparcidos por la mesilla.

–En primer lugar, ya tenemos jueza. Será Breitman, del Departamento 112.

Antes de responder, Maggie meditó durante unos instantes acerca de aquella asignación.

–Creo que esto no beneficia a ninguna de las dos partes. Esta jueza está en tierra de nadie. No ha sido ni fiscal ni abogada defensora. Solo es una buena y fiable letrada dedicada a causas civiles. Nadie parte con ventaja.

–¡Guau! Una jueza que va a ser imparcial y equitativa. ¿Te lo puedes imaginar?

Ella no respondió.

–Ha fijado una primera reunión en su despacho. Se celebrará el miércoles a las ocho de la mañana, antes de que comience la jornada laboral en los tribunales. ¿Cómo lo interpretas?

Eso significaba que la jueza deseaba reunir a los abogados en su despacho para discutir el caso. Se trataría de una primera toma de contacto informal, y sin cámaras cerca.

—Creo que está bien. Probablemente vaya a establecer unas reglas de actuación básicas, y algunas pautas sobre cómo trataremos el caso con los medios de comunicación. Suena a que lo va a conducir con mano de hierro.

—Eso mismo me ha parecido a mí. ¿Cómo lo tienes el miércoles para poder acudir?

—Comprobaré mi agenda, pero creo que sí. Estoy procurando desembarazarme de todos mis asuntos pendientes para poder centrarme en este.

—Hoy le he entregado a Royce la primera batería de pruebas. Constaba, sobre todo, de material procedente del primer juicio.

—¿Sabes que podrías haber apurado hasta el límite de los treinta días?

—Lo sé, pero ¿por qué motivo?

—El motivo radica en la estrategia. Cuanto antes se lo entregues, más tiempo tendrá para prepararse. Trata de acogotarnos negándose a desestimar un juicio rápido. Deberías devolverle la jugada. ¿Cómo? Fácil: no compartas lo que tenemos hasta que nos obliguen a hacerlo. Treinta días antes de que comience el juicio.

—Lo recordaré para la siguiente tanda. Pero el material de esta era de lo más anodino.

—¿Figuraba Sarah Gleason en la lista de testigos?

—Sí, aunque bajo el nombre de Sarah Landy, el que constaba en 1986. Di la dirección del despacho. Clive no sabe que la hemos localizado.

—Y seguirá sin saberlo hasta que no tengamos más remedio que revelarlo. No quiero que la acosen ni que se sienta amenazada.

—¿Qué le contaste acerca de su participación en el juicio?

—Que tal vez requerirían su presencia durante un par de días, sin contar los del viaje.

–¿Y eso no supondrá problemas?

–Bueno… Ella dirige su propio negocio, al que apenas hace unos pocos años que se dedica. Tiene entre manos un proyecto de grandes dimensiones, pero, si dejamos este de lado, asegura que vive muy tranquila. Supongo que conseguiremos traerla hasta aquí cuando la necesitemos.

–¿Sigues en Port Townsend?

–Sí. Hace una hora que acabamos con ella. Compramos algo de cena y nos registramos en un hotel. El día ha sido muy largo.

–¿Volverás mañana?

–Esa es la idea. Sin embargo, nuestro vuelo no sale hasta las dos. Tenemos que coger un ferri. El trayecto hasta el aeropuerto es muy largo.

–De acuerdo. Llámame por la mañana, antes de que volváis, por si se me ocurre algo relacionado con la testigo.

–Por supuesto.

–¿Alguno de los dos ha tomado notas?

–No. Temíamos que pudiera disuadirla.

–¿Habéis grabado la conversación?

–Tampoco, por la misma razón.

–Bien hecho. Quiero que este asunto esté al margen de las pruebas durante todo el tiempo que sea posible. Dile a Bosch que no escriba nada al respecto. Como mucho, podemos enviarle a Royce una copia de la foto a partir de la cual se realizó la identificación.

–Hecho. Se lo diré a Harry.

–¿Cuándo? ¿Esta noche o mañana?

–¿Qué diablos quieres decir?

–Nada. Olvídalo. ¿Algo más?

–Sí.

Me preparé para recibir el golpe. Por un instante se me habían escapado unos celos insanos.

–Me gustaría desearle buenas noches a mi hija.

–Oh. –Todo mi cuerpo exudaba alivio–. Te la paso.

Le acerqué el teléfono a Hayley.

–Es tu madre.

SEGUNDA PARTE

EL LABERINTO

14

Martes, 23 de febrero, 20:45 horas

Ambos trabajaban en silencio. Bosch, a un extremo de la mesa del comedor, y su hija, al otro. Él, con los primeros registros de vigilancia de la SIE; ella, con los deberes, los libros de texto y el ordenador portátil desplegados frente a ella. Estaban cerca el uno del otro, pero solo físicamente. El caso de Jessup se había vuelto de lo más absorbente con la localización de antiguos testigos y la búsqueda de nuevos. Apenas le había dedicado tiempo en los últimos días. Al igual que les sucedía a sus padres, a Maggie no le costaba ningún esfuerzo albergar resentimientos. Aún no le había perdonado el desaire que él le había hecho al dejarla toda una noche al cuidado de la subdirectora del colegio. Estaba castigando a Harry con el látigo de su indiferencia. Solo tenía catorce años, pero era toda una especialista en la materia.

Los registros de la SIE eran un motivo adicional de frustración para Bosch. No por lo que contenían, sino por el retraso con el que habían llegado a sus manos. Se los habían enviado siguiendo los canales burocráticos habituales. De la oficina de la SIE habían pasado a la del Departamento de Robos y Homicidios, y de allí al supervisor de Bosch, junto al cual habían permanecido tres días en una bandeja de entrada hasta que por fin se los habían entregado a Harry. Como resultado, estaba supervisando los registros relativos a los tres primeros días de vigilancia de Jason Jessup. Iba con tres días de retraso. El procedimiento era excesivamente lento. Tendría que hacer algo al respecto.

Los registros incluían datos concisos sobre los movimientos del sujeto. En todos ellos constaban el día, la hora y el lugar. La mayoría de las entradas apenas consistían en una descripción somera de una sola línea. Los registros se acompañaban de fotografías; la mayor parte de ellas, tomadas a mucha distancia para evitar que Jessup detectase la presencia de los fotógrafos. Abundaban las imágenes muy granuladas que seguían los pasos de Jessup, el flamante hombre libre, por la ciudad.

Bosch repasó los informes y no tardó en sospechar que la vida pública de Jessup no tenía nada que ver con la privada. Durante el día sus movimientos estaban coordinados con los medios de comunicación. No dejaba de publicitar cómo se había readaptado a una existencia lejos de una celda. Ello implicaba volver a aprender a conducir, escoger los platos de un menú o correr cinco kilómetros sin tener que hacer ni un solo giro. Sin embargo, por las noches emergía otro Jessup. Como no era consciente de que seguía bajo el escrutinio de ojos y cámaras, salía solo a patrullar con su coche prestado. No dejaba rincón de la ciudad sin recorrer: bares, clubes de *striptease* y un apartamento donde trabajaba una prostituta.

De entre todas sus actividades, había una que despertaba la curiosidad de Bosch de manera muy especial. Durante su cuarta noche en libertad, Jessup había conducido hasta Mulholland Drive, la serpenteante carretera situada en la cima de las montañas de Santa Mónica, que partían la ciudad en dos. Tanto de día como de noche, Mulholland ofrecía una de las mejores vistas panorámicas de la ciudad. No era sorprendente que Jessup quisiera ir ahí. Había puestos de observación desde los que se podía disfrutar de vistas de la ciudad iluminada, tanto hacia el norte como hacia el sur. Estas podían insuflarle fuerzas, e incluso parecer majestuosas. Él mismo había ido allí en el pasado.

Pero Jessup no había acudido para gozar de las vistas. Aparcaba el coche junto a la entrada del Franklin Canyon Park. Salía y se colaba en el parque cerrado, donde se escurría por una verja.

Esta conducta le provocó un contratiempo al equipo de la SIE, porque el parque estaba vacío y los vigilantes corrían el riesgo de que los descubrieran si se acercaban en exceso. En esos casos, el informe correspondiente era más breve que los de la mayoría de las entradas:

20/02/10 01:12. El sujeto entra en el Franklin Canyon Park. Detectada su presencia en la zona de mesas de pícnic, en el rincón nordeste, al inicio del sendero del Hombre Ciego.

20/02/10 2:34. El sujeto abandona el parque, toma Mulholland en sentido oeste hasta la autopista 405 y luego se dirige hacia el sur.

Acto seguido, Jessup regresó al apartamento de Venice en el que residía, y ya no salió de él en toda la noche.

Se adjuntaba una fotografía hecha con infrarrojos en la que se veía a Jessup en el parque. Estaba sentado en una de las mesas de pícnic, en la más completa oscuridad. Sin hacer nada.

Bosch devolvió la fotografía a la mesa y miró a su hija. Era zurda, igual que él. Daba la impresión de estar resolviendo una operación matemática sobre un trozo de papel.

–¿Qué?

Poseía el mismo radar que su madre.

–¿Estás conectada a internet?

–Sí. ¿Qué necesitas?

–¿Me podrías buscar un mapa del Franklin Canyon Park? Se encuentra en Mulholland Drive.

–Déjame acabar esto.

Esperó paciente a que terminara de resolver un problema de matemáticas que sabía que estaría a años luz de su comprensión. Durante los últimos cuatro años había vivido con el temor de que su hija le pidiera que la ayudase con los deberes. Hacía mucho tiempo que ella lo había superado en conocimientos y aptitudes. Como era incapaz de aportarle nada en ese aspecto, se había concentrado en enseñarle otras cosas; entre ellas, la capacidad de observación y la autoprotección.

–De acuerdo.

Dejó el lápiz y agarró el ordenador hasta que lo puso frente a sí. Bosch miró el reloj. Eran casi las nueve.

–Aquí está.

Maddie deslizó el ordenador por la mesa hasta él.

El parque era más grande de lo que Bosch se había imaginado. Limitaba al sur con Mulholland, y al oeste, con Coldwater Canyon Boulevard. Una ventana en uno de los extremos del mapa indicaba que la superficie era de 2,6 kilómetros cuadrados. Bosch no era consciente de que existiera un parque natural abierto al público con semejantes dimensiones en un lugar tan céntrico de las colinas de Hollywood. El mapa tenía marcadas varias de las rutas para hacer senderismo y de las zonas de pícnic. Entre estas últimas, la de la zona nordeste confluía con el sendero Blinderman. Dio por sentado que en el registro de la SIE se había producido un error, y que por eso aparecía transcrito como sendero del Hombre Ciego.

–¿De qué se trata?

Harry miró a su hija. Era su primer intento de entablar conversación en los últimos dos días. Decidió no dejarlo pasar.

–Estamos siguiendo a un tipo. La Sección de Investigaciones Especiales, la SIE. Es un departamento especializado en vigilancia. Está observando los movimientos de un individuo que acaba de salir de la cárcel. Asesinó a una niña hace mucho tiempo. Por algún motivo, acudió a este parque y se limitó a quedarse sentado en una mesa de pícnic.

–¿Y? ¿No se supone que eso es lo que hace la gente en los parques?

–Bueno. Es que lo hizo en mitad de la noche. El parque estaba cerrado, se coló en él… y luego se limitó a quedarse ahí sentado.

–¿Creció cerca del parque? Quizás esté visitando los lugares donde pasó la infancia.

–No lo creo. Nos consta que creció en el condado de Riverside. Se acercaba a Los Ángeles para hacer surf, pero no he encontrado nada que lo relacione con Mulholland.

Bosch volvió a estudiar el mapa y descubrió que el parque tenía una entrada en la parte alta y otra en la baja. Jessup había accedido por la superior. Esta opción habría quedado lejos de su camino, a menos que, desde el principio, su destino hubiera sido la zona de pícnic del sendero de Blinderman.

Bosch le devolvió el ordenador a su hija y miró el reloj.

–¿Te falta mucho para concluir tu trabajo?

–*Terminar*, papá. ¿Te falta mucho para terminar? O *acabar con*, ya puestos.

–Perdón. ¿Te falta mucho para terminar?

–Tan solo un problema de matemáticas.

–Bien. Tengo que hacer una llamada.

El número de móvil del teniente Wright constaba en el registro de vigilancia. Bosch supuso que debía de estar en casa y le molestaría la intrusión, pero decidió llamarlo de todos modos. Se levantó y se dirigió hasta la sala de estar. No quería descentrar a Maddie. Marcó los dígitos.

–Wright, de la SIE.

–Teniente, soy Harry Bosch.

–¿Qué hay, Bosch?

No parecía enfadado.

–Disculpe si estaba en casa y lo molesto. Solo quería…

–No estoy en casa. Estoy con su hombre.

Eso cogió a Bosch por sorpresa.

–¿Ha ocurrido algo?

–No. Es solo que el turno de noche me resulta más interesante.

–¿Dónde se encuentra ahora?

–En un bar de Venice Beach que se llama Townhouse. ¿Lo conoce?

–He estado ahí. ¿Va solo?

–Sí y no. Ha llegado solo, pero lo han reconocido. Ahí dentro no le dejan pagar ni una sola bebida, y es probable que haya tomado algo de hierba. Como le decía, las noches son más interesantes. ¿Nos llama para saber cómo anda todo?

–De hecho, no. Necesito hacerle unas cuantas preguntas. Estoy mirando los registros y, en primer lugar, querría saber si me los pueden proporcionar antes. Ya tienen tres días o más. El otro asunto se refiere a Franklin Canyon Park. ¿Qué puede contarme acerca de la parada que realizó ahí?

–¿Cuál de ellas?

–¿Ha estado dos veces?

—La verdad es que tres. La primera fue hace cuatro días, pero ha regresado las últimas dos noches.

Ese dato dejó sumamente intrigado a Bosch; sobre todo, porque no tenía ni idea de lo que significaba.

—¿Y qué hizo allí en las últimas dos ocasiones?

Maddie se levantó de la mesa del comedor y entró en la sala. Se sentó en el sofá a escuchar lo que Bosch tuviera que aportar a la conversación.

—Lo mismo que hizo la primera vez —respondió Wright—. Se cuela ahí dentro, se dirige a la zona del pícnic y se sienta como si estuviera esperando a alguien.

—¿Para qué?

—Dígamelo usted, Bosch.

—Ojalá lo supiera. ¿Siempre acude a la misma hora?

—Media hora arriba, media hora abajo.

—¿Siempre entra por el acceso de Mulholland?

—Sí. Se escurre dentro y sigue el mismo camino que lo conduce hasta la zona de pícnic.

—Me pregunto por qué no utiliza la otra entrada. Le resultaría más sencillo.

—Quizá le guste conducir por Mulholland para contemplar las luces.

Aquella era una buena observación sobre la que Bosch tendría que reflexionar.

—Teniente, ¿podría hacer que su equipo me llamara la próxima vez que se dirija ahí? No importa la hora que sea.

—Puedo hacer que lo llamen, pero no va a poder entrar y acercarse a él. Es demasiado arriesgado. No queremos poner en peligro la vigilancia.

—Lo entiendo, pero haga que me llamen. Solo quiero saberlo. ¿Qué me dice de los registros? ¿Hay alguna manera de que los reciba con mayor rapidez?

—Si lo desea, puede acercarse a la SIE para recogerlos todas las mañanas. Ya habrá reparado en que los registros van de seis de la tarde a seis de la mañana. Se envían a las siete de la mañana del día siguiente.

—Gracias, teniente, así lo haré. Gracias por la información.

—Que le vaya bien.

Bosch colgó el teléfono. Se preguntaba qué haría Jessup durante sus visitas a Franklin Canyon.

—¿Qué te ha dicho? –preguntó Maddie.

Por enésima vez, Bosch dudó sobre la procedencia de compartir con su hija tanta información relativa a sus casos.

—Me ha dicho que el hombre ha regresado al parque las últimas dos noches. Y lo único que ha hecho es sentarse y esperar.

—¿A qué?

—Cualquiera sabe.

—Tal vez solo busque un sitio donde poder estar completamente solo, lejos de todo el mundo.

—Tal vez.

Sin embargo, Bosch tenía sus reservas. Pensaba que había un plan detrás de todo cuanto hacía Jessup. Debía averiguar de qué se trataba.

—Ya he acabado los deberes. ¿Quieres ver *Perdidos*?

Habían estado repasando con calma los DVD de la serie, para ponerse al día con las últimas cinco temporadas. Contaba la historia de varios supervivientes de un accidente aéreo que acababan en una isla no cartografiada en el Pacífico sur. A Bosch le costaba seguir el hilo, pero no se daba por vencido porque su hija estaba totalmente enganchada a la historia.

En ese momento no tenía tiempo para series.

—De acuerdo, pero solo un episodio. Después te vas a dormir y yo vuelvo al trabajo.

Ella sonrió. Aquello la hacía feliz. Por un momento se olvidó de todas las transgresiones paternales y gramaticales de Bosch.

–Ponlo –dijo Bosch–. Y recuérdame de qué iban los últimos episodios.

Cinco horas después, Bosch se encontraba a bordo de un *jet* que no dejaba de sufrir sacudidas por culpa de unas violentas turbulencias. Su hija estaba sentada en el asiento del pasillo contiguo en vez de hacerlo en el que permanecía vacío a su lado. Extendían los brazos a través del pasillo, pero los saltos del aparato los apartaban una y otra vez. Bosch era incapaz de agarrarle la mano.

En el preciso momento en que giró la cabeza y descubrió que la cola del avión era arrancada de cuajo y salía disparada hacia atrás, lo despertó un zumbido. Alargó la mano hacia la mesita de noche y cogió el teléfono. Al contestar tuvo que hacer un esfuerzo para recuperar la voz.

–Bosch al habla.

–Soy Shipley, de la SIE. Me han pedido que lo llame.

–¿Jessup se encuentra en el parque?

–Sí, pero no en el de costumbre.

–¿En cuál está, entonces?

–En el de Fryman Canyon, en Mulholland.

Bosch conocía Fryman Canyon. Apenas distaba diez minutos de Franklin Canyon.

–¿Qué está haciendo?

–Pasear por uno de los senderos. Igual que en el otro parque. Sigue el caminito y luego se sienta. Después, nada. Se queda un rato y se marcha.

–De acuerdo.

Bosch les echó un vistazo a los dígitos luminosos del reloj. Eran las dos en punto de la madrugada.

–¿Va a salir? –preguntó Shipley.

Bosch pensó en su hija, que dormía en su habitación. Sabía que podía dejarla y regresar antes de que se despertara.

–Eh… No, estoy con mi hija y no puedo dejarla.

–Usted mismo.

–¿A qué hora acaba su turno?

–A eso de las siete.

–¿Podría llamarme?

–Como quiera.

–Me gustaría que me llamara todas las mañanas al acabar su turno para contarme dónde ha estado.

–Esto…, de acuerdo, supongo. ¿Puedo preguntarle algo? Este tipo mató a una niña, ¿verdad?

–Cierto.

–¿Y está seguro de ello? Quiero decir, ¿no alberga la menor duda?

Bosch recapituló acerca de la entrevista con Sarah Gleason.

–No tengo ninguna duda al respecto.

–De acuerdo. Está bien saberlo.

Bosch entendía lo que intentaba decirle. Buscaba seguridad. Si las circunstancias exigían el recurso a la fuerza contra Jessup, se agradecía saber contra quién y por qué iban a disparar. No era necesario decir nada más.

–Gracias, Shipley. Luego hablamos.

Bosch cortó la comunicación y recostó de nuevo la cabeza sobre la almohada. Recordó el sueño del avión, aquella manera de buscar a su hija con la mano sin poder agarrarla.

15

Diane Breitman nos dio la bienvenida a su despacho, donde nos ofreció café y galletas. Era un gesto infrecuente viniendo de una jueza del Tribunal Penal. Estaban presentes mi segunda de a bordo, Maggie McPherson, y Clive Royce, a quien no le acompañaba su ayudante pero sí su osadía. Le pidió a la jueza un té caliente.

--Esto es la mar de agradable --comenzó la jueza una vez que estuvimos todos sentados delante de su mesa con las tazas y los platillos en la mano--. No he tenido ocasión de ver a ninguno de ustedes en acción. Por eso he pensado que estaría bien una primera toma de contacto informal y en privado. Cuando sea necesario, siempre podemos entrar en la sala para hacer constar algo en acta.

Sonrió, pero ninguno de nosotros habló.

--Para comenzar, déjenme decirles que le otorgo una gran importancia al decoro en la sala --prosiguió--. Por ello hago hincapié en que los abogados actúen en conformidad. Espero que este juicio sea una animada disputa en torno a la presentación de las pruebas y los hechos relativos al caso. No toleraré que no se respeten los límites de la cortesía y la jurisprudencia. No quiero que haya duda alguna al respecto.

--Sí, señoría --respondió Maggie, mientras Royce y yo asentíamos.

–Bien, abordemos ahora el asunto de la cobertura mediática. Los medios de comunicación van a estar sobrevolando este caso como los helicópteros que siguieron a O. J. Simpson por la autovía. Lo podemos dar por hecho. He recibido peticiones de tres cadenas locales, de un director de documentales y de *Dateline NBC*. Todas quieren grabar el juicio de principio a fin. Aunque no le veo ningún problema, siempre que se garantice la protección del jurado, lo que de verdad me preocupa son las actividades paralelas que tendrán lugar fuera del tribunal. ¿Alguno de ustedes tiene alguna opinión al respecto?

Aguardé un segundo y, al comprobar que nadie rompía el silencio, me lancé.

–Señoría, pienso que, dada la naturaleza de este caso (un nuevo juicio que se celebra veinticuatro años después del primero), a estas alturas la cobertura mediática ha sido excesiva. Por ello nos va a resultar difícil reunir a doce personas y dos suplentes que no hayan quedado expuestos a ella. Quiero decir que nos hemos topado con el acusado surfeando en la primera página del *Times* y disfrutando de un partido de los Lakers desde un asiento VIP.

¿Cómo vamos a conseguir un jurado imparcial? Los medios, no sin la ayuda inestimable del señor Royce, están presentando a este individuo como un pobre y acosado inocente, sin albergar la menor idea acerca de las pruebas que pesan en su contra.

–Protesto, señoría –saltó Royce.

–No puedes protestar –objeté–. No estamos en la sala.

–Tú eras abogado defensor, Mick. ¿Dónde ha quedado aquello de «inocente mientras no se demuestre lo contrario»?

–Ya se demostró.

–Durante un juicio que el Tribunal Supremo de este estado calificó de parodia. ¿A eso te referías?

–Escúchame, Clive, soy abogado. Lo de «inocente mientras no se demuestre lo contrario» es algo que se comprueba dentro de la sala, no en *Larry King Live*.

–No hemos acudido a *Larry King Live*…, por el momento.

–¿Ve lo que intento decir, señoría? Él quiere que…

–¡Caballeros, por favor! –saltó Breitman.

Aguardó un momento hasta que estuvo segura de que ya estábamos calmados.

–Nos enfrentamos a la clásica situación en que necesitamos compensar el derecho de la gente a saber con una serie de garantías de que podemos contar con un jurado no contaminado por los medios, un juicio sin obstáculos y un resultado justo.

–Pero, señoría –se apresuró a decir Royce–, no podemos impedir que los medios examinen este caso. La libertad de prensa es la piedra angular de la democracia estadounidense. Asimismo, quiero recordarle la resolución que ha hecho posible que se celebre este nuevo juicio. El tribunal halló inconsistencias muy graves en las pruebas y reprendió a la Fiscalía del Distrito por la forma improcedente en que se había procesado a mi cliente. ¿Ahora va a prohibir que los medios tengan conocimiento de estas circunstancias?

–Oh, por favor –dijo Maggie con tono displicente–. No estamos pidiendo que se les prohíba a los medios de comunicación estar al tanto de lo que pasa. Me ha encantado tu noble defensa de la libertad de prensa, pero ese no es el asunto. Salta a la vista que estás intentando contaminar el proceso de selección del jurado manipulando los medios de comunicación antes de que arranque el juicio.

—¡Eso es completamente falso! —bramó Royce—. He atendido a las peticiones de los medios, es cierto, pero no pretendo contaminar nada. Señoría, eso es una…

Desde la mesa de la jueza nos llegó un golpe seco. Había agarrado un martillo ornamental que reposaba junto a un juego de plumas estilográficas y lo había hecho impactar con fuerza contra la superficie de madera.

—Serenémonos —los conminó Breitman—. Y evitemos los ataques personales. Como ya les he indicado, debemos alcanzar un punto medio que nos satisfaga a todos. No pretendo amordazar a la prensa, pero no dudaré en decretar el secreto de sumario si considero que los letrados que ejercen en mi tribunal no proceden con arreglo a la responsabilidad que exige el caso. Empezaré por dejar que sean ustedes quienes determinen qué se entiende por una interacción razonable y responsable con los medios de comunicación. Pero, desde este mismo momento, les advierto de que cualquier transgresión de esta acarreará consecuencias inmediatas y posiblemente dañinas para la causa del implicado. No habrá advertencias. Si se pasan de la raya, se acabó.

Hizo una pausa y aguardó a que se produjera alguna réplica. Nadie habló. Recolocó el martillo en su sitio, al lado de una pluma de oro. Su voz recuperó el tono amistoso.

—De acuerdo. Entonces, creo que nos entendemos.

Nos conminó a que nos centráramos en otros aspectos relativos al juicio, como la fecha de inicio. Deseaba saber si el plazo de que disponíamos, menos de seis semanas, nos bastaba para arrancar con el juicio con arreglo a lo acordado. Royce insistió de nuevo en que su cliente no pensaba renunciar a su derecho a un juicio rápido.

—La defensa estará preparada para el 5 de abril, siempre que la fiscalía no siga haciendo trampas con las pruebas.

Sacudí la cabeza. No podía con aquel tipo. Aunque me había desvivido por que fluyeran las pruebas, estaba intentando hacerme pasar por un tramposo delante de la jueza.

–¿Trampas? –exclamé–. Señoría, ya le he entregado al señor Royce un primer expediente lleno de pruebas. Como usted sabe, esta es una carretera de doble sentido, y la fiscalía todavía no ha obtenido nada a cambio.

–Me entregó el expediente con las pruebas del primer juicio, jueza Breitman, acompañado por una lista de testigos que data de 1986. Eso subvierte por completo el espíritu y el reglamento de las pruebas.

Breitman me miró y pude comprobar que la estocada de Royce me había alcanzado.

–¿Es eso cierto, señor Haller? –me preguntó.

–No había gran cosa, señoría. La lista de testigos tiene un añadido. También hice entrega de…

–Un nombre –me interrumpió Royce–. Añadió un nombre, y fue el de su detective. Una gran aportación. Ni se me había ocurrido que su detective pudiera testificar.

–Bueno, por el momento es el único nombre nuevo de que dispongo.

Maggie se incorporó al combate con todo el arsenal.

–Señoría, la fiscalía tiene el deber de entregar todo el material relativo a las pruebas treinta días antes de que empiece el juicio. Con arreglo a mis cálculos, todavía estamos en plazo. El señor Royce se está lamentando de que la fiscalía haya actuado de buena fe, facilitándole pruebas antes de lo estipulado. Podría decirse que, para el señor Royce, incluso los gestos de cortesía merecen un castigo.

La jueza alzó la mano solicitando silencio mientras miraba el calendario que colgaba en la pared a su izquierda.

—Creo que el de la señora McPherson es un argumento válido. Su queja es prematura, señor Royce. Todo el material relativo a las pruebas debe estar en manos de ambas partes el próximo viernes día 5 de marzo. Si llegado ese momento tienen algún problema, retomaremos el asunto.

—Sí, señoría —dijo Royce, dócil.

Deseaba acercarme hasta Maggie, levantarle una mano y apretársela en señal de victoria, pero decidí que no sería apropiado. De todas formas, siempre era motivo de satisfacción ganarle un punto a Royce.

Luego estuvimos discutiendo algunos asuntos rutinarios relativos a la fase previa del juicio, dimos por concluida la reunión y salimos atravesando la sala de juicios. Me detuve a hablar del tiempo con la secretaria de la jueza. Lo cierto era que apenas la conocía. Pero no quería caminar junto a Royce. Tenía miedo de perder los papeles, justo lo que él estaría deseando.

Una vez que lo vi atravesar las puertas dobles que había al final de la sala, di por finalizada la conversación y abandoné el lugar con Maggie a mi vera.

—Le has pateado el culo, Maggie la Fiera. Verbalmente, digo.

—De nada servirá si no se lo pateamos durante el juicio.

—No te preocupes, así lo haremos. Quiero que te encargues de completar la recopilación de las pruebas. Dedícate a hacer aquello a lo que os dediquéis los fiscales. Acumula pilas y más pilas. Dale tanto material que sea incapaz de discernir qué y quién es importante.

Sonrió mientras se daba la vuelta para abrir la puerta con la espalda.

—Empiezas a pillarlo.

—Eso espero.

–¿Y qué me dices de Sarah? Debe de olerse que hemos dado con ella. Si es listo, no va a esperarse a la fase probatoria. Probablemente disponga de un hombre que le esté siguiendo el rastro. Es posible localizarla. Harry lo ha demostrado.

–No podemos hacer gran cosa al respecto. Hablando de Harry, ¿dónde se encuentra esta mañana?

–Me llamó para decirme que tenía que realizar algunas indagaciones. Más tarde lo tendremos a mano. No has respondido a mi pregunta sobre Sarah. ¿Qué deberíamos…?

–Dile que es posible que reciba otra visita, esta vez de alguien que trabaja para la defensa, pero que no está obligada a hablar con nadie con quien no desee hablar.

Salimos al pasillo y giramos a la izquierda en dirección a la zona de los ascensores.

–Si no habla con ellos, Royce le elevará una queja a la jueza.

Es la testigo clave, Mickey.

–¿Y? La jueza no conseguirá hacerla hablar si ella no quiere hacerlo. Mientras tanto, Royce pierde algún tiempo para prepararse el juicio. Si quiere hacer trampas, tal y como ha hecho cuando estábamos reunidos con la jueza, entonces nosotros también las haremos. De hecho, ¿qué te parece lo que te voy a proponer? Incluyamos en la lista de testigos hasta el último compañero de celda de Jessup. Eso debería mantener ocupados a sus hombres durante un buen rato.

Una gran sonrisa cruzó el rostro de Maggie.

–No hay duda de que estás pillándolo.

Nos apretujamos en el ascensor. Maggie y yo estábamos tan cerca que podríamos habernos besado. La miré a los ojos mientras le decía.

–Será porque no quiero perder.

16

Miércoles, 24 de febrero, 8:45 horas

Una vez que hubo dejado a su hija en el colegio, Harry dio media vuelta con el coche y regresó a Woodrow Wilson, pasó por delante de su casa y enfiló hacia lo que los vecinos llamaban el cruce con Mulholland Drive. Tanto Mulholland como Woodrow Wilson eran largas y sinuosas carreteras de montaña. Se cruzaban en dos tramos, uno en la falda y otro en la cima de la montaña, de ahí que los lugareños hablaran del cruce superior y del cruce inferior.

Cuando llegó a la cima, Bosch giró hacia la derecha para adentrarse en Mulholland y continuó recto hasta el cruce con Laurel Canyon Boulevard. Ahí se detuvo en el arcén para hacer una llamada. Tecleó el número del sargento de comunicaciones de la SIE que le había dado Shipley. Se llamaba William, y estaba informado de la última hora de todas las operaciones de vigilancia de la SIE. El cuerpo podía trabajar de manera simultánea en cuatro o cinco casos que no guardaban ninguna relación entre ellos. A cada uno se le adjudicaba un nombre en clave, para mantenerlos controlados e impedir que los nombres reales de los sospechosos salieran a relucir a través de la radio. Bosch sabía que la vigilancia de Jessup la habían bautizado como Operación Retro, ya que se centraba en un caso antiguo (y un nuevo juicio).

—Soy Bosch, del Departamento de Robos y Homicidios. Formo parte de la Operación Retro. Deseo conocer la ubicación del sospechoso, porque estoy a punto de llegar a uno de sus lugares predilectos. Quiero asegurarme de que no me voy a encontrar con él.

—Aguarde.

Bosch pudo oír cómo soltaban el teléfono y comenzaba una conversación por radio en la que el sargento al mando solicitaba la ubicación de Jessup. La respuesta le llegó cargada de estática. Esperó a que el sargento se la comunicara de manera oficial.

—Ahora mismo, Retro está embolsado —le informó sin demora—. Creen que está durmiendo.

Embolsado quería decir en casa.

—En tal caso, tengo el camino expedito. Gracias, sargento.

—Para lo que necesite.

Bosch colgó el teléfono y se incorporó de nuevo a Mulholland. Al cabo de unas pocas curvas, llegó a la altura de Fryman Canyon Park y se metió allí. A primera hora de aquella mañana había hablado por teléfono con Shipley, mientras este le pasaba el testigo al equipo de vigilancia de la mañana. Shipley le había informado de que Jessup había vuelto a visitar los cañones de Franklin y Fryman. A Bosch lo reconcomía la curiosidad. ¿Qué podía traerse Jessup entre manos? La sensación fue a más cuando se enteró de que también había pasado frente a la casa de Windsor que en su día acogiera a los miembros de la familia Landy.

Fryman era un parque escarpado y con muchos senderos en pendiente. En la parte más alta, junto a Mulholland, había un aparcamiento y un puesto de observación en llano. Bosch ya había tenido algún caso por aquella zona, por lo que estaba familiarizado con sus dimensiones. Dejó el coche orientado al norte. El valle de San Fernando se desplegaba frente a sus ojos. El aire estaba bastante despejado, y la panorámica abarcaba todo el valle hasta alcanzar las montañas de San Gabriel. La inclemente semana de tormentas de finales de enero había despejado el cielo, y la niebla trepaba lentamente de regreso a la cuenca del valle.

Al cabo de unos minutos, salió del coche y se dirigió hacia el banco en el que, según Shipley, Jessup se había pasado veinte minutos sentado, mientras miraba las luces de abajo. Se sentó y miró el reloj. A las once estaba citado con un testigo. Disponía de más de una hora.

El hecho de estar en el mismo sitio donde había estado Jessup no le proporcionó ni vibraciones ni la menor intuición sobre los motivos de las frecuentes visitas del sospechoso a los parques montañosos. Bosch decidió bajar por Mulholland hasta llegar a Franklin Canyon.

En el parque de Franklin se encontró con más de lo mismo: un extenso remanso de paz que la naturaleza ofrecía en medio de una urbe bulliciosa. Dio con la zona de pícnic de la que habían informado Shipley y los registros de la SIE, pero, una vez más, fue incapaz de comprender por qué atraía tanto a Jessup. Localizó el final del sendero de Blinderman y lo recorrió hasta que empezaron a dolerle las piernas con tanta cuesta arriba. Dio media vuelta con la intención de regresar al aparcamiento y la zona de pícnic. Aún le intrigaban los movimientos de Jessup.

Mientras regresaba pasó frente a un viejo sicómoro que el sendero obligaba a sortear. Reparó en que, en la base del árbol, había algo que parecía construido por un material de un color blanco tirando a grisáceo y que se levantaba entre dos dedos de raíces expuestas al aire.

Se acercó a mirar y descubrió que se trataba de cera. Una vela consumida.

Por todo el parque había carteles que advertían de la prohibición de fumar y de usar cerillas. El fuego suponía su mayor amenaza. No obstante, alguien había encendido una vela en la base de aquel árbol.

Bosch deseaba llamar a Shipley para preguntarle si era posible que Jessup hubiera encendido una vela la noche anterior, pero sabía que era improcedente. Acababa de terminar su turno nocturno de vigilancia, por lo que tal vez estaría durmiendo. Esperaría a la tarde para efectuar esa llamada.

Rodeó el árbol en busca de señales de la posible presencia de Jessup por ahí. Se diría que algún animal había estado escarbando recientemente por los alrededores. Por lo demás, no había rastro alguno de actividad.

Cuando abandonó el sendero y salió al claro en el que se encontraba la zona de pícnic, vio a un guardabosques que miraba dentro de una papelera a la que le había extraído la tapadera. Se acercó.

–¿Agente?

El hombre se volvió bruscamente con la tapadera aún en la mano, que mantenía lejos de su cuerpo.

–¡Sí, señor!

–Disculpe, no pretendía acercarme a hurtadillas. Estaba… estaba caminando por aquel sendero y hay un gran árbol, creo que se trata de un sicómoro, y parece que alguien ha encendido una vela en su base. Me preguntaba si…

–¿Dónde?

–En el sendero de Blinderman.

–¿Podría enseñármelo?

–De hecho, no tengo la menor intención de volver andando hasta allá arriba. No cuento con el calzado apropiado. Es el árbol grande que se levanta a mitad de camino. Estoy seguro de que lo encontrará.

–¡No se pueden encender fuegos en el parque!

–Lo sé. Por esto le estoy informando. Deseaba preguntarle si ese árbol tiene algo especial que pudiera llevar a alguien a hacer algo así.

–Cada uno de estos árboles es especial. Todo el parque es especial.

–Sí, lo entiendo. ¿Podría limitarse a decirme...?

–Y usted, ¿podría identificarse, por favor?

–¿Perdone?

–Que si podría identificarse. Quisiera ver alguna identificación. Un hombre que va en camisa y corbata por los senderos sin el calzado adecuado se me antoja un poco sospechoso.

Bosch sacudió la cabeza y extrajo la cartera que contenía su placa.

–Aquí tiene mi identificación.

La abrió y se la acercó. Estuvo estudiándola durante un momento. Bosch se fijó en que en la placa de su uniforme ponía Brorein.

–¿Está bien ahora? –preguntó Bosch–. ¿Podría atender ahora a mis preguntas, agente Brorein?

–No soy un agente, sino un guardabosques. ¿Forma esto parte de una investigación?

–No, solo forma parte de una situación en la que usted se limita a responder mis preguntas acerca del árbol del que le he hablado.

Bosch señaló en la dirección por donde había llegado.

–¿Lo pilla ahora?

Brorein sacudió la cabeza.

–Lo siento, pero aquí se encuentra usted en mi terreno, y es mi deber...

–No, amigo. De hecho, es usted quien se encuentra en mi terreno. Pero gracias por su ayuda. Lo haré constar en mi informe.

Bosch se alejó de él mientras regresaba al aparcamiento. Brorein lo llamó.

–Hasta donde yo sé, ese árbol no tiene nada de especial. Solo es un árbol, detective Borsh.

Bosch agitó la mano sin volverse. Añadió algo a la lista de cosas que le desagradaban de Brorein: su deficiente capacidad lectora.

17

Miércoles, 24 de febrero, 2:15 horas

Mi éxito como abogado defensor se debía invariablemente a mi capacidad para coger a la fiscalía por sorpresa y con la guardia baja. Todo el peso de la maquinaria gubernamental se sostiene en la rutina. Procesar a quienes transgreden las leyes gubernamentales es siempre lo mismo. En mi calidad de fiscal recién designado me tomé esto muy a pecho. Me juré que no sucumbiría a la comodidad y los peligros derivados de la rutina. Me prometí a mí mismo estar muy atento a los hábiles movimientos de Royce. Me anticiparía a ellos. Los conocería antes que el propio Royce. Sería como un francotirador apostado en lo alto de un árbol, aguardando para abatirlos con mano experta desde la distancia, uno a uno. Llevado por esa promesa, comencé a planear reuniones cada vez más frecuentes con Maggie la Fiera en mi nueva oficina. Teníamos que elaborar estrategias. Esa tarde en particular, discutíamos acerca del punto clave que nuestro oponente esgrimiría durante la sesión previa al juicio. Sabíamos que Royce presentaría una moción para desestimar el caso. Lo dábamos por hecho. Lo único que debatíamos eran los posibles fundamentos jurídicos de la moción. Quería estar preparado para enfrentarme a todas las posibilidades. Se dice que los francotiradores que le tienden una emboscada a una patrulla enemiga eliminan primero al comandante, al responsable de comunicaciones y al médico. Si abate a estos tres objetivos, el resto de los miembros sucumbe al pánico y se dispersa. Y eso era lo que esperaba hacer en cuanto Royce hubiera presentado la moción. Moverme con rapidez y determinación, recurriendo a argumentos y respuestas que minaran la moral del acusado y lo convencieran de que estaba en apuros. Si a Jessup le daba un ataque de pánico, tal vez ni siquiera tuviera que ir a juicio. Acaso podría conseguir una resolución. Podría aceptar la culpabilidad. Y eso equivalía a una condena. Lo cual le parecería casi tan bueno como una victoria a la parte a la que yo representaba.

—Tal vez alegue que los cargos ya no son válidos sin una vista preliminar —aventuró Maggie—. Esto le permitirá darle dos mordiscos a la manzana. Comenzará por pedirle a la jueza que desestime el caso y a continuación solicitará una vista preliminar.

—Pero si lo que se revocó fue, precisamente, el veredicto del juicio. Si volvemos a cuestionarlo, iremos a juicio de nuevo. No fue la preliminar lo que se cuestionó.

—Bueno, ese será nuestro argumento.

—Bien, tú te encargarás de ello. ¿Qué más?

—No te voy a proponer más escenarios posibles si luego me vas a decir que me ocupe de ellos. Este es el tercero que me encasquetas. Y, con arreglo a mi libro de contabilidad, tú solo has cogido uno.

—De acuerdo, aceptaré el siguiente sin rechistar. ¿Qué tienes?

Maggie sonrió y me di cuenta de que acababa de caer en mi propia trampa. Sin embargo, antes de que pudiera apretar el gatillo, se abrió la puerta del despacho. Era Bosch. Entró sin llamar.

—Salvado por la campana —suspiré—. ¿Qué tal, Harry?

–He conseguido un testigo a quien deberíais escuchar. Creo que nos vendrá bien. Además, no lo utilizaron en el primer juicio.

–¿Quién? –preguntó Maggie.

–Bill Clinton.

No relacioné el nombre con nadie que tuviera que ver con el caso. Pero Maggie, que lo conocía hasta el último detalle, me lo reveló.

–El conductor de la grúa que trabajaba con Jessup.

Bosch la señaló con el dedo.

–Exacto. Ambos trabajaban para la empresa Aardvark, Remolques. Ahora Clinton es el dueño de un taller mecánico en La Brea, cerca de Olympic, llamado Presidential Motors.

–Bonito nombre –reconocí–. ¿Nos puede ser útil como testigo?

Bosch señaló la puerta con un gesto.

–Lo tengo ahí fuera con Lorna. ¿Por qué no le hago entrar y te lo cuenta él mismo?

Miré a Maggie. Me quedó claro que no ponía pega alguna, así que le pedí a Bosch que hiciera entrar a Clinton. Antes de abandonar la habitación, Bosch bajó la voz para informarnos de que había introducido su nombre en las bases de datos sobre crímenes y que no había obtenido ningún resultado. Carecía de antecedentes.

–Está limpio. No ha dejado de pagar ni una multa de aparcamiento.

–Bien –dijo Maggie–. Escuchemos lo que tenga que contarnos.

Bosch salió a la recepción y regresó con un hombre bajito de unos cincuenta años, que llevaba pantalones de trabajo de color azul y una camisa con un parche ovalado encima de uno de los bolsillos del pecho en la que podía leerse el nombre de Bill. Iba bien peinado y no llevaba gafas. Detecté grasa bajo sus uñas, pero supuse que podría eliminarse antes de que subiera al estrado.

Bosch agarró una silla que estaba contra la pared y la colocó en mitad de la habitación, frente a mi mesa.

—¿Por qué no se sienta aquí, señor Clinton? Así podríamos hacerle unas preguntas.

A continuación, Bosch asintió con un gesto y me pasó el testigo.

—Ante todo, señor Clinton, muchas gracias por acceder a venir hoy a hablar con nosotros.

Clinton asintió.

—No pasa nada. En estos momentos las cosas andan tranquilas en el trabajo.

—¿Qué tipo de tarea desempeña en él? ¿Tienen alguna especialidad?

—Sí, hacemos reparaciones. En su mayoría, de coches británicos. Triumph, MG, Jaguar y piezas de coleccionista.

—Ya veo. ¿En cuánto está valorado hoy en día un Triumph TR 2-50?

Clinton levantó la vista hacia mí, sorprendido por mi aparente conocimiento acerca de uno de los vehículos en los que estaba especializado.

—Depende de su estado de conservación. El año pasado vendí un bellezón por veinticinco mil. Dediqué casi doce mil a su restauración. Eso y un montón de horas de trabajo.

Asentí.

—Tuve uno cuando iba al instituto. Ojalá no lo hubiese vendido.

—Solo los construyeron durante el año 1968. Por eso es uno de los más apreciados por los coleccionistas.

Asentí de nuevo. Ahí se acababan mis conocimientos sobre el coche. Lo que más me gustaba era su salpicadero de madera y su techo corredizo. Me acercaba con él a Malibú los fines de semana, para pasear por las playas de surfistas… aunque no supiera surfear.

–Bueno, saltemos de 1968 a 1986, ¿de acuerdo?

Clinton se encogió de hombros.

–Por mí, bien. Si no tiene inconveniente, la señora McPherson tomará notas.

Otro encogimiento de hombros.

–Empecemos, pues. ¿Con qué claridad recuerda el día en que mataron a Melissa Landy?

Clinton estiró las manos.

–Verá, lo recuerdo muy bien por lo que ocurrió. El asesinato de esa niña, y el hecho de que yo trabajara con el tipo que lo hizo.

–Debió de ser bastante traumático.

–Sí. Me acompañó durante un buen tiempo.

–¿Y después se lo quitó de la cabeza?

–No, no exactamente…, pero dejé de pensar en ello todo el rato. Puse en marcha mi negocio, y todo eso.

Asentí. Clinton me parecía un tipo razonablemente genuino y honrado. Por algo se empezaba. Me constaba que Bosch había encontrado un filón en Clinton, y creía que era de oro. Quería que él tomara las riendas.

–Bill –terció Bosch–. Explícales por encima lo que estaba pasando en Aardvark en aquella época. Lo mal que andaba el negocio.

Clinton lo corroboró.

–Sí, bueno. En aquella época, las cosas no iban demasiado bien. Lo que pasó fue que aprobaron una normativa que prohibía aparcar a ambos lados de las calles de Wilshire, a menos que se llevara una pegatina de residente. Si no la tenía, debíamos llevarnos el coche con la grúa. Así pues, los domingos por la mañana recorríamos el barrio y aprovechábamos las misas para agenciarnos vehículos a diestro y siniestro. Al principio, el señor Korish era el dueño del negocio, y el volumen de coches era tan grande que contrató a otro conductor e incluso empezó a pagarnos horas extras. Salir a la caza de vehículos era divertido, porque teníamos que competir con otras empresas contratistas. Era como formar parte de un equipo que buscara más puntos que el rival.

Clinton le echó un vistazo a Bosch para confirmar que estaba contando la historia que nos interesaba. Le hizo un gesto afirmativo con la cabeza, animándolo a continuar.

—De repente, todo se torció. La gente comenzó a entrar en razón y dejó de aparcar ahí. Alguien llegó a decir que la iglesia lanzaba advertencias: «No aparquen al norte de Wilshire». Así que pasamos de hacer demasiado a no hacer suficiente. En consecuencia, el señor Korish anunció que debía reducir costes, por lo que iba a prescindir de uno de nosotros, quizás incluso de dos. Le prestaría atención a nuestro nivel de rendimiento y, en función de eso, decidiría.

—¿Y eso cuándo fue, con respecto al día del asesinato? —preguntó Bosch.

—Justo antes. Todavía éramos tres empleados. Aún no había despedido a nadie.

Recuperé la iniciativa. Le pregunté qué efecto había tenido el anuncio en el rendimiento de los trabajadores.

—Lo hizo todo más difícil, ¿sabe? Éramos amigos y, de repente, dejamos de gustarnos porque queríamos conservar nuestros trabajos.

—¿Cómo era trabajar por entonces con Jason Jessup?

—Bueno, Jason era verdaderamente despiadado.

—¿La presión pudo con él?

—Sí, porque iba en último lugar. El señor Korish colgó una pizarra en la que contabilizaba el número de coches remolcados, y su nombre estaba al final.

–¿Y eso no le hacía ninguna gracia?

–Ninguna. Se convirtió en un compañero de lo más capullo, y perdonen mi lenguaje.

–¿Recuerda cómo se comportó el día del asesinato?

–Un poco. Como ya le he dicho al detective Bosch, empezó a apropiarse de las calles. En plan «Windsor es toda mía. Y Las Palmas, y Lucerne». Tal cual. Derek (el otro conductor) y yo le dijimos que eso iba contra las reglas. A lo que nos contestó: «De acuerdo. Intentad llevaros un coche de una sola de esas calles, y veréis lo que os ocurre».

–Los amenazó.

–Podría decirse que sí. Sin duda.

–¿Recuerda que mencionara específicamente que Windsor era una de sus calles?

–Sí. Se apropió de Windsor.

Toda esa información era valiosa. Afectaría al estado de ánimo del acusado. Supondría todo un desafío conseguir que constara en acta sin que Wilbern o Korish tuvieran que corroborarla, aun en el caso de que siguieran con vida y se prestaran a declarar.

–¿Llegó a cumplir con sus amenazas, de la forma que fuera?

–No, porque las lanzó el mismo día en que murió esa niña. Lo detuvieron, y ahí se acabó el asunto. No puedo decir que me molestara que se lo llevaran. Al final resultó que el señor Korish despidió a Derek, porque había mentido cuando le dijo que carecía de antecedentes. Me quedé solo. Trabajé ahí durante otros cuatro años, hasta que reuní el dinero suficiente para montar mi propio negocio.

La típica historia del éxito a la manera estadounidense. Aguardé para comprobar si Maggie deseaba añadir algo. Como no lo hizo, proseguí.

—Señor Clinton, ¿habló de esto con la policía o la fiscalía hace veinticuatro años?

Clinton negó con la cabeza.

—Lo cierto es que no. Es decir, hablé con el detective que se encargaba del caso. Me hizo algunas preguntas, pero nadie me dijo que testificara, ni nada parecido.

«Porque en aquel momento no te necesitaron —pensé—. Yo, ahora, sí.»

—¿Por qué está tan seguro de que aquella amenaza de Jessup se produjo el mismo día del asesinato?

—Simplemente, lo sé. Lo recuerdo porque no es nada frecuente que detengan por asesinato a uno de tus compañeros de trabajo.

Afirmó con la cabeza para reforzar su argumento.

—Bill, cuéntales lo que me dijiste acerca de compartir el coche de policía con Jessup de camino a Windsor.

Clinton asintió. Era fácil tratar con él, lo que me pareció otra buena señal.

—Bueno, lo que ocurrió es que se pensaron que el auténtico culpable era Derek. La policía, quiero decir. Tenía antecedentes penales, los había ocultado y lo descubrieron. Eso lo convirtió en el sospechoso número uno. De manera que metieron a Derek en un coche patrulla, y a Jason y a mí en otro.

—¿Les dijeron adónde los conducían?

—Dijeron que tenían más preguntas que hacernos, por lo que creímos que nos llevaban a la comisaría de policía. Nos acompañaban dos agentes en el coche, y les oímos comentar que nos iban a colocar en una rueda de reconocimiento. Jason le preguntó al respecto y le contestaron que no tenía de qué preocuparse, que solo necesitaban a gente vestida con mono de trabajo porque querían comprobar si un testigo era capaz de identificar a Derek.

Clinton se detuvo ahí y paseó la mirada, cargada de expectación, de Bosch a mí, y después a Maggie.

–¿Y qué ocurrió? –le pregunté.

–Bueno, Jason comenzó por decirles a ambos polis que no podían cogernos y meternos en una rueda de reconocimiento así sin más. Le contestaron que ellos se limitaban a cumplir órdenes. De modo que llegamos a Windsor y nos detuvimos delante de una casa. Los polis salen del coche y se ponen a hablar con el detective que se encargaba del asunto, el cual se encuentra de pie junto a otros detectives. Jason y yo miramos por la ventana, pero ahí no hay ningún testigo ni nada. Entonces el detective jefe entra en la casa y se queda allí. No sabemos qué está pasando. Entonces Jason me dice que quiere que le preste mi gorra.

–¿Su gorra? –preguntó Maggie.

–Sí, mi gorra de los Dodgers. La llevaba puesta, como de costumbre, y Jason me dijo que la necesitaba porque había reconocido a uno de los policías que había enfrente de la casa. Me aseguró que se habían enzarzado en una pelea por culpa de un vehículo que él había remolcado y que, si lo veía, iba a haber jaleo. No para de repetirlo, y va y me dice: «Déjame tu gorra».

–¿Y usted qué hizo? –le pregunté.

–Bueno, por mí no había ningún problema. En aquel momento no era consciente de todo lo que vendría después, ¿me entiende? Así que se la doy y se la pone. Cuando los polis regresan para sacarnos del coche, no dan señales de haber advertido el cambio. Nos hacen salir y nos conducen junto a Derek. Estábamos ahí plantados, y entonces uno de los polis recibe una llamada por radio (eso lo recuerdo) y se gira hacia nosotros para indicarle a Jason que se quite la gorra. Lo hace y, al cabo de pocos minutos, se encuentra de repente rodeado de agentes que le colocan las esposas. No era Derek, era él.

Miré a Clinton, luego a Bosch y, por último, a Maggie. Pude ver en la expresión de ella que la historia de la gorra era relevante.

–¿Saben qué es lo más divertido del asunto? –nos preguntó Clinton.

–No, ¿qué? –le pregunté.

–Que no volví a ver esa gorra.

Sonrió. Le devolví la sonrisa.

–De acuerdo, ya le conseguiremos una cuando todo esto se haya acabado. Déjeme que le formule la pregunta decisiva. ¿Estaría dispuesto a repetir todo lo que nos ha contado aquí frente a un jurado durante el juicio a Jason Jessup?

Clinton dio la impresión de pensárselo unos segundos antes de asentir.

–Sí, podría hacerlo.

Me levanté y rodeé la mesa para tenderle la mano.

–En tal caso, parece que hemos conseguido un testigo. Muchas gracias, señor Clinton.

Nos dimos un apretón de manos y me dirigí a Bosch.

–Harry, ya debería habértelo preguntado, pero ¿lo tenemos todo cubierto?

Bosch se incorporó también.

–Creo que sí. Por ahora. Voy a llevar al señor Clinton de regreso a su negocio.

–Excelente. Gracias de nuevo, señor Clinton.

Clinton se levantó.

–Por favor, llámeme Bill.

–Así lo haremos, se lo prometo. Le llamaremos Bill…, y le llamaremos como testigo.

Las risas que sobrevinieron a continuación sonaron forzadas, y Bosch acompañó a Clinton fuera del despacho. Regresé a mi mesa y me senté.

–Háblame de la gorra –le pedí a Maggie.

–Establece una relación interesante. Cuando hablamos con Sarah, ella se acordaba de que Kloster había hablado por radio desde el dormitorio con los que estaban en la calle para pedirles que le quitaran la gorra a Jessup. Fue entonces cuando efectuó la identificación. Harry se encargó luego de mirar la lista de efectos personales de Jessup en el momento de la detención, que consta en el expediente del caso. En ella figuraba la gorra de los Dodgers. Todavía estamos rastreando su paradero. Cosa difícil, después de veinticuatro años. Puede que acabara en San Quintín. De todos modos, aunque no tengamos la gorra, contamos con la lista.

Asentí. Eso nos venía bien por varios motivos. Mostraba que al menos dos testigos corroboraban sus versiones con independencia el uno del otro; abría una grieta en cualquier posible muro de contención que quisiera levantar la defensa aduciendo que los recuerdos son poco fiables después de tantos años y, por último, pero no por ello menos importante, mostraba el estado de ánimo del acusado. Jessup sabía que, de algún modo, corría el riesgo de que lo identificaran. Alguien lo había visto secuestrar a la niña.

–Muy bien, de acuerdo. ¿Qué opinas de la primera parte de la historia? Lo de que estaban compitiendo entre ellos porque iban a despedir a uno, o puede que a dos.

–De nuevo, es un buen material para establecer el estado de ánimo de Jessup. Se encontraba bajo presión y actuó en consecuencia. Tal vez sea el meollo de todo este asunto. Quizá deberíamos incluir un psicólogo en la lista de testigos.

Asentí.

–¿Fuiste tú quien le pidió a Bosch que encontrara a Clinton y hablara con él?

Negó con un gesto.

–Lo hizo por su cuenta. Esto se le da muy bien.

–Lo sé. Solo desearía que me tuviera más al corriente de los pasos que piensa dar.

18

Martes, 25 de febrero, 11 horas

Rachel Walling fijó la cita en un despacho ubicado en una de las torres de cristal del centro. Bosch acudió allí. Cogió un ascensor que lo depositó en la planta treinta y cuatro. La puerta de las oficinas de Franco, Becerra & Itzuris Abogados estaba cerrada. Tuvo que llamar. Rachel contestó al instante y lo invitó a entrar a una lujosa suite de despachos en la que no había ni abogados, ni secretarias ni nadie. Lo condujo hasta la sala de reuniones del bufete. Allí vio una larga mesa ovalada sobre la que reposaban la caja y los expedientes que le había entregado la semana anterior. Entraron y se acercó hasta las cristaleras que, desplegándose del techo al suelo, ofrecían vistas a la ciudad. Bosch no recordaba haber estado a semejante altura en ningún lugar del centro. Podía divisarse hasta el Dodger Stadium e incluso más allá. Buscó el área de edificios municipales y dio con la acristalada Central de la Policía de Los Ángeles, junto a la cual se levantaba la sede del *Los Angeles Times*. A continuación, sus ojos hicieron un barrido en dirección a Echo Park, lo que le hizo acordarse del día que había pasado ahí junto a Rachel Walling. Por aquel entonces habían formado un equipo, en más de un sentido. Aquello se le antojaba ahora muy lejano.

–¿Qué lugar es este? –preguntó, sin apartar la vista de la calle y dándole la espalda–. ¿Dónde está todo el mundo?

–No hay nadie. Solo utilizamos este sitio una vez, para una operación contra el blanqueo de dinero. Está vacío desde entonces. Como la mitad de este. La crisis. Aquí hubo un bufete de abogados de verdad, pero cerró. Así pues, lo tomamos prestado, como quien dice. La gestoría agradeció el subsidio del gobierno.

–¿Blanqueaban dinero procedente del tráfico de drogas? ¿De armas?

–Ya sabes que no te lo puedo contar, Harry. Estoy segura de que leerás algo al respecto en los próximos meses. Y entonces atarás cabos.

Bosch asintió mientras pensaba en el nombre escrito en la puerta.

Franco, Becerra & Itzuris: FBI. Qué sagacidad.

–Me pregunto si esos gestores les explicarán a los siguientes inquilinos que la agencia empleó este lugar para detener a un puñado de malas personas. Algunos amigos de esas malas personas podrían hacerles una visita.

No respondió a ese comentario. Se limitó a invitarlo a que tomara asiento en la mesa, cosa que hizo sin apartar la vista mientras ella hacía lo propio frente a él. Llevaba el pelo suelto, cosa nada frecuente en ella. Ya la había visto así, pero nunca en horario de trabajo. Los rizos oscuros le enmarcaban el rostro, y guiaban la atención hacia sus ojos también oscuros.

–La nevera del bufete está vacía. Por eso no te ofrezco nada de beber.

–No pasa nada.

Rachel abrió la caja y empezó a extraer de ella los expedientes que le había dado.

–Rachel, no sé cómo darte las gracias por esto. Confío en que no te haya alterado mucho la vida.

–El trabajo, no. Lo he disfrutado. Sin embargo, el hecho de que hayas reaparecido en mi vida sí que la ha alterado.

A Bosch lo cogió por sorpresa.

–¿A qué te refieres?

–Tengo una relación, ¿sabes? Le había hablado de ti. La teoría de la bala única y todo eso. Por lo tanto, no le ha hecho mucha gracia que haya dedicado mis noches libres a trabajar para ti.

Bosch no sabía bien cómo responder. Todo lo que decía Rachel Walling parecía siempre lleno de mensajes ocultos. No sabía si debía pensar en algo más que lo que acababa de expresar en voz alta.

–Lo siento –soltó al final–. ¿Le dijiste que solo era trabajo, que no me interesaba otra cosa que no fuera tu opinión profesional, que acudí a ti porque eres de fiar y nadie hace esto mejor que tú?

–Él sabe que nadie hace esto mejor que yo, pero no importa. Hagámoslo, y ya está.

Abrió uno de los expedientes.

–Mi exmujer está muerta. La asesinaron el año pasado en Hong Kong.

No estaba seguro de por qué lo había soltado de una forma tan brusca. Ella levantó la vista con rapidez. Él supo que era la primera noticia que tenía al respecto.

–Oh, Dios mío. Lo siento mucho.

Bosch se limitó a asentir. Prefirió ahorrarle los detalles.

–¿Qué ha sido de tu hija?

–Ahora vive conmigo. Está bien, pero ha sido un trago bastante duro para ella. Solo hace cuatro meses que ocurrió.

Ella movió la cabeza y pareció encontrarse muy lejos de ahí mientras trataba de asimilar lo que le había contado.

–¿Y tú? Supongo que también te habrá resultado difícil.

Cabeceó, pero no supo encontrar las palabras adecuadas. Su hija era toda su vida ahora, pero tenía que pagar un precio terrible por ello. Advirtió que había sacado el tema a colación pese a ser incapaz de hablar sobre él.

–Mira, esto ha sido muy raro por mi parte. No sé por qué acabo de contártelo. Has comentado lo de la bala única, y eso me ha llevado a recordar que te hablé de ella. Podemos retomar el asunto en otro momento. Quiero decir, solo si tú lo deseas. Ahora centrémonos en el caso, ¿de acuerdo?

–Sí, por supuesto. Solo estaba pensando en tu hija. En el hecho de que perdiera a su madre y luego tuviera que mudarse a un lugar situado tan lejos de todo lo que conoce. Es decir, sé que le irá bien viviendo contigo, pero es… un cambio muy importante.

–Sí, pero lo que dicen de la capacidad de adaptación de los niños es cierto. A estas alturas ya ha hecho un montón de amigos y le va bien en la escuela. Ha supuesto un ajuste mayúsculo para ambos, pero creo que ella saldrá bien parada de todo el asunto.

–¿Y cómo saldrás tú?

Bosch le sostuvo un momento la mirada antes de contestar.

–Yo ya he tirado hacia delante. Tengo a mi hija conmigo, y es la persona más importante de mi vida.

–Eso está bien, Harry.

–Sí que lo está.

Ella rompió el contacto visual y acabó de sacar los expedientes y las fotos de la caja. Bosch pudo apreciar su transformación. Ahora era una profesional al cien por cien, una *profiler* del FBI, una especialista en psicología criminal que estaba lista para informar de sus descubrimientos. Bosch metió la mano en el bolsillo para extraer su cuaderno de notas. Estaba dentro de una funda de cuero que llevaba estampado un escudo de detective en la cubierta. La abrió y se dispuso a escribir.

—Quiero empezar por las fotos —dijo Rachel.

—De acuerdo.

Esparció cuatro fotografías del cuerpo de Melissa Landy en el contenedor. Las giró para que él las viera de frente. Después añadió una fila superior, con otras dos fotos de la autopsia. A Bosch siempre se le había hecho muy cuesta arriba ver fotos de niños muertos, pero estas eran particularmente duras. Las contempló durante un buen rato, hasta que fue consciente de por qué se le había formado un nudo en el estómago: el cadáver estaba en un contenedor. Que hubiesen arrojado allí a la niña parecía contener un mensaje sobre la víctima, así como un insulto añadido para todos sus seres queridos.

—El contenedor —dijo Bosch—. ¿Crees que trataba de decir algo cuando se decantó por él?

Walling hizo una pausa, como si fuera la primera vez que pensaba en ello.

—De hecho, me inclino por otro punto de vista. Creo que fue una decisión casi espontánea. No formaba parte del plan. Necesitaba un lugar adonde arrojar el cuerpo sin que lo vieran ni lo pudieran descubrir de inmediato. Sabía de la existencia de ese vertedero detrás del teatro y no dudó en usarlo. Fue por conveniencia, no porque significara nada.

Bosch asintió. Se inclinó hacia delante y escribió una nota en el cuaderno para acordarse de preguntarle a Clinton acerca del contenedor. El teatro El Rey entraba dentro de la zona de Wilshire que cubrían los conductores de Aardvark. Podría haberles resultado familiar.

—Lo siento, yo no quería arrancar el caso con mal pie —comentó mientras escribía.

—No pasa nada. He aquí el motivo por el que deseaba darle prioridad a las fotos de la niña: creo que hemos malinterpretado este crimen desde el principio.

—¿Malinterpretado?

—Bueno, da la impresión de que los primeros investigadores se tomaron la escena del crimen de forma literal, como si formara parte del plan criminal del sospechoso. En otras palabras, Jessup agarró a la niña con la intención de estrangularla y dejarla en el vertedero. Así queda patente en el perfil que se realizó del crimen. Este se le remitió al FBI y al Departamento de Justicia de California para compararlo con el material disponible en sus archivos.

Abrió un expediente y sacó el extenso informe y los formularios de solicitud de información que había preparado el detective Kloster hacía veinticuatro años.

—El detective Kloster andaba a la búsqueda de crímenes similares que pudiera relacionar con Jessup. No obtuvo ningún resultado, y ahí se acabó todo.

Bosch había dedicado varios días a estudiar el expediente original del caso, y ya sabía todo lo que le estaba contando Walling. De todas maneras, dejó que prosiguiera sin interrupciones porque tenía la sensación de que lo conduciría hasta algo en lo que no había reparado. En ello radicaban su belleza y su arte. No importaba que el FBI fuera incapaz de reconocerlo y que no les sacara todo el partido posible a sus habilidades. Él siempre lo haría.

—Creo que este caso adoleció de un perfil defectuoso desde el mismo arranque. A ello hay que añadirle que, por aquel entonces, los bancos de datos no eran tan sofisticados ni tan exhaustivos como hoy en día. El enfoque fue erróneo desde el principio, por lo que no es de extrañar que desembocara en un callejón sin salida.

Bosch asintió y tomó un rápido apunte.

—¿Has intentado rehacer el perfil?

—En la medida de mis posibilidades. Y el punto de partida está justo aquí. En las fotos. Échales un vistazo a las heridas.

Bosch se acercó a las fotografías que reposaban encima de la mesa. No vio ninguna herida en la chica. La habían lanzado de cualquier manera sobre un contenedor de basura que estaba casi a rebosar. Seguramente habrían estado levantando o renovando algún escenario dentro del teatro, porque casi todo lo que había allí eran desechos de material de construcción. Serrín, cubos de pintura y pequeños trozos de madera cortada y rota. Fragmentos de paneles y de láminas de plástico rasgadas. Melissa Landy estaba boca arriba, junto a uno de los extremos del contenedor. Bosch no pudo distinguir ni una sola gota de sangre, ni en ella ni en su vestido.

—¿De qué heridas estamos hablando?

Walling se levantó con la intención de inclinarse sobre las imágenes. Utilizó la punta de un bolígrafo para indicar los lugares a los que Bosch debía prestar atención. Dibujó círculos sobre unas decoloraciones situadas en el cuello de la víctima.

—Las lesiones en el cuello. Si te fijas, hay un cardenal de forma ovalada en el lado derecho, y uno más grande al otro lado. Estas señales dejan claro que la estrangularon hasta matarla, con una sola mano.

Se valió del bolígrafo para ilustrar lo que estaba diciendo.

–El pulgar a la derecha y los cuatro dedos restantes a la izquierda. Una sola mano. Ahora bien, ¿por qué?

Volvió a sentarse. Bosch se alejó de las fotos y se recostó en su asiento. El hecho de que hubiesen estrangulado a Melissa con una sola mano no le venía de nuevas a Bosch, ya que así constaba en el perfil del asesinato que había realizado Kloster.

–Hace veinticuatro años se sugirió que Jessup había asfixiado a la niña con la mano derecha mientras se masturbaba con la izquierda. Se construyó esta teoría basándose en el semen que se había hallado en el vestido de la víctima. Lo depositó allí alguien cuyo grupo sanguíneo coincidía con el de Jessup, por lo que se dio por sentado que era suyo. ¿Me sigues?

–Te sigo.

–De acuerdo. Pues el problema es que ahora sabemos que el semen no pertenecía a Jessup. Como es lógico, tanto el perfil como la teoría del crimen que se hicieron en 1986 corren el riesgo de venirse abajo. Otro elemento adicional que corrobora el error es que Jessup es diestro, tal y como ha quedado reflejado en una muestra de su escritura incluida en los expedientes. Los estudios demuestran que los diestros suelen masturbarse con la mano dominante.

–¿Se han realizado estudios al respecto?

–Te sorprenderías. Yo lo hice cuando entré en internet para indagar.

–Ya sabía yo que de internet no podía esperarse nada bueno.

Ella sonrió, pero no estaba ni remotamente avergonzada. Eran gajes del oficio.

–Se han realizado estudios sobre cualquier cosa que se te ocurra, incluyendo la mano con que la gente suele limpiarse el culo. De hecho, me pareció una lectura fascinante. Volviendo al caso que nos ocupa, estuvieron equivocados desde el primer momento. El asesinato no se produjo durante el acto sexual. Ahora déjame que te muestre otra tanda de fotografías.

Recopiló las fotos que había esparcidas sobre la mesa e hizo con ellas un montoncito. Lo colocó a un lado. A continuación desplegó una nueva serie que había sido tomada en el interior de la grúa que conducía Jessup el día del asesinato. Aparecía un nombre estarcido en el salpicadero.

–Bien, el día de autos Jessup conducía a Matilda –dijo Walling. Bosch estudió las tres fotografías. La cabina parecía ordenada.

El callejero de Thomas Brothers –por entonces no existía el GPS– se alineaba encima del salpicadero, y un pequeño animal de peluche, que tenía el aspecto de un oso hormiguero, colgaba del retrovisor trasero. Un apoyavasos en el centro del tablero sostenía una Big Gulp comprada en un 7-Eleven, y en una pegatina de la guantera podía leerse: SEXO O MARÍA: AQUÍ NADIE VIAJA GRATIS.

Walling se valió de su bolígrafo favorito para trazar un círculo sobre una de las fotografías. Era un radiotransmisor de la policía instalado bajo el salpicadero.

–¿Alguien le ha dado vueltas a lo que significa esto?

Bosch se encogió de hombros.

–En aquella época, no lo sé. ¿Qué significa hoy?

–De acuerdo. Jessup era un empleado de Aardvark, una empresa de grúas que operaba bajo una licencia municipal. De todas formas, no era la única. Unas cuantas competían entre ellas. Los conductores estaban atentos a los radiotransmisores, y captaban llamadas de la policía en las que se informaba acerca de accidentes e infracciones de aparcamiento. Esto les otorgaba ventaja sobre sus rivales, ¿no es así? Excepto que todas las empresas disponían de un aparato, por lo que todas estaban al tanto e intentaban adelantarse a las demás.

–De acuerdo. Insisto, ¿qué significa esto?

–Bueno. Primero, fijémonos en el secuestro. Del testimonio de los testigos y demás se desprende que este crimen no destacó ni por la planificación ni por la paciencia del asesino. Fue un crimen impulsivo. En este aspecto estuvieron en lo cierto desde el principio. Más adelante podemos discutir las motivaciones con todo lujo de detalles, pero, de momento, baste con afirmar que algo llevó a Jessup a actuar de un modo casi incontrolable.

–Creo que las motivaciones las tengo cubiertas.

–Bien, estoy ansiosa por oírlas. Pero, por el momento, daremos por sentado que una suerte de presión interior condujo a Jessup a responder al impulso irrefrenable de agarrar a la niña. La arrastró hasta el camión y abandonó el lugar. Obviamente, no era consciente de que la hermana estaba escondida tras los arbustos y haría saltar las alarmas. Así pues, lleva a cabo el secuestro y se va todo lo lejos que puede, pero pocos minutos después escucha por el radiotransmisor que la policía está informando del secuestro. Esto le hace ser consciente de lo que ha hecho y del aprieto en el que se encuentra. No podía ni imaginarse que los acontecimientos pudieran precipitarse de esa manera. En mayor o menor medida recupera el control de sus actos. Entiende que debe abandonar su plan y protegerse. Necesita matar a la niña para eliminarla como testigo y esconder su cuerpo con el fin de evitar que lo detengan. Bosch dio muestras de seguir su teoría con cabeceos que mostraban su asentimiento.

–Así pues, lo que me estás diciendo es que el delito cometido no fue el que él había previsto.

–Correcto. Abandonó el plan original.

–Por consiguiente, cuando Kloster acudió a la agencia en busca de casos similares, estaba apuntando en la dirección equivocada.

–Correcto de nuevo.

–Pero ¿crees que de verdad había algún plan? Tú misma has dicho que se trató de un crimen impulsivo. Vio una oportunidad y, al cabo de unos segundos, actuó en consecuencia. ¿En qué podía consistir ese plan?

–De hecho, es más que probable que hubiera trazado un plan complejo y exhaustivo. Los asesinos de esta ralea elaboran una parafilia: un minucioso patrón de la perfecta experiencia psicosexual. Fantasean sobre ella con todo lujo de detalles. Y, como te podrás imaginar, eso suele incluir la tortura y el asesinato. La parafilia forma parte de su fantasiosa vida diaria, y crece hasta el punto en que el deseo se convierte en una urgencia que, antes o después, desemboca en la compulsión de actuar. Cuando se cruza esa línea, el secuestro de la víctima puede improvisarse, mientras que la secuencia del asesinato sí que se ha planificado de antemano. Por desgracia, a la víctima se la hace encajar en ese patrón al que el asesino ha estado dándole vueltas una y otra vez dentro de su cabeza.

Bosch lanzó una mirada a su cuaderno y reparó en que había dejado de tomar notas.

–De acuerdo, pero me estás diciendo que eso no es lo que ocurrió aquí. Descartó el plan. Oyó por el radiotransmisor el aviso del secuestro, lo cual lo devolvió a la realidad. Tomó conciencia de que podrían estar cercándolo. La mató y la arrojó al contenedor para evitar que lo descubrieran.

–Exactamente. Por lo tanto, como acabas de apuntar, cuando los investigadores trataron de cotejar las características de este asesinato con las de otros anteriores, lo que hicieron fue comparar peras con manzanas. No encontraron ninguna correspondencia, y llegaron a la conclusión de que se trataba de un crimen aislado, en el que habían coincidido la oportunidad y la compulsión. Yo no creo que lo fuera.

Bosch levantó la vista de las fotos y la dirigió a Rachel.

—Crees que ya había actuado así con anterioridad.

—Creo que la idea de que ya hubiese actuado así con anterioridad resulta convincente. No me sorprendería si descubrieras que había estado implicado en otros secuestros.

—Hablamos de algo que sucedió hace más de veinticuatro años.

—Lo sé. Dado que no se relacionó a Jessup con ningún caso de asesinato sin resolver, probablemente nos enfrentemos a jóvenes que o bien desaparecieron, o bien huyeron de casa. Casos en los que no llegó a establecerse ninguna escena del crimen. No se encontró a las niñas.

Bosch meditó acerca de las visitas nocturnas de Jessup a los parques que había a lo largo de Mulholland Drive. Creyó poder saber por qué encendió aquella vela en la base de un árbol.

Después lo asaltó un pensamiento más impactante y escalofriante.

—¿Crees que un individuo así podría emplear esos crímenes tan lejanos en el tiempo para alimentar sus fantasías actuales?

—Por descontado. Ha estado en la cárcel. ¿Qué otra alternativa le quedaba?

Bosch notó una presión que lo atenazaba por dentro. Una presión que llegaba con la creciente certeza de no hallarse ante un caso aislado de asesinato. Si la teoría de

Walling era correcta, y no albergaba motivos para dudarlo, Jessup era un reincidente. Y si bien era cierto que había permanecido congelado durante veinticuatro años, en aquellos momentos andaba libre por la ciudad. No tardaría en volver a mostrarse vulnerable a las premuras y las urgencias que lo habían conducido a perpetrar el crimen.

En aquel instante Bosch se prometió algo a sí mismo. La siguiente ocasión en que los demonios de Jessup lo arrastraran hacia la necesidad compulsiva de matar, él estaría ahí para destruirlo.

Cuando abandonó esa ensoñación, advirtió que Rachel lo estaba mirando de una manera extraña.

–Gracias por todo esto, Rachel. Ahora creo que debo marcharme.

19

Martes, 4 de marzo, 9:00 horas

Solo era una audiencia destinada a las mociones previas al juicio, pero la sala estaba llena a reventar. Habían hecho acto de presencia muchos de los curiosos habituales y periodistas, así como una generosa cantidad de abogados. Maggie y yo estábamos sentados en la mesa de la fiscalía. Repasábamos nuestros argumentos por última vez. Ya habíamos discutido todos los asuntos frente a la jueza Breitman, y los habíamos presentado por escrito. Había llegado el momento de ver si la jueza tenía alguna otra pregunta que formular antes de hacer público su fallo. Sentía que la ansiedad crecía por momentos en mi interior. Las mociones que había presentado Clive Royce eran bastante previsibles, y Maggie y yo habíamos contraatacado con respuestas sólidas. También teníamos preparadas una exposición verbal que las respaldaría, pero en una audiencia de esas características siempre cabía la sorpresa. En más de una ocasión yo mismo había salido de ellas con un golpe de efecto que había noqueado a la fiscalía. Además, algunos casos se ganan o se pierden antes del juicio, como resultado de fallos del juez en audiencias como esa.

Me recliné y barrí la sala con la mirada. Le ofrecí una sonrisa falsa y un gesto de asentimiento a un abogado que estaba entre el público, y volví a prestarle atención a Maggie.

–¿Dónde está Bosch? –le pregunté.

–No creo que nos acompañe.

–¿Por qué no? Lleva toda la semana desaparecido.

–Ha estado trabajando en algo. Ayer llamó para preguntar si debía acudir aquí hoy, y le dije que no.

–Será mejor que esté trabajando en algo relacionado con Jessup.

–Eso me ha dicho, y también que no tardará en mostrárnoslo.

–Todo un detalle por su parte. Faltan cuatro semanas para que arranque el juicio.

Me preguntaba por qué habría decidido Bosch llamarla a ella en vez de a mí, que era el fiscal encargado del caso. Me di cuenta de que eso hacía que me enfureciera tanto con él como con Maggie.

–Escucha, no sé qué ocurrió entre vosotros dos durante vuestro viajecito a Port Townsend, pero es conmigo con quien debería estar poniéndose en contacto.

Maggie sacudió la cabeza como si se las estuviera viendo con un niño quisquilloso.

–Mira, no tienes de qué preocuparte. Él es perfectamente consciente de que eres el fiscal jefe. Probablemente piense que eres un hombre demasiado ocupado como para atender el día a día. Y voy a fingir que no he oído lo que acabas de decir de Port Townsend por esta vez. La próxima vez que insinúes algo al respecto, tú y yo vamos a tener un problema bien gordo.

–De acuerdo, lo siento. Es solo que…

Mi atención se desvió al otro extremo del pasillo, donde Jessup estaba sentado a la mesa de la defensa con Royce. Me miraba fijamente con una sonrisita de superioridad dibujada en el rostro. Comprendí que nos había estado mirando, y que incluso podría habernos oído.

–Discúlpame un segundo.

Me levanté y me dirigí a la mesa de la defensa para inclinarme sobre él.

–¿Puedo ayudarte en algo, Jessup?

Antes de que pudiera abrir la boca, intervino su abogado.

–No hables con mi cliente, Mick. Si deseas preguntarle algo, primero tendrás que acudir a mí.

Jessup volvió a sonreír, envalentonado por el movimiento defensivo de su letrado.

–Vete a tu sitio y siéntate –me dijo–. No tengo nada de lo que hablar contigo.

Royce levantó la mano para hacerlo callar.

–Yo me encargo de esto. Tú permanece en silencio.

–Me ha amenazado. Deberías quejarte a la jueza.

–Te he dicho que silencio, que yo me ocupo. Jessup se cruzó de brazos y se retrepó en la silla.

–Mick, ¿qué problema tienes? –me preguntó Royce.

–Ninguno. Solo que no me gusta que me mire fijamente.

Regresé a la mesa de la fiscalía, enfadado conmigo mismo por haber perdido los estribos. Me senté y miré a la cámara que había instalada junto al banco del jurado. La jueza Breitman había autorizado que se grabara el juicio, al igual que las diversas audiencias que habrían de sucederse hasta su inicio, pero solo mediante el uso de una cámara compartida, que proporcionaría una señal universal de la que se alimentarían todas las cadenas interesadas.

Apenas unos minutos después, la jueza tomó asiento y llamó al orden a la sala. Repasamos las mociones de la defensa, una a una, y la mayoría de los fallos nos dieron la razón sin apenas necesidad de discutirlas. La más importante fue la previsible moción para desestimar el juicio por falta de pruebas. La jueza la rechazó sin apenas hacer comentarios. Cuando Royce solicitó que escucharan su punto de vista al respecto, la jueza le respondió que el asunto quedaba zanjado allí. Aquel rechazo en toda regla me encantó, aunque de cara a la galería actué como si fuera algo rutinario y aburrido.

El único aspecto sobre el que la jueza quiso entrar en detalles fue la peculiar petición de Royce para que se permitiera que su cliente se maquillara para tapar los tatuajes del cuello y de los dedos. Royce había argumentado en su moción que se los había hecho en la cárcel, mientras cumplía una injusta condena de veinticuatro años. Alegó que podían suscitar los prejuicios del jurado. Su cliente rogaba cubrirlos con un maquillaje de color carne y evitar que la fiscalía sacara el asunto a colación.

–Debo admitir que es la primera vez que me formulan una moción como esta –afirmó la jueza–. Me inclino por autorizarlo y solicitarle a la acusación que no llame la atención al respecto. Sin embargo, veo que la fiscalía ha objetado a la moción, alegando que no proporciona información suficiente sobre el contenido y la historia de esos tatuajes. ¿Podría arrojar algo de luz al respecto, señor Royce?

Royce se incorporó, interpelando a la sala desde su asiento en la mesa de la defensa. Miré en su dirección, y la vista se me fue hacia las manos de Jessup. Sabía que los tatuajes de sus nudillos eran el principal motivo de preocupación para Royce. Los del cuello podrían taparse sin problemas con la camisa que luciría durante las sesiones. Por el contrario, los de las manos eran difíciles de ocultar. En sus diez dedos llevaba entintadas las palabras QUE TE JODAN, y Royce sabía que yo me encargaría de que al jurado no le pasara inadvertido. Ese era tal vez el mayor obstáculo para que Jessup testificara en su propia defensa, ya que Royce sabía que yo encontraría la manera, directa o indirecta, de que el jurado se quedara con su mensaje.

—Señoría, el punto de vista de la defensa es que estos tatuajes le fueron conferidos al cuerpo del señor Jessup mientras estaba en la cárcel de manera injusta y que, por lo tanto, son el producto de tan horrible experiencia. La cárcel es un lugar peligroso, señoría, y los reclusos adoptan medidas para protegerse a sí mismos. En ocasiones lo hacen por medio de tatuajes que buscan intimidar o que incluyen consignas con las que el recluso no tiene por qué comulgar. Ciertamente, despertaría prejuicios en el jurado y, en conse cuencia, pedimos que se le alivie de tal carga. Si se me permite añadir algo, esto responde a una mera táctica por parte de la fiscalía con el fin de retrasar el juicio. Por el contrario, la defensa no se aparta ni un ápice de su deseo de que la justicia proceda de inmediato a evaluar este caso.

Maggie se levantó a toda prisa. Ella se había encargado de rebatir aquella moción por escrito, de modo que le tocaba hacer su seguimiento en la sala.

—Señoría, ¿podría escuchar mi respuesta a las acusaciones que ha vertido la defensa?

—Un momento, señora McPherson, primero quiero que me escuchen a mí. Señor Royce, ¿podría explicarnos su comentario final?

Royce hizo una reverencia cortés.

—Sí, por supuesto, jueza Breitman. El acusado ha empezado un tratamiento para eliminar sus tatuajes. El proceso lleva su tiempo, y no habrá finalizado para cuando comience el juicio. Al objetar a nuestra sencilla petición de emplear maquillaje, la fiscalía está intentando retrasar el juicio hasta que el tratamiento se haya completado. Tras ello se oculta el esfuerzo de subvertir el tratamiento de juicio rápido al que la defensa, desde el primer día, no ha querido renunciar para desespero de la fiscalía.

La jueza miró a Maggie la Fiera. Era su turno.

—Señoría, eso es lisa y llanamente una invención de la defensa. Ni el Estado ha solicitado retraso alguno ni se ha opuesto a la petición de la defensa de llevar a cabo un juicio rápido. De hecho, la fiscalía está lista para empezar el juicio. Así pues, semejante declaración es inaceptable y grotesca. La verdadera protesta que la fiscalía alberga a esta moción tiene que ver con el hecho de que el acusado pueda camuflarse. Un juicio entraña la búsqueda de la verdad, y permitir que recurra al maquillaje para ocultar la persona que en realidad es supondría una afrenta a esa verdad. Gracias, señoría.

—Jueza, ¿se me permite responder? —rogó de inmediato Royce, quien permanecía de pie.

Breitman realizó una pausa para tomar unas notas relativas a la intervención de Maggie.

—No será necesario, señor Royce —zanjó—. Voy a emitir un fallo por el que autorizo al señor Jessup a cubrirse los tatuajes. Si testifica en su defensa, la fiscalía no sacará a relucir el asunto delante del jurado.

—Gracias, señoría —dijo Maggie.

Tomó asiento sin dar muestra alguna de contrariedad. Solo era uno de tantos fallos, y la mayoría habían caído de nuestro lado. En el peor de los casos, suponía una pérdida menor.

—De acuerdo —dijo la jueza—. Creo que ya lo hemos abarcado todo. ¿Alguna alegación más por parte de la defensa?

—Sí, señoría —dijo Royce, y volvió a levantarse—. La defensa desea presentar una nueva moción.

Abandonó la mesa de la defensa y repartió copias de la nueva moción, primero a la jueza y luego a nosotros, una para Maggie y otra para mí. Constaban de un único folio. Maggie era una lectora veloz, una facultad que le había transmitido genéticamente a nuestra hija, la cual devoraba dos libros a la semana sin faltar a sus deberes escolares.

—Esto es una gilipollez —musitó antes de que me hubiera dado tiempo a leer siquiera el encabezamiento del documento.

No tardé en ponerme a su altura. Royce pretendía añadir otro abogado al equipo de la defensa. La moción buscaba descabalgar a Maggie del de la fiscalía aduciendo que había un conflicto de intereses. El nuevo abogado era David Bell.

Maggie se dio la vuelta a toda prisa para barrer con la mirada los bancos donde estaba el público. Miré en la misma dirección que ella, y ahí estaba David Bell, sentado al final de la segunda fila. Lo reconocí al instante porque lo había visto con Maggie en los meses posteriores al fin de nuestro matrimonio. En cierta ocasión había acudido a su apartamento a recoger a mi hija, y fue Bell quien me abrió la puerta.

Maggie recuperó su postura original. Se disponía a levantarse para dirigirse a la sala, pero puse una mano sobre su espalda para retenerla en el asiento.

—Yo me encargo —la tranquilicé.

—No, espera —me susurró, apremiante—. Pide un receso de diez minutos. Necesitamos hablar al respecto.

—Eso era precisamente lo que me disponía a hacer.

Me levanté y me dirigí a la jueza.

—Señoría, al igual que usted, es la primera vez que vemos esta moción. Podríamos llevárnosla con nosotros y tomarla en consideración, pero preferiríamos discutirla ahora mismo. Si la sala fuera tan amable de concedernos un breve receso, creo que estaríamos listos para emitir una respuesta.

–¿Quince minutos, señor Haller? Tengo otro asunto pendiente. Podría atenderlo y regresar con ustedes.

–Gracias, señoría.

Aquello significaba que debíamos abandonar la mesa para que otro fiscal tratara con la jueza el asunto que tuvieran entre manos. Hicimos sitio en la mesa arrinconando nuestros expedientes y el portátil de Maggie, nos levantamos y nos dirigimos hacia la puerta trasera de la sala. Al pasar por delante de Bell, este levantó una mano para llamar la atención de Maggie, pero ella le hizo caso omiso y siguió recto.

–¿Quieres ir arriba? –me preguntó Maggie mientras cruzábamos las puertas dobles. Me estaba sugiriendo que subiéramos al despacho del fiscal del distrito.

–No tenemos tiempo para esperar al ascensor.

–Podríamos ir por las escaleras. Solo son tres pisos.

Atravesamos las puertas que desembocaban en el hueco de las escaleras del edificio que quedaban ocultas a la vista. La agarré del brazo.

–Aquí ya estamos bien. Dime qué hacemos con Bell.

–Vaya una mierda. Nunca ha sido abogado defensor en asuntos penales, y mucho menos por un asesinato.

–Sí, tú no podrías haber cometido dos veces el mismo error.

Me taladró con la mirada.

–¿Y eso qué significa?

–No importa, solo era un chiste malo. No nos apartemos del asunto.

Tenía los brazos apretados firmemente contra el pecho.

–Esta es la maniobra más torticera que he visto jamás. Royce quiere echarme del caso y acude a Bell. Y Bell… No me puedo creer que me esté haciendo algo así.

–Sí, bueno, probablemente espere una jugosa recompensa cuando todo esto haya acabado. Deberíamos habernos imaginado que intentaría hacer algo así.

Era una táctica de la defensa a la que yo mismo había recurrido, pero no de una forma tan burda. Si no te gustaban el juez o el fiscal, una manera de deshacerte de ellos consistía en incorporar a tu equipo a alguien que les planteara un conflicto de intereses. Dado que la Constitución le garantiza al acusado un abogado de su elección, normalmente son el juez o el fiscal quienes se ven apartados del caso. Era una jugada astuta por parte de Royce.

—Ves lo que está haciendo, ¿verdad? —dijo Maggie—. Está intentando aislarte. Sabe que soy tu persona de confianza en tanto que segunda de a bordo, y pretende quitarte eso. Es consciente de que perderás el caso si yo no estoy contigo.

—Gracias por la confianza.

—Ya sabes a lo que me refiero. Es la primera vez que ejerces de fiscal. Y mi función consiste en ayudarte. Si consigue expulsarme de la mesa, ¿a quién vas a recurrir? ¿En quién confiarás?

Asentí. Llevaba razón.

—De acuerdo, cuéntame lo que pasó. ¿Cuánto tiempo estuviste con Bell?

—¿Con Bell? No he estado con él. Hace siete años salimos durante un corto periodo de tiempo. No duró más de dos meses, y si afirma lo contrario, miente.

—¿El conflicto radica en el hecho de que tuvierais una relación, o hay algo más? ¿Algo que dijeras o hicieras? ¿Algo de lo que tenga conocimiento y que sea la fuente del problema?

—No hay nada. Salimos, y simplemente no funcionó.

—¿Quién dejó a quién?

Hizo una pausa y miró al suelo.

—Él a mí.

Asentí.

–Entonces sí que existe un conflicto. Puede alegar que estás resentida con él.

–Una mujer repudiada. ¿Te refieres a eso? Menuda gilipollez. Los hombres sois…

–Para el carro, Maggie. Para el carro. Lo que estoy diciendo es que ese será su argumento, no que esté de acuerdo con él. De hecho, quiero que…

Se abrió la puerta. El fiscal que había ocupado nuestro lugar durante el receso apareció ante nuestros ojos y comenzó a subir las escaleras. Miré mi reloj. Solo habían transcurrido ocho minutos.

–Ha regresado a su despacho –soltó al pasar frente a nosotros–. Vais bien de tiempo.

–Gracias.

Esperé a oír sus pasos en el siguiente rellano antes de proseguir la conversación con Maggie en voz baja.

–Bien, ¿cómo le planto cara a esta situación?

–Comunícale a la jueza que nos hallamos ante un evidente intento de sabotear a la fiscalía. Han fichado a un abogado basándose en un único criterio, la relación que mantuvo conmigo, no porque sea capaz de aportarle conocimiento alguno a la defensa.

Asentí.

–Bien. ¿Qué más?

–No lo sé. Me cuesta pensar… De aquello hace mucho tiempo, no llegamos a estrechar lazos emocionales, y no afectará ni a mi buen juicio profesional ni a mi conducta.

–Claro, claro, claro. ¿Y qué me dices de Bell? ¿Tiene o sabe algo frente a lo que debería estar alerta?

Me miró como si estuviera ante un traidor.

–Maggie, necesito saberlo para no encontrarme luego con otra sorpresa, ¿de acuerdo?

–De acuerdo. No hay nada. Muy pelado debe de estar si ha aceptado dinero a cambio de echarme del caso.

—No te preocupes, ya nos las arreglaremos. Vamos.

Regresamos a la sala y, al atravesar la cancela, le hice un gesto con la cabeza al alguacil para que llamara a la jueza. En vez de dirigirme a la mesa de la fiscalía, me desvié hacia la de la defensa, donde Royce se hallaba sentado junto a su cliente. David Bell se había incorporado a la mesa, y flanqueaba a Jessup por el otro lado. Me incliné sobre el hombro y le susurré unas palabras con un volumen lo suficientemente alto como para que su cliente pudiera oírlas.

—Clive, cuando salga la jueza te voy a conceder la oportunidad de retirar esta moción. Si no lo haces, lo primero que haré será ponerte en evidencia delante de la cámara para que quede constancia digital por los siglos de los siglos. Y, en segundo lugar, retiraré la oferta de libertad a cambio de una compensación económica que le ofrecí a tu cliente la semana pasada. De manera permanente.

Vi cómo Jessup alzaba las cejas unos centímetros. No había oído hablar de ninguna oferta que implicara dinero y libertad. Porque nunca había existido. Sin embargo, ahora le correspondía a Royce convencerlo de que no le había ocultado nada. Le deseé la mejor de las suertes.

Royce sonrió como si se alegrara de mi regreso. Se reclinó de forma relajada y lanzó su pluma sobre el cuaderno de notas que estaba utilizando en el juicio. Se trataba de una Montblanc con un ribete de oro. Aquellas no eran maneras de tratarla.

—Esto se está poniendo realmente interesante. ¿Verdad, Mick? Bueno, que sepas que no voy a retirar la moción. Y que digo yo que, en el caso de que me hubieras hecho llegar una oferta que incluyera la libertad y una compensación económica, me acordaría.

Así fue como reaccionó a mi farol. Pero todavía tenía que convencer a su cliente. Vi a la jueza que salía por la puerta de su despacho y empezaba a subir los tres escalones en dirección a su asiento. Le lancé otro dardo susurrante a Royce.

—Sea lo que sea lo que le hayas pagado a Bell, has tirado el dinero.

Me acerqué a la mesa de la fiscalía, y me quedé de pie. La jueza llamó al orden a la sala.

—Muy bien, de nuevo con el caso California contra Jessup. Señor Haller, ¿desea responder a la última moción de la defensa o bien hacerlo por escrito después de haberla tomado en consideración?

—Señoría, la fiscalía desea responder ahora mismo a… la moción.

—Entonces proceda.

Procuré imprimirle el tono preciso de indignación a mi voz.

—Jueza, soy tan cínico como el que más, pero debo hacer constar mi sorpresa ante la táctica de la defensa que hay detrás de esta moción. De hecho, no nos hallamos ante una moción. Este es un ejemplo palmario de cómo se pretende subvertir el sistema judicial al negarle al Pueblo de Cali…

—Señoría —interrumpió Royce pegando un brinco—, protesto enérgicamente contra la burda representación que está llevando a cabo el señor Haller frente a los medios de comunicación y que está constando en acta. Esto no es más que grand…

—Señor Royce, tendrá la oportunidad de intervenir *después* de que el señor Haller responda a su moción. Por favor, permanezca sentado.

—Sí, señoría.

Royce se sentó mientras yo intentaba retomar el hilo de mi discurso.

–Adelante, señor Haller.

–Sí, señoría. Como ya sabe, el martes la fiscalía le entregó a la defensa todo el material relacionado con pruebas. Lo que ahora tiene ante sí es una moción tejida de manera taimada por el señor Royce cuando ha sido consciente de aquello a lo que tendrá que enfrentarse durante el juicio. Creyó que el Estado pensaba mirar hacia otro lado en este caso. Ahora sabe que no es esa nuestra intención.

–Pero ¿qué tiene que ver esto con la moción de la que hablamos, señor Haller?

–Todo. ¿Ha oído hablar de las compras de jueces? Bueno, pues el señor Royce es más bien un comprador de fiscales. Después de haber examinado las pruebas, ha descubierto que Margaret McPherson es quizá la pieza más importante del equipo de la acusación. Antes que enfrentarse a las pruebas durante el juicio, está intentando socavar a la fiscalía haciendo trizas el equipo que las ha recopilado. Y aquí nos hallamos, apenas a cuatro semanas de que comience el juicio, viendo cómo maniobra contra mi segunda de a bordo. Ha contratado a un abogado que prácticamente carece de experiencia en asuntos penales y que no se ha enfrentado a ningún caso de asesinato. ¿Por qué lo haría, jueza, si no fuera por la voluntad de sacar a relucir este supuesto conflicto de intereses?

–¿Señoría?

Royce había vuelto a ponerse de pie.

–Señor Royce –dijo la jueza–, ya le he indicado que dispondrá de su turno.

–Pero, señoría, no puedo…

–Que se siente.

Royce se sentó y la jueza volvió a centrar la atención en mí.

–Jueza, nos hallamos frente a una cínica maniobra ejecutada por una defensa desesperada. Desearía que no le permitiera subvertir los principios de la Constitución.

Como si fuéramos dos hombres en un balancín, Royce se incorporó inmediatamente después de que yo tomara asiento.

–Un momento, señor Royce –dijo la jueza, y alzó la mano para que volviera a sentarse–. Quiero hablar con el señor Bell.

Y entonces le llegó a Bell el turno de levantarse. Era un hombre bien vestido, de cabello rubio y tez rojiza, pero podía notar la aprensión en sus ojos. Tanto si era él quien hubiera acudido a Royce como si había sido al revés, estaba claro que no había previsto plantarse delante de un juez para dar explicaciones.

–Señor Bell, no he tenido el placer de verlo ejercer en mi sala. ¿Se encarga de asuntos de defensa penal?

–Hum... No, señora, no de manera habitual. Soy abogado, y he actuado como asesor en más de treinta juicios. Estoy familiarizado con una sala de tribunal, señoría.

–Me alegro por usted. ¿Cuántos de esos casos fueron por asesinato?

Me sentía completamente exultante al ver coger impulso a lo que yo había puesto en marcha. Royce parecía mortificado al contemplar cómo su plan se hacía añicos contra el suelo, como si fuera un jarrón carísimo.

–Ninguno fue un caso de asesinato *per se*, pero en algunos de ellos hablábamos de muertes indebidas.

–No es lo mismo. ¿Cuántos juicios penales lleva a sus espaldas, señor Bell?

–Se lo repito, jueza: ninguno.

–¿Qué puede aportarle a la defensa del señor Jessup?

–Señoría, puedo aportar una amplia experiencia en juicios, pero no creo que hayamos venido aquí para hablar de mi *curriculum vitae*. El señor Jessup está en su derecho de escoger a los abogados que…

–¿Cuál es exactamente la naturaleza de su conflicto con la señora McPherson?

Bell se quedó perplejo.

–¿Ha entendido la pregunta?

–Sí, señoría, el conflicto surge de que mantuvimos una relación íntima y ahora nos veríamos enfrentados en un juicio.

–¿Estuvieron casados?

–No, señoría.

–¿Cuándo tuvo lugar esta relación íntima y cuánto duró?

–Hace siete años y se prolongó durante tres meses.

–¿Ha hablado con ella desde entonces?

Bell alzó la vista al cielo como si la respuesta se hallara ahí.

Maggie se inclinó y me susurró algo al oído.

–No, señoría –respondió Bell.

Me levanté.

–Señoría, si hay que hacerle honor a la verdad, el señor Bell lleva siete años enviándole felicitaciones navideñas a la señora McPherson. Que ella no le ha respondido.

Un coro de risitas se adueñó de la sala. La jueza le hizo caso omiso y bajó la vista hacia algo que tenía frente a sí. Daba la impresión de que había escuchado lo suficiente.

–¿Dónde radica el conflicto que le preocupa, señor Bell?

–Hum, jueza, resulta algo difícil hablar de esto en una sesión a puerta abierta, pero fui yo quien puso punto y final a la relación con la señora McPherson. Por lo tanto, me preocupa que pueda existir algún tipo de animosidad latente. De ahí el conflicto.

Todos los presentes en la sala sabíamos que la jueza no se lo había tragado. Incluso resultaba engorroso de ver.

—Señora McPherson —dijo la jueza. Maggie retiró la silla y se incorporó—. ¿Alberga algún tipo de animosidad latente contra el señor Bell?

—No, señoría, al menos no hasta el día de hoy. He seguido adelante... y he encontrado cosas mejores.

Pude oír un nuevo murmullo a mis espaldas cuando la bofetada de Maggie resonó en la sala.

—Gracias, señora McPherson. Puede sentarse. Y usted también, señor Bell.

Por suerte, Bell tomó asiento. La jueza se acercó al micrófono y comunicó su decisión con gesto impasible.

—Moción denegada.

Royce se levantó de inmediato.

—Señoría, no se me ha permitido hablar antes de que emitiera su fallo.

—Era su moción, señor Royce.

—Pero desearía responder a algunas de las cuestiones que ha señalado el señor Haller a propósito de...

—Señor Royce, ya he emitido mi fallo. No veo motivos para alargar la discusión. ¿Y usted?

Royce tomó nota de que su derrota podía salirle aún más cara.

Decidió minimizar daños.

—Gracias, señoría.

Tomó asiento. Acto seguido, la jueza dio por finalizada la sesión, recogimos los bártulos y nos encaminamos hacia las puertas traseras. Pero no lo hicimos tan rápido como Royce. Tanto él como su cliente y su supuesto abogado de refuerzo abandonaron el lugar como si estuvieran a punto de perder el último tren un viernes por la noche. Esta vez Royce no se tomó la molestia de detenerse a la salida para charlar con los medios de comunicación.

–Gracias por dar la cara por mí –me dijo Maggie cuando llegamos a los ascensores.

Me encogí de hombros.

–Has sabido defenderte por ti misma. Eso que has comentado de que has seguido adelante y has encontrado cosas mejores que Bell, ¿lo decías en serio?

–¿Mejores que él? Sí, no hay duda.

La miré, pero fui incapaz de captar nada más allá de sus palabras. Se abrieron las puertas del ascensor, y ahí estaba Harry Bosch, aguardando para salir.

20

Martes, 4 de marzo, 10:40 horas

Bosch salió del ascensor y casi se da de bruces con Haller y McPherson.

—¿Ya ha terminado? —les preguntó.

—Te lo has perdido —dijo Haller.

Bosch se dio la vuelta a toda prisa y apretó uno de los botones del ascensor antes de que se cerraran las puertas.

—¿Bajáis?

—Esa era la idea —dijo Haller en un tono que no ocultaba su irritación con Bosch—. Creía que no ibas a acudir a la vista.

—Y no iba a hacerlo. He venido a buscaros a los dos.

Descendieron en el ascensor y Bosch les convenció de que lo acompañaran a pie hasta la Central de la Policía de Los Ángeles, que se hallaba a una calle de distancia. Los registró como visitantes y subieron hasta la quinta planta, donde se hallaba el Departamento de Robos y Homicidios.

—Es la primera vez que vengo aquí —apuntó McPherson—. Este sitio es tan silencioso como una compañía de seguros.

—Sí, supongo que al trasladarnos aquí perdimos buena parte de nuestro encanto —le respondió Bosch.

La nueva sede central de la policía apenas llevaba seis meses funcionando. Irradiaba calma y esterilidad. La mayoría de los moradores del edificio, incluyendo Bosch, echaban de menos la vieja sede, Parker Center, aunque estuviera más que decrépita.

—Dispongo de un despacho privado —les indicó, y señaló con el dedo una puerta alejada de las dependencias de la brigada.

Abrió con llave y entraron en una espaciosa habitación dotada de la típica mesa de sala de juntas en el centro. Una de las paredes era de cristal y daba a las oficinas, pero Bosch había bajado las cortinas para contar con cierta intimidad. En la pared de enfrente había una gran pizarra de color blanco, de cuya parte superior colgaba una serie de fotos, cada una de las cuales tenía escritas al pie numerosas notas. Las fotografías eran de niñas.

—Llevo una semana trabajando en esto sin descanso. Probablemente os hayáis preguntado dónde me había metido. Pero creo que ya es hora de enseñaros lo que he encontrado.

McPherson se detuvo a unos pocos pasos de la puerta y entornó los ojos para ver mejor. A Bosch se le hizo evidente su coquetería. Necesitaba gafas, pero nunca se las había visto puestas.

Haller se acercó hasta la mesa, donde se amontonaban varias cajas con expedientes. Se tomó su tiempo en retirar una silla para poder sentarse.

—Maggie —la apremió Bosch—, ¿por qué no tomas asiento?

McPherson salió de su encantamiento y se agenció una silla situada en uno de los extremos de la mesa.

—¿Es esto lo que creo que es? —preguntó—. Todas se parecen a Melissa Landy.

—Bueno. Déjame que os explique, y así podréis tomar vuestras propias conclusiones.

Bosch permaneció de pie. Rodeó la mesa y se situó cerca de la pizarra. Empezó a contar su historia, aunque les daba la espalda.

–De acuerdo. Tengo una amiga. Una antigua especialista en perfiles psicológicos. Nunca he…

–¿Para quién trabaja? –preguntó Haller.

–Para el FBI. ¿Acaso importa? Lo que quería deciros es que nunca he visto a nadie que haga mejor su trabajo. Por lo tanto, al poco tiempo de incorporarme al caso le pedí, de modo informal, que echara un vistazo a los expedientes. Llegó a la conclusión de que en 1986 no dieron ni una. Lo interpretaron todo al revés. Ahí donde los detectives vieron un crimen producto de un impulso y de una oportunidad, ella vio algo completamente distinto. Por expresarlo con pocas palabras, encontró indicios de que la persona que asesinó a Melissa Landy podría haber asesinado con anterioridad.

–Allá vamos –dijo Haller.

–Mira, tío, no se a qué viene tu actitud. Me incorporaste como detective, y eso es lo que estoy haciendo. ¿Por qué no te limitas a dejarme contarte todo lo que sé? Luego puedes hacer con ello lo que te venga en gana. ¿Que crees que viene a cuento? Utilízalo. ¿Que no te lo parece? Pues mételo en un puto agujero. Sea como fuere, yo habré cumplido con mi trabajo.

–No te estoy mostrando ninguna actitud, Harry. Solo estoy pensando en voz alta. En todo aquello que puede complicar un juicio. Complicar las pruebas. ¿Te das cuenta de que, en estos momentos, todo lo que nos estás contando se lo tendremos que entregar a Royce?

–Solo si tienes intención de emplearlo.

–¿Qué?

–Supuse que conocerías mejor que yo las normas relativas a las pruebas.

–Conozco las normas. ¿Por qué nos has traído a esta feria de segunda si no quieres vendernos tus productos?

–¿Por qué no le dejas que nos cuente la historia? –intervino McPherson–. Quizás así le comprendamos.

–Adelante –accedió Haller–. De todos modos, yo solo había dicho «Allá vamos». Es una expresión bastante frecuente para denotar sorpresa y un cambio de dirección. Eso es todo. Continúa, Harry. Por favor.

Bosch le echó un vistazo a la pizarra durante un instante, se volvió de nuevo hacia su público compuesto por dos personas y retomó el hilo.

–Pues resulta que mi amiga, la encargada de los perfiles psicológicos, piensa que Jason Jessup ya había asesinado antes de Melissa Landy, y que lo más probable es que borrara las huellas que lo incriminaban.

–Y te pusiste a investigar –señaló McPherson.

–Así es. Si os acordáis, nuestro detective original, Kloster, no era ningún holgazán. Su único problema es que estaba utilizando el perfil equivocado. Disponían de semen en el vestido, de un estrangulamiento y de un cadáver arrojado a una localización accesible. Ese era el perfil y, por lo tanto, eso fue lo que buscó. No encontró similitudes ni casos relacionados. Fin de la historia, fin de la búsqueda. Pensaron que Jessup había actuado en aquella única ocasión, que había pecado de desorganizado y de chapucero, y que lo habían detenido.

Harry se volvió e hizo un ademán en dirección a la hilera de fotografías que tenía a su espalda.

–Por consiguiente, yo tomé otro rumbo. Me concentré en niñas que habían desaparecido sin dejar rastro. Tanto las que constaban como huidas del hogar como los posibles secuestros. Jessup es del condado de Riverside, por lo que amplié la búsqueda para abarcar los condados de Riverside y Los Ángeles. Puesto que Jessup tenía veinticuatro años cuando lo detuvieron, establecí el arco temporal entre 1980 y 1986. En cuanto al perfil de las víctimas, me decanté por caucasianas de entre doce y dieciocho años.

–¿Por qué llegaste hasta los dieciocho? –preguntó McPherson–. Nuestra víctima tenía doce.

–Rachel, es decir, la especialista en perfiles, me comentó que, en ocasiones, este tipo de personas empieza seleccionando de entre sus pares. Aprende a matar, y solo luego discrimina sus objetivos de acuerdo con sus parafilias. Una parafilia es...

–Sé lo que es –dijo McPherson–. ¿Todo este trabajo lo has hecho por tu cuenta? ¿O te ha ayudado esa tal Rachel?

–No, ella solo me ayudó con el perfil. Mi compañera me echó una mano para reunir el material. Ha resultado difícil, porque no todos los expedientes están completos, y muchos de ellos fueron eliminados; sobre todo, los relativos a casos que no pasaron de la categoría de fugas del hogar. La mayoría de los archivos sobre esta materia ya no existen.

–¿No los digitalizaron? –preguntó McPherson. Bosch negó con la cabeza.

–No en el condado de Los Ángeles. Cuando se informatizaron los archivos relacionados con crímenes, se establecieron prioridades. No se incluyó a los desaparecidos, a menos que existiera la posibilidad de que implicaran secuestros. Pero en el condado de Riverside las cosas fueron diferentes. Había tan pocos casos que los digitalizaron todos. En cualquier caso, entre esos dos condados obtuvimos veintinueve casos en seis años. Una vez más, casos no resueltos. En cada uno de ellos, la niña desapareció y nadie la volvió a ver. Desenterramos cuantos expedientes pudimos encontrar. La mayoría no encajaban, o bien debido a lo que habían dicho los testigos, o bien por otras cuestiones. Sin embargo, no pude descartar estos ocho.

Bosch encaró la pizarra y contempló la foto de ocho niñas muy similares entre sí. Todas ellas, desaparecidas hacía mucho.

—No estoy afirmando que Jessup guardara relación alguna con el hecho de que estas niñas se volatilizaran de la faz de la tierra, pero cabe la posibilidad. Como Maggie ya ha notado, todas ellas se parecen entre sí, y también a Melissa Landy. Por cierto, el parecido se extiende a la complexión física. A ninguna de ellas, incluyendo a nuestra víctima, las separan más de cuatro kilos y medio de peso y cinco centímetros de altura.

Bosch se volvió de nuevo hacia el público y comprobó que McPherson y Haller estaban impresionados por las fotografías.

—Debajo de cada foto he apuntado los datos concretos de cada caso. Descripción física, fecha y lugar de la desaparición. La información básica.

—¿Conocía Jessup a alguna de ellas? —preguntó Haller—. ¿Guardaba algún tipo de relación?

Ese era un asunto decisivo, y Bosch lo sabía.

—No tengo nada verdaderamente sólido. Al menos, no por el momento. La mejor relación con la que contamos es esta chica.

Se dio la vuelta y señaló a la primera fotografía empezando por la izquierda.

—La primera niña. Valerie Schlicter. En 1981 desapareció del mismo vecindario de Riverside en el que Jessup había crecido. Él tenía por entonces diecinueve años, y ella, diecisiete. Ambos acudieron al instituto de Riverside, pero, dado que él no tardó en abandonarlo, no da la impresión de que llegaran a coincidir. De todos modos, se

217

creyó que se había fugado porque tenía problemas en casa. Era un hogar monoparental. Vivía con su madre y con un hermano. Desapareció un buen día, cosa de un mes después de haberse graduado en el instituto. La investigación no pasó de considerarlo un caso de persona desaparecida, en buena parte debido a su edad. Faltaba un mes para que cumpliera los dieciocho años. De hecho, yo ni siquiera lo consideraría una investigación. Más o menos se quedaron sentados esperando a que regresara. No lo hizo.

—¿Nada más?

Bosch se dio la vuelta para mirar a Haller.

—Es todo, por el momento.

—En tal caso, esto no cuenta como prueba. No tenemos nada. No existe relación alguna entre Jessup y estas niñas. La más cercana es esta de Riverside, y era cinco años mayor que Melissa. Todo el asunto se antoja muy endeble.

Bosch creyó detectar una nota de alivio en la voz de Haller.

—Bueno. Es que todavía no lo hemos visto todo.

Se acercó a las cajas que reposaban al final de la mesa y extrajo un expediente. Se lo acercó a McPherson.

—Como sabéis, tenemos a Jessup sometido a vigilancia desde que salió de la cárcel.

McPherson abrió el expediente y contempló un puñado de fotografías de Jessup de tamaño 8 × 10 que habían tomado las cámaras de vigilancia.

—Han constatado que Jessup no sigue rutina o plan alguno. Por eso se han pegado a él las veinticuatro horas del día, los siete días de la semana. Lo que han conseguido documentar es que lleva dos vidas marcadamente diferentes. La pública, de la que dan cuenta los medios de comunicación, bajo la consigna de que está viajando hacia la libertad. Todo esto incluye sonreír a las cámaras, comer hamburguesas, hacer surf en Venice Beach y acudir a los platós de televisión.

–Sí, todos la conocemos –apostilló Haller–. La mayor parte la ha orquestado su abogado.

–Y luego está su vida privada. Las rondas por los bares, las travesías nocturnas en coche y las visitas en mitad de la noche.

–¿Visitas adónde? –preguntó McPherson.

Bosch fue en busca de su último recurso visual: un mapa de las montañas de Santa Mónica. Lo desplegó sobre la mesa.

–Desde que lo pusieron en libertad, Jessup ha abandonado nueve veces su apartamento de Venice. Conduce Mulhollad arriba en mitad de la noche, hasta la cima de las montañas. Cada noche ha visitado uno o dos de los parques que hay en los cañones. Su favorito es Franklin Canyon. Ha estado en él seis veces. También ha acudido en varias ocasiones a Stone Canyon, Runyon Canyon y al mirador de Fryman Canyon.

–¿Y qué hace allí? –preguntó McPherson.

–Bueno, en primer lugar hablamos de parques públicos que cierran al atardecer. Por lo tanto, se cuela en ellos. A las dos o las tres de la madrugada. Entra y se sienta. Comulga. Ha encendido algunas velas, siempre en los mismos lugares de cada parque; por lo general, en algún sendero, o junto a un árbol. Carecemos de fotos porque está muy oscuro y no podemos arriesgarnos a acercarnos en exceso. Esta semana he salido en alguna ocasión con los de la SIE para observarlo. Da la impresión de que se dedica a algo parecido a la meditación.

Bosch trazó un círculo sobre los cuatro parques del mapa. Todos se encontraban en Mulholland, y muy cerca los unos de los otros.

–¿Has hablado sobre esto con tu experta en perfiles? –preguntó Haller.

–Sí, lo he hecho, y opina lo mismo que yo. Se dedica a visitar tumbas. Comulga con los muertos... Con sus víctimas.

–Oh, Dios... –exclamó Haller

–Sí –le dio la razón Bosch.

Se produjo una larga pausa mientras Haller y McPherson sopesaban todas las posibles implicaciones de la investigación de Bosch.

–¿Se han realizado excavaciones en alguno de estos lugares, Harry? –preguntó McPherson.

–Todavía no. No queríamos volvernos locos con las palas porque Jessup regresa una y otra vez. Descubriría que pasa algo, y no queremos eso.

–De acuerdo. ¿Qué me dices de...?

–¿Utilizar perros para rastrear cadáveres? Sí, ayer los llevamos ahí, encubiertos.

–¿Cómo consigues que un perro vaya encubierto? –preguntó Haller.

Bosch empezó a reír, y disipó parte de la tensión que flotaba por la sala.

–Bueno, lo que quería decir es que los dos perros que utilizaron no llegaron al lugar en coches oficiales ni había tipos uniformados guiándolos con una cadena. Intentamos que pareciera como si los estuvieran paseando sus dueños. Eso fue un problema, de todos modos, ya que el parque no permite que los perros pisen los senderos. Sea como fuere, lo hicimos lo mejor que pudimos, entramos y salimos. Estuve en contacto con la SIE para asegurarme de que Jessup no andaba cerca. Estaba haciendo surf.

–¿Y? –lo apremió McPherson, impaciente.

–Cuando detectan el olor de carne descompuesta, este tipo de perros se echa sobre el lugar del que procede. En teoría son capaces de captarlo a través de la tierra hasta cien años después. En tres o cuatro sitios a los que acude Jessup no mostraron ninguna reacción. Pero uno de los perros sí que lo hizo al llegar a uno de esos sitios.

Bosch vio como McPherson se daba la vuelta en su asiento y miraba en dirección a Haller. Él le devolvió la mirada, y entre ellos tuvo lugar una suerte de comunicación silenciosa.

—Asimismo debe constar que este perro en concreto tiene un largo historial de errores; es decir, ha lanzado falsas alarmas en una de cada tres ocasiones. El otro perro no mostró reacción alguna en aquel punto.

—Estupendo —dijo Haller—. ¿Dónde nos deja eso?

—Bien, por eso os he traído hasta aquí. Quizás haya llegado el momento de que empecemos a cavar. Por lo menos, en esa localización. No obstante, si lo hacemos, corremos el riesgo de que Jessup nos descubra y sepa que lo hemos estado siguiendo. Y si cavamos y hallamos restos humanos, ¿bastará con eso para incriminar a Jessup?

McPherson se echó hacia delante. Haller lo hizo hacia atrás.

Delegaba la iniciativa en su segunda.

—No veo por qué no habría que cavar. Se trata de una propiedad pública y no podrían ponerte trabas legales. No necesitarías una orden judicial. Pero ¿queremos cavar justo ahora basándonos en un perro que arroja un índice muy elevado de errores, o preferimos esperar a que termine el juicio?

—También podría hacerse durante el juicio —apuntó Haller.

—Eso sería más difícil —respondió McPherson—. Imaginémonos que encontramos restos humanos en uno o en todos estos lugares. No cabe duda de que los movimientos de Jessup parecen indicar que sabía lo que yacía bajo tierra en aquellos lugares que visitaba en mitad de la noche. No obstante, ¿le confiere esto alguna responsabilidad? Casi ninguna. Podríamos acusarlo, pero él sería capaz de defenderse sin problemas basándose en lo que ya sabemos. ¿Estás de acuerdo, Michael?

Harry se inclinó y asintió.

–Supongamos que cavas y encuentras los restos de una de estas niñas. Incluso si eres capaz de identificarla (y eso sería mucho pedir), sigues sin contar con pruebas que relacionen a Jessup con su muerte. Todo cuanto tienes es su conocimiento culpable del lugar donde la enterró. Esto es revelador, pero ¿basta para acudir a los tribunales? No lo sé. Creo que, en una situación así, preferiría estar en el lado de la defensa que en el de la fiscalía. Creo que Maggie lleva razón cuando señala que podría recurrir a diversas estrategias defensivas para justificar que conoce los sitios. Podría inventarse un hombre de paja, otro individuo que perpetró los asesinatos y le habló de ellos, o le obligó a ayudarlo en las labores de enterramiento. Jessup se ha pasado veinticuatro años en la cárcel. ¿Con cuántos convictos habrá tenido trato? ¿Miles? ¿Decenas de miles? ¿Cuántos de ellos eran asesinos? Podría atribuírselo a cualquiera de ellos, contar que oyó entre rejas la historia de esas tumbas y que decidió acercarse para rezar por las almas de las víctimas. Podría sacarse cualquier cosa de la manga.

Volvió a sacudir la cabeza.

–En última instancia, la defensa puede aproximarse al asunto desde muchos ángulos. Sin disponer de pruebas físicas que lo relacionen ni de testigos, tendrías un problema.

–Quizás haya pruebas físicas en las sepulturas capaces de incriminarlo –intervino Bosch.

–Quizá, pero ¿y si no las hay? –le replicó Haller al instante–. Nunca se sabe. También es posible que consiguieras arrancarle una confesión a Jessup, aunque mira que lo dudo.

McPherson tomó la palabra.

–Michael ha señalado la clave: los restos. ¿Podremos identificarlos? ¿Podremos certificar cuánto tiempo permanecieron bajo tierra? No olvidemos que Jessup tiene una coartada inexpugnable para los últimos veinticuatro años. Si desenterramos un puñado de huesos y no somos capaces de asegurar que llevan ahí desde, por lo menos, 1986, Jessup saldrá libre.

Haller se levantó, se acercó a la pizarra y cogió un rotulador de la repisa. Buscó un espacio libre y dibujó dos círculos.

–Esto es lo que tenemos hasta el momento. Uno representa nuestro caso, y el otro, lo que Harry ha descubierto. Están separados. Por un lado, el caso con un juicio a las puertas, y por el otro, la nueva investigación. Mientras permanezcan separados, todo irá bien. Tu investigación no tiene nada que ver con nuestro juicio, de modo que podemos mantener ambos círculos alejados el uno del otro. ¿Me entiendes?

–Por supuesto –respondió Bosch.

Haller agarró el borrador de la repisa e hizo desaparecer los dos círculos. A continuación, dibujó otros dos, pero en esta ocasión se solapaban.

–Ahora bien, ¿qué ocurre si sales ahí fuera, empiezas a cavar y encuentras huesos? Los dos círculos quedan conectados. Entonces es cuando tus asuntos comienzan a ser los nuestros, lo que nos obliga a revelárselo a la defensa y al mundo entero.

McPherson asintió con gesto de conformidad.

–Así pues, ¿qué hacemos? –preguntó Bosch–. ¿Nos olvidamos del asunto?

–No nos olvidamos –contestó Haller–. Solo actuamos con cautela y los mantenemos separados. ¿Sabes cuál es la que universalmente se considera la mejor estrategia en un juicio? Simplifica, estúpido. De modo que no compliquemos las cosas. No crucemos los círculos. Vayamos a juicio y cacemos a este tipo por el asesinato de Melissa Landy. Una vez que hayamos acabado eso, nos plantamos en Mulholland con palas.

–Acabado *con*.

–¿Qué?

–Una vez que hayamos acabado *con* eso.

–Como tú digas, profesor.

Bosch trasladó la vista de los círculos conectados en la pizarra a la hilera de rostros. Su instinto le decía que al menos una parte de esas niñas no había conseguido crecer hasta tener otro aspecto que el de las fotos. Estaban bajo tierra. Jessup las había depositado allí. Le repateaba la idea de que se pasaran ahí un solo día más, pero era consciente de que deberían esperar un poco.

–De acuerdo –admitió–. Seguiré trabajando por mi cuenta. Por ahora. Pero la especialista en perfiles me contó otra cosa que debéis saber.

–Y aquí llega la puntilla –comentó McPherson–. ¿De qué se trata?

Haller había regresado a su sitio. Bosch se agenció una silla y se sentó.

–Me comentó que un asesino como Jessup no consigue reformarse en la cárcel. La materia oscura que lleva dentro no se evapora. Permanece. Aguarda. Es como un cáncer. Y reacciona frente a las presiones del exterior.

–Volverá a matar –afirmó McPherson.

Bosch asintió lentamente.

–Puede continuar visitando las sepulturas de sus víctimas del pasado solo hasta el momento en que sienta la necesidad de… refrescarse. Y, si siente que lo están presionando, es muy probable que vaya en esa dirección incluso antes.

–Entonces debemos estar preparados –sentenció Haller–. Fui yo quien lo dejó en libertad. Si tienes alguna duda acerca de su seguimiento, quiero que me lo hagas saber.

–No tengo dudas. Si Jessup decide actuar, nos echaremos encima de él.

–¿Cuándo tienes pensado volver a acompañar a los de la SIE? –preguntó McPherson.

–A la primera ocasión que pueda. Como me encargo de cuidar de mi hija, debo esperar a que duerma en casa de una amiga o consiga a alguien que la vigile.

–Quiero ir contigo, al menos una vez.

–¿Por qué?

–Quiero ver al auténtico Jessup. No al que me encuentro en los periódicos y en la televisión.

–Bueno, es que…

–¿Qué?

–No hay ninguna mujer en el equipo, y estos tipos están en continuo movimiento. No habrá pausas para ir al baño. Mean en una botella.

–No te preocupes. Creo que sabré apañármelas.

–En ese caso, lo dispondré todo.

21

Miré el reloj cuando oí a Maggie saludar a Lorna en la recepción. Entró en el despacho y dejó caer su maletín sobre la mesa. Era uno de esos modelos finos y estilosos de cuero italiano, ideados para acarrear el portátil. Ella no se habría comprado nunca nada así: demasiado caro y demasiado rojo. Yo rabiaba por saber quién se lo había regalado: una de tantas cosas que quería averiguar, y que ella no me contaría jamás.

Sin embargo, el origen de ese maletín rojo era la menor de mis preocupaciones. Nos faltaban trece días para comenzar a seleccionar a los miembros del jurado del caso Jessup, y Clive nos había propinado por fin su mejor golpe antes del juicio.

–¿Dónde te habías metido? –le pregunté sin ocultar mi enfado–. Te he llamado al móvil y no me has respondido.

Se acercó hasta mi mesa. Arrastraba consigo una silla.

–Querrás decir dónde te habías metido tú.

Le eché un vistazo a mi calendario y comprobé que la casilla de ese día estaba en blanco.

–¿De qué me estás hablando?

–Mi móvil estaba apagado porque me encontraba en la entrega de diplomas de Hayley. No les gusta que suenen cuando están llamando a los niños al estrado.

–¡Oh, mierda!

Me lo había comentado y me había incluido en el *e-mail* de la convocatoria. Lo imprimí y lo pegué en la nevera, no así en el calendario de la oficina ni en del móvil. La había pifiado.

–Deberías haber estado ahí, Haller. Te habrías sentido orgulloso.

–Lo sé, lo sé. La he cagado.

–No importa. Tendrás más oportunidades. Para volver a pifiarla o redimirte.

Eso dolió. Habría sido mejor que me hubiese puesto a parir, como tenía por costumbre. Pero esa táctica pasivo-agresiva siempre me dejaba más tocado. Ella probablemente lo sabía.

–No faltaré a la próxima. Lo prometo.

No me respondió con algún sarcasmo en plan «¡Claro!» o «Cuéntame algo que no haya oído». De alguna manera, eso empeoró las cosas. Pasó sin más preámbulos a concentrarse en el trabajo.

–¿Qué es eso? –Señaló con un gesto el documento que tenía enfrente.

–Este es el mejor numerito final con el que nos ha salido Clive. Una moción para que Sarah Ann Gleason no testifique.

–Y, por supuesto, nos lo entrega un viernes por la tarde, tres semanas antes de que arranque el juicio.

–Diecisiete días antes, para ser más exactos.

–Vale, he calculado mal. ¿Qué dice la moción?

Le di la vuelta al documento, que estaba unido por un grueso clip de color negro, y se lo deslicé por encima de la mesa.

–Se ha dedicado a este asunto desde el principio. Es consciente de que ella es la clave del caso. Es nuestro testigo principal. Sin ella, el resto de las pruebas carece de relevancia. Incluso los cabellos encontrados en la grúa son circunstanciales. Si nos quita a Sarah, nos deja sin caso.

—Lo pillo, pero ¿cómo está intentando desembarazarse de ella?

Empezó a revolver los papeles.

—Nos lo han entregado a las nueve y consta de ochenta y seis páginas, de modo que aún no he tenido tiempo de digerirlo entero. Es un arma de doble filo. Por un lado, arremete contra la identificación original que llevó a cabo cuando era niña. Alega que la habían predispuesto en contra de Jessup. Y también…

—Pero eso ya se debatió, el tribunal lo aceptó y se apeló. Está haciéndole perder el tiempo al tribunal.

—Ahora ha cambiado el enfoque del asunto. Si recuerdas, Kloster padece alzhéimer y no sirve como testigo. No puede decirnos nada acerca de la investigación, ni defender sus puntos de vista. Y, por eso, Royce alega que Kloster le indicó a Sarah el hombre a quien debía identificar. Le señaló a Jessup con el dedo.

—¿Y qué pruebas tiene? En teoría, solo Sarah y Kloster estaban presentes en aquella habitación.

—No lo sé. Carece de pruebas, pero supongo que se apoyará en la llamada por radio que hizo Kloster para ordenar que Jessup se quitara la gorra.

—No importa. La rueda de reconocimiento se organizó con la finalidad de que Sarah pudiera identificar a Derek Wilbern, el otro conductor. Cualquier argumento a favor de que luego Kloster le pidiera que señalara a Jessup es ridículo. Aquella identificación fue bastante sorprendente, pero se produjo de forma natural y convincente. No tenemos de qué preocuparnos con este asunto. Incluso sin Kloster lo haremos trizas.

Sabía que tenía razón, pero ese primer ataque no era lo que más me preocupaba.

–Esta es solo su salva de bienvenida. Ni punto de comparación con lo que viene después. También pretende eliminar su testimonio basándose en que su memoria no es fiable. Ha incluido en la moción todo su historial con las drogas. No se ha dejado ni un gramo de anfetaminas sin mencionar. Dispone de su historial de detenciones y de condenas, así como de testigos que detallan su consumo de estupefacientes, múltiples excompañeros de cama y lo que califica como su creencia en experiencias extracorpóreas. (Supongo que se olvidó de mencionaros esta parte durante vuestra visita a Port Townsend.) Y, como guinda del pastel, ha contratado a expertos en pérdida de memoria y en la creación de falsos recuerdos como resultado de la adicción a las anfetaminas. En resumen, ¿sabes lo que tiene? A nosotros. Bien jodidos. Por todos lados.

Maggie seguía hojeando en silencio absoluto el sumario que había al final de la moción de Royce.

–Cuenta con detectives, tanto aquí como en San Francisco –añadí–. Es meticuloso y exhaustivo, Mags. ¿Y sabes qué? Tiene pinta de que no tiene ni la menor intención de acercarse hasta Port Townsend a hablar con ella. Asegura que no tiene por qué hacerlo, dado que ya no importa lo que tenga que decirle. No es de fiar.

–Si él tiene a sus expertos, nosotros tenemos a los nuestros. Y se lo rebatirán todo –dijo, con calma–. Ya contábamos con ello y he empezado a reclutar al equipo. Lo peor que puede ocurrir es que esto acabe en un empate técnico. Y lo sabes.

–Los expertos solo son una pequeña parte del asunto.

–Nos irá bien –insistió–. Fíjate en esta lista de testigos. Sus exmaridos y exnovios. Veo que Royce, de forma muy conveniente, se encargó de ocultar sus propios antecedentes delictivos. También son drogadictos. Haremos que parezcan chulos y pedófilos resentidos con ella porque los dejó tirados cuando estuvo limpia. Contrajo matrimonio con el primero cuando tenía dieciocho años, y él, veintinueve. Nos lo contó. Me encantaría sentarlo frente al juez. La verdad, creo que estás exagerando un poco, Haller. Podemos contrarrestarlo. Podemos arreglárnoslas para que llame a declarar ante la jueza a todos esos presuntos testigos y hacerlos saltar por los aires uno a uno. Pero tienes razón en una cosa. Este es el mejor numerito final de Royce. Lo que pasa es que no va a ser lo suficientemente bueno.

Sacudí la cabeza. Solo estaba viendo lo que existía sobre el papel y lo que podríamos esquivar o detener con nuestras propias espadas. No lo que no estaba escrito.

—Mira. Este asunto gira en torno a Sarah. Él sabe que la jueza no querrá cargarse a nuestro testigo principal. Sabe que nos saldremos con la nuestra. Se limita a advertirle a la jueza de todo aquello a lo que se arriesga Sarah si acaba testificando. Toda su vida, todos los detalles sórdidos. Tendrá que sentarse ahí y aguantar cómo le recuerdan todas las pipas que se ha fumado y todas las pollas que se ha comido. Acto seguido, sacará a alguna eminencia para que nos muestre imágenes de cerebros achicharrados en una pantalla y nos diga que eso es lo que provocan las anfetaminas. ¿Le deseamos eso? ¿Tiene la suficiente fortaleza para soportarlo? Quizá tengamos que llamar a la puerta de Royce para ofrecerle un trato que le compense el tiempo que ya ha pasado entre rejas y algún tipo de indemnización por parte del ayuntamiento. Algo que nos satisfaga a todos.

Maggie arrojó la moción sobre la mesa.

—¿Estás de broma? ¿Vas a salir huyendo por culpa de esto?

—No voy a salir huyendo. Estoy siendo realista. No fui a Washington. No tengo ni la menor idea acerca de esta mujer. No sé si será capaz de aguantarlo. Además, siempre podemos volver a la carga a través de los casos en los que Bosch ha estado trabajando.

Maggie se reclinó en la silla.

–No tenemos ninguna garantía de que esos casos nos vayan a dar resultados. Debemos concentrar todos nuestros esfuerzos en este, Haller. Puedo ir a ver de nuevo a Sarah y sostenerle la mano un rato. Entrar en detalles acerca de lo que le espera. Prepararla. Ya entendió que la cosa no iba a ser un camino de rosas.

–Por decirlo con suavidad.

–Creo que es lo suficientemente fuerte y que, de un modo un tanto extraño, le puede ir bien. Ya me entiendes: sacarlo todo fuera, expiar sus pecados. Necesita redimirse, Michael. Tú sabes de qué hablo.

Cada uno mantuvo la mirada fija en el otro durante un buen rato.

–Sea como fuere, creo que demostrará una enorme fortaleza, y que el jurado sabrá apreciarlo. Es una superviviente, y a todo el mundo le gustan los supervivientes.

Asentí.

–Sabes cómo convencer a la gente, Mags. Es un don. Ambos sabemos que deberías ser el abogado principal de este caso.

–Gracias por decirlo.

–De acuerdo. Viaja hasta ahí y tenla preparada para lo que se avecina. Quizá la próxima semana. Para entonces ya deberíamos tener el calendario de los testigos y podrás decirle cuándo nos la traemos.

–De acuerdo.

–Mientras tanto, ¿cómo se te presenta el fin de semana? Debemos preparar una respuesta a eso –le dije, y señalé la moción que reposaba sobre la mesa.

–Bueno, Harry me ha conseguido por fin una salida con la SIE. Será mañana por la noche. Él también viene, creo que le ha encontrado una canguro a su hija. Quitando eso, me tienes a tu disposición.

–¿Por qué vas a dedicarle tanto tiempo a seguir a Jessup? La policía ya lo tiene cubierto.

–Ya te lo he dicho. Quiero ver cómo se comporta cuando cree que no lo observa nadie. Te diría que te apuntaras, pero tienes que quedarte con Hayley.

–No quisiera perder el tiempo. Cuando veas a Bosch, ¿podrías darle una copia de la moción? Necesitaremos que estudie a algunos de estos testigos y sus declaraciones. Royce no los incluyó a todos en el conjunto de sus pruebas.

–Sí, ha sido listo. Los mantiene fuera de su lista de testigos y luego aparecen aquí. Si el juez le tumba la moción, alegando que es el jurado el que debe decidir acerca de la credibilidad de Gleason, volverá a la carga con una enmienda a la lista de testigos. Entonces aducirá que, en tal caso, necesita que estas personas respondan delante del jurado acerca de su grado de credibilidad.

–Y ella lo autorizará so pena de incurrir en una contradicción. Clive el Astuto. Sabe lo que hace.

–De todas formas, le entregaré una copia a Harry, aunque creo que sigue entregado a esos antiguos casos.

–No importa. El juicio tiene prioridad. Necesitamos los antecedentes completos de esta gente. ¿Quieres tratar tú con él o me encargo yo?

En nuestro reparto de las tareas previas al juicio le había concedido a Maggie la responsabilidad de encargarse de los testigos de la defensa. De todos, excepto de Jessup. Si él testificaba, seguía siendo asunto mío.

–Hablaré con él –dijo Maggie. Frunció el ceño. Ya conocía ese tic.

–¿Qué pasa?

–Nada. Solo le estoy dando vueltas a cómo abordar este asunto. Apuesto por presentar una moción *in limine* para que podamos limitar la capacidad de impugnación de Royce. Podemos argumentar que, si bien su identificación de Jessup coincide ahora con la que hizo entonces, nada de lo que le ha ocurrido desde entonces ha afectado a su credibilidad.

Negué con un gesto.

–Yo aduciría que estás infringiendo la sexta enmienda que le otorga a mi cliente el derecho de réplica a su acusador. La jueza puede establecer algunos límites si lo encuentra repetitivo, pero no cuentes con que vaya a desautorizarlo.

Se mordió los labios. Era su manera de darme la razón.

–Con todo, merece la pena intentarlo –añadí–. Cualquier cosa lo merece. De hecho, quiero enterrar a Royce en papeleo. Contraataquemos haciéndole tragarse una guía telefónica.

Me miró y esbozó una sonrisa.

–¿Qué?

–Me gusta cuando te pones todo enfadado y justiciero.

–Pues todavía no has visto nada.

Apartó la vista antes de que la cosa fuera a más.

–¿Dónde quieres que montemos el campamento base esta semana? –me preguntó–. Recuerda que tienes a Hayley. No le va a gustar que nos pasemos los dos días trabajando.

Reflexioné un momento al respecto. A Hayley le encantaban los museos, hasta el punto de que yo ya estaba harto de acompañarla siempre a los mismos. También le encantaba ir al cine, por lo que debía estar al tanto de los estrenos.

–Llévatela a mi casa por la mañana y estate preparada para trabajar con arreglo a nuestros planes. Podríamos acordar algo. Yo me la llevo a ver una película o a
hacer algo por la tarde y tú quedas libre para acompañar
a los de la SIE. Ya lo arreglaremos.

–De acuerdo, trato hecho.

–O bien…

–¿O bien qué?

–Puedes traerla esta noche y organizamos una cena
informal para celebrar que nuestra hija ha sacado tantos
sobresalientes. Incluso es posible que adelantemos algo
de trabajo.

–Y también me quedo a dormir, ¿a que sí?

–Claro, si es lo que quieres.

–Eso es lo que tú deseas, Haller.

–Sí.

–Por cierto, han sido matrículas de honor. Será mejor
que no te equivoques cuando la veas esta noche.

Sonreí.

–¿Esta noche? ¿Lo dices en serio?

–Eso creo.

–En tal caso, no tienes de qué preocuparte. No come-
teré ningún error.

22

Domingo, 2 de marzo, 20:00 horas

Al mencionarle Bosch que una fiscal quería unirse a un turno de vigilancia de la SIE, el teniente Wright se las arregló para trabajar ese sábado por la noche y estar al volante del vehículo que les asignaron. El lugar de recogida era un aparcamiento público situado a seis manzanas de la playa de Venice. Bosch se encontró ahí con McPherson y, acto seguido, se puso en contacto por radio con Wright para decirle que estaban listos y a la espera. Quince minutos después, un todoterreno blanco entró en el recinto y se dirigió hacia ellos. Bosch le cedió el asiento delantero a McPherson y se sentó detrás. No fue un acto de caballerosidad. Así podría estirar las piernas durante las largas horas de vigilancia nocturna.

—Steve Wright —se presentó el teniente, y le tendió la mano a McPherson.

—Maggie McPherson. Gracias por dejarme venir.

—No pasa nada. Siempre es de agradecer que la Fiscalía del Distrito muestre algún interés. Ojalá esta noche le sea de provecho.

—¿Dónde está Jessup en estos momentos?

—Cuando me marché se encontraba en el Brig, en Abbot Kinney. Le gustan los sitios abarrotados, lo que juega a nuestro favor. Cuento con un par de hombres dentro y alguno más en la calle. A estas alturas ya nos hemos acostumbrado a su ritmo. Acude a un sitio, aguarda hasta que lo reconocen y empiezan a invitarlo a unas copas y pone rumbo hacia el siguiente. Lo hace rapidito si no lo reconoce nadie.

—Supongo que me interesan más sus viajecitos a las tantas de la noche que sus hábitos con la bebida.

—Nos va bien que esté bebiendo por ahí —dijo Bosch desde el asiento trasero—. Hay una relación de causa y efecto. Cuando bebe, suele acabar en Mulholland.

Wright asintió con un gesto y condujo el todoterreno hacia la salida. Era perfecto para efectuar labores de vigilancia, porque no parecía policía. Tenía cincuenta y tantos años, gafas, unas entradas pronunciadas y dos o tres bolígrafos adheridos de manera permanente a la solapa de la camisa. Parecía, más bien, un contable. Sin embargo, llevaba dos décadas largas en la SIE, y había participado en algunas de las operaciones que habían acabado con víctimas mortales. Cada cinco años el *Times* publicaba un reportaje sobre la SIE, en el que analizaba sus cifras de muertos. Bosch recordaba haber leído en la última pieza cómo bautizaban a Wright como «el Improbable Pistolero Jefe de la SIE». Aunque los periodistas y los editores del periódico responsables del artículo tal vez lo habían apodado así a modo de crítica, Wright lo lucía como si fuera una condecoración. Se lo había hecho grabar bajo el nombre en sus tarjetas de visita. Entre comillas, por supuesto.

Wright atravesó Abbot Kinney Boulevard y pasó delante del Brig, un edificio de dos pisos que se levantaba en el lado este de la calle. Continuó recto dos manzanas antes de hacer un cambio de sentido. Volvió sobre sus pasos y se detuvo en una curva, frente a una salida de incendios, que quedaba a media manzana del bar. El letrero luminoso a la entrada del Brig mostraba a un boxeador en un cuadrilátero con unos guantes rojos en alto, a punto de golpear. La imagen no se parecía al velero que le daba nombre al bar, pero Bosch había residido en el barrio muchos antes y se sabía aquella historia. El letrero no lo había colocado el dueño original, sino uno posterior, un boxeador retirado que también había decidido decorar el local con motivos pugilísticos. En un muro lateral aún podía reconocerse el dibujo del boxeador y su mujer, aunque ambos llevaban mucho tiempo muertos.

—Aquí Cinco —dijo Wright—. ¿Cuál es nuestra situación?

Le hablaba al micrófono pinzado a la visera que había sobre su cabeza. Bosch sabía que lo activaba pulsando un botón que tenía en el suelo. El altavoz por el que le llegaba la respuesta se hallaba bajo el salpicadero. Esta instalación radiofónica les permitía a los conductores tener las manos libres y, lo que era más importante, mantener su tapadera. Hablar a través de un dispositivo manual los habría delatado al instante. En la SIE no se habían caído de un guindo.

—Tres —llegó una voz procedente de la radio—. Retro sigue en posición junto a Uno y Dos.

—Recibido.

—¿Retro? —preguntó Maggie.

—Así es como lo llamamos. Nuestras frecuencias se encuentran en la parte baja del ancho de banda y están registradas como canales del Departamento de Agua y Electricidad, pero nunca sabes quién puede estar escuchando. Cuando emitimos, no usamos nombres, ni de personas ni de lugares.

—Entiendo.

Todavía no habían dado ni las nueve. Bosch creía que Jessup aún tardaría en abandonar el bar, sobre todo si la gente continuaba invitándolo a bebidas. Una vez en posición, a Wright parecía gustarle McPherson y disfrutaba explicándole procedimientos y el arte de la vigilancia de alto nivel. Si a ella le aburría, desde luego no lo dejaba traslucir.

—Una vez que hemos establecido los ritmos y rutinas de un sujeto, podemos reaccionar mucho mejor. Tomemos este lugar, por ejemplo. El Brig es uno de los tres o cuatro sitios que frecuenta Retro. Hemos asignado diferentes hombres a diferentes lugares para que, siempre que Retro se deje caer por ahí, parezcan clientes habituales. Los dos que tengo ahora mismo en el Brig son los que van siempre ahí. Lo mismo ocurre con la pareja que se halla en el Townhouse, y con la del James Beach. Así funciona. Si Retro repara en ellos, pensará que si ya se los ha cruzado es porque son fijos. Si se topara con el mismo tipo en dos bares diferentes, podría sospechar.

—Comprendo, teniente. Se antoja la manera más inteligente de proceder.

—Llámame Steve.

—De acuerdo, Steve. ¿Los que están ahí dentro pueden comunicarse entre ellos?

—Sí, pero permanecen sordos.

—¿Sordos?

—Todos llevamos micrófonos adheridos al cuerpo. A la manera del Servicio Secreto, ¿comprendes? Sin embargo, no nos colocamos auriculares cuando estamos dentro de un bar. Parece demasiado evidente. De modo que, siempre que les resulta posible, indican su posición, pero no pueden oír ninguna respuesta, a menos que extraigan los auriculares enterrados en el cuello de la camisa y se los pongan. Por desgracia, las cosas no son como en la tele, donde se limitan a colocarse el pinganillo en los oídos sin necesidad de cables.

—Ya veo. ¿Y sus hombres beben de verdad mientras están de vigilancia?

—Cualquiera que pidiese una Coca-Cola o un vaso de agua ahí dentro levantaría sospechas de inmediato. Piden alcohol, pero se las arreglan para que les dure. Por suerte, a Retro le van los sitios abarrotados. Esto hace más fácil mantener la tapadera.

Mientras la distendida charla proseguía en el asiento delantero, Bosch sacó el teléfono y comenzó la suya. Le envió un mensaje a su hija. Aunque era consciente de que había muchos ojos posados en la entrada del Brig, y también en Jessup, cada pocos segundos levantaba la vista y comprobaba la puerta del bar.

Cómo te va? Te diviertes?

Madeline iba a pasar la noche en casa de su amiga Aurora Smith. Apenas distaba unas manzanas de la suya, pero Bosch no estaría cerca si ella lo necesitaba. Al cabo de pocos minutos llegó su quejosa respuesta. Tenían un pacto. Si ella no respondía a sus llamadas y mensajes, su libertad —o su correa, como ella la llamaba— se vería recortada.

Todo va bien. No tienes por qué estar encima de mí.

Sí que debo. Soy tu padre. No te acuestes tarde.
Bsos.

Y eso fue todo. Un mensaje telegráfico propio de una relación telegráfica. Bosch sabía que su hija necesitaba ayuda. Todo lo demás se le escapaba. A veces parecía que les iba bien y que todo fluía a la perfección. Otras estaba convencido de que ella se acabaría fugando de casa.

Vivir con su hija había aumentado su amor por ella hasta cotas que le habrían parecido imposibles. No dejaba de asaltarle preocupación por su bienestar y el deseo de que gozara de un futuro feliz. Estaba tan ansioso por conseguir que su vida fuera mejor y pudiera hacer todo lo que se propusiera, que había llegado a tener dolores en el pecho. De todas formas, parecía que aún era incapaz de agarrarle la mano en aquel avión. El aparato seguía estremeciéndose con fuerza y abortando todos sus intentos.

Guardó el teléfono y volvió a dirigir la vista a la entrada del Brig. En ella se habían reunido un puñado de fumadores. Justo en ese instante les llegó una voz por la radio, acompañada del entrechocar de unas bolas de billar.

—Está saliendo. Retro está saliendo.

—Pero si todavía es pronto —dijo Wright.

—¿Fuma? —preguntó McPherson—. Quizá solo pretenda…

—No que hayamos podido ver.

Bosch mantuvo la mirada clavada en la puerta, que no tardó en abrirse. De ella salió un hombre a quien, pese a la lejanía, identificó como Jessup. Comenzó a caminar por la acera. Abbot Kinney cortaba Venice en dirección noroeste. Hacia ahí se encaminaba.

—¿Dónde ha aparcado? —preguntó Bosch.

—No lo ha hecho. Vive a solo cinco manzanas de aquí. Ha venido caminando.

Se quedaron observándolo en silencio. Jessup atravesó dos manzanas de Abbot Kinney. Pasó por delante de restaurantes, cafeterías y galerías. La acera estaba muy concurrida. Casi todos los locales seguían abiertos para hacer caja: era sábado por la noche. Entró en una cafetería llamada Abbot's Habit. Wright habló por radio con uno de sus hombres para indicarle que entrara en ella pero, antes de poder hacerlo, Jessup ya estaba saliendo con un café en la mano y retomando la marcha.

Wright arrancó el todoterreno y se incorporó al tráfico, aunque en sentido opuesto. Cambió de sentido dos manzanas más adelante, ya lejos del campo visual de Jessup, por si este se giraba de golpe. En todo momento mantuvo el contacto por radio con el resto del equipo. A Jessup lo rodeaba una red invisible. No habría podido desembarazarse de ella ni aunque hubiera sabido de su existencia.

—Se dirige a su casa —informó una voz por radio—. Quizá se recoja temprano.

Abbot Kinney, que se llamaba así en honor al individuo que había erigido Venice un siglo antes, dio paso a Brooks Avenue. Esta, a su vez, cruzó con Main Street. Jessup atravesó Main y enfiló por un paseo peatonal al que no podían acceder los vehículos. Preparado para semejante contingencia, Wright mandó a dos coches de vigilancia a Pacific Avenue con el objetivo de retomar desde ahí el contacto con él cuando hubiera llegado al final del paseo. Wright se detuvo en Brooks con Main a la espera de que lo informaran de que Jessup ya había alcanzado Pacific. Al cabo de dos

minutos, la ansiedad le pudo y habló por la radio.

—Chicos, ¿dónde se encuentra?

No hubo respuesta. Nadie tenía a Jessup. Wright envió de inmediato a alguien al lugar.

—Dos, entra en la calle peatonal. Usa la veintitrés.

—Recibido.

McPherson se volvió para mirar a Bosch y luego hizo lo propio con Wright.

—¿La veintitrés?

–Disponemos de varias tácticas. No las describimos por radio.

Señaló hacia el parabrisas.

Bosch vio a un hombre vestido con una cazadora roja que llevaba una funda para pizzas en la mano acortar por Main y entrar en el paseo Breeze Avenue. Aguardaron hasta que la radio regresó a la vida.

–No lo veo. La he atravesado de arriba abajo y no…

Se cortó la transmisión. Wright no dijo nada. Esperaron un poco más y la voz reapareció con un murmullo.

–Casi me doy de bruces con él. Ha salido de entre dos casas.

Se estaba abrochando la bragueta.

–De acuerdo, ¿te ha descubierto? –preguntó Wright.

–Negativo. Le he pedido indicaciones para llegar a Breeze Court y me ha contestado que nos encontrábamos en Breeze Avenue. Todo en orden. Debería aparecer en cualquier momento.

–Aquí Cuatro. Lo tenemos. Se dirige hacia San Juan.

Cuatro era uno de los vehículos que Wright había enviado a Pacific. Jessup vivía en un apartamento en San Juan Avenue, entre Speedway y la playa.

Bosch notó cómo empezaba a destensársele el nudo en el estómago. En ocasiones el trabajo de vigilancia podía ser duro. Jessup se había escabullido entre dos casas para echar una meada y los había conducido a las puertas del pánico.

Wright redirigió a las unidades a la zona que rodeaba San Juan Avenue, entre Pacific y Speedway. Jessup utilizó una llave para acceder al apartamento de la segunda planta en el que se alojaba, y los equipos tomaron posiciones a toda prisa. Tocaba volver a esperar.

Por vigilancias anteriores, Bosch sabía que la mayor virtud que se requería para ser un buen observador consistía en disfrutar del silencio. Mucha gente necesita llenar el vacío. Harry no era así, y dudaba que ninguno de los miembros de la SIE lo fuera. Tenía curiosidad por ver cómo respondería McPherson ahora que el cursillo elemental sobre vigilancia de Wright había llegado a su fin y no quedaba otra que aguardar y observar.

Bosch sacó el teléfono para comprobar si había algún mensaje nuevo de su hija. Negativo. Decidió no incordiarla con uno suyo y se lo volvió a guardar. La genialidad de haberle cedido a McPherson el asiento delantero estaba dando ahora sus frutos. Giró un poco el tronco y estiró las piernas cuan largo era el asiento. Se recostó con la espalda contra la puerta. McPherson le lanzó una mirada y esbozó una sonrisa en medio de la oscuridad que reinaba en el coche.

–Yo convencida de que te estabas portando como un caballero, y resulta que en realidad solo querías estirarte.

Bosch sonrió.

–Me has pillado.

Después de esto, todo el mundo permaneció en silencio. Bosch se puso a pensar en lo que le había comentado McPherson mientras esperaban en el aparcamiento a que Wright pasara a recogerlos. Primero le entregó una copia de la última moción de la defensa. Se la guardó en el maletero del coche. Luego le dijo que debía ponerse a investigar a los testigos y sus declaraciones, buscar maneras de convertir las posibles amenazas para el caso en ventajas para la fiscalía. También le hizo saber que Haller y ella se habían pasado todo el día elaborando la respuesta a la tentativa de vetar a Sarah Ann Gleason como testigo. El fallo de la jueza sobre ese asunto podía determinar el resultado del juicio.

A Bosch siempre le había irritado el modo en que los abogados inteligentes podían manipular la justicia y la ley. Su participación en el proceso era genuina. Arrancaba en la escena del crimen y seguía el hilo de las pruebas hasta llegar al asesino. Existía una reglamentación entre medias, pero, por lo menos, en la mayoría de las ocasiones no había ninguna duda acerca de cómo debía obrar. Sin embargo, una vez que las cosas pasaban a manos del tribunal, todo cambiaba. Los letrados discutían acerca de interpretaciones, teorías y procedimientos. Nada parecía avanzar en línea recta. La justicia se transformaba en un laberinto.

Se preguntaba cómo era posible que a un testigo ocular de un horrible crimen no le permitieran declarar contra un acusado durante un juicio. Pese a que llevaba más de treinta y cinco años ejerciendo de policía, todavía era incapaz de entender cómo funcionaba el sistema.

—Aquí Tres. Retro se pone en movimiento.

Aquello arrancó a Bosch de sus cavilaciones. Transcurrieron unos segundos antes de que otra voz llevara un nuevo informe.

—Está conduciendo.

Wright tomó los mandos.

—De acuerdo, preparémonos para seguir al vehículo. Uno, acude a Main con Rose. Dos, ve a Pacific con Venice. El resto, que no se mueva hasta saber adónde se dirige.

La respuesta llegó apenas unos minutos después.

—Hacia el norte por Main. Como de costumbre.

Wright redirigió a sus unidades y la meticulosamente orquestada vigilancia móvil empezó a desplazarse con Jessup. Tomaron Main Street hasta Pico, y de ahí hasta la entrada de la autovía 10.

Jessup enfiló hacia el este y se incorporó a la 405 en dirección norte. El tráfico era denso pese a lo avanzado de la hora. Como era de esperar, se encaminaba hacia las montañas de Santa Mónica. Componían la comitiva de vehículos de vigilancia el todoterreno de Wright, un

Mercedes descapotable de color negro, un monovolumen Volvo con dos bicis atadas a la parte de atrás, y dos sedanes japoneses. Solo les faltaba un vehículo híbrido para completar la misión en Hollywood Hills. El procedimiento empleado por el equipo se llamaba «caja flotante». Dos unidades abrían la marcha, una a cada lado del objetivo, otra por delante de este, y una última por detrás. Todas ellas se movían en una rotación ensayada. El todoterreno de Wright era el flotador, la unidad de refuerzo que corría por detrás de la caja.

Jessup se mantuvo por debajo del límite de velocidad en todo momento, o en el máximo permitido. Cuando la autovía inició el ascenso hacia la cumbre de las montañas, Bosch miró por la ventana y divisó el Museo Getty que se alzaba en la cima, como si fuera un castillo que asomara entre la niebla con el cielo oscuro a sus espaldas.

Convencido de que Jessup se dirigía a sus destinos habituales en Mulholland Drive, Wright les indicó a dos de las unidades que abandonaran la caja y siguieran recto. Quería que se adelantaran a la llegada de Jessup a Mulholland, y que una de ellas se internara en Franklin Canyon Park con prismáticos de visión nocturna.

Con arreglo a lo previsto, Jessup cogió la salida de Mulholland. Justo a continuación enfiló con rumbo hacia el este, serpenteando por los dos carriles de la cadena montañosa. Wright les contó que ese era el momento en que el equipo de vigilancia corría más riesgo de que se descubriera su presencia.

—Necesitas una abeja para subir por aquí en condiciones, pero el presupuesto no lo contempla.

—¿Una abeja? —preguntó McPherson.

—Es una palabra en clave. Un helicóptero. No cabe duda de que nos iría de perlas.

No tardaron ni cinco minutos en llevarse la primera sorpresa de la noche: Jessup no se detuvo en Franklin Canyon Park. Wright sacó de inmediato a la unidad del interior del parque mientras Jessup proseguía hacia el este. No aflojó la marcha al alcanzar Canyon Boulevard. Después cruzó por delante del mirador de Fryman Canyon. Cuando llegó al cruce de Mulholland con Canyon Boulevard metió al equipo de vigilancia en un terreno virgen.

–¿Qué posibilidades hay de que nos haya descubierto? –preguntó Bosch.

–Ninguna. Somos demasiado buenos. Se trae algo nuevo entre manos.

Durante los siguientes diez minutos, el seguimiento continuó en dirección este hacia Cahuenga Pass. El vehículo al mando circulaba muy por detrás del equipo de vigilancia, por lo que Wright y los otros dos ocupantes dependían de los informes por radio para enterarse de lo que iba ocurriendo.

Un coche iba por delante de Jessup, y el resto, por detrás. Estos últimos ejecutaban constantes giros y adelantamientos para que las configuraciones luminosas que le llegaban a Jessup por el retrovisor no dejaran de cambiar. Por último, se oyó un mensaje por radio que hizo que Bosch saltara hacia delante, como si al estar más cerca de la fuente de información pudiera oír mejor lo que le estaban contando.

–Aquí arriba hay una señal de *stop* desde la que Retro ha girado en dirección norte. Está demasiado oscuro como para ver a qué calle conduce, pero he tenido que quedarme en Mulholland. Es demasiado arriesgado. Al siguiente *stop*, girad a la izquierda.

–Recibido. Iremos a la izquierda.

–¡Espera! –gritó Bosch–. Dile que espere. Wright lo miró por el retrovisor.

–¿Qué pasa?

–Solo hay un *stop* en Mulholland. En Woodrow Wilson Drive. Lo conozco. Serpentea cuesta abajo hasta que vuelve a enlazar con Mulholland a la altura del semáforo de Highland. El coche que está a la cabeza puede recuperar su rastro ahí. Pero Woodrow Wilson es demasiado estrecho. Si envías un vehículo en esa dirección, puede percatarse de que lo estamos siguiendo.

–¿Estás seguro?

–Sí. Vivo en Woodrow Wilson.

Wright meditó un instante y volvió a hablar por radio.

–Giro a la izquierda cancelado. ¿Dónde está el Volvo?

–Detenido hasta nueva orden.

–De acuerdo. Suban en sus bicicletas y giren a la izquierda. Cuidado con los vehículos que van en dirección contraria. Y estén atentos a nuestro objetivo.

–Recibido.

El todoterreno apenas tardó un suspiro en llegar al cruce. Bosch vio el Volvo a un lado de la carretera. Sin bicicletas en la parte posterior. Wright aparcó y comprobó por radio el estado de sus unidades.

–Uno, ¿estáis en posición?

–Recibido. Estamos abajo, en el semáforo. Sin señales de Retro.

–Tres, ¿estás arriba?

No hubo respuesta.

–De acuerdo, nadie se mueve de aquí hasta que obtengamos respuesta.

–¿Qué quieres decir? –preguntó Bosch–. ¿Qué hay de las bicis?

–Se habrán quedado sin conexión. Sabremos de ellos en cuanto…

–Aquí Tres –susurró una voz–. Lo hemos visto. Cerró los ojos y se echó a dormir.

–Ha apagado las luces y dejado de moverse –les tradujo Wright a sus acompañantes.

Bosch notó cómo se le hacía un nudo en el estómago.

–¿Están seguros de que se encuentra en el coche?

Wright transmitió la pregunta por radio.

–Sí, podemos verlo. Tiene una vela encendida sobre el salpicadero.

–¿Dónde estáis exactamente, Tres?

–A mitad de la cuesta. Oímos los coches en la autopista.

Bosch se inclinó cuanto pudo entre los dos asientos.

–Pregúntale si puede leer alguno de los números de las casas. Eso me proporcionaría una dirección.

Wright obedeció. El murmullo reapareció casi al cabo de un minuto.

–Está demasiado oscuro como para discernir las fachadas sin la ayuda de una linterna. Pero hay una luz junto a la puerta de la casa frente a la que ha aparcado. Es una de esas construcciones en voladizo cuyo culo cuelga sobre el vacío. Desde aquí parece que pone 7203.

Bosch se echó hacia atrás con fuerza en el asiento. McPherson se giró para observarlo. Wright lo hizo a través del retrovisor.

–¿Conoces esa dirección?

Bosch asintió en la oscuridad.

–Sí. Es mi casa.

23

Domingo, 26 de marzo, 6:40 horas

A mi hija le gusta dormir hasta tarde los domingos. Por lo general, no me gusta perder ese tiempo con ella. Solo la tengo un fin de semana de cada dos, y los miércoles. Pero aquel domingo era diferente. Me sentí feliz de poder dejarla durmiendo, mientras que yo madrugaba con la intención de ponerme a trabajar en la moción que debía permitir que mi testigo estrella declarara en el juicio. Estaba en la cocina, sirviéndome la primera taza de café del día, cuando oí que alguien llamaba a la puerta. Aún estaba oscuro en el exterior. Antes de abrir, miré por la mirilla, y me alivió comprobar que se trataba de mi exmujer. La acompañaba Harry Bosch.

Sin embargo, esa tranquilidad fue efímera. Apenas hube girado el picaporte, entraron a toda prisa y pude notar de inmediato que traían consigo muy malas vibraciones.

–Tenemos un problema –arrancó Maggie.

–¿Qué pasa?

–Lo que pasa es que Jessup ha acampado esta madrugada a la entrada de mi casa –dijo Bosch–. Y quiero saber cómo la ha encontrado y qué demonios está haciendo ahí.

Se me acercó en exceso mientras pronunciaba estas palabras. No sé qué era peor, si su aliento o su tono acusador. No estaba seguro de lo que pensaba, pero sí noté que él era el único que transmitía esa energía negativa.

Retrocedí unos pasos.

—Hayley no se ha despertado todavía. Déjame que cierre la puerta de su habitación. Hay café descafeinado recién hecho en la cocina. Puedo prepararte del normal si lo necesitas.

Atravesé el recibidor y le eché un vistazo a mi hija. Seguía roque. Cerré la puerta con la esperanza de que el griterío que se avecinaba no la despertara.

Mis dos visitantes seguían de pie cuando regresé a la sala de estar. Ninguno se había servido café. La silueta de Bosch se recortaba contra la vidriera que ofrecía las vistas a la ciudad que me habían decidido a comprar la casa. A sus espaldas, podía ver franjas de luz que se abrían camino por el cielo.

—¿Seguro que no queréis café?

Se limitaron a no quitarme la vista de encima.

—De acuerdo, sentémonos a hablar.

Les hice un gesto en dirección al sofá y las sillas, pero Bosch parecía congelado en ese punto.

—Vamos a resolver este asunto.

Pasé frente a ellos y tomé asiento en una silla junto a la ventana. Al fin, Bosch comenzó a moverse. Se sentó en el sofá que había junto a la mochila escolar de Hayley. Maggie ocupó la otra silla y tomó la palabra.

—He intentado convencer a Harry de que no pusimos su dirección en la lista de testigos.

—Por supuesto que no lo hicimos. No incluimos ninguna dirección particular en las pruebas. En tu caso, entregué dos direcciones. La de tu despacho y la del mío. Incluso di el número de la centralita del Departamento de Policía de Los Ángeles. Ni siquiera una línea directa.

–Entonces, ¿cómo ha dado con mi casa? –preguntó Bosch sin abandonar el tono de reproche.

–Mira, Harry, me estás acusando de algo de lo que soy inocente. No sé cómo lo ha descubierto, pero tampoco debe de haberle costado tanto. Venga, seamos razonables. Cualquier persona puede localizar a otra por internet. Eres el propietario de tu casa, ¿no? Pagas impuestos por ella, tienes domiciliados los recibos de los servicios y me apuesto a que te has registrado para votar. A los republicanos, sin duda.

–A los independientes.

–Bien. Lo que quiero decir es que cualquiera que lo desee puede acceder a tus datos. Añádele a ello tu nombre, que es muy peculiar. Bastaría con teclear…

–¿Les diste mi nombre completo?

–Tuve que hacerlo. Es un requisito y se ha tenido que presentar junto a las pruebas en todos aquellos juicios en los que has participado como testigo. No es relevante. A Jessup le habría bastado con acceder a internet para poder…

–Jessup se ha pasado veinticuatro años en la cárcel. Tiene menos idea de internet que yo. Lo han tenido que ayudar, y apuesto a que ha sido Royce.

–Escucha, eso no lo sabemos.

Bosch me clavó una mirada completamente tenebrosa.

–¿Ahora lo estás defendiendo? ¿A *él*?

–No. No estoy defendiendo a nadie. Solo digo que no debemos llegar a conclusiones precipitadas. Jessup tiene un compañero de piso y es algo parecido a una celebridad. Los famosos consiguen que la gente normal haga cosas por ellos, ¿no es así? De modo que ¿por qué no te calmas y rebobinamos un poco? Cuéntame lo que ha ocurrido en tu casa.

Bosch pareció serenarse algo, aunque todavía no estaba tranquilo del todo. No me habría extrañado que se hubiese levantado para tumbar de un golpe una lámpara o hacer un boquete en la pared. Por suerte fue Maggie quien se encargó de explicar lo que había pasado.

—Estábamos vigilándolo con los de la SIE. Pensábamos que iba a acudir a uno de los parques que había estado visitando. En vez de eso, pasó de largo y prosiguió por Mulholland. Al llegar a la calle de Harry tuvimos que mantenernos en la retaguardia para que no nos viera. Uno de los coches de la SIE llevaba bicicletas. Dos agentes subieron la cuesta y volvieron a bajar. Se encontraron a Jessup sentado dentro de su coche frente al domicilio de Harry.

—¡Maldita sea! —gritó Bosch—. Mi hija vive conmigo. Si este capullo…

—Baja el volumen, Harry, y mide tus palabras —lo interrumpí—. Mi hija está pared con pared. Por favor, ciñámonos a los hechos. ¿Qué hizo Jessup?

Bosch dudó. No así Maggie.

—Se limitó a quedarse ahí sentado. Durante una media hora.

Y encendió una vela.

—¿Una vela? ¿Dentro del coche?

—Sí, sobre el salpicadero.

—¿Qué diablos significa eso?

—Y yo qué sé.

Bosch no pudo permanecer sentado. Se levantó de un salto del sofá y empezó a recorrer la habitación de arriba abajo.

—Al cabo de media hora, arrancó y se marchó a casa —prosiguió Maggie—. Fin de la historia. Ahora mismo venimos de Venice.

Entonces fui yo quien se incorporó y comenzó a caminar, aunque me mantuve bien alejado de Bosch.

–De acuerdo, pensemos. Pensemos en lo que estaba haciendo.

–Muy brillante, Sherlock –me jaleó Bosch–. Elemental.

Asentí. Me lo tenía merecido.

–¿Hay alguna razón para creer que sabe o sospecha que lo estamos siguiendo? –pregunté.

–No, en absoluto –respondió Bosch al instante.

–Para el carro. No vayas tan rápido –lo aplacó Maggie–. He estado dándole vueltas. Unas horas antes, durante esa misma noche, hubo un momento en que casi nos descubre. ¿Te acuerdas, Harry? Fue en Breeze Avenue, ¿no?

Bosch asintió. Maggie me lo contó.

–Se creyeron que lo habían perdido al entrar en un paseo peatonal de Venice. El teniente envió a un repartidor de pizzas. Después de vaciar la vejiga, Jessup surgió de entre dos casas. Faltó un pelo.

Abrí los brazos.

–Bueno, quizá sea eso. Tal vez le hizo sospechar y decidió comprobar si lo estaban siguiendo. Plantarte frente a la casa del detective principal es una buena manera de espantar a las moscas que puedas tener.

–¿Quieres decir que fue algo así como una prueba?

–Exacto. Nadie se acercó a él mientras estaba ahí, ¿verdad?

–No, lo dejamos tranquilo –intervino Maggie–. Supongo que las cosas habrían sido diferentes si hubiera salido del coche.

Afirmé con un gesto.

–De acuerdo. Por lo tanto, o bien se trata de una prueba, o bien planea algo. En ese caso llevó a cabo una especie de misión de reconocimiento. Quería ver dónde vivías.

Bosch se detuvo y miró por la ventana. El cielo se había iluminado por completo.

—Ten en cuenta que no ha hecho nada ilegal —lo tranquilicé—. Es una vía pública, y tiene libertad de movimientos dentro del condado de Los Ángeles. Con independencia de lo que se trajera entre manos, es positivo que no intentaras detenerlo y, por lo tanto, te delataras.

Bosch permaneció junto a la ventana, dándonos la espalda. No tenía ni la menor idea de lo que podía estar pensando.

—Harry. Entiendo tu preocupación y la comparto, pero no podemos dejar que esto nos distraiga. Se acerca la fecha del juicio y tenemos trabajo por delante. Si condenamos a este tío, ya no saldrá de la cárcel, y nos dará igual si sabe dónde vives.

—¿Y qué debo hacer hasta entonces? ¿Sentarme en el porche de casa todas las noches con una escopeta en el regazo?

—La SIE lo tiene controlado las veinticuatro horas del día, ¿no? —dijo Maggie—. ¿Confías en ellos?

Bosch tardó un rato en contestar.

—No lo perderán de vista —zanjó.

Maggie me miró y pude ver cómo afloraba la preocupación en sus ojos. Los tres teníamos una hija. Era complicado depositar confianza en cualquiera que no fueras tú, incluso si se trataba de un cuerpo de vigilancia de élite. Pensé durante un momento en algo que me rondaba por la cabeza desde que habíamos empezado a hablar.

—¿Qué te parece si te vienes aquí? Con tu hija. Ella podría instalarse en la habitación de Hayley, porque hoy mismo regresa con su madre. Y tú utilizarías el despacho. Tiene un sofá cama en el que me he pasado unas cuantas noches. De hecho, es muy cómodo.

Bosch dejó de mirar por la ventana y se volvió hacia mí.

–¿Te refieres a quedarme aquí hasta que se haya terminado el juicio?

–¿Por qué no? Nuestras hijas tendrían ocasión de conocerse por fin cuando Hayley nos visite.

–Es una buena idea –apostilló Maggie.

No sé si con ello se refería a que nuestras hijas se conocieran, o al hecho de que Bosch y la suya se mudaran a mi casa.

–Además, yo estoy aquí todas las noches –proseguí–. En consecuencia, cuando salgas con la SIE cuidaré bien de tu hija; sobre todo, cuando Hayley se nos una.

Bosch meditó al respecto, pero acabó sacudiendo la cabeza.

–No puedo hacerlo.

–¿Por qué no? –pregunté.

–Se trata de mi casa. De mi hogar. No voy a huir de este tío. Es él quien va a huir de mí.

–¿Qué me dices de tu hija? –le preguntó Maggie.

–Yo cuidaré de ella.

–Piensa en ello, Harry –continuó ella–. Piensa en tu hija. No quieres que corra ningún peligro.

–Mira, si Jessup tiene mi dirección, lo más probable es que también tenga esta. Mudarnos aquí no soluciona nada. Sería como… como salir por patas, y ya está. Quizá sea esa la prueba a la que me está sometiendo: comprobar cómo reacciono. De manera que no voy a hacer nada. No voy a moverme. Cuento con la SIE, y, como se le ocurra volver y poner el pie en la acera, allí nos veremos.

–Esto no me gusta nada –dijo Maggie.

Pensé en el comentario de Bosch. ¿Estaría Jessup también al corriente de mi dirección?

–Ni a mí tampoco –respondí.

24

Miércoles, 31 de marzo, 9:00 horas

Bosch no tenía por qué encontrarse en la sala del tribunal. De hecho, su presencia allí no sería necesaria hasta que se hubiera seleccionado al jurado y hubiera comenzado el juicio propiamente dicho. Sin embargo, quería observar de cerca al hombre a quien había estado vigilando desde las sombras con la SIE. Quería comprobar cómo reaccionaba Jessup al verlo. Había transcurrido un mes y medio desde aquel día interminable que habían pasado en una furgoneta procedente de la cárcel de San Quintín. A Bosch lo apremiaba la necesidad de acercarse más de lo que el equipo de vigilancia le permitía. De ese modo mantendría su fuego interior ardiendo.

El motivo de la sesión era una puesta al día. La jueza deseaba debatir las últimas mociones y las cuestiones generales antes de proceder a la selección del jurado, que debía conducir hasta el juicio sin solución de continuidad. Tenían que tratar asuntos relativos a los horarios y los miembros que conformarían el jurado. Asimismo, cada una de las partes debía entregar sus listados de pruebas.

El equipo de la fiscalía estaba preparado para plantar la batalla. Haller y McPherson habían dedicado las últimas dos semanas a pulir y afilar el caso, a repasar los testimonios de los testigos menos creíbles y examinar de manera minuciosa todas y cada una de las pruebas. Habían coreografiado con mimo el modo en que iban a presentar las que se remontaban a hacía veinticuatro años. Estaban preparados. El arco estaba tensado, y la flecha solo aguardaba a salir disparada.

Incluso habían tomado una decisión con respecto a la pena de muerte y procedido a anunciarla. Haller la había retirado de manera oficial. A Bosch siempre le había parecido una mera pose. Haller era un abogado defensor de raza, y aquella era una línea que no pensaba cruzar. Si encontraban a Jessup culpable de los cargos que se le imputaban, le caería la cadena perpetua sin posibilidad de acceder a la libertad condicional. Eso ya le hacía justicia a Melissa Landy.

Bosch también estaba preparado. Había vuelto a investigar a fondo el caso y localizado a las personas a quienes se iba a llamar para testificar. Durante el proceso, no había dejado de acompañar a los de la SIE tanto como había podido, en aquellas noches en las que se las había apañado para dejar a su hija en casas de amigas o con la subdirectora Sue Bambrough, su principal ayuda. Había cumplido con su parte y había ayudado a Haller y McPherson con la suya. Rebosaba confianza, un factor que contribuía a su presencia en la sala. Ansiaba que las cosas se pusieran en marcha.

Apenas pasaban unos minutos de las nueve cuando la jueza Breitman entró en el tribunal y se llamó al orden en la sala. Bosch se sentaba en una silla con la barandilla a su espalda, justo detrás de la mesa de la fiscalía en la que se encontraban Haller y McPherson. Le habían indicado que acercara su silla adonde estaban ellos, pero él había preferido retirarse unos pasos. Quería observar a Jessup desde atrás, y además los dos fiscales transmitían demasiada ansiedad. La jueza iba a anunciar su fallo con respecto a si se autorizaba o no la presencia de Sarah Ann Gleason como testigo contra Jessup. Tal y como Haller había afirmado la noche anterior, era lo único que importaba. Si perdían a Sarah como testigo, tenían todas las papeletas para perder el caso.

–Retomamos el caso California contra Jessup –dijo la jueza mientras tomaba asiento–. Buenos días a todos.

Tras recibir un coro de «buenos días» a modo de respuesta, la jueza se puso manos a la obra.

–Mañana comenzará la selección de los miembros del jurado de este caso y, a continuación, procederemos al juicio. Por consiguiente, hoy es el día en que, por decirlo de manera metafórica, hay que despejar el garaje para meter el coche. Este es el momento para discutir cualquier moción pendiente o de última hora, cualquier cuestión relacionada con las pruebas o los documentos y cualquier otro asunto en general. Pero, en primer lugar, abordaremos una serie de mociones que todavía estaban pendientes. Se deniega la petición de la fiscalía de no autorizar el empleo de maquillaje por parte del acusado para cubrir algunos de sus tatuajes corporales. Ya hemos discutido esta cuestión largo y tendido, y no veo necesidad de alargarla más.

Bosch miró a Jessup. El ángulo esquinado le impedía verle la cara, pero captó su gesto de asentimiento después de escuchar el primer fallo de la sesión.

Breitman repasó acto seguido un conjunto de mociones secundarias presentadas por ambas partes. Parecía querer complacer a ambas partes, que ninguna de ellas diera la impresión de ser una clara favorita. Bosch vio que McPherson tomaba, con suma diligencia, notas en su cuaderno amarillo sobre cada una de las decisiones que se habían anunciado.

Todo ello formaba parte del calentamiento previo al fallo decisivo del día. Dado que Sarah iba a ser uno de los testigos a quienes McPherson iba a interrogar durante el juicio, había sido ella quien, dos días antes, se había encargado de rebatir en una sesión oral los argumentos de la moción que había presentado la defensa. Aunque Bosch no había estado presente en la vista, sabía por Haller que McPherson había dedicado casi una hora a descalificar la moción en una respuesta muy bien preparada. Al acabar, había reforzado su exposición oral con un documento escrito de dieciocho páginas. El equipo de la fiscalía confiaba en la validez de sus argumentos, pero nadie conocía a la jueza Breitman lo suficiente como para aventurar cuál iba a ser su decisión.

—Procedamos ahora —dijo la jueza— con la moción de la defensa para invalidar a Sarah Gleason como testigo de la acusación. Ambas partes han discutido y argumentado ya al respecto, y este tribunal se encuentra ya en disposición de emitir un fallo.

—Señoría, ¿se me permiten unas palabras? —instó Royce mientras se levantaba de la mesa de la defensa.

—Señor Royce —dijo la jueza—, no veo la necesidad de añadir nuevas argumentaciones. Elevó la moción y lo autoricé a responder al parecer de la fiscalía. ¿Qué más puede añadir?

—Sí, señoría.

Royce volvió a tomar asiento. Por lo tanto, lo que iba a añadir a su ataque contra Sarah Gleason permaneció en secreto.

—La moción de la defensa queda denegada —sentenció la jueza de inmediato—. Permitiré que la defensa examine con un amplio margen de acción a la testigo de la acusación, así como que presente a sus propios testigos para cuestionar la credibilidad de la señora Gleason frente al jurado. Sin embargo, creo que deben ser los miembros de este quienes decidan acerca de su grado de confianza y de credibilidad.

Un silencio momentáneo cubrió por entero la sala, como si todos los presentes contuvieran la respiración. No llegó réplica alguna, ni de la fiscalía ni de la defensa. Bosch era consciente de que se trataba de otra decisión equilibrada. Ambos lados debían de estar satisfechos. Se permitiría testificar a Gleason, por lo que la fiscalía disponía de caso, pero la jueza autorizaba a Royce a lanzarse contra ella con toda la caballería. Al final, todo dependería de las fuerzas que Sarah tuviera o dejara de tener para soportarlo.

–Ahora desearía continuar –dijo la jueza–. Primero hablemos de la elección del jurado y de los horarios. A continuación trataremos los documentos presentados.

La jueza explicó cómo quería que se procediera con el *voir dire*. Si bien a ambas partes se les permitiría interrogar a los posibles miembros del jurado, tendrían el tiempo estrictamente limitado. Tenía la intención de que ese impulso inicial se plasmara también en el juicio. Solo autorizó doce recusaciones sin causa –rechazos de candidatos sin justificación– a cada parte. También les rogó que dispusieran de seis suplentes, porque acostumbraba a ser expeditiva con aquellos miembros del jurado que no sabían comportarse, llegaban tarde por sistema o incurrían en la audacia de quedase dormidos durante las sesiones.

–Me gusta contar con alternativas, porque solemos necesitarlas.

Tanto la fiscalía como la defensa protestaron por el bajo número de recusaciones sin causa y el alto de suplentes. A regañadientes, la jueza concedió dos recusaciones más, pero advirtió que no toleraría que ello hiciera más lento el *voir dire*.

–Quiero que la selección del jurado esté completada a última hora del viernes. Si me retrasan, seré yo quien los retrase a ustedes. Si es necesario, retendré al jurado y a todos los abogados aquí presentes hasta el viernes por la noche. Mi deseo es que el lunes a primera hora se produzca la apertura formal del juicio. ¿Alguna objeción?

Ambas partes parecían intimidadas por la jueza. Se lo dictaba el sentido común. No cabía duda de que estaba demostrando quién iba a llevar las riendas de la sala. Acto seguido, estableció los horarios del juicio: los testimonios se iniciarían a las nueve en punto de la mañana y se prolongarían hasta las cinco de la tarde, con una pausa de hora y media para almorzar y dos recesos, uno por la mañana y otro al mediodía, de quince minutos cada uno.

–Esto nos deja unas seis horas diarias de testimonios –adujo–. Si ampliáramos el tiempo, los jurados comenzarían a perder el interés. Por ese motivo me mantengo siempre en las seis horas. Ustedes serán responsables de encontrarse todas las mañanas dispuestos a comenzar cuando yo salga por esa puerta a las nueve. ¿Alguna pregunta?

No hubo ninguna. Breitman interrogó a ambas partes acerca del tiempo que calculaban que iban a necesitar para exponer su caso. Haller afirmó que no más de cuatro días, dependiendo de lo que se extendieran los turnos de réplica a sus testigos. Esa fue la primera puya a Royce y sus planes de atacar a Sarah Ann Gleason. Por su parte, Royce señaló que necesitaba dos días. Al oírlo, la jueza hizo sus propios cálculos matemáticos. Sumó cuatro y dos y le salió cinco.

–Bueno, estoy pensando en dedicarle una hora el lunes por la mañana a cada declaración de apertura. Supongo que esto significa que habremos acabado el viernes al mediodía, y que el lunes siguiente procederemos directamente a los argumentos de cierre. Ninguna parte objetó su manera de calcular. Sus intenciones estaban claras. No dejen de avanzar. Encuentren maneras de recortar tiempo. Por descontado, un juicio era algo fluido que estaba sometido a muchas incógnitas. Ninguna de las dos partes iba a ser una rehén absoluta de lo que se estaba fijando en aquella vista, pero todos y cada uno de los abogados eran conscientes de que la jueza podría tomar represalias si sus presentaciones no se hacían a la velocidad requerida.

—Por último, llegamos a los documentos y a la electrónica —dijo Breitman—. Confío en que todo el mundo ha repasado las listas de la otra parte. ¿Alguna objeción a ellas?

Tanto Haller como Royce se levantaron. La jueza le hizo un gesto a Royce.

—Usted primero, señor Royce.

—Sí, señoría. La defensa objeta a los planes de la fiscalía de proyectar numerosas imágenes del cuerpo de Melissa Landy en las pantallas que colgarán del techo de la sala del tribunal. Esta práctica no solo es una barbaridad, sino que también favorece todo tipo de prejuicios.

La jueza se volvió en su asiento y miró a Haller, que permanecía de pie.

—Señoría, la fiscalía tiene la responsabilidad de mostrar el cuerpo. Enseñar el crimen que nos ha reunido aquí. Lo último que pretendemos es favorecer cualquier tipo de prejuicio. Le concederé al señor Royce que esa es una línea muy fina, pero no tenemos intención alguna de traspasarla.

Royce volvió a la carga con otro zarpazo.

—Este caso data de hace veinticuatro años. En 1986 no existían este tipo de pantallas, este material digno de

Hollywood. Creo que vulnera el derecho de mi cliente a un juicio justo.

Haller estaba preparado para aquella embestida.

–La antigüedad del caso no guarda la menor relación con el asunto, pero la defensa está del todo dispuesta a presentar estas pruebas en la forma en que habrían sido...

McPherson lo agarró de la manga de la camisa para interrumpirle. Haller se agachó para que pudiera susurrarle unas palabras al oído y se irguió de inmediato.

–Disculpe, señoría, he cometido una equivocación. Es la fiscalía la que está del todo dispuesta a presentar estas pruebas al jurado del modo en que se hizo en 1986. Nos complacerá repartirles fotos en color a sus miembros. Sin embargo, el tribunal expresó en anteriores conversaciones su rechazo a esta práctica.

–Sí, encuentro que hacer circular este tipo de fotografías a los miembros del jurado favorece en mayor medida los prejuicios –dijo Breitman–. ¿Es ese su deseo, señor Royce?

Royce se había metido en un callejón sin salida.

–No, señoría, estoy conforme con el tribunal en este punto. La defensa solo quería limitar el alcance y el uso de estas fotografías. En su listado, el señor Haller incluye más de treinta fotografías que desea mostrar en pantalla. Me parece excesivo. Nada más.

–Jueza Breitman, se trata de fotografías del cuerpo en el lugar en que fue hallado, así como en la sala de autopsias. Cada una de ellas...

–Señor Haller –intervino la jueza–, permítame que le detenga en este punto. Las fotografías tomadas en la escena de un crimen son aceptables siempre que se acompañen de fundamentos y de testimonios. Por el contrario, no veo la necesidad de mostrarles a los miembros del jurado las imágenes de la autopsia de esa pobre niña. No lo vamos a hacer.

–Sí, señoría –accedió Haller.

Permaneció de pie y Royce tomó asiento, saboreando su victoria parcial. Breitman habló mientras apuntaba algo.

–Señor Haller, ¿tiene alguna objeción que hacerle a la lista de pruebas documentales del señor Royce?

–Sí, señoría. En su lista, la defensa incluye una parafernalia de artículos relacionados con las drogas que presuntamente pertenecieron a la señora Gleason. A la fiscalía no se le ha concedido la posibilidad de examinar este material, pero creemos que solo conduce a la admisión de un hecho durante el examen al que será sometida la testigo. Y este hecho es que, en un determinado periodo de su vida, consumió drogas de manera frecuente. No vemos la necesidad de mostrar fotos en las que se la vea consumiendo drogas, ni de las pipas con las que las ingería. Es una provocación y favorece los prejuicios. Amparándonos en las concesiones que ha efectuado la fiscalía, nos parece innecesario.

Royce se puso de nuevo de pie con el arma a punto. La jueza le cedió la palabra.

–Señoría, estas pruebas documentales son de vital importancia para el caso de la defensa. El procesamiento del señor Jessup depende del testimonio de alguien que posee un largo historial de adicción a las drogas, en quien no se puede confiar a la hora de recordar la verdad, y no digamos contarla. Estas pruebas ayudarán al jurado a entender el alcance y la profundidad del consumo de sustancias ilegales que llevó a cabo la testigo durante un periodo de tiempo prolongado.

Royce ya había terminado, pero la jueza aguardaba en silencio mientras estudiaba el listado de pruebas documentales de la defensa.

–De acuerdo –dijo finalmente, y dejó a un lado el papel–. Ambas partes han expuesto argumentos convincentes. Por eso vamos a evaluar estas pruebas una a una. En el momento en que la defensa desee presentar una de ellas, primero la discutiremos sin el jurado presente. Y solo entonces decidiré.

Los abogados tomaron asiento. Bosch estuvo a punto de sacudir la cabeza, pero no quiso llamar la atención de la jueza. De todos modos, le sacaba de sus casillas el hecho de no haber podido restregarle por la cara aquella victoria a la defensa. Veinticuatro años después de ver cómo secuestraban a su hermana pequeña en el jardín delantero de su casa, Sarah Ann Gleason estaba dispuesta a testificar sobre la pesadilla de aquel espantoso momento que le cambió la vida para siempre. La jueza iba a recompensar su sacrificio y esfuerzo concediéndole a la defensa la posibilidad de atacarla con las pipas de agua y otras trampas a las que había acudido en su día para escapar de lo que había tenido que soportar. A Bosch no le parecía justo. Aquello no se acercaba ni por asomo a lo que él entendía por justicia.

La vista no tardó en finalizar. Todas las partes recogieron sus bártulos y cruzaron en bloque las puertas de la sala. Bosch se rezagó hasta colocase justo detrás del grupo de Jessup. Se mantuvo callado, pero Jessup no tardó en percibir una presencia a sus espaldas y se volvió.

Al descubrir a Bosch, sonrió con suficiencia.

–Y bien, detective Bosch, ¿acaso me está siguiendo?

–¿Debería hacerlo?

–Oh, nunca se sabe. ¿Cómo anda su investigación?

–No tardarás en averiguarlo.

–Sí, no puedo…

–¡No hables con él!

Era Royce. Los había descubierto al darse la vuelta.

–Y *tú* no hables con él –añadió, y señaló a Bosch con el dedo–. Si sigues acosándolo, presentaré una queja a la jueza.

Bosch extendió las manos, con un gesto instintivo que quería decir que no le tocara.

–No hay problema, abogado. Solo charlábamos.

–No hay charla que valga cuando se trata de la policía. Colocó una mano sobre la espalda de Jessup y lo alejó de Bosch.

Una vez en el pasillo, se encaminaron directamente hacia el grupo de expectantes periodistas y cámaras. Bosch cruzó por delante de ellos, pero se giró a tiempo de ver el cambio de expresión en el rostro de Jessup. Sus ojos pasaron de la mirada de acero de un depredador a la mirada herida de una víctima.

Los reporteros se apiñaron rápidamente a su alrededor.

TERCERA PARTE

EN BUSCA DE UN VEREDICTO JUSTO Y VERDADERO

25

Lunes, 5 de abril, 9:00 horas

Observé a los miembros del jurado entrar en la sala y ocupar los asientos asignados en el banco. Lo hice con detenimiento, mirándolos a los ojos. Quería comprobar cómo miraban al acusado. Se puede aprender mucho de un vistazo furtivo o de una mirada intensa y condenatoria.

La selección del jurado había transcurrido con arreglo a lo planeado. Repasamos la primera tanda de noventa candidatos en un día, pero, al final de la jornada, nos quedamos solo con once y descartamos al resto debido a los conocimientos previos del caso que tenían por los medios de comunicación. La segunda tanda planteó idénticos problemas, y tuvimos que esperar hasta las 17:40 del viernes para quedarnos con la cifra definitiva de dieciocho.

Tenía el listado frente a mí, y mis ojos saltaban de las caras en el banco a los nombres que tenía apuntados en los *post-its*. Me esforzaba por memorizar quién era quién. Ya estaba familiarizado con la mayoría, pero quería que esos nombres me salieran con absoluta naturalidad, para poder dirigirme a sus dueños como si se tratara de amigos o vecinos.

A las nueve en punto, la jueza ya estaba en su asiento, lista para comenzar. En primer lugar les preguntó a los abogados si había algún asunto nuevo o pendiente de debate. Como la respuesta fue negativa, hizo entrar al jurado.

—Bien, ya estamos todos. Quisiera agradecerles su puntualidad a todos los miembros del jurado y al resto de los aquí presentes. Empezaremos el juicio con las declaraciones iniciales de los abogados. Estas no deben tomarse como pruebas, sino meramente…

La jueza se detuvo con la mirada fija en la fila trasera del banco del jurado. Una mujer había alzado tímidamente la mano. La jueza la observó durante un buen rato y comprobó su propio listado antes de hablar.

—Señora Tucci, ¿tiene alguna pregunta?

Miré el listado. Número diez. Carla Tucci. Era uno de los miembros que aún no había memorizado. Una apocada mujer de pelo castaño, procedente de East Hollywood. Treinta y dos años de edad, soltera, y empleada como recepcionista en una clínica. De acuerdo con el código de colores de mi tabla, era susceptible de que otros miembros del jurado con personalidades más fuertes influyeran sobre ella. Lo cual no tenía por qué ser negativo. Todo dependería de si estos estaban a favor de un veredicto de culpabilidad o no.

—Creo que he visto algo que no debería haber visto —dijo con voz temblorosa.

La jueza Breitman dejó caer la cabeza por un instante, y entendí el motivo. Las ruedas se habían quedado atrapadas en el barro. Ya estábamos listos para empezar, y ahora el juicio se vería retrasado incluso antes de que constaran en acta las declaraciones iniciales.

—De acuerdo, vamos a intentar solucionar esto lo más rápido posible. Quiero que los miembros del jurado permanezcan en sus asientos. La señora Tucci, los abogados y yo nos retiraremos un momento a mi despacho para comprobar de qué se trata. El resto, que no se mueva de aquí.

Mientras nos levantábamos, miré de nuevo la lista. Había seis suplentes. A tres de ellos los tenía fichados como favorables a la fiscalía, dos parecían imparciales, y uno proclive a la defensa. Si se descartaba a Tucci por el motivo que fuera, y que seguro que estaba a punto de revelarnos, habría que escoger a su sustituto de forma aleatoria. Esto significaba que tenía muchas posibilidades de conseguir que ocupara su sitio alguien favorable a mis intereses, y solo una entre seis de que sucediera lo contrario. Sumándome a la comitiva que se encaminaba hacia el despacho, decidí que ese margen favorable se me antojaba tan satisfactorio que haría cuanto estuviese en mi mano por conseguir que Tucci se largara.

Una vez en el despacho, la jueza ni siquiera tomó asiento, quizá con la esperanza de que nos enfrentáramos a un problema y un retraso carentes de importancia. Permanecimos de pie en el centro de la habitación. Todos excepto la mecanógrafa de la sala, quien se acomodó en una silla de un rincón dispuesta a tomar nota.

–Bien, que conste en acta –dijo la jueza–. Señora Tucci, cuéntenos, por favor, qué vio y qué le preocupa.

La miembro del jurado miró al suelo con las manos entrelazadas.

–Esta mañana viajaba en el metro y el hombre que tenía delante iba leyendo el periódico. Lo tenía levantado y pude ver la portada. No tenía la menor intención de mirar, pero me encontré con una foto del acusado y un titular.

La jueza asintió.

–Se refiere a Jason Jessup, ¿verdad?

–Sí.

–¿Qué periódico?

—Creo que era el *Times*.

—¿Qué decía el titular, señora Tucci?

—«Nuevo juicio, viejas pruebas para Jessup».

No había hojeado el *Times* de esa mañana, pero sí que había leído la noticia en su página web. Citando una fuente anónima y cercana a la fiscalía, decía que se esperaba que el caso contra Jason Jessup se sostuviera por completo en pruebas del primer juicio, pero ello dependía en gran medida del testimonio de la hermana de la víctima. Lo firmaba Kate Salters.

—¿Ha leído la noticia, señora Tucci? —preguntó Breitman.

—No, jueza. Solo miré durante un segundo y, al ver su foto, aparté la vista de inmediato. Usted nos indicó que no leyéramos nada relacionado con el caso. Me saltó a la vista, por así decirlo.

La jueza asintió con gesto pensativo.

—Bien, señora Tucci, ¿podría retirarse al pasillo un momento? Así lo hizo y la jueza cerró la puerta.

—El titular resume la historia, ¿no es cierto? —nos dijo.

Nos miró a Royce y a mí, a la espera de algún movimiento o sugerencia. Royce guardó silencio. Me daba la impresión de que había metido a la miembro número diez en la misma categoría que yo. Sin embargo, cabía la posibilidad de que aún no hubiera pensado en las posibles inclinaciones de los seis sustitutos.

—Creo, jueza, que el daño ya está hecho —dije—. Sabe que ya había habido un juicio. Cualquiera que tenga unos mínimos conocimientos acerca de cómo funciona el sistema judicial sabe que a nadie lo vuelven a juzgar si fue exonerado. Y entonces sabrá que Jessup fue condenado. Pese a que esto genera unos prejuicios que favorecen a la fiscalía, opino que lo más justo es que se vaya.

Breitman asintió.

–¿Señor Royce?

–Estoy de acuerdo con el señor Haller en su apreciación del prejuicio, mas no en su deseo de actuar con justicia. Lo único que le mueve es el deseo de expulsarla del jurado para que ocupe su lugar uno de esos suplentes que nunca faltan a misa.

Sonreí y sacudí la cabeza.

–No me dignaré en responder a eso. Si no quieres librarte de ella, por mí de acuerdo.

–No es algo que deba decidir un abogado –señaló la jueza. Abrió la puerta e invitó a la jurado a entrar de nuevo.

–Señora Tucci, gracias por su honradez. Ahora puede volver a la sala del jurado a recoger sus cosas. Queda excluida. Acuda a la mesa de registro para notificar su situación.

Tucci titubeó.

–¿Y esto significa...?

–Sí, por desgracia queda apartada del juicio. Ese titular le ha otorgado unos conocimientos sobre el caso que no debería tener. Su conocimiento del hecho de que Jessup ya había sido condenado por estos crímenes puede generar prejuicios por su parte. Por consiguiente, no puedo mantenerla en el jurado. Puede retirarse.

–Lo siento, jueza.

–Sí, yo también.

Tucci abandonó el despacho con los hombros caídos y con los andares vacilantes de alguien a quien han condenado por un crimen. Una vez que se hubo cerrado la puerta, la jueza volvió la vista hacia nosotros.

–Por lo menos, les enviaremos el mensaje adecuado al resto de los miembros del jurado. Esto nos deja con seis suplentes, y ni siquiera hemos empezado. Resulta evidente el impacto que los medios de comunicación pueden tener en nuestro caso. No he leído esa noticia, pero voy a hacerlo. Si encuentro alguna cita atribuida a alguno de los presentes en esta habitación, me llevaré una gran decepción. Y, por lo general, quienes me decepcionan deben atenerse a las consecuencias.

–Jueza –intervino Royce–. Esta mañana he leído la historia y no se cita el nombre de ninguno de los aquí presentes, pero se le atribuye la información a una fuente cercana a la fiscalía. Tenía intención de poner esto en su conocimiento.

Meneé la cabeza.

–Y ese es el truco más viejo en el librillo de la defensa. Llegar a un acuerdo con un periodista para poder esconderse detrás de la historia. ¿«Una fuente cercana a la fiscalía»? Se encuentra sentada al otro lado del pasillo, a un metro y medio de mí. Supongo que para el periodista eso ya contaba como suficientemente cerca.

–¡¡Su señoría!! –bramó Royce–. Yo no tuve nada que...

–Estamos retrasando el juicio –lo cortó Breitman–. Regresemos a la sala.

Regresamos con andares cansinos. De nuevo en la sala, barrí el auditorio con la mirada y vi a Salters, la periodista, en la segunda fila. Aparté enseguida la vista con la esperanza de que mi fugaz contacto visual no hubiera revelado nada. Yo había sido su fuente. Mi objetivo era manipular la historia –el «escenario de partida», como lo había calificado la reportera– para otorgarle a la defensa una sensación de falsa confianza. En ningún momento había tenido intención de cambiar la composición del jurado.

De vuelta a su asiento, la jueza apuntó algo en su cuaderno de notas y se giró para hablarle al jurado. Volvió a advertir a los miembros de los peligros que entrañaba el hecho de leer la prensa o de ver los telediarios. Después se dirigió a la secretaria de la sala.

—Audrey, el cuenco de los caramelos, por favor.

La secretaria agarró el cuenco con los caramelos amargos que reposaba en una encimera delante de su mesa, vertió los dulces en un cajón, y se lo llevó a la jueza. Esta arrancó una página de su cuaderno, la dividió en seis pedazos y escribió algo sobre cada uno de ellos.

—En estos pedacitos de papel he escrito números del uno al seis. A continuación, seleccionaré al azar al sustituto del miembro número diez del jurado.

Dobló los pedazos y los lanzó al cuenco. Con una mano lo agitó por encima de su cabeza y con la otra extrajo uno de ellos, lo desdobló y leyó en voz alta.

—Suplente número seis. ¿Sería tan amable de recoger todas sus pertenencias y ocupar el asiento número diez en el banco del jurado? Gracias.

No podía hacer otra cosa que quedarme de brazos cruzados. El nuevo miembro del jurado era un extra de cine y televisión, de treinta y seis años, llamado Philip Kirns. Esto tal vez quería decir que era un actor a quien el éxito todavía no le había sonreído. Aceptaba trabajos como extra para poder llegar a fin de mes, lo que significaba que acudía todos los días al trabajo y se paseaba entre los que sí lo habían conseguido, y se dedicaba a observarlos.

Eso lo situaba del agrio lado de los perdedores en ese golfo que separaba a los triunfadores de los fracasados. En consecuencia, iba a ser un activo para la defensa: el débil que le plantaba cara al poderoso. Lo tenía en mi lista negra, y ahora debía tragármelo.

Mientras observábamos cómo Kirns procedía a ocupar su lugar, Maggie se acercó para susurrarme unas palabras al oído.

–Confío en que no hayas tenido nada que ver con ese artículo, Haller, porque sospecho que acabamos de perder un voto.

Alcé las manos en un gesto que quería decir «A mí no me mires», aunque me dio la impresión de que no colaba.

La jueza se giró por completo en su asiento para estar de cara al jurado.

–Por fin creo que estamos en disposición de empezar. Arrancaremos con las declaraciones iniciales de los abogados. Estas son una mera oportunidad para que la acusación y la defensa le expongan al jurado lo que esperan que demuestren las pruebas. Un resumen de lo que puede que escuchen y vean durante el juicio. A continuación es imperativo que los letrados presenten pruebas y testimonios que ustedes deberán tener en cuenta en sus deliberaciones. Empezaremos con la declaración de la fiscalía. ¿Señor Haller?

Me incorporé y me dirigí al atril situado entre la mesa de la fiscalía y el banco del jurado. No llevaba cuaderno de notas ni tarjetones. Nada. Creía en la importancia de venderme a mí mismo al jurado y, solo después, vender el caso. Si quería conseguirlo, no debía apartar la vista de él. Necesitaba ser directo, abierto y honesto todo el rato. En mi declaración no cabrían los preámbulos. No requería de apuntes. Comencé por presentarme, y luego presenté a Maggie. Acto seguido, señalé a Harry Bosch, que permanecía sentado junto a la barandilla, justo detrás de la mesa de la acusación, e indiqué queera el detective encargado del caso. Dicho esto, entré en materia.

–Nos hemos reunido hoy aquí por un motivo. Para hablar sobre alguien que ya no puede hablar por sí misma. A Melissa Landy, de doce años, la secuestraron en el jardín delantero de su casa en 1986. Encontraron su cuerpo apenas unas horas después, arrojado a un contenedor como si se tratara de una bolsa de basura. La habían estrangulado. El hombre acusado de tan horrible crimen está sentado a la mesa de la defensa.

Señalé a Jessup con mi dedo acusador, al igual que se lo había visto hacer a incontables fiscales con mis clientes a lo largo de los años. Viniendo de mí, hacerle este gesto a alguien se me antojaba de una rectitud impostada, pero eso no me detuvo. Y no lo hice una sola vez. No dejé de hacerlo mientras desgranaba el caso, y le contaba al jurado a qué testigos llamaría a declarar y lo que les contarían y mostrarían. Avancé con brío, asegurándome de mencionar qué testigos habían reconocido al secuestrador de Melissa, y el hallazgo de cabello de la víctima en la grúa de Jessup. Procedí a ejecutar un cierre grandioso.

—Jason Jessup le arrebató la vida a Melissa Landy. La arrancó de aquel jardín, de su familia y de este mundo para siempre. Colocó la mano alrededor del bonito cuello de esa niña y apretó hasta acabar con su vida. Le robó su pasado y su futuro. Se lo robó todo. El Estado se encargará de demostrárselo más allá de cualquier duda razonable.

Asentí una vez para subrayar la promesa y regresé a mi asiento. El día anterior la jueza nos había pedido que fuéramos breves en nuestros discursos, pero incluso ella dio muestras de sorpresa ante lo sucinto que había sido. Le costó un momento entender que ya había terminado. A continuación, le indicó a Royce que había llegado su turno.

Tal y como me esperaba, Royce aplazó su intervención hasta la segunda parte, lo que quería decir que reservaba su declaración inicial para cuando comenzara la defensa del caso. La jueza volvió a concederme la palabra.

–Muy bien, señor Haller, llame a su primer testigo.

Regresé al atril, esta vez portando notas y papeles. Me había pasado la mayor parte de la semana anterior a la selección del jurado preparando las preguntas que les formularía a mis testigos. Como abogado defensor, estoy acostumbrado al turno de réplica a los testigos que presenta el Estado y a buscarles los puntos débiles a los testimonios de la acusación. Es una tarea bastante diferente a la de interrogar directamente y sentar las bases de la presentación de pruebas y exposiciones. Soy plenamente consciente de que es más sencillo derribar algo que levantarlo a partir de la nada. Sin embargo, en este caso yo iba a ser el constructor, y me había preparado.

–El Pueblo llama a William Johnson.

Me volví para mirar al fondo de la sala. Mientras me dirigía hacia el atril, Bosch había salido para buscar a Johnson en la salita de espera de los testigos. Ahora regresaba escoltándolo. Johnson era bajo, delgado y de una tez oscura que recordaba a la caoba. Tenía cincuenta y nueve años, pero su mata de pelo completamente blanco le hacía parecer más viejo. Bosch le hizo cruzar la cancela y le señaló el asiento de los testigos. La secretaria de la sala le tomó juramento de inmediato.

Debo admitir que estaba nervioso. Sentía lo que Maggie me había tratado de describir en más de una ocasión durante nuestro matrimonio. Ella lo llamaba «el peso del deber de probar». No el peso legal, sino el psicológico que comporta saber que estás representando al pueblo. Yo siempre había rechazado la idea por considerarla autocomplaciente. El fiscal siempre era el ganador. El machote. Ahí no había peso alguno o, por lo menos, no era nada en comparación con el que acarreaba el abogado defensor, el cual estaba solo y tenía la libertad de alguien en sus manos. Nunca entendí qué trataba de decirme.

Hasta ese momento.

Por fin lo pillaba. Lo sentía. A punto de interrogar a mi primer testigo delante de un jurado, estaba igual de nervioso que en mi primer juicio, recién licenciado.

—Buenos días, señor Johnson. ¿Cómo se encuentra?

—Bien.

—Eso está bien. ¿Podría indicarme, señor, cómo se gana la vida?

—Sí, señor. Soy coordinador de operaciones en el teatro El Rey de Wilshire Boulevard.

—¿Qué significa «coordinador de operaciones»?

—Me encargo de que todo esté a punto y marche correctamente, desde las luces del escenario a los servicios. Por descontado, tengo una legión de electricistas y fontaneros que se ocupan de los pormenores.

Su respuesta fue recibida con sonrisas de cortesía y alguna risita. Hablaba con un acento ligeramente caribeño, pero sus palabras eran claras e inteligibles.

—¿Cuánto tiempo hace que trabaja en El Rey, señor Johnson?

—Ahora se cumplen treinta y seis años. Empecé en 1974.

—Guau, eso es todo un logro. Mis felicitaciones. ¿Siempre ha sido coordinador de operaciones?

—No, he ido ascendiendo. Empecé como conserje.

—Querría llevarlo de regreso a 1986. Por entonces trabajaba ahí, ¿no es cierto?

—Sí, señor. Era conserje.

—Bien, ¿y recuerda lo que ocurrió el 16 de febrero de ese año en concreto?

—Sí.

—Era un domingo.

–Sí, lo recuerdo.

–¿Podría contarle a la sala por qué?

–Ese fue el día en que encontré el cuerpo de una niña en un contenedor de basura en la parte trasera de El Rey. Un día terrible.

Miré al jurado. Todos los ojos estaban fijos en el testigo. Hasta el momento, la cosa marchaba.

–Puedo imaginarme que aquel fue un día terrible, señor Johnson. ¿Podría decirnos qué lo llevó a descubrir el cuerpo de esa niña?

–Estábamos de obras en el teatro. Colocábamos un panel de yeso en los servicios de mujeres después de haber tenido un problema de goteras. Agarré una carretilla llena de material que habíamos tirado abajo (la vieja pared, trozos de madera podrida y cosas así), y la conduje hasta el contenedor. Abrí la tapa y ahí estaba esa pobre niña.

–¿Estaba encima de los desechos, entre la basura del interior?

–Exacto.

–¿No estaba cubierta de basura ni de escombros?

–No, señor, para nada.

–Como si el que la arrojó ahí hubiera tenido tanta prisa que ni siquiera la pudo cubrir…

–¡Protesto!

Royce se había puesto de pie de un salto. Sabía que iba a protestar, pero yo casi había conseguido completar la frase –y lo que esta sugería– para que la oyera el jurado.

–El señor Haller está guiando al testigo, y pidiéndole que extraiga conclusiones que no está facultado para dar.

Retiré la pregunta antes de que la jueza pudiera considerar la protesta. No tenía sentido que el jurado la viera codo con codo con la defensa.

–Señor Johnson, ¿fue aquel el primer viaje que hizo ese día al contenedor de basura?

–No, señor, ya había ido un par de veces.

–¿Cuándo había sido la última vez antes del viaje en el que descubrió el cuerpo?

–Unos noventa minutos antes.

–¿Vio en aquella ocasión algún cuerpo que yaciera encima de la basura?

–No, entonces no había ningún cuerpo.

–Así pues, tuvieron que haberlo puesto ahí durante los noventa minutos anteriores a su descubrimiento, ¿correcto?

–Correcto.

–De acuerdo, señor Johnson. ¿Sería tan amable de dirigir la atención a la pantalla?

La sala del tribunal estaba equipada con dos pantallas planas de gran tamaño desplegadas en la pared que quedaba enfrente del banco del jurado. Una de ellas estaba ligeramente ladeada hacia la galería, para permitir que el auditorio también pudiera seguir las exposiciones digitales. Maggie controlaba lo que se proyectaba sobre las pantallas a través de una presentación de PowerPoint en su ordenador portátil. Durante las dos últimas semanas, fines de semana incluidos, había estado elaborando la presentación a medida que coreografiábamos el caso de la fiscalía. Habíamos digitalizado todas las viejas fotografías procedentes de los expedientes del caso, y las habíamos cargado en la presentación. En ese momento mostró la primera foto del juicio. Una imagen del contenedor en el que habían hallado el cadáver de Melissa Landy.

–¿Se parece este vertedero a aquel en el que encontró el cuerpo de la niña, señor Johnson?

–Ese es.

–¿Por qué está tan seguro?

–La dirección (55-15) que está pintada con aerosol en un lateral. Yo mismo la pinté. Esa es la dirección. Y también puedo asegurar que esa es la parte trasera de El Rey. Llevo muchos años trabajando ahí.

–De acuerdo, ¿y es esto lo que se encontró cuando abrió la tapa y miró adentro?

Maggie pasó a la siguiente foto. La sala ya había enmudecido, pero habría jurado que el silencio se hizo más intenso cuando apareció en la pantalla la imagen del cuerpo de Melissa Landy dentro del contenedor. Siguiendo lo estipulado en un reglamento reciente del Distrito 9 sobre el uso de pruebas, tenía que encontrar nuevas maneras de reunir antiguas pruebas y documentos para mostrárselos al actual jurado. No podía echar mano de los registros de la investigación original. Debía encontrar a gente que me sirviera de puente con el pasado, y Johnson era el primero.

Johnson no respondió a mi pregunta de inmediato. Al igual que el resto de los presentes en la sala, se quedó absorto con la fotografía. Acto seguido, y de forma inesperada, una lágrima le cayó por la oscura mejilla. Era perfecto. De haberme encontrado en la mesa de la defensa, me la habría tomado con cinismo. Sin embargo, sabía que la reacción de Johnson había sido sincera. Por eso lo había escogido para que fuera mi primer testigo.

–Es ella –dijo al final–. Eso es lo que vi. Asentí mientras Johnson se santiguaba.

–¿Y qué hizo usted después de encontrarla?

–Por aquel entonces no teníamos teléfonos móviles, ¿sabe? Regresé adentro a toda prisa y llamé a la policía desde el teléfono que hay junto al escenario.

–¿Acudió rápido la policía?

–Muy rápido, como si ya la estuvieran buscando.

–Una última pregunta, señor Johnson. ¿Podía usted ver ese contenedor desde Wilshire Boulevard?

Johnson negó vehemente con la cabeza.

–No, se encontraba detrás del teatro y solo podías verlo si dabas media vuelta por la calle y atravesabas un pequeño callejón.

En este momento dudé. Podía sacarle más cosas a aquel testigo. Información que no había en el primer juicio, sino que había sido recopilada por Bosch durante su investigación. Información sobre la que Royce quizá no estuviera al tanto. Podría limitarme a formular las preguntas que la harían aflorar, o bien tirar los dados y esperar a que la defensa me abriera una puerta durante su turno de réplica. Sea como fuere, los datos iban a ser idénticos, pero tendrían mayor impacto si el jurado creía que la defensa había intentado ocultarlos.

–Gracias, señor Johnson –dije por fin–. No tengo más preguntas.

El jurado pasó a estar en manos de Royce, quien se encaminó hacia el atril mientras yo tomaba asiento.

–Solo tengo unas pocas preguntas. ¿Vio usted a la persona que colocó el cuerpo en el contenedor?

–No la vi.

–Entonces, cuando llamó a la policía, no tenía ni idea de quién había sido, ¿me equivoco?

–Correcto.

–Con anterioridad a aquel día, ¿había visto usted al acusado?

–Creo que no.

–Gracias.

Y eso fue todo. Royce se había limitado al típico contraexamen que le hace la defensa a un testigo que apenas le resulta útil. Johnson no podía identificar al asesino, y eso fue lo que Royce consiguió que constara en acta. No obstante, debería haberse abstenido de preguntarle nada. Al interrogarle acerca de si había visto a Jessup antes de cometerse el asesinato, había abierto una puerta. Me levanté dispuesto a cruzarla.

—¿Desea una réplica, señor Haller? —me preguntó la jueza.

—Muy breve, señoría. Señor Johnson, en la época a la que nos referimos, ¿solía usted trabajar con frecuencia los domingos?

—No, ese era mi día libre, por lo general. Sin embargo, si tenía algún trabajo especial entre manos, me pedían que acudiera.

Royce protestó. Adujo que yo estaba abriendo una línea de interrogatorio que no guardaba relación alguna con su turno de réplica. Le prometí a la jueza que sí que lo estaba, y que no tardaría en quedar de manifiesto. Me permitió proseguir, y denegó la protesta. Volví con el señor Johnson. Había albergado la esperanza de que Royce protestara porque, al cabo de un momento, parecería que había intentado impedir que obtuviera información perjudicial para Jessup.

—Ha mencionado que el contenedor de basura en el que halló el cuerpo estaba al final de un callejón. ¿No hay un aparcamiento detrás del teatro El Rey?

—Sí que lo hay, pero no pertenece al teatro. Nosotros contamos con el callejón que da acceso a las puertas traseras y a los contenedores de basura.

—¿A quién pertenece el aparcamiento?

—A una empresa que posee terrenos por toda la ciudad. Se llama City Park.

—¿Existe algún muro o verja que separe este aparcamiento del callejón?

Royce volvió a ponerse en pie.

—Señoría, esto sigue y sigue sin que guarde la menor relación con lo que le he preguntado al señor Johnson.

—Señoría. Llegaremos a ese punto de aquí a dos preguntas.

—Puede responder a la pregunta, señor Johnson —dijo Breitman.

—Hay una verja.

—De modo que, desde el callejón y la ubicación del contenedor, uno puede ver el aparcamiento, igual que desde el aparcamiento uno puede ver el contenedor, ¿cierto?

—Sí.

—Y con anterioridad al día en que descubrió el cuerpo, ¿tuvo ocasión de encontrarse trabajando un domingo y descubrir que se estaba utilizando el aparcamiento de detrás del teatro?

—Sí, cosa de un mes antes acudí a trabajar y vi cómo había muchos coches en el aparcamiento. Los estaban descargando unas grúas.

No pude contenerme. Tuve que lanzarles una mirada a Royce y Jessup para comprobar si ya habían comenzado a retorcerse en sus asientos. Estaba a punto de provocar el primer derramamiento de sangre que iba a verse en aquel juicio. Se imaginaban que Johnson iba a ser un testigo inofensivo, es decir, que se iba a limitar a contar que había tenido lugar un asesinato e indicar el lugar donde se había producido, y nada más.

Estaban equivocados.

—¿Preguntó qué estaba ocurriendo?

—Sí. Les pregunté qué hacían, y uno de los conductores me contó que estaban remolcando coches del vecindario y depositándolos ahí para que los dueños les pagaran si querían recuperarlos.

—Quiere decir que estaban utilizando ese espacio como depósito temporal, ¿verdad?

—Sí.

—¿Sabría decirme el nombre de la empresa?

–Estaba dibujado en los vehículos. Ponía «Aardvark, Remolques».

–Ha dicho «vehículos». ¿Vio más de uno?

–Sí, había dos o tres.

–¿Qué les dijo una vez que le explicaron lo que estaban haciendo ahí?

–Se lo conté a mi jefe y él llamó a City Park para averiguar si sabían lo que estaba pasando. Le preocupaba que pudiera haber un conflicto con las compañías de seguros; sobre todo, si se tenía en cuenta el enfado monumental que iba a coger la gente cuando descubriera que la grúa se había llevado sus coches. Resultó que Aardvark no debería haber estado ahí. No tenía autorización para ello.

–¿Qué pasó?

–Los obligaron a dejar de usar el aparcamiento, y mi jefe me pidió que, si trabajaba los fines de semana, me mantuviera alerta por si seguían haciéndolo.

–Así pues, ¿dejaron de utilizar el aparcamiento situado en la parte trasera del teatro?

–Eso es.

–Y estamos hablando del mismo aparcamiento desde el que se podía ver el contenedor de basura en el que más tarde usted encontró el cuerpo de Melissa Landy.

–Sí, señor.

–Cuando el señor Royce le preguntó si había visto alguna vez al acusado antes del día del asesinato, usted respondió: «Creo que no», ¿correcto?

–Correcto.

–¿Cree que no? ¿Por qué no está seguro?

–Porque pienso que él podría haber sido uno de los conductores de Aardvark a quienes vi utilizando aquel aparcamiento. Por esa razón, no puedo estar completamente seguro de no haberlo visto antes.

–Gracias, señor Johnson. No tengo más preguntas.

26

Lunes, 5 de abril, 10:20 horas

Por primera vez desde que había sido incorporado al caso, Bosch sintió que Melissa Landy estaba en buenas manos. Acababa de ser testigo de cómo Mickey Haller se había apuntado el primer tanto. Había cogido una pequeña pieza del rompecabezas que Bosch había construido y la había utilizado para asestar el golpe inaugural. No había noqueado al adversario, ni mucho menos, pero le había acertado de pleno. La primera piedra en el camino que debía conducir a probar que Jason Jessup estaba familiarizado con el aparcamiento y el contenedor situados en la parte trasera del teatro El Rey. Para cuando el juicio hubiera concluido, el jurado habría tomado conciencia de la importancia de ese dato. Sin embargo, en ese momento aún era más relevante para Bosch el modo en que Haller había empleado la información que él le había suministrado. Se las había ingeniado para que pareciera que había salido a la luz como resultado del interés de la defensa por sembrar confusión sobre los hechos. Había sido una maniobra muy sibilina que había disparado la confianza de Bosch en la capacidad de Haller como fiscal.

Se reunió con Johnson en la cancela para acompañarlo al exterior de la sala. Una vez en el pasillo, le estrechó la mano.

–Lo ha hecho realmente bien ahí dentro, señor Johnson. No podemos agradecérselo lo suficiente.

–Ya lo han hecho. Condenando a ese hombre por el asesinato de esa niña.

–Bueno, aún no hemos llegado a ese punto, pero esa es nuestra intención. No obstante, la mayoría de la gente que lee la prensa cree que vamos detrás de un inocente.

–No, tienen al culpable. Estoy seguro.

Bosch asintió y se sintió extraño.

–Cuídese, señor Johnson.

–Detective, a usted le gusta el jazz, ¿no es así?

Bosch ya se había girado de regreso a la sala. Volvió sobre sus pasos y miró a Johnson.

–¿Cómo lo sabe?

–Simple intuición. De tanto en tanto programamos conciertos de jazz. Jazz de Nueva Orleans. Si alguna vez desea entradas para un espectáculo en El Rey, venga a verme.

–Sí, lo haré. Gracias.

Bosch atravesó las puertas que daban acceso a la sala. Sonreía pensando en cómo Johnson había acertado con sus gustos musicales. Si no había fallado en eso, quizá tampoco lo haría al creer que el jurado acabaría condenando a Jessup. Mientras recorría el pasillo, oyó a la jueza indicarle a Haller que llamara a su siguiente testigo.

–El Estado llama a Regina Landy.

Bosch sabía que le tocaba saltar a la cancha. Esa parte había sido dirimida por la jueza como resultado de la protesta de la defensa. Regina Landy no podría testificar porque estaba muerta, pero sí que lo había hecho en el primer juicio. La jueza había autorizado que se les leyera su testimonio a los miembros del nuevo jurado.

Breitman se giró para ofrecerles a estos una explicación. Se cuidó mucho de sugerir nada acerca de la existencia de un juicio previo.

—Señoras y señores, el Estado ha llamado a una testigo que no está capacitada para ofrecer testimonio. De todos modos, realizó en el pasado la declaración jurada que a continuación les leeremos. No deben detenerse a considerar por qué no puede testificar, ni la procedencia de esta declaración jurada. Su única preocupación debe ser el testimonio en sí mismo. Debo añadir que lo he autorizado pese a la protesta presentada por la defensa. La Constitución de los Estados Unidos determina que el acusado tiene derecho a interrogar a sus acusadores. Como verán, a esta testigo la interrogó un abogado que representó al señor Jessup con anterioridad.

Se volvió de nuevo hacia la sala.

—Señor Haller, puede proceder.

Haller llamó a Bosch al estrado. Le tomaron juramento y se sentó. Abrió la carpeta azul que llevaba consigo y Haller comenzó.

—Detective Bosch, ¿podría hablarnos un poco de su experiencia como agente de la ley?

Bosch se giró hasta encarar el banco del jurado y, mientras contestaba, desplazó la vista por los rostros de todos ellos, incluyendo a los suplentes.

—Soy agente desde hace treinta y seis años. Más de veinticinco de ellos me los he pasado trabajando en homicidios. A lo largo de este tiempo he ejercido de detective jefe en más de doscientos casos de asesinato.

—¿Y es usted el detective jefe del caso que nos ocupa?

—Ahora sí que lo soy. No formé parte de la investigación original. Me incorporé al caso en febrero de este año.

—Gracias, detective. A medida que avance el juicio, hablaremos acerca de su investigación. ¿Está preparado para leer la declaración jurada de Regina Landy, que fue tomada el 19 de octubre de 1986?

–Lo estoy.

–De acuerdo. Procederé a leer las preguntas que realizaron entonces el delegado del fiscal del distrito, Gary Lintz, y el abogado defensor, Charles Barnard, y usted leerá las respuestas de la testigo. Comenzaremos con las cuestiones formuladas por el señor Lintz.

Haller hizo una pausa y estudió la transcripción que tenía ante sí. Bosch se preguntó si el hecho de que él hablara por voz de una mujer causaría alguna confusión. Cuando, una semana antes, la jueza había autorizado el testimonio, había puesto como condición que no se hiciera la menor indicación acerca de las emociones expresadas por Regina Landy. Bosch sabía por la transcripción que la mujer no había dejado de llorar en todo momento. Sin embargo, él no iba a poder transmitírselo al nuevo jurado.

–Allá vamos –dijo Haller–. «Señora Landy, describa, por favor, cuál era su relación con la víctima, Melissa Landy.»

–«Soy su madre –leyó Bosch–. Ella era mi hija... hasta que me la arrebataron.»

27

Lunes, 5 de abril, 13:45 horas

La lectura del testimonio ofrecido por Regina Landy en el primer juicio nos tuvo ocupados hasta la hora del almuerzo. El testimonio había sido necesario para establecer quién había sido la víctima y quién la había identificado. Sin embargo, desprovista de la carga emotiva de una madre, su lectura por parte de Bosch había terminado por parecer muy formal. Mientras el primer testigo del día les había proporcionado motivos para la esperanza, el segundo había resultado tan contraproducente como solo pueden serlo las voces de los muertos. Me imaginé que tener a Bosch recitando las palabras de Regina Landy habría confundido al jurado, que carecería de explicación alguna a su ausencia del juicio al presunto asesino de su hija.

El equipo de la acusación almorzó en Duffy's, que estaba lo suficientemente cerca del Tribunal Penal de Justicia como para resultar cómodo, pero lo suficientemente lejos como para no preocuparse por la posibilidad de toparse con miembros del jurado. Nadie estaba eufórico por el arranque del juicio, pero era previsible. Yo había planeado la presentación de las pruebas como el desarrollo de *Scheherezade*, una suite sinfónica que empieza lenta y suave y luego va *in crescendo* hasta que se produce una embriagadora explosión de sonido, música y emociones.

De lo que se trataba el primer día era de establecer los hechos.

Debía mostrar el cadáver. Poner sobre la mesa que había una víctima, la cual había sido secuestrada de su casa y luego había aparecido muerta porque la habían asesinado. Había abarcado los dos primeros puntos con el testigo inaugural. Con el de la tarde, un médico forense, completaría la jugada. A continuación, el caso de la fiscalía se centraría en el acusado y en las pruebas que lo incriminaban. Y solo entonces mi caso tomaría cuerpo de verdad.

Solo Bosch y yo regresamos después del almuerzo. Maggie se dirigió al Hotel Chekers a pasar la tarde con nuestra testigo estrella. Sarah Ann Gleason. Bosch había viajado a Washington el sábado y volado de vuelta con ella el domingo por la mañana. Su intervención no estaba programada hasta el miércoles por la mañana, pero Maggie quería tenerla cerca y prepararla el máximo tiempo posible. Maggie ya la había visitado en un par de ocasiones en Washington, pero yo era de la opinión de que, cuanto más tiempo pasaran juntas, mayor iba a ser el vínculo que establecieran y que el jurado podría ver a continuación.

Maggie se marchó a regañadientes. Le preocupaba que, si ella no estaba ahí vigilándome en calidad de segunda de a bordo, pudiera cometer algún error en la sala. Le aseguré que podía ocuparme perfectamente del interrogatorio del médico forense y que, en el supuesto de que me viese en un aprieto, la llamaría. Apenas era consciente de cuán crucial acabaría siendo el testimonio de aquel testigo.

La sesión vespertina se retrasó porque tuvimos que esperar a que compareciera un miembro del jurado que no había regresado del almuerzo a la hora convenida. Una vez que se hubo reunido todo el grupo y entrado de nuevo en la sala, la jueza Breitman les soltó una reprimenda sobre la puntualidad, y les ordenó que, a partir de ese momento y hasta que terminase el juicio, no se separaran a la hora de comer. También le ordenó al auxiliar de sala que los acompañara a almorzar. De ese modo, nadie se apartaría del rebaño y llegaría tarde.

Una vez solventado el asunto del almuerzo, la jueza me impelió bruscamente a que llamara a mi siguiente testigo. Le hice un gesto a Bosch para que se dirigiera a la salita a buscar a David Eisenbach.

Mientras esperábamos, la jueza comenzó a impacientarse. A Eisenbach le llevó unos minutos de más que a la mayoría de testigos entrar en la sala y tomar asiento. Tenía setenta y nueve años y caminaba con la ayuda de un bastón. También acarreaba consigo un cojín provisto de un asa, como si se dirigiera a ver un partido oficial de la liga de fútbol americano en el estadio Coliseum. Después de que se le tomara juramento y antes de sentarse, situó el cojín sobre la dura superficie de madera de la silla reservada a los testigos.

–Doctor Eisenbach –empecé–, ¿podría decirle al jurado cómo se gana la vida?

–Actualmente estoy casi retirado y obtengo algunos ingresos en calidad de especialista en autopsias. Soy un «mercenario», como a ustedes los abogados les gusta llamarnos. Me gano la vida examinando autopsias para indicarles a los abogados y a los jurados en qué acertaron y en qué se equivocaron los médicos forenses.

–Y antes de su casi retiro, ¿qué hacía?

–Era ayudante de forense para el condado de Los Ángeles.

Fue mi empleo durante treinta años.

–¿Practicó autopsias en tanto que tal?

–Sí que lo hice, señor. A lo largo de treinta años llevé a cabo más de veinte mil autopsias. Esos son muchos muertos.

–Lo son, señor Eisenbach. ¿Puede recordarlos a todos?

–Claro que no. Solo unos pocos me vienen a la cabeza. Para el resto necesitaría consultar mis notas.

Tras recibir la autorización de la jueza, me acerqué al banco del testigo y dejé un documento de cuarenta páginas.

–Querría que le prestara atención al documento que he depositado frente a usted. ¿Puede identificarlo?

–Sí, es el informe de una autopsia fechada el 18 de febrero de 1986. La difunta responde al nombre de Melissa Theresa Landy. Mi nombre consta en él. Es mía.

–¿Se refiere a que condujo la autopsia?

–Sí, eso es lo que he dicho.

A continuación, formulé una serie de preguntas con el fin de aclarar los procedimientos que implicaba una autopsia y el estado de salud que mostraba la víctima antes de su muerte. Royce protestó en diversas ocasiones por lo que calificó de preguntas tendenciosas. La jueza desestimó la mayoría, pero esa no era la cuestión. Royce había adoptado la táctica de interrumpirme de forma constante para cortarme el ritmo, con independencia de si las interrupciones eran pertinentes o no.

Sorteando estos obstáculos, Eisenbach pudo testificar que Melissa Landy gozaba de perfecta salud hasta el momento de su muerte. Dijo que no había sido víctima de ningún tipo de agresión sexual. Dijo que no había señales de que hubiera mantenido relaciones sexuales. Es decir, era virgen. Dijo que murió por asfixia. Dijo que la evidencia de huesos rotos en cuello y garganta demostraba que la habían estrangulado debido a que una mano masculina había ejercido una fuerte presión.

Empleando un puntero láser para señalar partes del cuerpo en fotografías tomadas durante la autopsia, Eisenbach identificó el dibujo de un cardenal en el cuello de la víctima que demostraba que la presión sobre este se había hecho con una sola mano. Con el puntero delineó la marca de un pulgar en el lado derecho del cuello de la niña y las de los otros cuatro dedos en el lado izquierdo.

—Doctor, ¿pudo determinar qué mano utilizó el asesino para asfixiar a su víctima hasta producirle la muerte?

—Sí, fue muy sencillo determinar que el asesino empleó la mano derecha para asfixiar a la niña.

—¿Solo una mano?

—Correcto.

—¿Fue posible establecer el modo en que lo llevó a cabo? ¿Mantuvo a la niña en alto mientras lo hacía?

—No. Las lesiones, especialmente los huesos rotos, indican que el asesino colocó la mano alrededor de su cuello y que ejerció presión sobre ella contra una superficie que ofrecía resistencia.

—¿Podría haberse tratado del asiento de un vehículo?

—Sí.

—¿Y de la pierna de un hombre?

Royce protestó aduciendo que la pregunta conducía hacia la pura especulación. La jueza aceptó su protesta y me pidió que prosiguiera.

—Doctor, ha dicho que ha hecho veinte mil autopsias. Supongo que muchas de ellas correspondieron a homicidios por asfixia. ¿Era infrecuente encontrarse con casos en que a la víctima la habían estrangulado con una sola mano?

Royce volvió a protestar, argumentando esta vez que la pregunta requería una respuesta que estaba fuera del alcance del testigo. La jueza, sin embargo, falló a mi favor.

–El hombre ha practicado veinte mil autopsias –adujo–. Me inclino por pensar que eso le otorga mucha experiencia. Voy a autorizar la pregunta.

–Puede responder, doctor –le indiqué–. ¿Era infrecuente?

–No necesariamente. Muchos homicidios ocurren durante peleas y otras circunstancias. Ya me había encontrado con casos así. Si una mano está ocupada, deberá bastar con la otra. Estamos hablando de una niña de doce años que pesaba poco más de cuarenta kilos. Podría haberla reducido con una mano si el asesino necesitaba la izquierda para otra cosa.

–¿Incluyendo conducir un vehículo?

–Protesto –dijo Royce–. Idéntico argumento.

–Idéntico fallo –respondió Breitman–. Puede responder, doctor.

–Sí. Si estaba utilizando una mano para mantener el control del vehículo, podría haber empleado la otra para asfixiar a la víctima. Es una posibilidad.

Llegados a ese punto, creía haber obtenido todo cuanto podía sacarle a Eisenbach. Acabé con mi interrogatorio y le cedí el turno a Royce. Por desgracia, Eisenbach era uno de esos testigos que tiene algo que ofrecerle a todo el mundo. Y Royce fue a reclamar lo suyo.

–«Una posibilidad.» ¿Así es como lo ha llamado, señor Eisenbach?

–¿Disculpe?

–Ha dicho que el escenario descrito por el señor Haller (una mano en el volante y la otra en el cuello) era una posibilidad.

¿Correcto?

–Sí, es una posibilidad.

–Pero usted no se encontraba ahí, de modo que no puede asegurarlo. ¿No es eso cierto, doctor?

–Sí, lo es.

–Ha dicho que era «una posibilidad». ¿Qué otras posibilidades habría?

–Esto... No sabría decirle. Estaba contestando a la pregunta del fiscal.

–¿Un cigarrillo, quizá?

–¿Qué?

–¿El asesino podría haber estado sosteniendo un cigarrillo con la mano izquierda mientras estrangulaba a la niña con la derecha?

–Sí, supongo. Sí.

–¿Y qué me dice de su pene?

–Su...

–Su pene, doctor. ¿El asesino podría haber asfixiado a la niña con su mano derecha mientras se agarraba el pene con la izquierda?

–Yo debería... Sí, es otra posibilidad.

–Podría haberse estado masturbando con una mano mientras la estrangulaba con la otra. ¿Es correcto, doctor?

–Todo es posible, pero no hay indicio alguno en el informe de la autopsia que lo respalde.

–¿Qué me dice de lo que no consta en el informe, doctor?

–No estoy al tanto de ello.

–¿Se refería a esto cuando dijo que era un «mercenario», doctor? ¿Se pone del lado de la fiscalía sean cuales sean los hechos?

–No siempre trabajo para la fiscalía.

–Me alegro por usted. Me levanté de la silla.

–Señoría, está acosando al testigo con...

–Señor Royce –dijo la jueza–, sea civilizado y no se aparte del asunto.

–Sí, señoría. Doctor, ¿cuántas de las veinte mil autopsias que ha practicado fueron de víctimas de violencia sexual?

Eisenbach me buscó con la mirada, pero yo no podía hacer nada por él. Bosch había ocupado el lugar de Maggie en la mesa de la fiscalía. Se inclinó hacia mí para susurrarme algo.

—¿Así es como sirve a los intereses de nuestro caso?

Alcé la mano para que no me distrajera del pulso entre Royce y Eisenbach.

—No, está sirviendo a los de los otros —le respondí con otro murmullo.

Eisenbach seguía sin responder.

—Doctor —intervino la jueza—, haga el favor de responder a la pregunta.

—No llevo la cuenta del número de crímenes por motivos sexuales.

—¿Este lo fue?

—Basándome en los hallazgos de la autopsia, no pude llegar a esa conclusión. Sin embargo, cuando te encuentras con una persona joven, en especial si es del sexo femenino, a la que ha secuestrado un extraño, entonces, la mayoría de las veces...

—Solicitamos que se registre la pregunta como no respondida —interrumpió Royce—. El testigo está dando por sentado hechos que no han sido probados.

La jueza aceptó la protesta. Me incorporé, listo para responder, pero no dije nada.

—Doctor, haga el favor de limitarse a responder a lo que se le pregunta —le pidió la jueza.

—Creía que estaba haciéndolo.

—En ese caso, déjeme ser más específico —continuó Royce—. Usted no encontró indicio alguno de agresiones o abusos sexuales en el cuerpo de Melissa Landy. ¿Correcto, doctor?

—Correcto.

—¿Y en la ropa de la víctima?

–Mi jurisdicción compete al cuerpo. La ropa la analiza el laboratorio forense.

–Claro.

Royce dudó y bajó la vista a sus notas. Yo sabía que estaba intentando decidir hasta dónde debía llegar con un determinado asunto. Se hallaba en ese punto en el que uno se dice a sí mismo: «Todo va bien hasta ahora. ¿Me arriesgo a seguir presionando?».

Al final, se decidió.

–Doctor, hace un momento, cuando he protestado a su respuesta, ha empleado las palabras «secuestrada por un extraño».

¿Qué pruebas encontradas en la autopsia respaldan esa afirmación?

Eisenbach se quedó pensativo durante un buen rato, e incluso miró el informe de la autopsia que tenía frente a sí.

–¿Doctor?

–Eh, no recuerdo que haya nada en la autopsia que lo respalde.

–De hecho, la autopsia respalda una conclusión que apunta más bien a lo contrario, ¿no es así?

Eisenbach dio la impresión de estar realmente confundido.

–Creo que no entiendo lo que quiere decir.

–¿Podría fijarse en la página número ocho del informe de la autopsia? El análisis preliminar del cuerpo.

Royce aguardó un momento hasta que Eisenbach encontró esa página. Yo también, aunque no necesitaba hacerlo. Sabía adónde quería llegar Royce, y era incapaz de detenerlo. Tan solo debía prepararme para protestar en el momento preciso.

–Doctor, el informe señala que los análisis de las uñas de la víctima salieron negativos en sangre y tejidos. ¿Puede verlo en la página ocho?

–Sí. Analicé sus uñas, pero estaban limpias.

–Esto significa que no arañó a su víctima. ¿Correcto?

–Eso lo demostraría, sí.

–Y esto significaría también que conocía a su ataca…

–¡Protesto!

Ya estaba de pie, pero no había actuado lo suficientemente rápido. A Royce le había dado tiempo de arrojar esa sugerencia al jurado.

–Se dan por ciertos datos que no se han probado –aduje–. Señoría, salta a la vista que el abogado defensor está intentando sembrar información inexistente en las mentes del jurado.

–Se acepta. Señor Royce, está avisado.

–Sí, señoría. La defensa no tiene más preguntas para este testigo de la acusación.

28

Lunes, 5 de abril, 16:45 horas

Bosch llamó a la puerta de la habitación 804 y fijó la vista en la mirilla. McPherson abrió al instante, comprobando su reloj al tiempo que se retiraba para dejarlo pasar.

–¿Por qué no estás en la sala con Mickey?

Bosch entró. La habitación era una suite con unas vistas razonables de Grand Avenue y a la parte trasera del Biltmore. Había un sofá y dos sillas, a una de las cuales estaba sentada Sarah Ann Gleason. Bosch la saludó con un cabeceo.

–Porque ahí no se me necesita y aquí sí.

–¿Qué ocurre?

–Royce ha revelado la estrategia de la defensa. Necesito hablar con Sarah al respecto.

Comenzó a dirigirse al sofá, pero Sarah lo detuvo colocándole una mano sobre el brazo.

–Aguarda un momento. Antes de hablar con ella, hazlo conmigo. ¿Qué está pasando?

Bosch asintió. Llevaba razón. Barrió la habitación con la mirada. La suite no contaba con ningún rincón donde pudieran hablar en privado.

–Demos un paseo.

McPherson cogió la llave magnética de la habitación de la mesita del café.

–Enseguida volvemos, Sarah. ¿Necesitas algo?

–No, estoy bien. Os espero aquí.

Bosch y McPherson abandonaron la habitación y bajaron en ascensor al recibidor. El bar estaba abarrotado de bebedores que disfrutaban de la hora feliz, pero encontraron un lugar tranquilo junto a la entrada.

–De acuerdo, ¿qué cartas ha mostrado Royce?

–Cuando estaba interrogando a Eisenbach, ha vuelto sobre un asunto que estaba planteando Mickey: si el asesino podría haber utilizado solo la mano derecha para estrangularla.

–Sí, mientras conducía. Le dio un ataque de pánico al oír la llamada por radio de la policía y la mató.

–Exacto, esa es la teoría de la acusación. Ahora bien, Royce ya ha empezado a plantear la alternativa de la defensa. Durante su turno ha preguntado si cabía la posibilidad de que el asesino la hubiera estrangulado con una mano mientras se masturbaba con la otra.

McPherson guardó silencio mientras procesaba la información. Luego habló.

–Esa fue la teoría que adujo la fiscalía durante el primer juicio. Que había sido un asesinato cometido durante un acto sexual. Mickey y yo ya suponíamos que, una vez que Royce dispusiera de todas las pruebas y supiera que el ADN pertenecía al padrastro, la defensa se aferraría a ese argumento. Pretenden convertir al padrastro en un subterfugio. Dirán que él la mató y que su ADN lo demuestra.

McPherson cruzó los brazos mientras desarrollaba un poco más sus elucubraciones.

–Está bien, pero tiene un par de fallos. Sarah y la prueba del cabello. Por lo tanto, hay algo que se nos escapa. Royce debe de contar con algo o con alguien capaz de desacreditar la identificación que realizó Sarah.

–Por eso estoy aquí. He traído la lista de testigos de Royce. Esta gente ha estado jugando al escondite conmigo y no he podido localizarlos a todos. Sarah debe echarle un vistazo y decirme en cuál de ellos debo centrar mis esfuerzos.

–¿Cómo diablos va a saberlo?

–Lo hará. Esta es su gente. Novios, maridos y compañeros de correrías con las drogas. Todos ellos tienen antecedentes. Son las personas con las que se relacionaba antes de enderezar su vida. Cada una de las direcciones consta como previa y no sirve de nada. Royce ha debido de estar ocultándolas.

McPherson asintió.

–Por eso lo llaman Clive el Astuto. De acuerdo, hablemos con ella.

–Déjame que empiece yo, ¿te parece?

Ya se había levantado cuando Bosch reaccionó.

–Espera un momento.

–¿Qué pasa?

–¿Y si la teoría de la defensa es la correcta?

–¿Me tomas el pelo?

No respondió. McPherson no tardó en dirigirse de vuelta al ascensor. Bosch se incorporó y la siguió.

Regresaron a la habitación. Bosch vio que, durante su ausencia, Gleason había esbozado un tulipán en su cuaderno. Tomó asiento en el sofá de cara a ella y McPherson hizo lo propio en la silla que tenía al lado.

–Sarah –dijo McPherson–, tenemos que hablar. Pensamos que alguien a quien conociste durante aquellos años echados a perder de los que hemos estado hablando va a intentar ayudar a la defensa. Necesitamos averiguar quién es y qué pretende contar.

–No lo entiendo. Yo tenía trece años cuando nos sucedió todo aquello. ¿Qué importan los amigos que pudiera hacer después?

–Importan porque pueden testificar sobre cosas que pudiste haber hecho. O dicho.

–¿Qué cosas?

McPherson sacudió la cabeza.

–Por eso nos resulta tan frustrante. No lo sabemos a ciencia cierta. Lo único que sabemos es que hoy la defensa ha dejado claro en el tribunal que le van a echar la culpa a tu padrastro del asesinato de tu hermana.

Sarah levantó las manos como si intentara esquivar un golpe.

–Eso es una locura. Yo estaba ahí. ¡Vi cómo ese hombre se la llevaba!

–Lo sabemos, Sarah, pero el asunto es lo que se le inculca al jurado, y qué y a quién creen sus miembros. El detective Bosch cuenta con una lista de los testigos de la defensa. Quiero que la mires y nos cuentes qué significan esos nombres para ti.

Bosch sacó la lista de su maletín. Se la entregó a McPherson y esta a Sarah.

–Disculpa –dijo Bosch–, todas esas notas son cosas que he ido añadiendo mientras intentaba localizarlos. Limítate a leer los nombres.

Bosch notó como sus labios se movían con timidez al empezar a leer. Luego dejaron de hacerlo y se quedó mirando fijamente el papel. Había lágrimas en sus ojos.

–¿Sarah? –intervino McPherson de inmediato.

–Esta gente –dijo Sarah en un murmullo–. Creí que no volvería a verlos.

–Quizá no lo hagas –dijo McPherson–. Que estén en esa lista no significa que los vayan a llamar a declarar. Extraen nombres de los registros y los añaden a la lista para confundirnos, Sarah. Se le llama «aguja en el pajar». Ocultan a los verdaderos testigos, y nuestro detective (el detective Bosch) pierde el tiempo comprobando datos sobre las personas equivocadas. Sin embargo, debe de haber por lo menos un nombre que sea relevante. ¿Quién es, Sarah? Ayúdanos.

Se quedó absorta en la lista, sin responder.

—Alguien que pueda decir que vosotros dos estuvisteis cerca. Alguien con quien pasaras mucho tiempo y a quien le contaras secretos.

—Creía que un marido no podía testificar contra su esposa.

—Un cónyuge no puede verse forzado a testificar contra el otro. ¿De qué estás hablando, Sarah?

—Este.

Señaló un nombre de la lista. Bosch se inclinó para leerlo. Edward Roman. Bosch lo había rastreado hasta un centro de rehabilitación en North Hollywood en el que Sarah había pasado nueve meses después de su última estancia en prisión. Bosch suponía que habían establecido contacto durante las sesiones de grupo. La última dirección que había facilitado Royce era la de un motel en Van Nuys, pero hacía mucho que Roman lo había abandonado. Bosch no había ido más allá, y lo había considerado una aguja más en el pajar que había creado el abogado.

—Roman. Coincidiste con él en rehabilitación, ¿verdad? —le preguntó.

—Sí. Luego nos casamos.

—¿Cuándo? No tenemos constancia de ese matrimonio —dijo McPherson.

—Al salir. Conocíamos a un sacerdote. Nos casamos en la playa. No duró mucho.

—¿Os divorciasteis? —preguntó McPherson.

—No… La verdad es que no me importó. Cuando salí adelante, simplemente no quise volver a abrir esa puerta. Es una de esas cosas que bloqueas. Como si no hubieran ocurrido nunca.

McPherson miró a Bosch.

—Quizá no fuera un matrimonio legal. En los registros del condado no consta nada —dijo Bosch.

—No importa si fue legal o no. Obviamente se trata de un testigo voluntario que puede testificar contra ella. Lo que importa es en qué va a consistir su testimonio. ¿Qué va a decirnos, Sarah?

Sarah meneó la cabeza lentamente.

—No lo sé.

—Bueno, ¿qué le contaste acerca de tu hermana y tu padrastro?

—No lo sé. Esos años… Apenas puedo recordar nada de aquella época.

Se produjo un silencio y, a continuación, McPherson le pidió a Sarah que repasase todos los demás nombres de la lista. Lo hizo y movió la cabeza.

—Algunas de estas personas no sé quiénes son. Por aquel entonces a algunos solo los conocía por sus apodos callejeros.

—Pero a Edward Roman sí que lo conoces, ¿verdad?

—Sí. Estuvimos juntos.

—¿Cuánto tiempo?

Gleason sacudió de nuevo la cabeza, avergonzada.

—No mucho. Dentro del centro de rehabilitación pensamos que estábamos hechos el uno para el otro. Una vez fuera, no funcionó. Quizá duró unos tres meses. Me volvieron a detener y, para cuando salí de la cárcel, él ya había desaparecido.

—¿Cabe la posibilidad de que no fuera un matrimonio legal?

Gleason meditó unos instantes y encogió los hombros con desgana.

–Supongo que todo es posible.

–De acuerdo, Sarah, voy a volver a salir unos minutos con el detective Bosch. Quiero que pienses en Edward Roman. Cualquier cosa que puedas recordar nos será útil. Enseguida regreso. McPherson le cogió la lista de testigos de la mano y se la devolvió a Bosch. Abandonaron la habitación, pero apenas se alejaron unos metros pasillo abajo, donde se detuvieron a hablar en susurros.

–Supongo que será mejor que des con él –dijo Bosch.

–Dará igual. Si es el testigo estrella de Royce, no va a querer hablar conmigo.

–Entonces averigua todo cuanto puedas sobre él. Así, cuando llegue el momento, podremos destrozarlo.

–Hecho.

Bosch enfiló por el pasillo de camino a los ascensores. McPherson lo llamó. Se detuvo y se dio la vuelta para mirarla.

–¿Lo decías en serio?

–¿El qué?

–Lo que me has dicho en el recibidor. Lo que me has preguntado. ¿Crees que hace veinticuatro años se lo inventó todo?

Bosch se la quedó mirando un rato y encogió los hombros.

–No lo sé.

–Bueno, ¿qué me dices del cabello que encontraron en la grúa? ¿No hace que su historia cuadre?

Bosch alzó una mano.

–Es circunstancial. Y yo no me encontraba ahí cuando lo descubrieron.

–¿Qué quieres decir con eso?

–Que a veces ocurren cosas cuando la víctima es menor. Y que yo no estaba ahí cuando lo descubrieron.

–Chico, quizá deberías trabajar para la defensa.

Bosch bajó la mano a un costado.

–Estoy seguro de que ya han pensado en ello.

Se volvió de nuevo y cruzó el pasillo hasta los ascensores.

29

Martes, 6 de abril, 9:00 horas

En ocasiones los engranajes de la justicia ruedan engrasados. El segundo día del juicio empezó a la hora programada. El jurado al completo se encontraba en el banco, la jueza en su sillón y Jason Jessup y su abogado en la mesa de la defensa. Me levanté y llamé a mi primer testigo en el que confiaba que iba a ser un día productivo para la fiscalía. Incluso Harry Bosch había llevado ya a la sala a Izzy Gordon, y estaba listo para entrar en acción. Apenas pasaban cinco minutos de la hora de inicio. La testigo ya había prestado juramento y aguardaba sentada. Era una mujer menuda con gafas de montura negra que le agrandaban los ojos. Según mis registros, tenía cincuenta años, pero aparentaba más.

—Señora Gordon, ¿podría contarle al jurado cómo se gana la vida?

—Sí. Soy técnica forense y supervisora de escenas de crímenes para el Departamento de Policía de Los Ángeles. Trabajo en la unidad forense desde 1986.

—¿Ya lo hacía el 16 de febrero de aquel año?

—Sí, ese fue mi primer día de trabajo.

—¿Y de qué se encargó ese día?

—Mi trabajo consistía en aprender. Me asignaron a un supervisor de escenas de crímenes, y debía aprender sobre el terreno.

Izzy Gordon había sido un gran hallazgo para la fiscalía. Dos técnicos y un supervisor habían trabajado en las tres escenas que conformaron el caso de Melissa Landy: el domicilio en Windsor, el contenedor de basura en la parte trasera de El Rey y la grúa que conducía Jessup. Al acompañar al supervisor, Gordon había participado en todas ellas. El supervisor había fallecido hacía tiempo, y el resto de técnicos estaba jubilado y no podía testificar acerca de los tres emplazamientos. Contar con Gordon me permitía agilizar la presentación de las pruebas halladas en los diversos escenarios del crimen.

–¿Quién era su supervisor?

–Art Donovan.

–¿Y aquel día recibieron la orden de atender un caso?

–Sí. Un secuestro que acabó en asesinato. Fuimos saltando de escena en escena. Tres localizaciones relacionadas entre ellas.

–De acuerdo, repasemos esas escenas una por una.

Durante los siguientes noventa minutos conduje a Gordon por una recreación de aquel *tour* dominical por escenas de crímenes acontecidos el 16 de febrero de 1986. Utilizarla como guía me permitió ir repartiendo fotografías de ellas, al igual que vídeos e informes sobre pruebas. Royce continuó con su táctica de protestar sin descanso. Con ello buscaba impedir que la información fluyera libremente hacia el jurado. Pero no se apuntó ningún tanto y consiguió acabar con la paciencia de la jueza. Consciente de ello, me abstuve de quejarme. Deseaba que esa molestia terminara calando. Podría resultarme útil más adelante.

El testimonio de Gordy fue de lo más rutinario al explicar los infructuosos intentos por conseguir huellas de pies o cualquier otro tipo de evidencias en el jardín delantero del hogar de los Landy. Adquirió mayor dramatismo cuando recordó la llamada en la que se les indicó que acudieran con urgencia a una nueva escena del crimen: el contenedor de basuras que había detrás de El Rey.

–Nos alertaron cuando encontraron el cuerpo. Nos informaron entre murmullos, ya que la familia estaba en la casa y querían evitar angustiarla antes de confirmar que se trataba de un cadáver y que pertenecía a la niña.

–¿Usted y Donovan se dirigieron al El Rey Theatre?

–Sí, junto con el detective Kloster. Ahí nos reunimos con el ayudante del forense. Ahora teníamos un homicidio entre manos, de modo que se requirió la presencia de más técnicos.

La parte del testimonio de Gordon dedicada a El Rey supuso en gran medida una oportunidad para mostrar más filmaciones en vídeo y fotografías de la víctima en las pantallas que colgaban del techo. Mi deseo era que, por lo menos, cada uno de los miembros del jurado que se sentaba en aquel banco se sintiera enfurecido con lo que veía. Quería encender la mecha de uno de nuestros instintos más básicos: la venganza.

Di por descontado que Royce protestaría. Así lo hizo, pero por entonces ya tenía a la juez de morros. En consecuencia, su protesta al considerar que las imágenes eran demasiado gráficas y excesivas en número cayó en saco roto. Se autorizó su exhibición.

A modo de conclusión, Izzy Gordon nos llevó hasta la última de las escenas del crimen: la grúa. Nos describió cómo había descubierto tres largos cabellos atrapados en una rasgadura del asiento, y se los señaló a Donovan para que los recolectara.

–¿Qué ocurrió con esos cabellos? –pregunté.

–Los colocaron en bolsas individuales, etiquetados y enviados a la División de Investigaciones Científicas para su comparación y análisis.

El testimonio de Gordon fue fluido y eficiente. Cuando le cedí el turno a la defensa, Royce hizo todo cuanto estuvo en su mano. No perdió el tiempo atacando la recogida de las pruebas, y se limitó una vez más a buscar asideros para su teoría. Al hacerlo descartó las dos primeras escenas y pasó directamente a la de la grúa.

—Señora Gordon, cuando llegó al aparcamiento donde Aardvark tiene su flota de vehículos, ¿ya había agentes de policía ahí?

—Sí, por supuesto.

—¿Cuántos?

—No los conté, pero varios.

—¿Y detectives?

—Sí, había algunos analizando el lugar tras haber obtenido una orden judicial.

—¿Eran estos detectives los mismos con los que se había cruzado en las anteriores escenas del crimen?

—Creo que sí. Lo daría por hecho, si bien no puedo decir que me acuerde específicamente de ello.

—Pero sí que parece acordarse específicamente de otras cosas. ¿Cómo se explica, pues, que no recuerde a los detectives con los que estaba trabajando?

—Había mucha gente que trabajaba en ese caso. El detective Kloster estaba al frente de él, pero debía cubrir tres localizaciones diferentes y encargarse además de la niña que había sido testigo del secuestro. No recuerdo si estaba en el aparcamiento de las grúas cuando llegué, pero sí que estuvo presente en algún momento. Pienso que si repasan los registros de asistencia a las escenas del crimen podrán determinar quién estaba en todo momento en cada una de ellas.

—Oh, entonces haremos eso.

Royce se acercó al banco de los testigos y entregó a Gordon tres documentos y un lápiz. Luego regresó al atril.

–¿Qué son esos tres documentos, señora Gordon?

–Los registros de asistencia a las escenas del crimen.

–¿Y a qué escenas pertenecen?

–A las tres en las que trabajé durante el caso Landy.

–¿Podría dedicar un momento a estudiar estos registros y utilizar el lápiz para dibujar un círculo sobre todos los nombres que aparecen en los tres listados?

Gordon necesitó menos de un minuto para completar la tarea.

–¿Ha acabado? –le preguntó Royce.

–Sí. Se repiten cuatro nombres.

–¿Podría leérnoslos?

–Sí. Yo misma, mi supervisor, Art Donovan, el detective Kloster y su compañero Chad Steiner.

–Ustedes cuatro fueron los únicos que estuvieron presentes aquel día en las tres escenas del crimen, ¿correcto?

–Correcto.

Maggie se inclinó hacia mí y me susurró al oído.

–Contaminación por cruzamiento de escenas.

Sacudí ligeramente la cabeza y le respondí en voz baja.

–Eso sugeriría una contaminación accidental. Creo que va a por una colocación intencionada de pruebas.

Maggie asintió y se apartó. Royce formuló su siguiente pregunta.

–Al ser usted una de las cuatro únicas personas que acudieron a las tres escenas, se entiende que tenía un profundo conocimiento de este crimen y de lo que significaba, ¿me equivoco?

–No sé si estoy segura de entenderle.

–¿La cosa estaba que ardía entre los agentes de policía que se hallaban presentes en estas escenas?

–Bueno, todo el mundo actuó con suma profesionalidad.

–¿Quiere decir que a nadie le importaba el hecho de que se tratara de una niña de doce años?

–No, nos importaba. Uno podría asegurar que las cosas estaban cuando menos tensas en las dos primeras escenas. En una teníamos a la familia y en la otra el cadáver de la niña. La verdad es que no recuerdo que la conmoción fuera la misma en el aparcamiento de las grúas.

«Respuesta incorrecta», pensé. Acababa de abrirle una puerta a la defensa.

–De acuerdo –le concedió Royce–, pero me está diciendo que en las dos primeras escenas las emociones sí que estaban a flor de piel, ¿correcto?

Me levanté con la sola intención de darle a probar a Royce una cucharada de su propia medicina.

–Protesto. Cuestión ya formulada y respondida, señoría.

–Se acepta.

Royce permaneció impávido.

–¿De qué maneras se manifestaban esas emociones? –preguntó.

–Hablando. Art Donovan me dijo que mantuviera una distancia profesional y que teníamos que hacerlo lo mejor posible al tratarse de una niña.

–¿Qué me dice de los detectives Kloster y Steiner?

–Me dijeron lo mismo, que debíamos remover cielo y tierra, que teníamos que hacerlo por Melissa.

–¿Se referían a la víctima por su nombre?

–Sí, eso lo recuerdo.

–¿Cuán rabioso y molesto diría que estaba el detective Kloster?

Me incorporé y protesté.

–Se dan por sentado hechos que no han sido probados y sobre los que no se han presentado testimonios.

La jueza la aceptó y le pidió a Royce que prosiguiera.

–Señora Gordon, ¿puede fijarse en los registros de asistencia a las escenas del crimen que tiene delante y decirnos si constan en ellos los horarios de llegada y de salida del personal de los cuerpos policiales?

–Sí que constan. Bajo cada nombre se indican los horarios.

–Previamente ha declarado que los detectives Kloster y Steiner fueron los dos únicos detectives, además de usted y de su supervisor, que acudieron a las tres escenas del crimen.

–Sí, eran los detectives encargados del caso.

–¿Acudieron a cada una de ellas antes que usted y el señor Donovan?

Gordon necesitó un momento antes de confirmar la información que constaba en los listados.

–Sí, lo hicieron.

–De manera que habrían tenido acceso al cuerpo de la víctima antes de que ustedes llegaran al teatro El Rey, ¿correcto?

–No sé qué entiende por «acceso», pero, en efecto, llegaron primero a la escena.

–Por lo tanto, también habrían tenido acceso a la grúa antes de que usted llegara y descubriera esos tres cabellos atrapados de una manera tan oportuna en una grieta del asiento, ¿correcto?

Protesté. Aduje que la pregunta obligaba a Gordon a especular sobre aspectos de los que no podía haber sido testigo, y era tendenciosa, dado el empleo del término «oportunamente». Era evidente que Royce estaba actuando de cara a la galería. La jueza le pidió que reformulara la pregunta sin recurrir a licencias subjetivas.

–Los detectives habrían tenido acceso a la grúa antes de que usted llegara ahí y fuera la primera en descubrir esos tres cabellos en una grieta del asiento, ¿correcto?

Gordon captó el sentido de mi protesta y respondió de la forma en que yo deseaba.

–No lo sé porque no estaba ahí.

De todos modos, Royce había conseguido hacerle llegar su mensaje al jurado. También me había hecho llegar la estrategia que pensaba seguir con el caso. A esas alturas, era razonable asumir que la defensa iba a sostener la teoría de que la policía –representada por Kloster y su compañero Steiner– había depositado los cabellos con el fin de asegurarse de que condenaban a Jessup después de que lo hubiera identificado la niña de trece años, Sarah. Además de eso, la defensa argumentaría que la identificación errónea de Sarah había sido intencionada, al formar parte del esfuerzo de la familia Landy por cubrir el hecho de que Melissa Landy había muerto, de manera accidental o intencionada, a manos de su padrastro.

Les iba a costar llegar a esa conclusión. Para ello necesitarían que, por lo menos, uno de los miembros del jurado se tragara que se estaban gestando dos conspiraciones de manera independiente y concertada al mismo tiempo. Sin embargo, solo se me ocurrían dos abogados defensores capaces de conseguirlo, y Royce era uno de ellos. Tenía que estar preparado.

–¿Recuerda qué ocurrió después de que se topara con los cabellos en el asiento del vehículo? –le preguntó Royce a la testigo.

–Lo puse en conocimiento de Art, porque él se estaba encargando de recopilar las pruebas. Yo solo estaba ahí para observar y adquirir experiencia.

–¿Se avisó a los detectives Kloster y Steiner para que acudieran a echar un vistazo?

–Sí, eso creo.

–¿Es capaz de acordarse de todo lo que hicieron una vez ahí?

–No recuerdo que hicieran nada relacionado con la prueba del cabello. Era su caso, de manera que se les notificó el hallazgo, y eso fue todo.

–¿Estaba contenta consigo misma?

–Creo que no le sigo.

–Aquel era su primer día de trabajo. Su primer caso. ¿Estaba contenta consigo misma después de haber sido capaz de dar con esa prueba de cabello? ¿Se sentía orgullosa de sí misma?

Gordon dudó antes de contestar, como si meditara la posibilidad de que se tratara de una pregunta trampa.

–Estaba satisfecha de haber podido ayudar.

–¿Y no se preguntó nunca cómo fue posible que usted, la novata, avistara esos cabellos en una grieta del asiento, pero no lo hicieran ni su supervisor ni los dos detectives encargados del caso?

Gordon volvió a dudar y respondió con una negativa. Había sido un contrainterrogatorio excelente, que había plantado múltiples semillas que luego podrían florecer hasta convertirse en algo más provechoso para el caso de la defensa.

Cuando llegó mi turno hice lo que pude. Le solicité a Gordon que recitara los nombres de los seis agentes de policía uniformados y de los otros dos detectives que, según los registros de asistencia a las escenas del crimen, constaba que habían acudido antes que Kloster y Steiner al lugar donde se había hallado el cuerpo de Melissa Landy.

–Por consiguiente, y hablando de manera hipotética, si el detective Kloster o Steiner hubiesen querido agenciarse cabellos de la víctima para depositarlos en otro lugar, deberían haberlo hecho bajo las narices de ocho agentes o, en su defecto, reclutarlos para la causa con la intención de obtener su autorización. ¿Estamos de acuerdo?

–Sí, eso parece.

Le di las gracias a la testigo y tomé asiento. Royce se dirigió de nuevo al atril para la réplica.

–También de manera hipotética, si Kloster o Steiner hubiesen querido depositar cabello de la víctima en la tercera escena del crimen, no habría sido necesario extraerlo directamente de la cabeza de aquella si existían otras fuentes, ¿correcto?

–Supongo que no, siempre y cuando existieran esas otras fuentes.

–Un peine en el domicilio de la víctima, por ejemplo, podría haberles suministrado el cabello, ¿correcto?

–Supongo.

–Acudieron a la casa de la víctima, ¿no es así?

–Sí, esa fue una de las localizaciones de las que dejaron registro de su visita.

–No hay más preguntas.

Royce me había dado bien duro, y decidí no continuar por ese sendero. No importaba qué pudiera obtener de la testigo. Royce siempre volvería a la carga.

Retiraron a Gordon de la sala y la jueza anunció la pausa para el almuerzo. Le dije a Bosch que a la vuelta iba a tenerlo en el estrado, leyendo el testimonio de Kloster para que constara en acta. Rechazó mi propuesta de irnos a comer algo y aprovechar para discutir la teoría de la defensa, so pretexto de que tenía una cosa que hacer. Maggie tenía intención de ir al hotel a almorzar con Sarah Ann Gleason, por lo que me quedaba solo.

O eso pensaba.

Mientras me encaminaba por el pasillo central hacia la puerta trasera de la sala del tribunal, una atractiva mujer surgió de la última fila de asientos y se plantó delante de mí. Sonrió y se me acercó un poco más.

–Señor Haller, soy Rachel Walling, del FBI.

En un primer momento no se produjo ninguna señal de reconocimiento, pero el nombre no tardó en activarla en algún rincón de mi memoria.

–Sí, la especialista en perfiles psicológicos. Usted distrajo a mi detective con su teoría de que Jason Jessup es un asesino en serie.

–Bueno, espero que eso fuera más una ayuda que una distracción.

–Supongo que ya lo veremos. ¿En qué puedo ayudarla, agente Walling?

–Iba a preguntarle si tendría tiempo para que almorcemos juntos. Pero ya que me considera una distracción, quizá sería mejor que…

–¿Sabe qué, agente Walling? Está de enhorabuena. Estoy libre. Almorcemos.

Señalé la puerta y salimos.

30

Martes, 6 de abril, 13:15 horas

En esa ocasión fue la jueza quien se demoró en volver a la sala. Los equipos de la acusación y de la defensa estaban en sus puestos a la hora convenida, pero no había señal de Breitman. La secretaria de sala no había informado acerca del motivo del retraso, personal o relacionado con el caso. Bosch se levantó de su asiento frente a la cancela, se acercó a Haller y le dio un golpecito en la espalda.

—Estamos a punto de empezar, Harry. ¿Estás listo?

—Lo estoy, pero necesitamos hablar.

—¿Qué ocurre?

Bosch se volvió para darle la espalda a la mesa de la defensa y bajó el tono de voz hasta un bisbiseo apenas audible.

—A la hora del almuerzo he ido a ver a los chicos de la SIE. Me han enseñado un material al que tendrías que echarle un vistazo.

Estaba siendo exageradamente críptico. Sin embargo, las fotos que le había mostrado el teniente Wright de la última noche de vigilancia eran perturbadoras. Jessup se traía algo entre manos y, fuera lo que fuera, no tardaría en actuar.

Antes de que Haller pudiera responder, el ruido de fondo de la sala cesó al tomar asiento la jueza.

—Después de la sesión –dijo Haller por lo bajini.

Se dio la vuelta para darle la cara a la sala y Bosch regresó a su asiento. La jueza le pidió a la secretaria que hiciera entrar a los miembros del jurado y enseguida todo el mundo estuvo en su sitio.

—Quisiera disculparme –se excusó Breitman–. Soy la única responsable de este retraso. Me ha surgido un asunto personal que ha precisado más atención de la que me esperaba. Señor Haller, haga el favor de llamar a su siguiente testigo.

Haller se levantó y llamó a Doral Kloster. Bosch se dirigió hacia el banco de los testigos, mientras la jueza volvía a explicarle al jurado que el testigo requerido por la fiscalía no estaba disponible, y que por ese motivo Bosch y Haller iban a leer la declaración jurada que había realizado en el pasado. Pese a haberse acordado así en una audiencia previa al juicio con la oposición de la defensa, Royce volvió a incorporarse y protestar.

—Señor Royce, ya hemos discutido este asunto –le respondió la jueza.

—Querría solicitar que el tribunal reconsiderara su fallo, a la vista de que este tipo de testimonio niega por completo el derecho constitucional del señor Jessup a rebatir a sus acusadores. Al detective Kloster no se le formularon las preguntas que, a la luz de los conocimientos que obran en poder de esta defensa, me gustaría que se le hubiesen hecho.

—De nuevo, señor Royce, ya hemos discutido este asunto, y no deseo hacerlo de nuevo delante del jurado.

—Pero, señoría, se me está privando de la posibilidad de ofrecer una defensa completa.

—Señor Royce, he sido generosa permitiéndole esta exhibición delante del jurado. Mi paciencia se agota. Ahora puede sentarse.

Royce se quedó con la mirada clavada en la jueza. Bosch sabía lo que estaba haciendo. Engatusar al jurado. Quería que sus miembros los vieran a él y a Jessup como los machacados, gente que no solo tenía que hacer frente a los cargos que pesaban contra Jessup, sino también a la propia jueza. Después de sostenerle la mirada tanto tiempo como pudo, retomó la palabra.

–Jueza, no puedo sentarme cuando los derechos de mi cliente están en juego. Resulta indignante que…

Breitman dio una palmada en la mesa con tal furia que sonó como un disparo.

–No vamos a seguir con esto delante del jurado, señor Royce. Miembros del jurado, regresen por favor a la sala de reuniones.

Con los ojos bien abiertos y alertados por la tensión que se había apoderado de la sala, los miembros del jurado fueron abandonándola, pasando junto a un alguacil que iba lanzando miradas rápidas hacia atrás para comprobar qué estaba ocurriendo. Royce no apartó la mirada de la jueza en ningún momento. Bosch era consciente de que en gran medida se trataba de una pantomima. Eso era exactamente lo que Royce había buscado, que el jurado lo tomara por un ser perseguido y a quien se le privaba de defender su caso como era debido. No importaba que los recluyeran en una habitación. Todos sus componentes sabían que Royce se disponía a recibir una reprimenda de órdago por parte de la jueza.

Una vez que se hubo cerrado la puerta que daba acceso a la sala de reuniones del jurado, la jueza se volvió hacia Royce. En los treinta segundos que había necesitado el jurado para retirarse de la sala era evidente que había conseguido serenarse.

–Señor Royce, en cuanto el juicio haya finalizado, mantendremos una vista por desacato en la que su actuación de hoy se verá examinada y penalizada. Hasta ese momento, si le ordeno que tome asiento y no obedece, haré que la secretaria de la sala lo siente por la fuerza. Me dará igual si el jurado está presente o no. ¿Me ha comprendido?

—Sí, señoría. Quisiera disculparme por haberme dejado llevar por las emociones del momento.

—Muy bien, señor Royce. Ahora se sentará y llamaremos al jurado para que regrese a la sala.

Mantuvieron la mirada fija el uno en el otro un buen rato hasta que Royce al fin tomó asiento con parsimonia. La jueza le indicó entonces a la secretaria que fuera a buscar al jurado.

Bosch observó a sus miembros mientras regresaban. Todos tenían la mirada clavada en Royce, lo que demostraba que la maniobra le había salido bien al abogado defensor. Veía la comprensión en sus miradas, como si todos supieran que, en cualquier momento, alguno de ellos podría hacer enfadar a la jueza y recibir una bronca similar. No sabían qué había ocurrido durante su ausencia, pero Royce venía a ser el niño a quien han llamado al despacho del director y a la hora del patio se lo cuenta.

La jueza se dirigió al jurado antes de reanudar el juicio.

—Quiero que entiendan que, durante un juicio de estas características, las emociones pueden desbordarse a veces. El señor Royce y yo hemos discutido al respecto, y ya está resuelto. No tienen que darle más vueltas. Así pues, procedamos con la lectura de la declaración jurada. ¿Señor Haller?

—Sí, señoría.

Haller se levantó y se encaminó al atril con su transcripción del testimonio de Doral Kloster.

—Detective Bosch, continúa bajo juramento. ¿Tiene en su poder la transcripción del testimonio que ofreció el detective Doral Kloster el 8 de octubre de 1986?

—Sí, la tengo.

Bosch colocó la transcripción sobre el estrado y extrajo unas gafas de lectura del bolsillo interior de la americana.

—De acuerdo, una vez más leeré las preguntas que el delegado del fiscal del distrito, Gary Lintz, le hizo bajo juramento al detective Kloster, y usted leerá las respuestas del testigo.

Después de una serie de preguntas encaminadas a proporcionar información básica acerca de Kloster, su testimonio se centró de inmediato en la investigación del asesinato de Melissa Landy.

—Detective, pertenece al equipo de investigación de la División de Wilshire, ¿correcto?

—Sí, trabajo en el Departamento de Homicidios y Grandes Crímenes.

—Este caso no empezó como un homicidio.

—No, no lo hizo. A mi compañero y a mí nos llamaron a casa después de que se enviaran patrullas al hogar de los Landy y una investigación preliminar determinara que parecía haber tenido lugar un extraño secuestro. Esto lo convirtió en un gran crimen y se requirió nuestra presencia.

—¿Qué ocurrió cuando llegaron al domicilio de los Landy?

—Lo primero que hicimos fue separar a los miembros de la familia (la madre, el padre y Sarah, la hermana) y realizar entrevistas. Luego los reunimos e hicimos una entrevista conjunta. Suele funcionar mejor de esta manera, y así fue en esta ocasión. En la entrevista conjunta hallamos la dirección que debíamos seguir.

—Háblenos sobre ello. ¿Cómo encontraron esa dirección?

—En su entrevista individual, Sarah nos contó que las niñas habían estado jugando al escondite y que ella se había ocultado detrás de unos arbustos situados en un rincón de la parte delantera de la casa. Esos arbustos le impedían ver la calle. Nos dijo que oyó detenerse a un camión de la basura y que vio a un basurero cruzar el jardín y agarrar a su hermana. Estos hechos tuvieron lugar un domingo, por lo que sabíamos que ese día no circulaban camiones de la basura. Cuando le pedí a Sarah que volviera a contarnos su historia en presencia de sus padres, su padre nos aclaró que los domingos por la mañana había varias grúas patrullando el vecindario, y que sus conductores vestían monos parecidos a los de los empleados de la limpieza. Esa fue nuestra primera pista.

−¿Y cómo siguieron esa pista?

−Obtuvimos un listado de las empresas de remolque de vehículos con licencia municipal que operaban en Wilshire District. A esas alturas, ya había reclutado a más detectives y dividimos el listado en dos. Solo tres empresas estaban operativas aquel día. Se le asignó una pareja de detectives a cada una de ellas. Mi compañero y yo acudimos a un garaje en La Brea Boulevard en el que trabajaba una empresa llamada Aardvark, Remolques.

−¿Y qué pasó cuando acudieron ahí?

−Descubrimos que estaban a punto de ponerle punto y final a la jornada porque básicamente habían estado operando en las zonas de aparcamiento prohibido que rodeaban a las iglesias. A mediodía ya habían acabado con el trabajo. Nos topamos con tres conductores que estaban recogiendo y a un tris de marcharse. Todos ellos aceptaron identificarse y responder a nuestras preguntas de forma voluntaria. Mientras mi compañero les planteaba las preguntas preliminares, yo regresé a nuestro vehículo para informar de sus nombres a la centralita y que comprobaran si tenían antecedentes criminales.

−¿Quiénes eran esos hombres, detective Kloster?

—Se llamaban William Clinton, Jason Jessup y Derek Wilbern.

—¿Y qué resultados arrojó su comprobación de antecedentes?

—Solo se había detenido a Wilbern, en una ocasión. Por un intento de violación que no había acabado en condena. El caso, si no recuerdo mal, había tenido lugar hacía cuatro años.

—¿Eso lo convirtió en sospechoso del secuestro de Melissa Landy?

—Sí, lo hizo. A grandes rasgos, cuadraba con la descripción que nos había dado Sarah. Conducía una grúa de gran tamaño y vestía un mono de trabajo. Y ya lo habían detenido por agresión sexual. A mi entender, eso lo convertía en un sospechoso de primer orden.

—¿Qué hizo a continuación?

—Regresé con mi compañero, que seguía entrevistando a los hombres haciendo un corrillo. Sabía que el tiempo apremiaba. Esa niña continuaba en paradero desconocido. En un caso de esta naturaleza, cuanto más tiempo permanece la persona sin dar señales de vida, menores son las probabilidades de un final feliz.

—De manera que tomó una decisión, ¿no es así?

—Sí, decidí que Sarah Landy debía ver a Derek Wilbern para comprobar si podía identificarlo como el secuestrador.

—Por lo tanto, le organizó una rueda de reconocimiento.

—No lo hice.

—¿No?

—No. No creí que hubiera tiempo para eso. Tenía que poner las cosas en movimiento. Debíamos encontrar a esa niña. Lo que hice fue preguntar si los tres hombres estaban de acuerdo en dirigirse a un nuevo emplazamiento para proseguir con la entrevista. Todos acepta-ron.

–¿No dudaron?

–No, ninguno de ellos. Los tres mostraron su confor-midad.

–Por cierto, ¿qué ocurrió cuando el resto de detecti-ves visitó a las otras empresas de remolque de vehículos que cubrían Wilshire District?

–No encontraron ni entrevistaron a nadie que des-pertara sospechas.

–¿Quiere decir a nadie que tuviera antecedentes cri-minales?

–Las entrevistas no condujeron a nadie que tuviera antecedentes ni que hiciera saltar ninguna alarma.

–¿De manera que estaban centrados en Derek Wil-bern?

–Correcto.

–Cuando Wilbern y los otros dos hombres convinie-ron en que los entrevistaran en otro lugar, ¿qué hizo?

–Llamamos a dos coches patrulla y metimos a Jessup y Clinton en un vehículo y a Wilbern en otro. Acto se-guido, cerramos el garaje de las grúas Aardvark y nos alejamos del lugar en nuestro coche.

–¿De manera que lo primero que hicieron fue regre-sar a la casa de los Landy?

–Seguimos un plan. Les pedimos a los agentes de los coches patrulla que dieran algún rodeo con el fin de que nosotros llegáramos antes al domicilio de los Landy. De nuevo en la casa, me llevé a Sarah a su habitación. Esta-ba situada en la parte delantera de la finca, y tenía vistas al jardín delantero y a la calle. Cerré las cortinas e hice que mirara por una rendija para que no quedara visual-mente expuesta a los conductores de las grúas.

–¿Qué ocurrió a continuación?

–Mi compañero se había quedado a la entrada. Al llegar los coches patrulla, hice que sacaran a los tres hombres de los vehículos y que los agruparan de pie en la acera. Le pregunté a Sarah si reconocía a alguno de ellos.

–¿Lo hizo?

–Al principio, no. Pero uno de los hombres (Jessup) llevaba puesta una gorra de béisbol y miraba al suelo. Se tapaba el rostro con la visera.

Llegados a este punto, Bosch pasó dos páginas del testimonio que habían sido tachadas. Contenían diversas preguntas acerca del comportamiento de Jessup y sus intentos por cubrirse la cara con la gorra. El abogado defensor de entonces había protestado, y el juez dio la razón. A continuación las reformuló, y la defensa protestó una vez más. En la audiencia previa al juicio, Breitman se había mostrado de acuerdo con Royce en que el jurado actual no debía ni siquiera escucharlas. Era uno de los contados tantos que se había apuntado Royce.

Haller retomó la lectura allá donde se había acabado la refriega.

–De acuerdo, detective, ¿por qué no le cuenta al jurado qué pasó luego?

–Sarah me pidió si le podía decir al hombre con la gorra que se la quitara. Me comuniqué por radio con mi compañero y así se lo indicó a Jessup. Casi de forma inmediata, Sarah dijo que era él.

–¿El hombre que había secuestrado a su hermana?

–Sí.

–Aguarde un momento. Usted ha dicho que su sospechoso era Derek Wilbern.

–Sí, a la luz de sus antecedentes por agresión sexual, pensé que se trataba del sospechoso más plausible.

–¿Sarah se mostró segura de su identificación?

–Le pedí varias veces que la confirmara. Así lo hizo.

–¿Qué hizo usted a continuación?

–Dejé a Sarah en su habitación y regresé abajo. Una vez fuera, le dije a Jessup que quedaba detenido, le coloqué las esposas y lo metí en el asiento trasero de uno de los coches patrulla. Solicité a unos agentes que se llevaran a Wilbern y Clinton a la comisaría de Wilshire para interrogarlos.

–¿Interrogó en ese momento a Jessup?

–Sí que lo hice. El tiempo corría en nuestra contra. No creí que hubiera margen para conducir un interrogatorio formal en la comisaría de Wilshire. En vez de eso, me introduje en el vehículo con él, le leí sus derechos y le pregunté si estaba dispuesto a hablar conmigo. Me respondió que sí.

–¿Grabó todo esto?

–No lo hice. Para serle sincero, me olvidé. Los acontecimientos se sucedían a tal velocidad que lo único en lo que podía pensar era en encontrar a esa niña. Llevaba una grabadora en el bolsillo pero me olvidé de utilizarla.

–De acuerdo, de todas maneras interrogó a Jessup.

–Le hice muchas preguntas, pero me respondió a muy pocas. Negó tener algo que ver con el secuestro. Admitió haber estado patrullando por el barrio aquella mañana, y que muy bien podía haber pasado por delante de la casa de los Landy, pero no recordaba haber conducido por Windsor. Le pregunté si se acordaba de haber visto el cartel de Hollywood, porque si uno se encuentra en Windsor tiene una visión frontal de este en lo alto de la colina. Aseguró no recordar haberlo visto.

–¿Cuánto duró ese interrogatorio?

–No mucho. Quizá cinco minutos. Nos interrumpieron.

–¿Por qué, detective?

–Mi compañero golpeó con los nudillos en la ventanilla y, a juzgar por la expresión de su rostro, pude ver que se trataba de algo importante. Salí del coche, y fue entonces cuando me lo dijo. La habían encontrado. El cuerpo de la niña había aparecido en un contenedor de basuras en Wilshire.

–¿Eso lo cambió todo?

–Sí, todo. Hice que llevaran a Jessup al centro y que lo ingresaran en una celda, mientras yo me encaminaba al lugar donde había aparecido el cuerpo.

–¿Qué descubrió al llegar ahí?

–El cuerpo de una niña de doce o trece años a la que habían arrojado a un contenedor. Aún no la habían identificado, pero todo apuntaba a que se trataba de Melissa Landy. Tenía una fotografía suya. Estaba bastante convencido de que era ella.

–¿Y desplazó a ese lugar el foco de su investigación?

–Por completo. Mi compañero y yo empezamos a realizar entrevistas, al tiempo que los especialistas en escenas de crímenes y el equipo forense se ocupaban del cadáver. No tardamos en enterarnos de que una empresa de remolques había utilizado el aparcamiento adyacente a la parte trasera del teatro para guardar vehículos de manera temporal. Descubrimos que se trataba de Aardvark.

–¿Qué significaba esto para usted?

–Significaba que ahora existía una segunda relación entre el asesinato de esa niña y Aardvark. Disponíamos de una única testigo, Sarah Landy, que había identificado a uno de sus conductores como el secuestrador, y a la víctima en un contenedor situado junto a un garaje empleado por los conductores de Aardvark. Según mi parecer, el caso comenzaba a tomar forma.

–¿Cuál fue su siguiente paso?

–En ese momento, mi compañero y yo nos separamos. Él se quedó en la escena del crimen y yo regresé a la comisaría de Wilshire para trabajar en la solicitud de órdenes de registro.

–¿Para dónde eran esas órdenes de registro?

–Una, para todas las instalaciones de Aardvark. Otra, para la grúa que conducía Jessup aquel día. Y dos más: el domicilio y el vehículo personal de Jessup.

–¿Obtuvo esas órdenes de registro?

–Sí, lo hice. El juez Richard Preitman estaba de servicio y resultó que se encontraba jugando al golf en el club de campo de Wilshire. Le llevé las órdenes y me las firmó en el hoyo nueve. Entonces dimos inicio a los registros, empezando por Aardvark.

–¿Estuvo usted presente en el transcurso de estos?

–Sí, lo estuve. Mi compañero y yo estuvimos al frente.

–¿En algún momento se cruzaron con algún tipo de prueba que les pareciera relevante para el caso?

–Sí. Uno de los responsables del equipo forense, un hombre llamado Art Donovan, me informó de que habían extraído tres cabellos, de color marrón y de tres centímetros de longitud, del camión de la grúa que Jason Jessup había estado conduciendo ese día.

–¿Le comentó Donovan el lugar específico del hallazgo de estos cabellos?

–Sí, dijo que se encontraban en una raja abierta entre la parte superior del asiento y la interior.

Bosch concluyó con la transcripción. El testimonio de Kloster proseguía, pero habían alcanzado el punto en el que Haller le había indicado que se detuviera, puesto que para entonces ya constaría en acta todo cuanto iban a necesitar.

La jueza le preguntó a Royce si deseaba que se leyeran las réplicas del abogado defensor para que constaran en acta. Royce se incorporó para responder, sosteniendo en una mano un documento de dos páginas.

–Que conste en acta que tengo mis reservas a participar de un procedimiento del que objeto. Sin embargo, puesto que el tribunal lo ha autorizado, tendré que hacerlo. Dispongo de dos breves fragmentos de las respuestas que el detective Kloster realizó durante el contrainterrogatorio. ¿Puedo entregarle al detective Bosch una copia con los pasajes seleccionados? Creo que esto facilitará las cosas.

–Muy bien –dijo la jueza.

La secretaria de sala cogió uno de los documentos de Royce y se lo entregó a Bosch, que le echó un rápido vistazo. Solo constaba de dos hojas con transcripciones de un testimonio. Dos intercambios aparecían subrayados en amarillo. Mientras Bosch se los miraba, la jueza explicó al jurado que Royce leería las preguntas formuladas por el anterior abogado de la defensa de Jessup, Charles Barnard. Bosch, por su parte, continuaría con la lectura de las respuestas servidas por el detective Doral Kloster.

–Puede proceder, señor Royce.

–Gracias, señoría. Leo directamente de la transcripción.

«Detective, ¿cuánto tiempo transcurrió desde que cerraron Aardvark, llevaron a los tres conductores a Windsor y regresaron con una orden de registro?»

«¿Puedo remitirme a la cronología del caso?»

«Puede.»

«Sobre unas dos horas y treinta y cinco minutos.»

«Antes de abandonar Aardvark, ¿cómo se aseguraron de que las instalaciones quedaban bien cerradas?»

«Cerramos los garajes, y uno de los conductores (el señor Clinton, creo recordar) tenía una llave de la puerta. La cogí prestada para cerrarla.»

«¿Después se la devolvió?»

«No. Le pregunté si podía quedármela por el momento, y accedió.»

«De modo que, cuando volvió con la orden de registro, disponía de la llave y se limitó a abrir la puerta con ella.»

«Correcto.»

Royce dio la vuelta a la página y le pidió a Bosch que hiciera lo propio.

—De acuerdo, ahora leeremos desde otro punto de la réplica del interrogatorio.

«Detective Kloster, ¿a qué conclusión llegó cuando fue informado de que se habían hallado cabellos en la grúa que el señor Jessup había estado conduciendo ese día?»

«A ninguna. Las pruebas todavía no habían podido ser identificadas.»

«¿En qué momento lo estuvieron?»

«Dos días después, recibí una llamada del laboratorio. Un técnico de cabellos y fibras me comunicó que habían examinado los cabellos y que estos guardaban una relación estrecha con las muestras obtenidas de la víctima. No se podía descartar que esta fuera la fuente.»

«¿Qué le indicó esto?»

«Que era probable que Melissa Landy se hubiera encontrado en el interior de ese vehículo.»

«¿Qué otras pruebas halladas en este la relacionaban con la víctima, o al señor Jessup a la víctima?»

«No había más pruebas.»

«¿Ni sangre ni otros fluidos corporales?»

«No.»

«¿Ninguna fibra procedente del vestido de la víctima?»

«No.»

«¿Nada más?»

«Nada.»

«Ante la falta de otras pruebas incriminatorias en la grúa, ¿consideró en algún momento que la prueba de los cabellos pudiera haber sido depositada ahí?»

«Bueno, lo consideré del mismo modo que consideré todos los aspectos del caso. Sin embargo, acabé descartándolo porque la testigo del secuestro había identificado a Jessup y aquel era el vehículo que había estado conduciendo. No creí que las pruebas hubiesen sido plantadas. Quiero decir, ¿quién iba a hacerlo? Nadie estaba intentando incriminarle. Lo había identificado la hermana de la víctima.»

Allí concluyó la lectura. Bosch lanzó una mirada al banco del jurado y vio que, en apariencia, todo el mundo había estado prestando mucha atención a la que presumiblemente había sido la fase más aburrida del juicio.

—¿Algo más, señor Royce? —preguntó la jueza.

—Nada más —respondió Royce.

—Muy bien —dijo Breitman—, creo que así llegamos a nuestra pausa de la tarde. Todo el mundo deberá estar de vuelta en su sitio (y me recordaré a mí misma hacer lo propio) en quince minutos.

La sala comenzó a vaciarse y Bosch descendió del banco de los testigos. Se dirigió directamente a Haller, quien hablaba con McPherson a media voz. Los interrumpió.

—Atwater, ¿correcto?

Haller lo miró.

—Correcto. Tenla preparada en quince minutos.

—¿Y dispondrás de un poco de tiempo para hablar después del juicio?

—Lo conseguiré. Durante el almuerzo también he mantenido una charla muy interesante. Tengo que hablarte de ella.

Bosch los dejó y salió al vestíbulo. Sabía que la cola en el diminuto puesto de los cafés junto a los ascensores sería larga y estaría repleta de miembros del jurado. Decidió bajar por las escaleras y agenciarse un café en otra planta. Antes de eso, acudió a los servicios.

Al entrar vio a Jessup frente a uno de los lavabos. Estaba inclinado. Se lavaba las manos. Sus ojos quedaban por debajo del nacimiento del espejo, de forma que no podía ver que Bosch se hallaba a sus espaldas.

Bosch se mantuvo quieto, a la espera, pensando en lo que diría cuando Jessup y él cruzaran las miradas.

Pero justo en el momento en que Jessup levantó la cabeza y lo vio a través del espejo, se abrió uno de los cubículos a su izquierda y el miembro del jurado número siete salió de él. Fue un momento embarazoso, y los tres hombres permanecieron en silencio.

Por último, Jessup agarró una toallita de papel del dispensador, se secó las manos en ella y la lanzó a la papelera. Se dirigió hacia la puerta mientras el jurado ocupaba su lugar frente al espejo. Bosch se acercó en silencio al urinario, pero se volvió para mirar a Jessup, que ya salía por la puerta.

Con el dedo índice le disparó por la espalda. Jessup no lo vio venir.

31

Martes, 6 de abril, 15:05 horas

Durante el receso, comprobé que mi siguiente testigo estaba preparado. Me quedaban unos minutos libres, así que rastreé a Bosch hasta dar con él en la cola del puesto de los cafés que había en la planta inferior. El miembro del jurado número seis estaba dos sitios por delante de él. Lo agarré por el codo y lo alejé de ahí.

–Puedes conseguir un café más tarde. De todas maneras, no hay tiempo para bebérselo. Quiero que sepas que he almorzado con tu novia de la agencia.

–¿Qué? ¿Quién?

–La agente Walling.

–No es mi novia. ¿Por qué ha almorzado contigo?

Lo conduje hasta la escalera y, mientras hablábamos, subimos de regreso a la sala del tribunal.

–Bueno, pienso que con quien de verdad deseaba almorzar era contigo, pero saliste tan disparado que tuvo que contentarse conmigo. Quería ponernos sobre aviso. Me ha dicho que ha estado leyendo los informes sobre el juicio y que cree que, si Jessup tiene intención de actuar, va a ser pronto. Sostiene que reacciona al hallarse bajo presión y que probablemente nunca la haya sentido con mayor intensidad que en estos momentos.

Bosch asintió.

–Esto es más o menos lo que quería decirte antes.

Miró alrededor para cerciorarse de que nadie podía oírnos.

–La SIE asegura que los movimientos nocturnos de Jessup han aumentado desde que empezó el juicio. Ahora sale todas las noches.

–¿Ha vuelto por tu calle?

–No, y la semana pasada tampoco acudió a ninguno de los otros puntos de Mulholland. En las últimas dos semanas ha hecho cosas nuevas.

–¿Como qué, Harry?

–Por ejemplo, el domingo lo siguieron por la playa de Venice hasta un viejo almacén situado bajo el muelle de Santa Mónica.

–¿Qué almacén? ¿Qué significa eso?

–Es un antiguo almacén municipal que se inundó a consecuencia del oleaje, por lo que suele estar cerrado y abandonado. Jessup cavó bajo uno de los viejos revestimientos de madera y reptó dentro.

–¿Por qué?

–Quién sabe. El peligro de verse expuesto le impidió entrar al equipo de vigilancia. Las auténticas noticias, sin embargo, son otras. Anoche se citó con unos tipos en la casa de Venice, y juntos se dirigieron a un coche en uno de los aparcamientos de la playa. Uno de los individuos sacó del maletero algo que iba envuelto en una toalla y se lo entregó.

–¿Una pistola?

Bosch se encogió de hombros.

–Fuera lo que fuera, no pudieron verlo, pero, gracias a la matrícula del coche, pudieron identificar a uno de los dos hombres. Marshall Daniels. Estuvo en San Quintín en la década de 1990, por la misma época que Jessup.

Ahora podía percibir algo de la tensión y la urgencia en el tono de Bosch.

—Puede que se conocieran de ahí dentro. ¿Qué condena cumplía Daniels?

—Posesión de drogas y armas.

Miré el reloj. Necesitaba regresar a la sala.

—En ese caso, debemos dar por hecho que Jessup posee un arma. Podríamos impugnar su régimen de libertad bajo palabra por asociación con un convicto. ¿Tienen fotos de Jessup y Daniels juntos?

—Las tienen, pero no estoy seguro de que queramos hacer eso.

—Si posee un arma... ¿confías en que la SIE lo detendrá antes de que dé un paso o cause algún daño?

—Sí, aunque ayudaría saber en qué va a consistir ese paso.

Llegamos al vestíbulo, donde no había ni rastro de los miembros del jurado ni de nadie relacionado con el caso. Todos habían regresado, excepto yo.

—Ya hablaremos de esto más tarde. Si no regreso, la jueza irá a por mí. No soy como Royce. No puedo permitirme una vista por desacato solo para lanzarle un mensaje al jurado. Ve a buscar a Atwater y tráemela.

Me apresuré a la sala número 113 y aparté con algo de rudeza a un par de moscones que remoloneaban en la puerta. La jueza Breitman no me había esperado. Todo el mundo se encontraba en posición y el jurado tomaba asiento. Crucé el pasillo, traspasé la cancela y me escurrí en la silla junto a Maggie.

—Has estado cerca —me susurró–. Creo que la jueza albergaba la esperanza de nivelar las cosas acusándote *a ti* de desacato.

—Sí, bueno, todavía está a tiempo.

La jueza desvió su atención del jurado y advirtió mi presencia en la mesa de la fiscalía.

—Bien, gracias por unirse a nosotros esta tarde, señor Haller. ¿La excursión ha sido de su agrado?

Me incorporé.

–Mis disculpas, señoría. Me ha surgido un asunto personal que me ha tenido ocupado más tiempo del esperado.

Abrió la boca para ofrecer una réplica, pero hizo una pausa al ser consciente de que le había devuelto las mismas palabras que ella había empleado esa mañana para justificar su retraso.

–Limítese a llamar a su testigo, abogado –dijo con aspereza. Convoqué al estrado a Lisa Atwater y miré hacia el fondo de la sala para ver como Bosch escoltaba a través del pasillo a la técnica jefe del laboratorio de ADN. Comprobé el reloj que colgaba en la pared trasera. Mi objetivo era consumir lo que quedaba del día con el testimonio de Atwater, apretándole las tuercas hasta llegar al final de la jornada. Esto quizá le otorgaría a Royce la posibilidad de dedicar toda una noche al contrainterrogatorio, pero yo estaba felizmente dispuesto a concederle eso a cambio de mi parte del botín: que todos y cada uno de los miembros del jurado se marcharan a casa con pruebas irrefutables que relacionaban a Jason Jessup con el asesinato de Melissa Landy.

Tal y como le había pedido, Atwater se había dejado puesto el abrigo que llevaba al salir del laboratorio del Departamento de Policía de Los Ángeles. Su color azul pálido era lo único que le confería un aire de competencia y profesionalidad. Atwater era muy joven –treinta y un años– y tenía el pelo rubio con un mechón rosa que le colgaba de uno de los lados, lo que le otorgaba a su *look* ese toque superguay de las técnicas de laboratorio que aparecían en las series de televisión sobre crímenes. Al verla por primera vez, le pedí que se planteara renunciar a ese detalle de color, pero me contestó que no estaba dispuesta a sacrificar su individualidad. Los miembros del jurado, aseguró, tendrían que aceptarla como era.

Por lo menos, el abrigo del laboratorio no era rosa.

Atwater se identificó y prestó juramento. Después de que ocupara el banco de los testigos, empecé a lanzarle preguntas sobre su currículum estudiantil y su experiencia laboral. Me demoré diez minutos más de lo habitual en este apartado, pero es que aquel mechón rosa no dejaba de saltarme a la vista. Pensé que debía hacer todo cuanto estuviera en mi mano por convertirlo en un estandarte de profesionalidad y méritos.

Al fin llegué al punto neurálgico de su testimonio. Guiándola con cuidado a través de mis preguntas, testificó que había llevado a cabo el análisis y comparación de dos muestras diferentes de ADN procedentes del caso Landy. Me concentré primero en el análisis más problemático.

—Señorita Atwater, ¿podría describirnos el primer encargo relativo al ADN que recibió del caso Landy?

—Sí, el 4 de febrero me entregaron un trozo de ropa que había sido cortado de un vestido que la víctima había llevado puesto en el momento de su asesinato.

—¿Quién se lo entregó?

—La División de Propiedades del Departamento de Policía de Los Ángeles, donde había estado almacenado en régimen de vigilancia de pruebas.

Sus respuestas habían sido meticulosamente ensayadas. No podía dar ninguna indicación de que había tenido lugar un juicio previo sobre el caso ni de que Jessup había permanecido en prisión durante veinticuatro años. De lo contrario se produciría un prejuicio contra Jessup, de lo que se derivaría un juicio nulo.

—¿Por qué le enviaron esa muestra de ropa?

—Había una mancha en ella que, veinticuatro años antes, el equipo forense del Departamento de Policía de Los Ángeles había determinado que era semen. Mi cometido era extraer ADN e intentar identificarla.

–Al examinar esa muestra, ¿vio si se había producido alguna degradación en el material genético que contenía?

–No, señor. Había sido preservado correctamente.

–De acuerdo, de modo que le entregaron esa muestra del vestido que llevaba Melissa Landy, y usted extrajo ADN de ella. ¿Lo he entendido bien?

–Correcto.

–¿Qué hizo después?

–Convertí el resultado del ADN en un código que luego introduje en la base de datos BAC.

–¿Qué es la BAC?

–La Base de ADN Combinado del FBI. Piense en ella como si se tratara de un banco a escala nacional de registros de ADN. Todas las firmas genéticas reunidas por las fuerzas de la ley acaban aquí, y son accesibles para análisis comparativos.

–Por lo tanto, introdujo la firma genética obtenida del semen hallado en el vestido que llevaba Melissa Landy el día en que la asesinaron, ¿correcto?

–Correcto.

–¿Obtuvieron alguna correspondencia?

–Sí. El ADN pertenecía a su padrastro, Kensington Landy.

La sala de un tribunal es un espacio amplio. Siempre fluye una tenue corriente de ruido y energía. Uno puede sentirla aunque sea incapaz de oírla. El patio de butacas murmulla, el alguacil y el secretario reciben llamadas telefónicas, y la taquígrafa teclea en su máquina de escribir. Sin embargo, el sonido y el aire se desvanecieron por completo en el instante en que Atwater pronunció esta última frase. Dejé que flotara en el aire durante unos momentos. Era consciente de que aquel era el aspecto más perjudicial para mis intereses en ese caso. De hecho, con esa respuesta había servido a los intereses de Jason Jessup. A partir de ahí, sin embargo, el caso iba a ser mío. Y de Melissa Landy. No iba a olvidarme de ella.

–¿Por qué constaba el ADN de Kensington Landy en la BAC? –pregunté.

–Porque una ley del estado de California obliga a todos los sospechosos de haber cometido un delito a suministrar una muestra de ADN. En 2004, se detuvo al señor Landy por un atropello con huida que causó lesiones. Aunque más tarde se declaró culpable de cargos menores, en un primer momento se le atribuyó un delito, lo que se tradujo en la aplicación de la mencionada ley en el momento de su detención. Su ADN se introdujo en la base de registros.

–De acuerdo. Volvamos ahora al vestido de la víctima y al semen encontrado en él. ¿Cómo llegó a la conclusión de que el semen había sido depositado el día del asesinato de Melissa Landy?

En un primer momento, Atwater dio la impresión de sentirse confundida ante la pregunta. Era una pantomima.

–No lo hice. Es imposible saber cuándo se produjo exactamente.

–¿Quiere decir que podría haberse encontrado en su vestido una semana antes de su muerte?

–Sí. Es imposible saberlo.

–¿Un mes, quizá?

–Es posible, ya que…

–¿Qué me dice de un año?

–Una vez más, resulta…

–¡Protesto!

Royce se levantó. «Ya era hora», pensé.

–Señoría, ¿cuánto tiempo debe proseguir esto más allá de lo razonable?

–Lo retiro, señoría. El señor Royce tiene razón. Hemos excedido todo límite razonable.

Realicé una pausa para subrayar el hecho de que Atwater y yo nos disponíamos a tomar una nueva dirección.

–Señorita Atwater, usted condujo un segundo análisis de ADN en relación con el caso de Melissa Landy, ¿correcto?

–Sí, lo hice.

–¿Podría describirnos en qué consistió?

Antes de responder, se retiró el mechón rosa tras la oreja.

–Sí. Se trató de una extracción y de una comparación de ADN a partir de muestras de cabello. Cabello de la víctima, Melissa Landy, que se obtuvo en el momento de la autopsia y que estaba dentro de un recipiente, y cabello encontrado en el camión de la grúa que conducía el acusado, Jason Jessup.

–¿De cuántas muestras estamos hablando?

–Básicamente, de una de cada. Nuestro objetivo era extraer ADN nuclear, el cual solo está disponible en la raíz del cabello. De todas las muestras con las que contábamos, solo había una extracción viable a partir de los cabellos hallados en el vehículo. De manera que comparamos el ADN de la raíz de ese cabello con una de las muestras extraídas durante la autopsia.

La orienté a través del proceso, intentando que sus explicaciones fueran lo más sencillas posibles. Lo justo para captar la idea, tal y como ocurre en la televisión. Tenía un ojo puesto en la testigo y otro en el banco del jurado. Me aseguré de que todos estuvieran enganchados y felices.

Conseguimos atravesar de una vez por todas el túnel tecnogenético y desembocamos en las conclusiones de Lisa Atwater. Mostró diversas gráficas de colores en las pantallas y las interpretó con detenimiento. Lo que de verdad contaba, sin embargo, era lo de siempre: para sentir, el jurado debía escuchar. Lo más relevante que un testigo lleva consigo a un tribunal es su voz. Podían desplegarse muchas gráficas, pero lo que al final quedaría serían las palabras de Atwater.

Me volví y le eché otro vistazo al reloj. Estaba cumpliendo con el horario previsto. La jueza debía tardar unos veinte minutos en dar la jornada por concluida. Volví a girarme y me dispuse a entrar a matar.

–Señorita Atwater, ¿alberga alguna duda o resquemor acerca de la correspondencia genética sobre la que acaba de prestar testimonio?

–No, ninguno en absoluto.

–¿Cree, pues, más allá de toda duda razonable, que únicamente el cabello de Melissa Landy se corresponde con la muestra de cabello hallada en la grúa que el acusado conducía el 16 de febrero de 1986?

–Lo creo.

–¿Existe algún método cuantificable que pueda ilustrar esta correspondencia?

–Sí. Tal y como he explicado antes, obtuvimos una correspondencia en nueve de los trece indicadores previstos en los protocolos de la BAC. La combinación de estos nueve indicadores genéticos se produce en uno de cada 1,6 billones de individuos.

–¿Está diciendo que solo hay una posibilidad entre 1,6 billones de que el cabello encontrado en el vehículo que conducía el acusado perteneciera a alguien que no fuera Melissa Landy?

–Sí, es una forma de verlo.

–Señorita Atwater. ¿Sabe cuál es la actual población mundial?

–Se acerca a los siete mil millones.

–Gracias, señorita Atwater. No tengo más preguntas por el momento.

Me dirigí a mi sitio y tomé asiento. De inmediato comencé a reunir expedientes y documentos, listo para meterlos en el maletín y marcharme a casa. Este día ya era historia y me aguardaba una larga noche preparando el que le seguiría. La jueza no parecía estar resentida por el hecho de que hubiese terminado diez minutos antes de lo previsto. Ella misma estaba a punto de echar el cierre, y de enviar al jurado a sus hogares.

–Mañana proseguiremos con el contrainterrogatorio de esta testigo. Quisiera agradecerles que hayan prestado tanta atención al testimonio de hoy. La sesión se suspende hasta las nueve en punto de mañana. Una vez más, les recuerdo que no deben prestar atención a ningún telediario ni…

–¿Señoría?

Levanté la vista de los expedientes. Royce estaba de pie.

–¿Sí, señor Royce?

–Disculpe por la interrupción, jueza Breitman. Según mi reloj, solo son las 16:50 y me consta que usted prefiere avanzar lo máximo posible cada día con los testimonios. Desearía realizar ahora mismo el contrainterrogatorio a la testigo.

La jueza miró a Atwater, que seguía en el banco de los testigos, y de nuevo a Royce.

–Señor Royce, preferiría que empezara con su contrainterrogatorio mañana por la mañana antes que darle inicio y tener que interrumpirlo al cabo de solo diez minutos. No haré que el jurado se quede más tarde de las cinco. Es una regla que no pienso romper.

–Lo comprendo, señoría. No tengo intención de interrumpirlo. Habré acabado con esta testigo a las cinco en punto, y no hará falta que regrese mañana.

La jueza se quedó mirando a Royce un buen rato con una expresión de incredulidad grabada en el rostro.

—Señor Royce, la señorita Atwater es uno de los testigos decisivos de la acusación. ¿Me está diciendo que le bastan cinco minutos para contrainterrogarla?

—Bueno, por supuesto que eso dependerá de cuánto se extienda en sus respuestas, pero apenas tengo unas pocas preguntas, señoría.

—De acuerdo, pues. Puede proceder. Señorita Atwater, continúa bajo juramento.

Royce se encaminó al atril. Yo estaba igual de confundido que la jueza con aquella maniobra de la defensa. Esperaba que Royce dedicara la mayor parte de la mañana a contrainterrogar. Debía de tratarse de un truco. Él había incluido a su propio experto en ADN en su lista de testigos, pero yo tampoco habría perdido la ocasión de plantarle cara a un testigo de la fiscalía.

—Señorita Atwater —dijo Royce—, ¿todas las pruebas, clasificaciones y extracciones que realizó a partir de la muestra de cabello hallado en la grúa le indicaron cómo había acabado esa muestra en el interior de ese vehículo?

Para ganar tiempo, Atwater solicitó a Royce que le repitiera la pregunta. Ni siquiera entonces respondió. Tuvo que intervenir la jueza para que lo hiciera.

—Señorita Atwater, ¿puede responder a la pregunta?

—Hum… Sí, lo siento. Mi respuesta es que no. El trabajo que llevé a cabo en el laboratorio no podría determinar el modo en que la muestra de cabello acabó en el vehículo. Yo no soy responsable de esa tarea.

—Gracias —contestó Royce—. Para que quede bien claro, no puede indicarle al jurado cómo se introdujo en el vehículo aquel cabello (que con tanta competencia ha sido capaz de identificar como perteneciente a la víctima), ni quién lo puso ahí, ¿correcto?

Me levanté del asiento.

–Protesto. Da por ciertos hechos que no han sido probados.

–Se acepta. ¿Desea reformular la pregunta, señor Royce?

–Gracias, señoría. Señorita Atwater, no tiene ni la menor idea (más allá de lo que quizá le contaran) acerca de cómo acabó en el interior de la grúa ese cabello que examinó, ¿correcto?

–Es correcto, sí.

–De manera que puede identificar el cabello como perteneciente a Melissa Landy, pero no puede testificar con idéntica seguridad acerca del modo en que acabó en ese vehículo, ¿correcto?

Volví a ponerme en pie.

–Protesto. La pregunta ya ha sido formulada y respondida.

–Creo que esta vez voy a permitir que la testigo responda a la pregunta. ¿Señorita Atwater?

–Sí, es correcto. No puedo testificar sobre nada que tenga que ver con la forma en que ese cabello acabó en el interior de la grúa.

–En ese caso, no tengo más preguntas. Gracias.

Me volví y miré el reloj. Disponía de dos minutos. Si deseaba que el jurado retomara la senda que me convenía, debía pensar en algo a toda prisa.

–¿Alguna réplica, señor Haller?

–Un momento, señoría.

Me giré para susurrarle unas palabras a Maggie.

–¿Qué puedo hacer?

–Nada –me susurró–. Déjalo estar, o puede que empeores la situación. Has expuesto tus argumentos con claridad. Él ha hecho lo propio. Los tuyos son más determinantes. Has colocado a Melissa en el interior de ese vehículo. No sigas.

Algo en mi interior me gritaba que no dejara las cosas como estaban, pero tenía la mente en blanco. No podía pensar en ningún aspecto del contrainterrogatorio de Royce que pudiera revertir en mi favor delante del jurado.

—¿Señor Haller? —preguntó la jueza con impaciencia.

Me di por vencido.

—No tengo más preguntas por el momento, señoría.

—Bien. En ese caso, aquí acaba la sesión de hoy. La sala volverá a reunirse mañana a las nueve horas, y advierto a los miembros del jurado contra la lectura de artículos de prensa o el visionado de programas de televisión relacionados con el caso. Asimismo, les solicito que se abstengan de discutir al respecto con familiares y amigos. Les deseo a todos una buena noche.

Dicho esto, el jurado se levantó y comenzó a abandonar el banco. Mi vista se posó al azar en la mesa de la defensa, donde Jessup estaba felicitando a Royce. Eran todo sonrisas. Sentí un agujero en el estómago del tamaño de un balón de baloncesto. Era como si hubiera estado jugando un partido perfecto durante casi todo el día —a lo largo de las casi seis horas de testimonio— y luego me hubiera dedicado a regalarle pelotas al rival de la manera más tonta en unos últimos cinco minutos nefastos.

Me quedé sentado y esperé hasta que Royce, Jessup y todos los demás hubieron abandonado la sala.

—¿Vienes? —dijo Maggie a mis espaldas.

—Espera un momento. ¿Qué te parece si nos vemos en la oficina?

—Podemos caminar juntos.

—En estos momentos no soy muy buena compañía, Mags.

—Supéralo, Haller. El día se te ha dado muy bien. El día se nos ha dado bien. Él solo ha estado bien durante cinco minutos, y el jurado lo sabe.

–De acuerdo. Nos vemos ahí en un rato.

Acabó por dar su brazo a torcer, y oí como se marchaba. Al cabo de unos minutos, alargué la mano hasta el expediente que coronaba la pila que yacía frente a mí y lo abrí por la mitad. Una foto escolar de Melissa Landy estaba sujeta con un clip a la carpeta. Le sonreía a la cámara. No se parecía en nada a mi hija, pero me hizo pensar en Hayley.

En silencio, me hice la promesa de no dejar que Royce volviera a ser más listo que yo.

Unos minutos después, alguien apagó las luces.

32

Martes, 6 de abril, 22:15 horas

A cuatrocientos metros al sur del muelle de Santa Mónica, Bosch estaba de pie junto a unos columpios fijados a la arena. A su izquierda, las aguas negras del océano Pacífico parecían llenas de vida gracias a los reflejos de luz y de color que les llegaban de la noria situada al final del paseo. Hacía un cuarto de hora que el parque de atracciones había cerrado sus puertas, pero el espectáculo de luces continuaría durante la noche. Brindaba un despliegue electrónico de patrones cambiantes que, proyectándose sobre la superficie de la inmensa rueda, resultaba hipnotizante en medio de la fría oscuridad reinante.

Harry agarró el teléfono y llamó a su enlace de la SIE. Ya se había comunicado previamente con él para organizar la operación.

—Bosch de nuevo. ¿Cómo anda nuestro chico?

—Se diría que ya se ha retirado por esta noche. Hoy debes de haberlo puesto en alerta en el tribunal, Bosch. A su regreso ha entrado en Ralph's para aprovisionarse de comida y luego se ha dirigido directamente a casa, de la que no ha vuelto a salir. Es la primera de las últimas cinco noches en que no anda suelto por ahí a estas horas.

—Bueno, de todas maneras yo no contaría con que vaya a permanecer así. Tienen cubierta la puerta de atrás, ¿verdad?

–Y las ventanas, y el coche, y la bicicleta. Lo tenemos controlado, detective. No se preocupe.

–En ese caso, no lo haré. Tienen mi número. Llámenme si se pone en movimiento.

–Así lo haremos.

Bosch colgó el teléfono y se encaminó hacia el muelle. El viento llegaba con fuerza desde mar adentro, y una fina capa de arena le impactaba sobre el rostro y los ojos mientras se acercaba a la majestuosa estructura. El muelle recordaba a un avión de pasajeros que hubiera quedado varado. Largo y amplio. Contaba con un espacioso aparcamiento coronado por un amplio surtido de restaurantes y tiendas de *souvenirs*. En su parte central se levantaba un parque de atracciones muy completo en el que no faltaban ni la montaña rusa ni la icónica noria. El extremo que más se introducía en el mar era un tradicional muelle de pescadores con una tienda donde vendían cebo, oficinas administrativas y un último restaurante. Todo ello estaba sostenido por un denso bosque de pilones de madera que arrancaba en tierra firme y se extendía unos doscientos metros más allá del rompeolas, hasta perderse en las gélidas profundidades.

En tierra firme, los pilones estaban cercados por un revestimiento que delimitaba un almacén para la ciudad de Santa Mónica solo medianamente seguro. Por dos motivos. El primero, que la zona de almacenamiento era vulnerable a las mareas altas de máxima intensidad, las cuales se producían en ocasiones excepcionales como resultado de terremotos en alta mar. Y el segundo, que el muelle discurría a lo largo de casi cien metros de arena, lo que obligaba a fijar el revestimiento sobre arena húmeda. La madera estaba en riesgo permanente de pudrirse y cedía con facilidad. En consecuencia, el almacén se había transformado en un refugio clandestino para gente sin hogar que el ayuntamiento debía evacuar de manera periódica.

Los observadores de la SIE habían informado de que, la noche anterior, Jessup se había colado por debajo de la pared sur y había permanecido treinta y un minutos dentro.

Bosch alcanzó el muelle y comenzó a atravesarlo cuan largo era, buscando la grieta en el revestimiento de madera por la que Jessup había reptado. Llevaba consigo una pequeña linterna y no tardó en encontrar una depresión en la base de la pared, la cual revelaba que se había cavado un agujero en la arena y tapado de nuevo parcialmente. Se puso en cuclillas, enfocó el agujero con la linterna y llegó a la conclusión de que era demasiado pequeño para caber en él. Dejó la linterna a un lado y se puso a cavar como un perro desesperado por escapar de un patio.

Enseguida le pareció que el agujero alcanzaba el tamaño suficiente y lo atravesó. Iba vestido para la ocasión. Unos viejos pantalones vaqueros de color negro y botas de trabajo, una camiseta de manga larga bajo un cortavientos de plástico puesto del revés para ocultar el amarillo fluorescente con las letras LAPD (Departamento de Policía de Los Ángeles) estampadas por delante y por detrás.

Desembocó en un espacio oscuro y cavernoso. Los retazos de luz se filtraban entre los tablones del aparcamiento superior. Se levantó y se sacudió la arena de la ropa. Acto seguido, barrió el lugar con la linterna. Como esta era de corto alcance, su haz no podía iluminar los rincones más alejados.

Olía a humedad y el sonido de las olas rompiendo contra los pilones que se levantaban a apenas veinticinco metros de distancia resonaba con fuerza en el espacio cerrado. Bosch enfocó hacia arriba y vio los hongos que se arracimaban en las vigas del muelle. Comenzó a caminar en dirección a la oscuridad y de inmediato topó con un bote cubierto con una lona. La levantó por un extremo que no estaba sujeto y comprobó que se trataba de un bote salvavidas. Continuó avanzando y fue encontrándose con boyas, conos de carretera y señalizaciones para cortar el tráfico que llevaban estampado: CIU- DAD DE SANTA MÓNICA.

Después halló tres andamiajes empleados para proyectos de reparación y pintura en el muelle. Se diría que llevaban mucho tiempo sin utilizarse, y se iban hundiendo lentamente en la arena. En la parte trasera se extendía una hilera de cuartos de almacenamiento, pero el revestimiento de madera se había resquebrajado y partido, con lo que, siendo generosos, la posibilidad de guardar utensilios en ellos podía calificarse de porosa.

Las puertas no estaban cerradas con llave y Bosch recorrió todos los habitáculos. Se los encontró vacíos, excepto el penúltimo de la fila. Este tenía un candado nuevo y reluciente. Acercó el haz de luz a una de las ranuras situadas entre los tablones e intentó mirar adentro. Solo vio lo que parecía ser el extremo de una sábana.

Se retiró de nuevo a la entrada de la puerta y se agachó frente al candado. Sujetando la linterna con la boca, extrajo dos ganzúas de su cartera. Empezó a manipular el candado y enseguida descubrió que constaba solo de cuatro bombines. Tardó menos de cinco minutos en abrirlo.

Entró en el trastero y se lo encontró prácticamente vacío. En el suelo yacía una sábana doblada sobre la que reposaba una almohada. Nada más. El informe del equipo de vigilancia de la SIE recogía que, la noche anterior, Jessup había atravesado la playa portando una sábana.

No decía nada acerca de que la hubiera dejado bajo el puente, ni de la existencia de una almohada.

Harry ni siquiera estaba seguro de encontrarse en el mismo lugar adonde había acudido Jessup. Recorrió la pared con la linterna y luego la levantó para poder ver la parte inferior del muelle. Ahí se detuvo. Podía reconocer claramente el contorno de una puerta. Una trampilla. La habían cerrado desde abajo con otro candado nuevo.

Bosch estaba bastante seguro de hallarse debajo del aparcamiento del muelle. De tanto en tanto, le llegaba ruido de vehículos, a medida que la gente lo abandonaba camino de sus casas. Supuso que alguien habría utilizado la trampilla como vía de entrada para almacenar más material. Era consciente de que podía utilizar uno de los andamiajes y subir por él para examinar el candado, pero no se tomó la molestia. Salió de aquel corral.

Mientras manipulaba el candado para cerrar la puerta, sintió cómo el teléfono le vibraba en el bolsillo. Lo sacó rápidamente con la idea de que su enlace de la SIE fuera a comunicarle que Jessup estaba en danza. Sin embargo, el identificador de llamadas le indicó que se trataba de su hija. Descolgó.

–Hola, Maddie.

–¿Papá? ¿Estás ahí?

El tono de su voz era bajo, mientras que el del estallido de las olas era alto.

–Sí, lo estoy. ¿Qué ocurre?

–¿Cuándo piensas volver a casa?

–Pronto, cariño. Me queda un rato más de trabajo.

Habló incluso más flojo, y Bosch tuvo que cubrirse un oído con la mano para poder entenderla. De fondo le llegaba el sonido de la autopista. Supo que su hija se encontraba en la terraza trasera.

–Papá, me está obligando a hacer deberes que no tenemos que entregar hasta la semana próxima.

Bosch la había dejado una vez más al cargo de Sue Bambrough, la subdirectora del colegio.

–Así le estarás agradecida la semana que viene, cuando los demás anden ocupados, y tú, libre.

–¡Papá, me he tirado toda la noche haciendo deberes!

–¿Quieres que le pida que te dé un respiro?

Su hija no respondió y Bosch entendió lo que estaba pasando. Le había llamado para explicarle sus males, aunque no quería que hiciera nada al respecto.

–Te diré lo que vamos a hacer. Cuando vuelva, le recordaré a la señora Bambrough que estar en casa no es estar en la escuela, por lo que no es necesario que trabajes sin descanso. ¿De acuerdo?

–Supongo que sí. ¿Por qué no puedo limitarme a quedarme a dormir en casa de Rory? No es justo.

–Quizá la próxima vez. Tengo que regresar al trabajo, Mads. ¿Podemos seguir hablando de esto mañana? Quiero que estés en la cama cuando llegue a casa.

–Lo que tú digas.

–Buenas noches, Madeline. Asegúrate de que todas las puertas quedan bien cerradas, incluida la de la terraza. Nos vemos mañana.

–Buenas noches.

Era imposible pasar por alto el descontento en su tono de voz. Colgó antes de que lo hiciera Bosch. Apagó el teléfono y, en el instante justo en que se lo colocaba de nuevo en el bolsillo, oyó un ruido que le hizo pensar en un entrechocar de objetos metálicos. Procedía de la zona donde se hallaba el agujero por el que se había escurrido dentro del almacén. Apagó de inmediato la linterna y se dirigió hacia la lona que cubría el bote.

Agazapado detrás de la embarcación, vio una figura erguida frente a la pared que empezaba a moverse en la oscuridad sin la ayuda de una linterna. Se encaminó con determinación hacia el cuarto provisto del candado nuevo.

Del aparcamiento superior llegaba luz procedente de las farolas. Estas vertían franjas de claridad a través de las grietas formadas al combarse los tablones del paseo. Mientras la figura avanzaba a través de estos, Bosch vio que se trataba de Jessup.

Se agachó un poco más y, de forma instintiva, se llevó la mano al cinturón para asegurarse de que su arma seguía ahí. Con la otra mano extrajo el teléfono y pulsó el botón de silenciar. No quería que el enlace de la SIE se acordara de llamarlo de repente para alertarle de que Jessup estaba en marcha.

Bosch vio que Jessup llevaba consigo una bolsa que parecía pesar mucho. Avanzó directo al trastero y abrió la puerta. Obviamente, disponía de una llave.

Jessup dio un paso atrás y, al darse la vuelta y barrer toda la habitación con la mirada para cerciorarse de que se encontraba solo, Bosch percibió un haz de luz que cruzaba por delante de su rostro. A continuación, entró en el habitáculo.

Durante unos segundos, cesaron todos los sonidos y movimientos. Jessup reapareció en el umbral. Salió y cerró la puerta con el candado. Regresó a la zona iluminada e hizo un nuevo barrido del lugar de ciento ochenta grados. Bosch agachó un poco más el cuerpo. Imaginó que Jessup estaba en alerta porque había encontrado el agujero recién cavado bajo la pared.

–¿Quién anda por ahí? –gritó.

Bosch no se movió. Ni siquiera respiró.

–¡Muéstrate!

Bosch metió la mano bajo el cortavientos y agarró su pistola. Sabía, por los informes, que Jessup se había agenciado un arma. Al menor gesto en su dirección, estaría preparado para sacar la suya y ser el primero en abrir fuego.

No ocurrió nada. Jessup regresó a toda prisa al agujero de la entrada y no tardó en desaparecer en la oscuridad. Bosch aguzó el oído, pero todo lo que llegó fue el batir de las olas. Aguardó otros treinta segundos antes de dirigirse hacia la apertura en la pared. No encendió la linterna. No estaba del todo seguro de que Jessup se hubiera marchado de verdad.

Abriéndose paso entre los andamiajes, se dio un fuerte golpe en la espinilla contra una barra de metal que sobresalía de uno de ellos. Sintió una oleada de dolor que se extendía por la pierna izquierda al tiempo que la estructura se tambaleaba. Las dos plataformas superiores de metal cayeron a la arena con estrépito. Se lanzó al suelo junto a ellas y esperó.

Jessup no apareció. Se había ido.

Se incorporó con lentitud. Estaba magullado y furioso. Sacó el teléfono y llamó a la SIE.

—¡Se suponía que debíais llamarme si Jessup se ponía en marcha! —susurró, muy enfadado.

—Lo sé —respondió su interlocutor al otro lado—. No lo ha hecho.

—¿Qué? Estás… Ponme con quien esté al cargo.

—Lo siento, detective, pero esa no es la forma en que…

—Escucha, capullo. Jessup no está recogidito en casa. Acabo de verlo. Y la cosa ha estado a punto de acabar mal. Ahora déjame hablar con alguien, o lo siguiente que haré será llamar al teniente Wright a su casa.

Mientras esperaba, caminó hasta un lateral de la pared para alejarse del almacén. La pierna le dolía a rabiar.

Estaba cojeando. La oscuridad le impedía encontrar el punto en la pared bajo el que podía escurrirse. Al final encendió la linterna y la bajó a ras de suelo. Halló el sitio y vio que, al igual que la noche anterior, Jessup había lanzado arena sobre el agujero. Una voz le llegó a través del teléfono.

—¿Bosch? Aquí Jacquez. ¿Acaba de declarar haber visto a nuestro sujeto?

—No declaro haberlo visto. Lo he visto. ¿Dónde está su gente?

—Estamos frente a su cero, hombre. No lo ha abandonado.

Cero era el nombre en clave que el equipo le había otorgado al hogar del sujeto que se encontraba bajo vigilancia.

—¡Y una mierda! Me lo acabo de encontrar bajo el muelle de Santa Mónica. Traiga a su gente hasta aquí. Ahora.

—Tenemos a su cero bien controlado, Bosch. No hay…

—Escúcheme, gilipollas. Jessup es mi caso. Lo conozco, y hace un momento casi me muerde las pelotas. Ahora llame a sus hombres y averigüe quién ha abandonado su puesto porque…

—Le volveré a llamar —dijo Jacquez secamente, y colgó.

Bosch reactivó el timbre de llamadas y devolvió el teléfono al bolsillo. Volvió a colocarse de rodillas y a cavar un agujero. Se valió de las manos como si fueran palas. Escurrió el cuerpo por el agujero. Contemplaba la posibilidad de que Jessup lo estuviera esperando al otro lado. Pero no había la menor señal de él. Se levantó, miró en dirección sur hacia Venice y no vio a nadie bajo la luz de la noria. Se volvió para recorrer con la mirada los hoteles y edificios de apartamentos que se extendían a lo largo de la playa. Había gente en el paseo marítimo, pero no reconoció a Jessup.

A unos veinticinco metros divisó unas escaleras que conducían directamente al aparcamiento del muelle. Se dirigió hacia ellas sin dejar de cojear. Estaba a mitad de trayecto cuando le sonó el teléfono. Era Jacquez.

—De acuerdo, ¿dónde se encuentra? Estamos de camino.

—De eso se trata. Lo he perdido. He tenido que esconderme y pensaba que vosotros lo teníais controlado. Me encamino a la planta superior del muelle. ¿Qué demonios ha ocurrido, Jacquez?

—Uno de los chicos ha tenido que salir a plantar un pino. Asegura que el estómago le estaba causando problemas. Dudo que mañana siga en la unidad.

—¡Dios mío!

Bosch alcanzó el final de las escaleras y salió al aparcamiento.

Ni rastro de Jessup.

—De acuerdo, estoy en el muelle. No lo veo. Se lo ha llevado el viento.

—De acuerdo, Bosch. Llegamos en dos minutos. Nos dispersaremos. Vamos a encontrarlo. No ha cogido el coche ni la bici, por lo que va a pie.

—Puede que haya subido a un taxi en alguna de las paradas que hay frente a todos estos hoteles. En definitiva, no sabemos dónde…

De golpe, Bosch reparó en algo.

—Debo irme. Llámeme tan pronto lo tengan, Jacquez. ¿Entendido?

—Entendido.

Bosch cortó la comunicación, y acto seguido llamó a casa con el marcador rápido. Miró el reloj. Como ya eran más de las once, aguardó a que Sue Bambrough respondiera.

Pero fue su hija quien descolgó.

–¿Papá?

–Hola, cariño. ¿Cómo es que sigues levantada?

–Porque he tenido que hacer todo ese montón de deberes. Quería tomarme un descanso antes de acostarme.

–Está bien. Escucha, ¿me puedes pasar a la señora Bambrough?

–Papá, estoy en mi cuarto y ya llevo puesto el pijama.

–De acuerdo. Pues, entonces, acércate a la puerta y pídele que coja el teléfono de la cocina. Necesito hablar con ella. Mientras tanto, ve vistiéndote. Tienes que irte de la casa.

–¿Qué? Papá, tengo que…

–Madeline, escúchame. Esto es importante. Voy a pedirle a la señorita Bambrough que te lleve a su casa hasta que pueda ir a recogerte. Quiero que salgas de ahí.

–¿Por qué?

–No necesitas saberlo. Limítate a hacer lo que te pido. Ahora, por favor, dile a la señora Bambrough que se ponga al teléfono.

No respondió, pero Bosch captó cómo abría la puerta de su cuarto. Luego la oyó decir: «Es para ti».

Al cabo de un momento, descolgaron el supletorio de la cocina.

–¿Hola?

–Sue, soy Harry. Necesito que hagas algo. Necesito que te lleves a Maddie a tu casa. Ahora mismo. Pasaré a recogerla por ahí en menos de una hora.

–Entendido.

–Sue, escucha. Esta noche hemos estado vigilando a un individuo que sabe dónde vivo. Lo hemos perdido. No hay razón para alarmarse, ni motivos para pensar que se dirige hacia ahí, pero prefiero tomar todas las precauciones. De modo que quiero que cojas a Maddie y abandonéis juntas la casa. Sin más dilación. Acudid a tu domicilio, y luego nos reuniremos allí. ¿Puedes hacerlo, Sue?

–Nos marchamos de inmediato.

Le gustó la determinación que irradiaba su voz, e imaginó que estaba relacionada con el hecho de ejercer como profesora y subdirectora en un colegio público.

–De acuerdo, me pongo ya en marcha. Llámame en cuanto hayáis llegado a tu casa.

Lo cierto era que Bosch no estaba aún en marcha. Tras la llamada, guardó el teléfono y volvió a bajar a la playa por las escaleras. Una vez allí fue hasta el agujero que había cavado bajo la pared del almacén. Lo cruzó de nuevo y, en esa ocasión, se valió de la linterna para orientarse hasta el cuarto cerrado con llave. Recurrió a las ganzúas de nuevo para liberar el candado, sin dejar de darle vueltas al modo en que Jessup se había desembarazado del equipo de vigilancia. ¿Había sido una mera coincidencia el que hubiera abandonado su apartamento en el mismo instante en que el agente de la SIE se ausentaba de su puesto? ¿O había sido consciente de que lo estaban observando y había aguardado a que llegara su oportunidad para escaparse?

Por el momento, no había forma de saberlo.

Al fin consiguió abrir el candado. Necesitó más tiempo que la primera vez. Entró en el habitáculo y dirigió la luz a la sábana y a la almohada que reposaban sobre el suelo. La bolsa que Jessup acarreaba también se encontraba ahí. En un lateral se leía RALPH'S. Bosch se arrodilló. Estaba a punto de abrirla cuando le sonó el móvil. Era Jacquez.

–Lo tenemos. Se encuentra en Nielson con Ocean Park. Tiene pinta de que camina de regreso a casa.

–En tal caso, intenten no perderlo de vista esta vez, Jacquez. Debo dejarle.

Colgó antes de que Jacquez pudiera responderle. Al instante llamó al móvil de su hija. Se encontraba en el coche de Sue Bambrough. Bosch le dijo que podían dar la vuelta y regresar a casa. No recibió las noticias con la gratitud que cabe esperar de alguien que ve cómo acaban de liberarlo de la tensión. Su hija estaba enfadada por culpa del susto. Bosch no podía culparla, pero tampoco podía seguir hablando.

—En menos de una hora estaré en casa. Si sigues despierta, podemos hablar del asunto. Hasta ahora.

Cortó la comunicación y se concentró en la bolsa. La abrió sin moverla del lugar que ocupaba junto a la sábana.

Contenía una docena de raciones individuales de fruta enlatada. Había melocotones en almíbar, piña troceada y macedonia de frutas. También apareció un paquete de cucharas de plástico. Bosch se quedó mirándolo todo fijamente durante un buen rato y, a continuación, levantó la vista hacia las vigas transversales y la trampilla con candado.

—¿A quién vas a traer aquí, Jessup? —murmuró.

33

Miércoles, 7 de abril, 13:05 horas

Todas las miradas convergían en el fondo de la sala. Había llegado la hora del número principal y, si bien yo contaba con un asiento en primera fila, no iba a dejar de ser un espectador más. No es que lo llevara bien, pero era una decisión con la que podía vivir y en la que confiaba. La puerta se abrió y Harry Bosch escoltó a nuestra principal testigo por la sala del tribunal. Sarah Ann Gleason nos había dicho que no poseía ningún vestido y que no deseaba comprarse ninguno para declarar. Llevaba unos pantalones vaqueros negros y una blusa morada de seda. Estaba guapa y rebosaba confianza. No nos hacía falta ningún vestido.

Bosch se mantuvo a su derecha. En el momento de cruzar la cancela, colocó el cuerpo de modo que formara una barrera entre ella y Jessup. Este, sentado a la mesa de la defensa, se giró como el resto de los presentes para seguir la entrada de su principal acusadora. Bosch dejó que completara sola el resto del camino. Maggie la Fiera ya se encontraba frente al atril y, cuando su testigo se cruzó en su camino, le dedicó una cálida sonrisa. Ese era también el gran momento de Maggie. Interpreté esa sonrisa como una señal de esperanza para ambas mujeres.

La mañana se nos había dado bien gracias al testimonio de Bill Clinton, el antiguo conductor de la grúa, y luego Bosch había manejado el caso hasta la hora del almuerzo. Clinton contó su versión del día del asesinato. Contó cómo Jessup le había pedido prestada su gorra de los Dodgers, instantes antes de que los hicieran formar en una improvisada rueda de reconocimiento junto a la entrada de la casa de Windsor Boulevard. También declaró que los conductores de Aardvark estaban familiarizados con el garaje que había detrás del teatro El Rey, ya que lo usaban con frecuencia, y que Jessup había pedido encargarse de la ruta que pasaba por Windsor Boulevard la mañana del asesinato. Todos ellos habían sido puntos sólidos y favorables para la fiscalía. Además, Clinton no le había dado ningún juego a Royce durante el contrainterrogatorio.

Bosch subió al estrado por tercera vez en lo que llevábamos de juicio. En esa ocasión no leyó ninguna transcripción de testimonios anteriores, sino que declaró acerca de sus recientes investigaciones en torno al caso, y mostró la gorra de los Dodgers —con las iniciales «BC» bajo la visera— que se había encontrado entre las pertenencias de Jessup tras su arresto veinticuatro años atrás. De nuevo nos vimos en la tesitura de tener que realizar equilibrios en torno al hecho de que aquellas habían permanecido todo aquel tiempo en un almacén de San Quintín. Informar de ello habría supuesto revelar que Jessup ya había sido condenado por el asesinato de Melissa Landy.

Ahora le tocaba el turno a Sarah Ann Gleason, la última testigo de la acusación. Ella le proporcionaría al caso el *crescendo* emocional que necesitaba. Una hermana que defendería los derechos de una hermana desaparecida hacía mucho tiempo. Me recliné en la silla para ver cómo mi exmujer –la mejor fiscal con la que me había cruzado en la vida– acababa por llevarnos a buen puerto. Gleason prestó juramento y ocupó su sitio. Era bajita, y la secretaria de la sala tuvo que bajarle un poco el micrófono. Maggie se aclaró la voz y arrancó.

–Buenos días, señora Gleason. ¿Cómo se encuentra hoy?

–Bastante bien.

–¿Podría contarle al jurado un poco sobre usted?

–Esto,.. Tengo treinta y siete años. No estoy casada. Llevo siete años viviendo en Port Townsend, en el estado de Washington.

–¿A qué se dedica?

–Soy artesana del vidrio.

–¿Qué relación mantenía con Melissa Landy?

–Era mi hermana pequeña.

–¿Cuántos años se llevaban?

–Trece meses.

Maggie colocó una fotografía de las dos hermanas en una de las pantallas superiores de que disponía la fiscalía. En ella se veía a dos niñas sonrientes frente a un árbol de Navidad.

–¿Puede identificar esta foto?

–Somos mi hermana Melissa y yo durante nuestra última Navidad juntas. Justo antes de que se la llevaran.

–En ese caso estamos hablando de las Navidades de 1985.

–Sí.

–He advertido que usted y ella son de la misma estatura.

–Sí. De hecho, en ese momento no parecía mi hermana pequeña. Ya me había alcanzado.

–¿Compartían la ropa?

–Algunas prendas, menos las favoritas de cada una. Si lo hacíamos, la cosa acababa en pelea.

Sonrió, y Maggie asintió en señal de comprensión.

–Ha indicado que se la llevaron. ¿Estaba haciendo referencia al 16 de febrero del año siguiente, al día en que secuestraron y asesinaron a su hermana?

–Sí, a eso me refería.

–De acuerdo, Sarah. Me consta que esto le va a resultar difícil, pero me gustaría que le contara al jurado qué vio y qué hizo aquel día.

Gleason cabeceó como si reuniera fuerzas para afrontar lo que se avecinaba. Miré a los miembros del jurado, que habían depositado toda su atención en ella. Luego me giré hacia la mesa de la defensa y clavé la mirada en Jessup. No se la aparté en ningún momento. Aguanté su expresión desafiante e intenté hacerle llegar mi propio mensaje. Aquellas dos mujeres –la una, formulando las preguntas; la otra, respondiéndolas– iban a hacer que mordiera el polvo.

Al final fue Jessup quien apartó la mirada.

–Bien, era un domingo. Nos disponíamos a ir a misa. La familia al completo. Melissa y yo ya llevábamos puestos nuestros vestidos, de modo que mi madre nos dijo que esperáramos en el jardín de la entrada.

–¿Por qué no podían utilizar el jardín trasero?

–Mi padrastro estaba montando una piscina, y allá atrás había mucho barro y un gran agujero. A mi madre le preocupaba que pudiéramos caernos y ensuciarnos el vestido.

–De modo que fueron al jardín delantero.

–Sí.

–¿Dónde se encontraban sus padres en ese momento?

–Mi madre seguía arreglándose en el piso de arriba, y mi padre estaba en la sala del televisor viendo un programa deportivo.

–¿En qué lugar de la casa se encontraba la sala del televisor?

–En la parte trasera, al lado de la cocina.

–De acuerdo, Sarah, voy a mostrarle una foto que lleva por nombre «Prueba número 11 de la acusación popular». ¿Es esta la parte delantera de la casa en Windsor Boulevard en la que vivía? Todas las miradas se dirigieron hacia la pantalla superior. Una casa de ladrillo amarillo la ocupó por completo. Era una imagen apaisada que se había tomado desde la calle, donde se mostraba un jardín delantero de generosa profundidad, flanqueado por setos de algo menos de dos metros de altura. Había un porche que se extendía a lo largo del perímetro de la casa y que en buena medida quedaba oculto tras la vegetación ornamental. Un sendero asfaltado arrancaba desde la acera, cruzaba el jardín y desembocaba en los escalones situados al pie del porche. Mientras preparábamos el juicio, yo había repasado varias veces las muestras que íbamos a presentar. Sin embargo, hasta ese momento no me percaté de que el sendero presentaba una grieta en la parte central que se extendía cuan largo era. Si se tenía en cuenta lo que había sucedido en aquella casa, se antojaba de lo más pertinente.

–Sí, esta era nuestra casa.

–Cuéntenos qué pasó aquel día en este jardín delantero, Sarah.

–Bien, decidimos jugar al escondite mientras esperábamos a nuestros padres. Me tocó ser la primera en contar, y encontré a Melissa ocultándose tras ese arbusto situado al lado derecho del porche.

Señaló en dirección a la muestra fotográfica que seguía en la pantalla. Me di cuenta de que nos habíamos olvidado de darle a Gleason el puntero láser con el que habíamos estado preparando su testimonio. Rápidamente abrí el portafolio de Maggie y di con él. Me levanté para entregárselo. Con la venia de la jueza, ella se lo ofreció a la testigo.

—De acuerdo, Sarah, ¿podría utilizar el puntero para enseñárnoslo?

Gleason trazó un círculo con el láser rojo alrededor del tupido seto que se levantaba en el extremo norte del porche de la entrada.

—¿Así que ella se escondió ahí y usted la encontró?

—Sí. Cuando le llegó el turno de contar, decidí esconderme en el mismo sitio porque pensé que no se le ocurriría empezar a buscarme por ahí. Al acabar de contar, bajó por los escalones y se quedó de pie en medio del jardín.

—¿Usted podía verla desde su escondite?

—Sí, podía verla a través del seto. Tenía el cuerpo medio girado. Me estaba buscando.

—¿Qué ocurrió a continuación?

—Bueno, primero oí el sonido de un camión que cruzaba y…

—Permítame que la interrumpa aquí, Sarah. Ha dicho que oyó un camión. ¿No lo vio?

—No. Desde donde me encontraba, no podía.

—¿Cómo sabe que se trataba de un camión?

—Era muy ruidoso y escandaloso. Podía sentirlo bajo mis pies, como un pequeño terremoto.

—De acuerdo. ¿Qué paso después de que oyera el camión?

—De repente vi a un hombre en el jardín… Se dirigió directo hacia mi hermana y la agarró de la muñeca.

Gleason bajó la vista y se agarró con las manos a la tarima que tenía enfrente.

—Sarah, ¿conocía a ese hombre?

—No, no lo conocía.

–¿Lo había visto con anterioridad?

–No, no lo había visto.

–¿Dijo algo?

–Sí, oí como decía: «Tienes que venir conmigo». Y mi hermana respondió… Ella respondió: «¿Estás seguro?». Y eso fue todo. Creo que él añadió algo más, pero no lo oí. Se la llevó. A la calle.

–Y usted, ¿permaneció escondida?

–Sí, no podía… Por algún motivo, no podía moverme. No podía pedir ayuda. No podía hacer nada. Estaba muy asustada.

Fue uno de esos momentos en los que la gravedad se adueña de la sala, cuando reina el más absoluto silencio a excepción de las voces del fiscal y el testigo.

–¿Vio u oyó algo más, Sarah?

–Oí cómo se cerraba una puerta y luego cómo se alejaba el camión.

Pude ver las lágrimas en las mejillas de Sarah Gleason. La secretaria de la sala también debió de hacerlo porque sacó una caja de pañuelos de un cajón de su mesa y cruzó la sala con ella. Sin embargo, en vez de llevársela a Sarah, se la entregó al miembro del jurado número dos, por cuyas mejillas también corrían las lágrimas. Aquello me venía de maravilla. Quería que las lágrimas permanecieran en el rostro de Sarah.

–Sarah, ¿cuánto tardó en salir de detrás del arbusto en el que se ocultaba y contarles a sus padres que se habían llevado a su hermana?

–Creo que no tardé ni un minuto, pero era demasiado tarde. Ya no estaba.

El silencio que siguió a esa declaración cavó ese tipo de agujeros por el que puede escurrirse una vida. Para siempre.

Maggie dedicó la siguiente media hora a orientar los recuerdos de Gleason a través de los acontecimientos posteriores. La llamada desesperada de su padrastro a la policía, lo que ella les contó a los detectives, la rueda de reconocimiento que pudo observar desde la ventana de su habitación, y cómo identificó a Jason Jessup como el hombre a quien había visto llevarse a su hermana.

Maggie tuvo que andarse con pies de plomo en esa parte. Habíamos recurrido a declaraciones juradas de testigos del primer juicio. Royce también disponía de acceso a los registros completos de ese juicio, y no me cabía duda de que su ayudante, que flanqueaba a Jessup por el otro lado, cotejaba todas las declaraciones de Sarah con su declaración original. Si se apartaba un milímetro de aquella, Royce se abalanzaría sobre ella durante el contrainterrogatorio, y se valdría de la menor discordancia para presentarla como una mentirosa.

A mi modo de ver, su testimonio pareció fresco, no ensayado. Ese era el fruto del trabajo previo que habían llevado a cabo ambas mujeres. De un modo eficiente y natural, Maggie condujo a su testigo hasta el momento clave en que Sarah volvió a confirmar su identificación de Jessup.

—¿Albergó la menor duda cuando, en 1986, identificó a Jason Jessup como el hombre que se había llevado a su hermana?

—No, ninguna en absoluto.

—Ya sé que ha transcurrido mucho tiempo, Sarah, pero voy a pedirle que recorra la sala con la mirada y le indique al jurado si puede ver en ella al hombre que secuestró a su hermana el día 16 de febrero de 1986.

—Sí, es él.

Habló sin titubeos y señaló a Jessup con el dedo.

–¿Podría indicarnos dónde se encuentra sentado y describirnos alguna de las prendas que lleva puesta?

–Se encuentra sentado junto al señor Royce y lleva puesta una corbata azul oscuro y una camisa azul claro.

Hice una pausa y miré a la jueza Breitman.

–Que conste en acta que la testigo ha identificado al acusado –dijo ella.

Centré de nuevo la atención en Sarah.

–Después de todos estos años, ¿alberga alguna duda acerca de que se trate del hombre que se llevó a su hermana?

–Ninguna en absoluto.

Maggie se giró y miró a la jueza.

–Señoría, quizá sea algo temprano, pero este me parece un buen momento para realizar nuestro receso de la tarde. A partir de este momento, voy a tomar otra dirección con este testigo.

–Muy bien –dijo Breitman–. Se levanta la sesión durante quince minutos. Espero tenerlos a todos de vuelta a las catorce horas con treinta y cinco minutos. Gracias.

Sarah nos pidió permiso para utilizar los servicios y abandonó la sala acompañada de Bosch, que hacía de guardaespaldas y quería asegurarse de que no coincidía con Jessup en el pasillo. Maggie se sentó a la mesa de la defensa y nos juntamos para comentar la jugada.

–Son tuyos, Maggie. Esto es lo que llevan toda la semana esperando escuchar, y ha sido incluso mejor de lo que podían imaginar.

Ella sabía que me estaba refiriendo a los miembros del jurado. No necesitaba ni mi aprobación ni mis ánimos, pero sentí que debía dárselos.

–Ahora viene lo más difícil –vaticinó–. Espero que pueda soportarlo.

–Lo está haciendo a las mil maravillas. Y estoy convencido de que eso es precisamente lo que Harry le está diciendo en estos momentos.

Maggie no habló más. Comenzó a hojear el cuaderno en el que llevaba escritas las notas y el borrador del interrogatorio. Al instante quedó inmersa en el trabajo que iba a tenerla ocupada durante la siguiente hora.

34

Bosch tuvo que apartar a los fotógrafos cuando Sarah Gleason salió del baño. Utilizando su cuerpo como un escudo protector contra las cámaras, la acompañó de regreso a la sala del tribunal.

—Sarah, lo estás haciendo realmente bien. Sigue así, y ese tipo regresará al lugar al que pertenece.

—Gracias, pero esa ha sido la parte fácil. Ahora la cosa se va a poner cuesta arriba.

—No te engañes, Sarah. No existe ninguna parte fácil. Tú sigue pensando en tu hermana, Melissa. Alguien debe hablar en su nombre. En estos momentos, esa persona eres tú.

Al cruzar la puerta de la sala, Bosch advirtió que se había fumado un cigarrillo en los servicios. Podía olerlo.

Una vez dentro, la escoltó por el pasillo central hasta la cancela, donde la esperaba Maggie la Fiera. Bosch le hizo un gesto de asentimiento a la fiscal. Ella también lo estaba haciendo realmente bien.

—Ahora, a rematar la faena —le dijo.

—Eso haremos —le contestó Maggie.

Tras hacer entrega de la testigo, Bosch regresó a la sexta fila, donde había visto a Rachel Walling. Se escabulló entre periodistas y espectadores para llegar junto a ella. El asiento contiguo al suyo estaba libre y lo tomó.

–Harry.

–Rachel.

–Creo que el hombre que ocupaba este sitio tiene intención de regresar.

–No hay problema. Una vez que se reanude el juicio, tendré que volver ahí delante. Deberías haberme dicho que venías. Mickey me ha contado que el otro día estuviste aquí.

–Cuando dispongo de tiempo, me gusta acercarme. Hasta el momento está resultando un caso fascinante.

–Bueno, confiemos en que el jurado considere que es algo más que fascinante. Deseo con tantas fuerzas que ese individuo vuelva a San Quintín que casi puedo saborearlo.

–Mickey me habló de las correrías nocturnas de Jessup. ¿Sigue… –dijo, y bajó la voz hasta un murmullo cuando vio que Jessup avanzaba por el pasillo de regreso a la mesa de la defensa– haciéndolo?

Bosch respondió también entre susurros.

–Sí, y anoche casi se nos va de las manos. La SIE lo perdió.

–Oh, no.

Se abrió la puerta del despacho de la jueza, y esta se dirigió a su banco. Todo el mundo se puso en pie. Bosch era consciente de que debía volver a la mesa de la acusación por si lo necesitaban para algo.

–Pero yo se lo encontré –musitó–. Debo irme. ¿Vas a estar por aquí esta tarde?

–No, tengo que regresar a la oficina. Ahora me coges en un descanso.

–De acuerdo, Rachel. Gracias por dejarte caer. Hablamos.

Mientras la gente se reacomodaba en sus asientos, Bosch abandonó la fila y cruzó el pasillo y la cancela hasta ocupar una de las sillas situadas justo detrás de la mesa de la fiscalía.

McPherson retomó su interrogatorio de Sarah Ann Gleason. Bosch pensó que tanto la fiscal como la testigo habían estado sobresalientes, pero también sabía que se disponían a adentrarse en terreno virgen. Todo cuanto se había dicho con anterioridad dejaría de tener importancia si lo que venía a continuación no se exponía de un modo creíble e irrefutable.

–Sarah –arrancó McPherson–, ¿cuándo contrajo su madre matrimonio con Kensington Landy?

–Cuando yo tenía seis años.

–¿Era Ken Landy de su agrado?

–La verdad es que no. Al principio todo fue bien, pero luego las cosas cambiaron por completo.

–Usted, de hecho, intentó huir de casa pocos meses antes de la muerte de su hermana, ¿no es cierto?

–Sí.

–Voy a enseñarle la prueba de la acusación número doce, un informe policial fechado el 30 de noviembre de 1985. ¿Podría indicarle al jurado de qué se trata?

McPherson repartió copias del informe entre la testigo, la jueza y la mesa de la defensa. Bosch lo había localizado durante su investigación de los registros del caso. Había sido un golpe de suerte.

–Es un informe sobre una persona desparecida –le explicó Gleason–. Mi madre denunció mi desaparición.

–¿La policía la encontró?

–No, regresé a casa. No tenía adónde ir.

–¿Por qué huyó, Sarah?

–Porque mi padrastro… mantenía relaciones sexuales conmigo.

McPherson asintió y dejo que la respuesta flotara por la sala durante un buen rato. Tres días antes, Bosch habría esperado que Royce se abalanzara sobre esa parte de su testimonio, pero ahora tenía claro que también jugaba a favor de los intereses de la defensa. Kensington Landy era un subterfugio, y cualquier declaración que hiciera hincapié al respecto era bienvenida.

—¿Cuándo comenzó? —rompió finalmente el silencio McPherson.

—El verano antes de que saliera huyendo. El verano antes de que se llevaran a Melissa.

—Sarah, siento tener que hacerle recordar momentos tan duros. Antes ha declarado que usted y Melissa compartían parte de su ropa, ¿verdad?

—Sí.

—El vestido que ella lucía el día en que se la llevaron le pertenecía a usted, ¿no es cierto?

—Sí.

A continuación, McPherson presentó el vestido como la siguiente prueba de la acusación. Bosch lo colocó en el cuerpo de un maniquí sin cabeza que dejó frente al banco del jurado.

—¿Este es el vestido, Sarah?

—Sí, lo es.

—Notará que hay un cuadrado de ropa que ha sido arrancado de la parte inferior frontal del dobladillo del vestido. ¿Puede verlo, Sarah?

—Sí.

—¿Sabe por qué fue arrancado?

—Sí, porque encontraron semen en esa zona del vestido.

—¿Se refiere a los exámenes forenses?

—Sí.

—¿Fue consciente de ello en la época en que su hermana fue asesinada?

—Lo sé ahora. Entonces no me lo contaron.

—¿Sabe a quién identificaron como su fuente a partir de los análisis genéticos?

–Sí, me contaron que pertenecía a mi padrastro.

–¿Le sorprendió?

–No, por desgracia.

–¿Se le ocurre alguna explicación sobre cómo pudo acabar en su vestido?

Esta vez Royce sí que protestó, aduciendo que la pregunta invitaba a la especulación. Y también a que, con ello, la testigo se apartaba de la teoría de la defensa, pero dejó ese aspecto sin mencionar. Breitman aceptó la protesta y McPherson tuvo que buscar una ruta alternativa.

–Sarah, antes de que su hermana tomara prestado su vestido la mañana en que fue secuestrada, ¿cuándo fue la última vez que usted se lo puso?

Royce se levantó y volvió a protestar.

–Idéntica protesta. Estamos especulando sobre hechos ocurridos hace veinticuatro años, cuando esta testigo solo tenía trece.

–Señoría –intervino McPherson–, el señor Royce estuvo de acuerdo con esta supuesta especulación cuando le venía bien a los intereses de la defensa. Sin embargo, ahora que nos estamos acercando al meollo del asunto, protesta. Esto no es especulación. La señora Gleason está declarando de manera veraz acerca de los días más tristes y oscuros de su vida, y no creo que...

–Protesta denegada. La testigo puede contestar.

–Gracias, señoría.

Mientras McPherson repetía la pregunta, Bosch estudió al jurado. Quería comprobar si veían lo mismo que él: a un abogado defensor que intentaba obstaculizar el avance de la verdad. Hasta ese momento, el testimonio de Gleason se le había antojado del todo convincente. Deseaba oír lo que tenía que contar, y confiaba en que el jurado estuviera en su mismo barco, rechazando los esfuerzos de la defensa por hundirlo.

–Lo llevé dos noches antes –dijo Gleason.

–Eso significa la noche del viernes, el 14. San Valentín.

–Sí.

–¿Por qué se lo puso?

–Mi madre estaba preparando una buena cena para el día de San Valentín, y mi padrastro dijo que deberíamos vestirnos de acuerdo con la ocasión.

Gleason volvía a mirar al suelo, evitando mirar al jurado.

–¿Mantuvo su padrastro relaciones sexuales con usted aquella noche?

–Sí.

–¿Llevaba puesto ese vestido en el transcurso de estas?

–Sí.

–Sarah, ¿sabe si su padre eyacu…?

–¡No era mi padre!

Un grito. El eco de su voz se extendió por toda la sala, reverberando entre un centenar de personas que ahora conocían su más oscuro secreto. Bosch miró a McPherson y la cazó pulsando la reacción de los miembros del jurado. Así fue como descubrió que la equivocación había sido intencionada.

–Lo siento, Sarah. Quise decir su padrastro. ¿Sabe si eyaculó durante ese encuentro con usted?

–Sí, y una parte acabó en mi vestido.

McPherson estudió sus notas, pasando páginas de su cuaderno amarillo. Quería que la última respuesta sobrevolara por la sala durante el máximo tiempo posible.

–Sarah, ¿quién se encargaba de hacer la colada en su casa?

–Venía una señora. Se llamaba Abby.

–Después de ese día de San Valentín, ¿dejó su vestido para que lo lavaran?

–No lo hice.

–¿Por qué?

–Tenía miedo de que Abby lo encontrara y descubriera lo que había ocurrido. Pensé que se lo podía contar a mi madre o llamar a la policía.

–¿Y eso por qué habría estado mal, Sarah?

–Yo... Mi madre era feliz y no quería echárselo a perder.

–Entonces, ¿qué hizo con el vestido aquella noche?

–Limpié la mancha y lo colgué en mi armario. No sabía que mi hermana fuera a ponérselo.

–De modo que, dos días después, cuando quiso ponérselo, ¿qué le dijo usted?

–Cuando la vi, ya lo llevaba puesto. Le dije que quería ponérmelo yo, pero me contestó que ya era demasiado tarde, pues no constaba en mi lista de prendas que no deseaba compartir.

–¿Era visible la mancha en el vestido?

–No. Al haberse producido en el dobladillo inferior, me bastó un simple vistazo para comprobar que no había rastro.

McPherson realizó una nueva pausa. Como había asistido a la preparación de la testigo, Bosch sabía que a esas alturas ya habían tocado todos los puntos de los que deseaban hablar durante el interrogatorio. Con eso bastaba para explicar la presencia del ADN que nos había reunido a todos ahí. Ahora había llegado el momento de hacer descender a Gleason por su abismo particular hasta alcanzar profundidades nunca vistas. Si ella no lo hacía, no cabía duda de que Royce no perdería la oportunidad.

–Sarah, ¿cambió de alguna manera su relación con su padrastro tras la muerte de su hermana?

–Sí.

–¿Cómo?

–No volvió a ponerme la mano encima.

–¿Sabe por qué? ¿Habló con él del asunto?

–No lo sé. No lo hablamos nunca. Tan solo no volvió a ocurrir, y él intentó actuar como si no lo hubiera hecho.

–Pero usted tuvo que pagar un precio muy alto por todo esto, por su padrastro y por la muerte de su hermana, ¿no es así?

–Sí.

–¿De qué manera, Sarah?

–Oh, bueno, empecé a meterme en asuntos de drogas y volví a fugarme. En realidad, lo hice varias veces. El sexo me traía sin cuidado. Me valía de él para conseguir lo que necesitaba.

–¿La detuvieron en alguna ocasión?

–Sí, en varias.

–¿Por qué motivo?

–Sobre todo, por drogas. Una vez me detuvieron por ofrecerle servicios sexuales a un agente encubierto. Y también por robar.

–La detuvieron en seis ocasiones antes de cumplir la mayoría de edad, y otras cinco ya como adulta, ¿es correcto?

–Perdí la cuenta.

–¿Qué drogas tomaba?

–Básicamente, anfetaminas, pero si había otra cosa a mano también solía tomármela. Así era yo.

–¿Siguió alguna terapia o rehabilitación?

–Muchas veces. Al principio no me funcionó, pero luego sí. Quedé limpia.

–¿Cuándo ocurrió eso?

–Hará unos siete años. Cuando tenía treinta.

–¿Ha permanecido limpia durante estos siete años?

–Sí, por completo. Mi vida es ahora muy diferente.

–Quisiera enseñarle la prueba de la acusación número trece, que es un registro de entrada y evaluación procedente de un centro privado de rehabilitación de Los Ángeles llamado Los Pinos. ¿Recuerda haber estado ahí?

–Sí. Mi madre me envió ahí con dieciséis años.

–¿Fue entonces cuando empezó a meterse en problemas?

–Sí.

McPherson repartió copias del informe entre la jueza, la secretaria de sala y la mesa de la defensa.

–De acuerdo, Sarah, quisiera que dirigiera su atención al párrafo que he subrayado en amarillo, al apartado del informe destinado a la evaluación. ¿Podría hacerme el favor de leérselo en voz alta al jurado?

–La paciente presenta TEP como resultado del asesinato de su hermana pequeña, producido hace tres años. Padece un complejo de culpa no resuelto asociado con el asesinato, y también revela un comportamiento típico de las víctimas de abusos sexuales. Se recomienda asistencia psíquica y física completa.

–Gracias, Sarah. ¿Sabe qué significa TEP?

–Trastorno de estrés postraumático.

–¿Recibió en Los Pinos la asistencia que se recomendaba en ese informe?

–Sí.

–¿Se discutió el asunto de los abusos sexuales a manos de su padrastro?

–No, porque mentí.

–¿Por qué?

–A esas alturas, ya había practicado el sexo con otros hombres, de modo que no mencioné a mi padrastro en ningún momento.

—Antes de declarar hoy en esta sala, ¿había hablado con alguien acerca de su padrastro y de las relaciones sexuales que mantuvo con él?

—Solo con usted y con el detective Bosch. Con nadie más.

—¿Ha estado casada?

—Sí.

—¿En más de una ocasión?

—Sí.

—¿Ni siquiera les contó nada de ello a sus maridos?

—No. Es de ese tipo de cosas que no quieres compartir con nadie. Te lo guardas para ti.

—Gracias, Sarah. No tengo más preguntas.

McPherson cogió su cuaderno de notas y regresó a su asiento, donde Haller la recibió con un apretón en el brazo. Era un gesto pensado para que lo viera el jurado, pero en ese momento todos los ojos estaban puestos en Royce. Era su turno, y las vibraciones que le llegaban a Bosch de la sala apuntaban a que la totalidad de los presentes hacía frente común con Sarah Gleason. Si Royce intentaba hacerla trizas, corría un elevado riesgo de que esa maniobra se volviera en contra de su cliente.

Royce optó por lo más inteligente. Dejar que las emociones se enfriaran durante la noche. Se levantó y le indicó a la jueza que se reservaba el derecho de volver a llamar al estrado a Gleason durante la fase del juicio dedicada a la defensa. En definitiva, aplazó el contrainterrogatorio. Luego se sentó.

Bosch miró el reloj. Eran las cuatro y cuarto. La jueza le pidió a Haller que llamara a su siguiente testigo, pero era consciente de que no había más. Haller miró a McPherson y ambos asintieron a la vez. Haller se incorporó.

—Su señoría, el Pueblo ha concluido.

35

Miércoles, 7 de abril, 19:20 horas

El equipo de la acusación se reunió para cenar en Casa Haller. Preparé una abundante ración de pasta boloñesa. Para ello herví una caja entera de lacitos que regué con una salsa comprada en el supermercado. Maggie contribuyó con su propia versión de la ensalada César, que tanto me encantaba durante nuestros años de matrimonio y que llevaba mucho tiempo sin disfrutar. Bosch y su hija fueron los últimos en llegar, dado que, al acabar la sesión del juicio, el primero había tenido que acompañar a Sarah Ann Gleason a su hotel y asegurarse de que quedaba a buen recaudo.

Cuando las presentamos, nuestras respectivas hijas se mostraron tímidas, a la par que avergonzadas, debido a la evidente expectación con que los padres aguardábamos tan esperado momento. De forma instintiva se apartaron de nuestro lado y se dirigieron al despacho situado al final del pasillo, en apariencia para hacer los deberes. Poco después nos llegó el sonido de sus risas.

Vertí la pasta y la salsa en un cuenco para mezclarlo todo bien. Luego llamé a las chicas para que se sirvieran en primer lugar y regresaran al despacho con sus platos llenos.

—¿Cómo os va por ahí detrás? —les pregunté mientras se servían—. ¿Algún progreso con los deberes?

–¡Papá! –me contestó Hayley desdeñosa, como si mi pregunta hubiera supuesto una gran invasión de su privacidad.

De modo que probé suerte con su prima.

–¿Maddie?

–Eh, casi he acabado con los míos.

Las dos se miraron y se pusieron a reír, como si la pregunta o la respuesta invitara al regocijo. Regresaron a toda prisa al despacho.

Lo dispuse todo sobre la mesa, a la cual ya estaban sentados los adultos. Lo último que hice fue asegurarme de que la puerta del despacho estuviera cerrada, para que las chicas no pudieran oír nuestra conversación, ni nosotros la de ellas.

–Bien –comenté mientras le tendía a Bosch el cuenco con la pasta–. Ya hemos acabado con nuestra parte. Ahora llega la más difícil.

–La de la defensa –intervino Maggie–. ¿Qué creéis que le tienen preparado a Sarah?

Me lo pensé un poco antes de contestar. Probé los lacitos. Estaban ricos. Me enorgullecía de mi plato. Finalmente dije:

–Ya contamos con que van a ir a por ella a muerte. Es la piedra angular del caso.

Bosch hurgó dentro de su bolsillo y extrajo un papel doblado. Lo desplegó encima de la mesa. Vi que se trataba de la lista de testigos de la defensa.

–Al final de la sesión de hoy –comentó–, Royce le ha dicho a la jueza que solo necesitará un día para completar el caso de la defensa. Asegura que se limitará a llamar a cuatro testigos, aunque en esta lista incluyó a veintitrés.

–Bueno, ya sabíamos que la mayoría de los nombres que constaban ahí eran un mero subterfugio –dijo Maggie–. Estaba jugando al despiste.

–De acuerdo, de modo que tendremos a Sarah de vuelta –dije levantando un dedo–. Luego está el propio Jessup. Intuyo que Royce sabe que debe sacarlo a la palestra. Ya son dos. ¿Quién más?

Maggie esperó a no tener la boca llena de comida para hablar.

–Eh, esto está muy bueno, Haller. ¿Cuándo aprendiste a prepararlo?

–Es una receta menor a la que me gusta llamar «Preparados Paul Newman».

–No, le has añadido tu toque personal. La has mejorado. ¿Por qué no cocinabas así cuando estábamos casados?

–Supongo que la necesidad me impelió a ello. El hecho de ser un padre soltero. ¿Qué me dices de ti, Harry? ¿Qué te gusta cocinar?

Bosch nos miró a ambos como si hubiéramos perdido la cabeza.

–Por resumirlo mucho, sé freír un huevo.

–Volvamos al juicio –dijo Maggie–. Pienso que Royce cuenta con Jessup y Sarah. Luego está el testigo secreto que no hemos podido localizar. El tipo del último centro de rehabilitación.

–Edward Roman –dijo Bosch.

–Exacto, Roman. Eso suma tres, y el cuarto podría tratarse de su detective o de su experto en anfetaminas, aunque probablemente no sea más que una patraña. No hay ningún cuarto testigo. Gran parte de la estrategia de Royce consiste en intentar confundirnos. No quiere que nadie tenga la vista puesta en el premio. Los ojos deben estar posados sobre cualquier cosa excepto la verdad.

–¿Qué hay de Roman? –pregunté–. No hemos dado con él, pero ¿sabemos por dónde irá su declaración?

–Ni por asomo –reconoció Maggie–. Le hemos dado vueltas con Sarah una y otra vez, pero ella asegura no tener ni idea de lo que va a contar. No recuerda haber hablado jamás de su hermana con él.

Entonces le llegó el turno a Bosch.

—El sumario entregado por Royce señala que declarará acerca de las «revelaciones que Sarah le hizo sobre su infancia». No especifica nada más y, por descontado, Royce asegura que no tomó notas durante la entrevista.

—Mirad —dije—, tenemos sus antecedentes y sabemos exactamente de qué tipo de elemento se trata. Dirá todo aquello que Royce quiera que diga. Es así de simple. Cualquier cosa que le sea de utilidad a la defensa. Por lo tanto, no debería preocuparnos tanto lo que vaya a declarar (puras patrañas, por descontado) como el modo en que vamos a noquearlo. ¿De qué disponemos para conseguirlo?

Maggie y yo miramos a Bosch, que ya tenía la respuesta.

—Creo que podemos contar con algo. Esta noche me voy a ver con alguien. Si da resultado, por la mañana será nuestro. Entonces os lo contaré.

La frustración que me provocaban los métodos detectivescos y comunicativos de Bosch me llevó entonces al punto de ebullición.

—Venga, Harry. Somos un equipo. Esta pose de agente secreto no funciona cuando nos pasamos el día jugándonos el cuello en esa sala.

Bosch bajó la vista a su plato y comenzó a arder de rabia. Su cara se puso tan colorada como la salsa.

—¿Jugándoos *vuestros* cuellos? En ninguno de los informes de vigilancia he leído que Jessup haya estado merodeando frente a tu casa, Haller, así que no me digas que te estás jugando el cuello. Tu trabajo se limita al tribunal. La sala es un lugar agradable y seguro, donde algunas veces ganas y otras pierdes. Pero, con independencia de lo que ocurra, al día siguiente regresas a ella. Si de verdad quieres jugarte el cuello, prueba a salir ahí fuera.

Señaló en dirección a la ventana, tras la cual se extendía la ciudad.

—Venga, chicos, vamos a intentar calmarnos —se apresuró a intervenir Maggie—. ¿Qué ocurre, Harry? ¿Jessup ha regresado a Woodrow Wilson? Quizá deberíamos limitarnos a conseguir una revocación y devolver a ese tipo a su celda.

Bosch sacudió la cabeza.

—No ha vuelto por mi calle. No lo ha hecho desde aquella primera noche, y lleva una semana sin regresar a Mulholland.

—Entonces, ¿de qué se trata?

Bosch dejó el tenedor sobre el plato y lo retiró.

—Ahora sabemos que existen muchas probabilidades de que Jessup posea un arma, después de que la SIE lo viera citarse con un traficante de armas que estuvo en prisión. No saben qué obtuvo de este individuo, pero, dado que se lo entregó envuelto en una toalla, no hace falta echar a volar mucho la imaginación. ¿Queréis saber también lo que ocurrió anoche? Un tipo brillante de la SIE decidió abandonar su puesto de vigilancia para ir al baño sin informar a nadie y Jessup se les escurrió por la red.

—¿Lo perdieron? —preguntó Maggie.

—Sí, hasta que yo di con él instantes antes de que él diera conmigo, lo cual podría no haber acabado igual de bien. ¿Y sabéis lo que trama? Está construyendo una mazmorra para alguien, y hasta donde sé...

Se inclinó hacia delante para rematar sus palabras con un murmullo cargado de pánico.

—¡... podría ser para mi hija!

—Guau. Espera, Harry —lo aplacó Maggie—. Retrocede un poco. ¿Qué es eso de que está construyendo una mazmorra? ¿Dónde?

–Bajo el muelle. Hay una especie de trastero. Ha colocado un candado en la puerta y anoche dejó comida enlatada dentro. Como si lo estuviera preparando para la llegada de alguien.

–De acuerdo, eso provoca escalofríos –reconoció Maggie–. Pero ¿por qué tu hija? Eso no lo sabemos. Has dicho que solo ha merodeado por tu casa en una ocasión. ¿Qué te hace pensar que…?

–No puedo permitirme no pensarlo. ¿Me entiendes?

Ella asintió.

–Sí. En ese caso, vuelvo a lo que he dicho antes. Lo acusamos de asociación con un criminal declarado (el traficante de armas) y revocamos su libertad bajo palabra. Al juicio solo le quedan unos pocos días, y está claro que Jessup no ha pasado a la acción ni cometido la equivocación que todos esperábamos. Guardémonos las espaldas y devolvámoslo a la prisión hasta que esto acabe.

–¿Y qué pasa si no conseguimos la condena? –preguntó Bosch–. ¿Qué ocurre entonces? Sale libre, y eso supone también el fin de la vigilancia. Andará por ahí suelto sin que nadie lo controle.

La mesa enmudeció a raíz de aquel comentario. Miré a Bosch y comprendí la presión por la que estaba pasando. El caso, las amenazas a su hija y ninguna mujer o exmujer que lo ayudara al regresar a casa.

Bosch terminó por romper el incómodo silencio.

–Maggie, ¿esta noche te vas a llevar a Hayley a tu casa?

Maggie respondió con gesto afirmativo.

–Tan pronto acabemos aquí.

–¿Puede quedarse Maddie contigo esta noche? En la mochila tiene una muda. Me pasaré a recogerla por la mañana para llevarla al colegio.

La petición pareció coger a Maggie por sorpresa; sobre todo, porque las chicas se acababan de conocer.
Bosch la presionó.

–Debo reunirme con alguien esta noche y no sé
adónde me conducirá todo esto. Quizá podría llevarme
hasta Roman. Necesito poder moverme sin estar preocu-
pándome por Maddie.

Ella afirmó con un gesto.

–De acuerdo. Está bien. Me da la impresión de que se
están haciendo amigas a marchas forzadas. Solo espero
que no se queden despiertas toda la noche.

–Gracias, Maggie.

Antes de que yo hablara, transcurrieron treinta segundos en el más absoluto silencio.

–Háblanos de esa mazmorra, Harry.

–Anoche estuve allí dentro.

–¿Por qué bajo el muelle de Santa Mónica?

–Supongo que porque está cerca de lo que hay encima.

–Posibles presas.

Bosch asintió.

–Pero ¿qué me dices del ruido? ¿No has dicho que
ese lugar se encuentra justo debajo del muelle?

–Existen métodos para controlar el sonido que emi-
ten los seres humanos. Anoche el ruido de las olas rompiendo contra los pilones era tan fuerte que uno podría
haberse pasado toda la noche gritando sin que nadie lo
hubiera podido oír. Allá abajo probablemente no se habría captado ni un disparo.

Bosch habló con cierta autoridad acerca de los lugares oscuros que hay en este mundo y del mal que anida
en ellos. Perdí el apetito y aparté el plato. Sentí cómo el
espanto se esparcía por mi interior.

Espanto por lo que Melissa Landy y el resto de víctimas de este mundo habían tenido que pasar.

36

Miércoles, 7 de abril, 23:00 horas

Gilbert y Sullivan lo estaban esperando en un coche aparcado en Lankershim Boulevard, cerca de la terminal norte de San Fernando Road. Era una zona venida a menos, en la que básicamente había tiendas de coches de segunda mano y talleres mecánicos. Junto a estos negocios de medio pelo se levantaba un motel de mala muerte que anunciaba habitaciones a cincuenta dólares la semana. No tenía nombre. Solo un cartel luminoso en el que se leía MOTEL.

Gilbert y Sullivan eran Gilberto Reyes y John Sullivan, dos agentes de narcotráfico asignados a la Unidad de Refuerzo del Valle, que combatía las drogas en las calles. Cuando Bosch comenzó la búsqueda de Edward Roman, hizo circular su nombre entre todas las unidades antidroga del departamento de policía. Los antecedentes de Roman le indicaban a Bosch que, al contrario que Sarah Gleason, este nunca había sido capaz de dejar atrás la mala vida. Alguna de aquellas unidades debía de tener constancia de él.

Cantó bingo al recibir una llamada de Reyes. Él y su compañero no lo tenían fichado, pero lo conocían por algunos episodios callejeros del pasado y estaban informados del lugar en el que se escondía su último socio, aparentemente a la espera de su regreso. Los adictos a las drogas de larga duración solían aliarse con alguna prostituta, a la que ofrecían protección a cambio de parte de las drogas obtenidas con sus servicios.

Bosch detuvo su vehículo tras el de los agentes y lo dejó ahí aparcado. Descendió y se dirigió hacia el de ellos. Antes de tomar asiento, se aseguró de que la parte trasera estuviera libre de vómitos y otras inmundicias dejados por sus anteriores ocupantes.

—El detective Bosch, supongo —dijo el conductor, que Bosch se imaginó que se trataba de Reyes.

—Sí. ¿Cómo estáis, chicos?

Les alargó el puño entre el respaldo de los asientos y ambos le dieron un golpecito al tiempo que se presentaban. Bosch se había equivocado. El que parecía de origen latino era Sullivan y el que recordaba al pan blanco era Reyes.

—Gilbert y Sullivan, ¿eh?

—Así nos empezaron a llamar al convertirnos en compañeros. Y con ese mote nos quedamos.

Bosch asintió. Ya estaba bien de presentaciones. Todo el mundo tenía un apodo y una historia que lo explicaba. Si sumabas las edades de estos dos tipos no llegaban a la de Bosch y, de todas maneras, lo más probable era que ni siquiera supieran quiénes eran Gilbert y Sullivan.

—¿Así que conocéis a Eddie Roman?

—Hemos tenido ese placer —dijo Reyes—. Un pedazo de mierda más que flota por ahí afuera.

—Pero, como te he adelantado por teléfono, llevamos cosa de un mes sin verlo —añadió Sullivan—. De manera que te hemos conseguido el segundo premio. Su media naranja. Se aloja en la habitación número tres.

—¿Cómo se llama?

Sullivan se rio, pero Bosch no pilló el chiste.

–Sonia Reyes –respondió Reyes–. No somos familia.

–Por lo menos, hasta donde él sabe –dijo Sullivan. Estalló en una carcajada, que Bosch pasó por alto.

–Deletreádmelo –les pidió.

Sacó su cuaderno de notas y lo apuntó.

–¿Estáis seguros de que se encuentra en la habitación?

–Lo estamos –afirmó Reyes.

–De acuerdo, ¿hay algo más que debería saber antes de entrar ahí?

–No –dijo Reyes–, pero vamos a acompañarte. Puede que contigo se ponga nerviosa.

Bosch se inclinó hacia delante y le colocó una mano sobre el hombro.

–No, yo me ocupo. No quiero que seamos ciento y la madre allá dentro.

Reyes asintió. Mensaje recibido. Bosch no quería testigos de aquello que tuviera que hacer.

–Pero gracias por la ayuda. Será recompensada.

–Un caso gordo, ¿no? –apreció Sullivan.

Bosch abrió la puerta y salió.

–Todos lo son –respondió.

Cerró la puerta, golpeó dos veces en el capó y se alejó.

El motel estaba rodeado por una reja de seguridad de tres metros de altura. Bosch tuvo que llamar al interfono y mostrarle su placa a la cámara. Le abrieron la puerta al recinto, cruzó por delante de la recepción y siguió recto por un pasillo cubierto en dirección a las habitaciones.

–¡Eh! –gritó una voz a sus espaldas.

Bosch se dio la vuelta y se encontró con un hombre con la camisa desabrochada asomando por la puerta de la recepción.

–¿Adónde coño te crees que vas, tío?

—Regresa adentro y cierra la puerta. Este es un asunto policial.

—Me da igual. Te he dejado pasar, pero estás en una propiedad privada. No puedes atravesar…

Bosch volvió apresuradamente sobre sus pasos en dirección al tipo. Atemorizado, este dio un paso atrás sin necesidad de que Bosch abriera la boca.

—Como quieras, hombre. Está bien.

Se refugió sin dilación en la oficina y cerró la puerta. Bosch rehízo el camino y no tuvo ningún problema en localizar la habitación número tres. Se acercó al quicio para ver si captaba algún sonido. Nada.

Había una mirilla. Puso el dedo sobre ella y llamó con los nudillos. Esperó y volvió a golpear.

—Abre, Sonia. Me envía Eddie.

—¿Quién eres?

Era una voz femenina que sonaba grave y suspicaz.

—No importa. Eddie me ha hecho venir para que le guardes algo que te traigo hasta que él acabe lo que está haciendo.

No hubo respuesta.

—De acuerdo, Sonia. Le diré que no estabas interesada. Ya tengo a otro que sí lo está.

Sacó el dedo de la mirilla y empezó a alejarse. Casi de inmediato, la puerta se abrió tras de sí.

—Espera.

Bosch se volvió. Apenas la había abierto quince centímetros. Se topó con unos ojos vacíos que lo escrutaban y una luz muy tenue a sus espaldas.

—Déjame ver.

Bosch miró alrededor.

—Pero ¿qué dices? Este sitio está lleno de cámaras.

—Eddie me ha dicho que no abra la puerta a desconocidos. Tienes pinta de poli.

–Bueno, quizá lo sea, pero eso no quita el hecho de que me envía Eddie.

Bosch empezó a darse la vuelta.

–Como te he dicho, ya le diré que lo he intentado. Buenas noches.

–De acuerdo, de acuerdo. Puedes entrar, pero solo para hacer la entrega. Nada más.

Bosch se dirigió de nuevo hacia la puerta. Ella se retiró tras ella y la abrió del todo. Entró y, al volverse, vio la pistola. Era un viejo revólver, sin balas en las recámaras que quedaban a la vista. Bosch levantó las manos por encima del pecho. Le resultaba evidente que estaba con el mono. Llevaba demasiado tiempo esperando a alguien, depositando su fe ciega de yonqui en algo que no terminaba de llegar.

–No hace falta llegar a esto, Sonia. Además, no creo que Eddie te haya dejado ninguna bala.

–Me queda una. ¿Quieres probarla?

Probablemente fuera la misma que tenía reservada para ella, llegado el caso. Estaba en los huesos, en las últimas. Ningún yonqui llegaba a dejarlo a tiempo.

–Dámelo –le ordenó–. Ahora.

–De acuerdo, cálmate. Lo tengo justo aquí.

Alargó la mano derecha hasta el bolsillo del abrigo y extrajo una bolita de papel de aluminio que había hecho a partir de un rollo que había en la cocina de Haller. Consciente de que los ávidos ojos de la mujer estarían puestos en ella, la desplazó hacia el lado derecho del cuerpo, al tiempo que con su mano izquierda le agarraba la pistola de un movimiento rápido. Luego avanzó hacia ella y la lanzó con brusquedad a la cama.

–Cállate y no te muevas –le ordenó.

–¿Qué pa…?

–¡Te he dicho que te calles!

Abrió el cañón de la pistola y comprobó que ella tenía razón: quedaba una bala. La depositó en la palma de la mano y luego se la metió en el bolsillo. Se ajustó el arma en el cinto. Sacó la cartera con la placa para que pudiera verla.

–Has acertado.

–¿Qué quieres?

–Ya llegaremos a eso.

Bosch rodeó la cama y estudió la cochambrosa habitación. Olía a cigarrillos y fluidos corporales. Sus pertenencias estaban repartidas en varias bolsas de la compra que yacían desparramadas por el suelo. Unas contenían zapatos; otras, prendas de ropa. En la única mesilla de noche reposaba un cenicero atiborrado de colillas y una pipa de cristal.

–¿De qué tienes mono, Sonia? *¿Crack?* ¿Heroína? ¿Anfetaminas, quizá?

No respondió.

–Me será más fácil ayudarte si sé lo que necesitas.

–No quiero que me ayudes.

Bosch se dio la vuelta para mirarla. Hasta el momento, las cosas iban exactamente como había previsto.

–¿De verdad? ¿No necesitas que te ayude? ¿Crees que Eddie Roman va a regresar a por ti?

–Volverá.

–Tengo una noticia que darte. Ya se ha largado. Supongo que han conseguido que se mantenga limpio y que, una vez que hayan obtenido de él lo que quieren, no tiene intención de volver por aquí. Cobrará su cheque y, cuando se lo pula, se buscará a otra socia.

Hizo una pausa y la miró.

–Que sea capaz de seguir ofreciendo algo por lo que alguien esté dispuesto a pagar.

Su mirada adoptó la frialdad de aquel que reconoce que le están diciendo la verdad.

–Déjame en paz –dijo, con un murmullo ronco.

–Me consta que no te cuento nada que no sepas a estas alturas. Llevas esperando a Eddie mucho más tiempo del que te creías, ¿no? ¿Cuántos días podrás seguir pagando esta habitación?

Pudo leer la respuesta en sus ojos.

–Hace tiempo que no puedes, ¿verdad? Apuesto a que se la estás chupando al de la recepción para que te deje quedarte. ¿Cuánto crees que te va a durar? No tardará en aceptar solo dinero.

–He dicho que te largues.

–Lo haré. Pero tú te vienes conmigo, Sonia. Ahora mismo.

–¿Qué quieres?

–Que me cuentes todo lo que sepas acerca de Eddie Roman.

CUARTA PARTE

EL TESTIGO SILENCIOSO

37

Jueves, 8 de abril, 9:01 horas

Antes de que la jueza hiciera llamar al jurado, Clive Royce se puso en pie y solicitó un veredicto de absolución. Argumentó que el Estado había fracasado en su responsabilidad de probar las acusaciones. Aseguró que las pruebas presentadas por la fiscalía se habían quedado en el umbral de la duda razonable. Yo estaba listo para defender la postura del Estado, pero la jueza me hizo un gesto para que permaneciera en mi sitio. A continuación, desaprobó con rapidez la moción de Royce.

—Moción denegada. Este tribunal considera que las pruebas presentadas por la fiscalía son suficientes para que el jurado pueda evaluarlas. Señor Royce, ¿está preparado para proceder con la defensa?

—Lo estoy, señoría.

—De acuerdo, señor Royce, en ese caso volveremos a convocar de inmediato al jurado. ¿Realizará una declaración inicial?

—Será muy breve, señoría.

—Muy bien, espero que así sea.

Los miembros del jurado entraron en la sala y ocuparon sus asientos. En muchos de ellos detecté expectación. Creo que eso era una buena señal, pues significaba que se estaban preguntando cómo demonios iba la defensa a ser capaz de abrirse camino entre la montaña de pruebas que el Estado les había arrojado. Lo más probable es que me pudieran las ganas, aunque llevaba analizando jurados la mayor parte de mi vida adulta y lo que estaba viendo me complacía.

Tras dar la bienvenida de nuevo al jurado, la jueza le cedió la palabra a Royce, no sin antes recordar que lo que se avecinaba era solo una declaración inicial, en ningún caso un listado de hechos, por lo menos hasta que lo corroboraran las pruebas y los testimonios. Royce se dirigió henchido de confianza hacia el atril sin ningún expediente ni apunte en la mano. Sé que compartíamos la misma filosofía con respecto a las declaraciones de apertura. Mírales a los ojos, no te arrugues y en ningún momento te apartes del sendero de tu teoría, por improbable o increíble que suene. Véndesela. Si tú no eres el primero en creértela, ellos no lo harán.

Su estrategia de aplazar su apertura hasta el inicio del caso de la defensa iba a procurarle ahora dividendos. Arrancaría el día y su caso sirviéndole al jurado un discurso que no tenía por qué ser cierto, y que podía ser lo más disparatado jamás escuchado en aquella sala. Mientras fuera capaz de que le siguieran la corriente, aquello era todo lo que importaba.

—Señoras y señores del jurado, buenos días. Hoy da comienzo una nueva fase del juicio. La fase de la defensa. Ahora es cuando empezamos a contarles nuestra versión de la historia y, créanme, tenemos otra versión para casi todo lo que la fiscalía les ha intentado vender en los últimos tres días.

»No les voy a robar mucho tiempo porque estoy muy ansioso, al igual que mi cliente, por llegar a las pruebas que la acusación o bien ha sido incapaz de hallar, o bien ha decidido no mostrarles. A estas alturas, no importa si fue lo uno o lo otro: lo único que realmente importa es que les presten atención para permitirles disponer del cuadro completo de cuanto aconteció en Windsor Boulevard el 16 de febrero de 1986. Les conmino a que escuchen atentamente y a que miren atentamente. Si lo hacen, verán emerger la verdad.

Le eché un vistazo al cuaderno de notas en el que Maggie había estado garabateando mientras hablaba Royce. En letras bien grandes había escrito: ¡COTORRA! Aún no ha visto nada, pensé.

—Este caso —prosiguió Royce— trata de una cosa. Los oscuros secretos de una familia. Solo han tenido un atisbo de los mismos durante la presentación de la fiscalía. Esta les ha dado la punta del iceberg, pero hoy van a descubrir el iceberg completo. Hoy van a descubrir la dura y fría verdad. Que aquí la auténtica víctima es Jason Jessup. La víctima de una familia deseosa de ocultar su más oscuro secreto.

Maggie se inclinó hacia mí y me susurró: «Agárrate». Asentí.

Sabía exactamente adónde nos dirigíamos.

—Este juicio versa sobre un monstruo que mató a una niña. Un monstruo que profanó a una joven y que se disponía a pasar a la siguiente cuando algo se torció y acabó matándola. Este juicio versa sobre una familia que tenía tanto miedo de ese monstruo que se avino al plan de tapar ese crimen y apuntar con el dedo en otra dirección. En la de un hombre inocente.

Royce señaló con aire santurrón a Jessup mientras pronunciaba esta última frase. Maggie sacudió la cabeza en señal de disgusto, un gesto calculado para que lo viera el jurado.

—Jason, ¿sería tan amable de ponerse en pie?

Su cliente obedeció y se giró para quedar completamente de cara al jurado, sus ojos escaneando con atrevimiento cada rostro, sin síntomas de debilidad, sin bajar la mirada.

—Jason Jessup es un hombre inocente —dijo Royce con el tono indignado que requería la ocasión—. El hombre que debía caer. Un hombre inocente atrapado en un plan improvisado por cubrir el peor de los crímenes: arrebatarle la vida a un niño.

Jessup se sentó y Royce hizo una pausa con el fin de que sus palabras se grabaran a fuego en la conciencia del jurado. Todo, de lo más teatral y ensayado.

—Aquí tenemos a dos víctimas —dijo finalmente—. Melissa Landy es una víctima. Perdió la vida. Jason Jessup también es una víctima, porque están intentando arrebatarle la suya. La familia conspiró contra él y la policía le siguió el juego. Hicieron caso omiso de las pruebas y plantaron las suyas propias. Y ahora, veinticuatro años después, cuando los testigos han muerto y los recuerdos han languidecido, han venido a por él…

Royce bajó la cabeza como si sobre ella estuviera sosteniendo el tremendo peso de la verdad. Yo sabía que se disponía a echar el cierre.

—Señoras y señores del jurado, estamos aquí reunidos por una única razón. Dar con la verdad. Antes de que acabe el día de hoy, sabrán la verdad sobre Windsor Boulevard. Sabrán que Jason Jessup es un hombre inocente.

Royce hizo una nueva pausa, le dio las gracias al jurado y regresó a su asiento. En lo que estaba convencido de que era un gesto preparado, Jessup rodeó con el brazo los hombros de su abogado, le dio un apretón y le agradeció sus palabras.

La jueza, sin embargo, apenas otorgó tiempo a Royce de saborear el momento ni su habilidad con el discurso de apertura, pues lo conminó a llamar a su primer testigo.

Me giré y vi a Bosch de pie al fondo de la sala. Asintió con un gesto. Tan pronto como Royce me informó, al llegar al tribunal, de que Sarah Ann Gleason iba a ser su primer testigo, lo había enviado a buscarla al hotel.

—La *defensa* llama al estrado a Sarah Ann Gleason —dijo Royce, y puso énfasis en la palabra «defensa», como si se hubiese producido un giro inesperado.

Bosch salió de la sala y de inmediato volvió con Gleason. La acompañó por el pasillo y le abrió la cancela. El resto del camino lo hizo por su cuenta. Una vez más iba vestida de modo informal, luciendo una blusa blanca de estilo campesino y unos pantalones vaqueros.

La jueza le recordó que seguía bajo juramento e invitó a Royce a proceder. Esta vez sí que se dirigió al estrado portando un grueso expediente y un cuaderno de notas. Lo más probable es que la mayor parte de ello —por lo menos, el expediente— solo fuera un intento de intimidar a Gleason, de hacerle creer que contaba con abundante información relativa a todo aquello que había hecho mal en el pasado.

—Buenos días, señora Gleason.

—Buenos días.

—Ayer declaró haber sido víctima de abusos sexuales a manos de su padrastro, Kensington Landy, ¿correcto?

—Sí.

La primera palabra de su declaración me bastó para detectar su agitación. No la habían autorizado a escuchar la declaración de apertura de Royce, pero la habíamos preparado para afrontar el modo en que pensábamos que procedería la defensa. Ya había comenzado a mostrar miedo, lo que siempre resultaba contraproducente de cara al jurado. Maggie y yo no podíamos hacer gran cosa al respecto. Sarah estaba sola ahí arriba.

–¿En qué momento de su vida comenzaron esos abusos?

–Cuando tenía doce años.

–¿Y cuándo terminaron?

–A los trece. Justo después de la muerte de mi hermana.

–No he podido dejar de percibir que no ha dicho el asesinato de su hermana, sino su muerte. ¿Hay algún motivo para ello?

–No estoy segura de entenderle.

–Bueno, su hermana fue asesinada, ¿no es cierto? No fue un accidente, ¿me equivoco?

–No, fue un asesinato.

–En ese caso, ¿por qué se ha referido a su muerte hace un instante?

–No estoy segura.

–¿Se siente confundida con respecto a lo que le ocurrió a su hermana?

Antes de que Gleason pudiera responder, Maggie ya estaba de pie protestando.

–El abogado está acosando a la testigo. Su interés no radica en obtener una respuesta, sino en sonsacarle una reacción emocional.

–Señoría, simplemente estoy tratando de averiguar la consideración que este crimen le merece a la testigo. Recabar su punto de vista. No me interesa sonsacarle nada más que una respuesta a mi pregunta.

Antes de fallar, la jueza se tomó un momento para considerar el asunto.

–Voy a autorizarla. La testigo puede responder a la pregunta.

–Entonces se la repito –acató Royce–. Señora Gleason, ¿se siente confundida con respecto a lo que le ocurrió a su hermana? Durante el pulso entre los letrados y la jueza, Gleason había reunido algo de determinación. Respondió con contundencia, y miró a Royce de forma desafiante.

–No, no me siento confundida con respecto a lo que ocurrió. Yo estaba ahí. Su cliente la secuestró, y no volví a verla. No existe la mínima confusión.

Deseaba levantarme y aplaudir. En vez de eso, me limité a hacer un gesto de asentimiento para mí mismo. Había sido una respuesta de lo más redonda. Royce prosiguió como si no hubiera recibido un tomatazo en plena cara.

–De todos modos, ha atravesado momentos confusos a lo largo de su vida, ¿correcto?

–¿Con relación a mi hermana, lo que le pasó y quién se la llevó? Jamás.

–Me refiero a esos periodos en los que estuvo internada en clínicas de salud mental y en pabellones psiquiátricos de centros penitenciarios.

Gleason bajó el rostro como si hubiera tomado plena conciencia de que le iba a resultar imposible salir del juicio sin airear completamente esos años perdidos de su vida. Yo solo podía confiar en que respondiera siguiendo las directrices que le había dado Maggie.

–Después del asesinato de mi hermana, hubo muchas cosas en mi vida que comenzaron a ir mal.

Acto seguido, alzó la vista y taladró con ella a Royce.

–Sí, me pasé algún tiempo en ese tipo de sitios. Pienso, al igual que mis abogados, que fue como resultado de lo que le ocurrió a mi hermana.

«Buena respuesta», pensé. Estaba plantando batalla.

–Luego profundizaremos en eso –dijo Royce–. Volviendo ahora a su hermana, tenía doce años cuando la asesinaron, ¿correcto?

–Sí.

–Esa debía de ser la misma edad que tenía usted cuando su padre empezó a abusar sexualmente de usted. ¿Tengo razón?

–Más o menos, sí.

–¿Le advirtió a su hermana acerca de él?

Se produjo un larga pausa mientras Gleason maduraba su respuesta.

–¿Señora Gleason? –intervino la jueza–. Haga el favor de responder a la pregunta.

–No, no la advertí. Tenía miedo de hacerlo.

–¿Miedo de qué?

–De él. Como ya he señalado, he acudido a muchas terapias. Sé que no es infrecuente que un niño se guarde esas cosas para sí. Uno queda atrapado en ese comportamiento. Atrapado por el miedo. Me lo han asegurado infinidad de veces.

–En otras palabras, callar y aguantar.

–Algo así. Pero no deja de ser una simplificación. Se trataba más bien de…

–Sin embargo, ¿se podría decir que, por aquel entonces, usted vivía con mucho miedo?

–Sí. Yo…

–¿Le dijo su padrastro que no contara nada de lo que le estaba haciendo?

–Sí, él me dijo que…

–¿La amenazó?

–Me dijo que, si se lo contaba a alguien, me alejarían de mi madre y de mi hermana. Que se aseguraría de que el Estado pensara que mi madre estaba al corriente de los hechos y que así la considerarían incapacitada. A Melissa y a mí nos arrancarían de su lado. Luego nos separarían porque los hogares de acogida no siempre podían quedarse con dos personas.

–¿Le creyó?

–Sí, tenía doce años. Le creí.

–Tuvo miedo, ¿no es así?

–Sí. Yo deseaba quedarme con mi fam…

–¿No fue ese mismo miedo y el control que su padrastro ejerció sobre usted lo que la hizo callar y aguantar después de que asesinara a su hermana?

Maggie se levantó de nuevo para protestar, arguyendo que la pregunta era capciosa y que daba por sentado hechos que no habían sido probados. La jueza estuvo de acuerdo y autorizó la protesta.

Impertérrito, Royce volvió a la carga dispuesto a echar el resto.

–¿No es cierto que usted y su madre hicieron y dijeron exactamente lo que les ordenó su padrastro para tapar el asesinato de Melissa?

–No, eso no es…

–Le dijo que había sido un conductor de la grúa y que debía escoger uno de los que la policía iba a traer a su casa.

–¡No! Él no…

–¡Protesto!

–No hubo ningún juego del escondite fuera de la casa, ¿a que no? Kensington Landy asesinó a su hermana en el interior de la casa. ¡Esa es la verdad!

–¡Señoría!

Maggie se había puesto a gritar.

–El letrado está acosando a la testigo con estas preguntas capciosas. No anda en busca de respuestas. ¡Solo busca arrojarle sus mentiras al jurado!

La jueza desplazó la vista de Maggie a Royce.

–De acuerdo, que todo el mundo se tranquilice. Se autoriza la protesta. Señor Royce, formúlele a la testigo una pregunta cada vez y concédale tiempo para responder. Nada de preguntas capciosas. Debo recordarle que la ha llamado en calidad de testigo. Si su deseo era pillarla en una falta, debería haber conducido un contrainterrogatorio cuando se le ofreció la oportunidad.

Royce puso su mejor gesto de contrición. Seguro que le supuso un gran esfuerzo.

—Pido disculpas por haberme dejado llevar, señoría. No volverá a ocurrir.

No importaba si no volvía a ocurrir. Royce ya había conseguido transmitir su mensaje. Su propósito nunca había sido obtener una admisión de los labios de Gleason, sino que su teoría alternativa calara en el jurado. En eso estaba resultando de lo más eficiente.

—De acuerdo, prosigamos —dijo Royce—. Antes ha mencionado que ha dedicado una parte considerable de su vida adulta a recibir terapia y a acudir a rehabilitación para su drogodependencia, por no mencionar sus estancias en prisión. ¿Estoy en lo cierto?

—Hasta cierto punto. Me he mantenido limpia y sobria, y una…

—Limítese a responder la pregunta que le he formulado —intervino Royce a toda prisa.

—Protesto —dijo Maggie—. Ella está intentando responder a la pregunta que se le ha formulado, pero al señor Royce no le gusta la respuesta completa, por lo que está intentando cortarla.

—Déjela que responda a la pregunta, señor Royce —dijo Breitman con tono cansado—. Adelante, señorita Gleason.

—Solo estaba intentando contarle que llevo siete años limpia y siendo un miembro productivo de la sociedad.

—Gracias, señora Gleason.

A continuación, Royce la condujo por su trágico y sórdido historial. Saltó de detención en detención y reveló todos los detalles de la depravación en la que se había estado regodeando durante tanto tiempo. Maggie no dejó de protestar, arguyendo que todo aquello apenas guardaba relación con la identificación de Jessup que había llevado a cabo Sarah, pero la jueza permitió que se procediera con la mayoría de las preguntas.

Por último, Royce fue acercándose al cierre de su interrogatorio y presentó a su siguiente testigo.

—Volviendo al centro de rehabilitación de North Hollywood, usted estuvo en él durante cinco meses de 1999, ¿correcto?

—No recuerdo exactamente cuándo fue, ni durante cuánto tiempo. Es obvio que usted tiene ahí los registros.

—De lo que sí se acordará es de haber conocido a otro interno, llamado Edward Roman, más conocido como Eddie.

—Sí.

—¿Lo conoció bien?

—Sí.

—¿Cómo lo conoció?

—Íbamos juntos a terapia de grupo.

—¿Cómo describiría su relación con Eddie Roman por aquel entonces?

—Bueno, durante las terapias descubrimos que teníamos a algunos conocidos en común y que nos gustaba hacer el mismo tipo de cosas; es decir, drogarnos. De manera que empezamos a pasar tiempo juntos y a hacerlo también una vez que salimos de ahí.

—¿Estamos hablando de una relación sentimental?

Gleason se rio de un modo que no transmitió carga humorística alguna.

—Hasta donde dos drogadictos pueden llegar a tener una relación sentimental. Creo que el término más apropiado es *incitadores*. Al estar juntos nos incitábamos el uno al otro. Yo no la calificaría de relación sentimental. De tanto en tanto practicábamos el sexo, en aquellas ocasiones en que él era capaz. Pero no hubo ninguna relación sentimental, señor Royce.

–Pero ¿no es cierto que usted creyó en algún momento que estaban casados?

–Eddie organizó algo en la playa con un hombre que dijo ser un pastor. Pero no fue real. Ni legal.

–En aquel momento, sin embargo, usted pensó que sí lo era.

–Sí.

–¿De manera que estaba enamorada de él?

–No, no lo estaba. Solo pensé que sería capaz de protegerme.

–Así que contrajeron matrimonio o, por lo menos, pensaron que lo habían hecho. ¿Vivieron juntos?

–Sí.

–¿Dónde?

–En diversos moteles del valle.

–Durante todo ese tiempo en que estuvieron juntos, usted debió de confiarle cosas a Eddie, ¿no?

–Algunas, sí.

–¿Alguna vez le confió algo con relación al asesinato de su hermana?

–Estoy convencida de que lo hice. No lo mantenía en secreto. Debí de hablar sobre el asunto durante las sesiones de terapia en North Hollywood y él estaba ahí, a mi lado.

–¿Alguna vez le dijo que su padrastro había asesinado a su hermana?

–No, porque no lo hizo.

–De manera que, si Eddie Roman fuera convocado a esta sala y declarara que sí se lo contó, estaría mintiendo.

–Sí.

–No obstante, usted ya ha declarado, tanto ayer como hoy, que ha mentido a abogados y policías. Ha robado y cometido varios delitos a lo largo de su vida. Por el contrario, no está mintiendo en estos momentos. ¿Es eso lo que debemos creer?

–No estoy mintiendo. Está hablando de un periodo de mi vida en el que sí que hice esas cosas. No lo niego. Era un pedazo de basura, ¿de acuerdo? Pero ya lo he dejado atrás, hace mucho que lo superé. Ahora no estoy mintiendo.

–De acuerdo, señora Gleason. No tengo más preguntas.

Mientras Royce regresaba a su asiento, Maggie y yo juntamos nuestras cabezas y empezamos a susurrar.

–Ha aguantado con mucha entereza –observó Maggie–. Creo que deberíamos mantenerla ahí y yo me limitaré a redondear la jugada.

–Suena bien.

–¿Señora McPherson? –apremió la jueza.

Maggie se incorporó.

–Sí, señoría. Solo unas pocas preguntas.

Se dirigió al atril con su cuaderno de notas favorito. Se saltó todo tipo de preámbulos, y se centró en las cuestiones que le interesaba cubrir.

–Sarah, con respecto a Eddie Roman y este matrimonio de pega…, ¿de quién fue la idea de casarse?

–Eddie me pidió en matrimonio. Me dijo que trabajaríamos en equipo y que lo compartiríamos todo, que me protegería y que, en el caso de que nos detuvieran, jamás podrían obligarnos a declarar al uno contra el otro.

–En esas circunstancias, ¿qué significaba lo de trabajar en equipo?

–Bueno, yo… Él quería que vendiera mi cuerpo para conseguir dinero para drogas y un motel.

–¿Hizo eso por Eddie?

–Durante un corto periodo de tiempo. Luego me detuvieron.

–¿Pagó Eddie su fianza?

–No.

–¿Asistió al juicio?

–No.

–Los registros muestran que usted se declaró culpable del cargo de ofrecer servicios sexuales y que se le aplicó la prisión preventiva, ¿correcto?

–Sí.

–¿Cuántos días pasó en la cárcel?

–Creo que fueron trece días.

–El día en que abandonó la prisión, ¿se encontraba Eddie esperándola fuera?

–No.

–¿Volvió a verlo?

–No lo hice.

Maggie comprobó sus notas, pasó algunas páginas y encontró lo que buscaba.

–De acuerdo, Sarah, a lo largo de su testimonio de esta mañana ha declarado en varias ocasiones que es incapaz de recordar determinados hechos y sucesos sobre los que el señor Royce le ha preguntado, los cuales tuvieron lugar durante el tiempo en que consumió drogas. ¿Diría que esta es una descripción precisa?

–Sí, es verdad.

–En el transcurso de esos años de drogas, terapia y prisión, ¿llegó a olvidarse en algún momento de lo que le ocurrió a su hermana, Melissa?

–No, jamás. Pensé en ello todos los días. Todavía lo hago.

–¿Alguna vez fue capaz de olvidar al hombre que entró en el jardín de su casa y se llevó a su hermana mientras usted permanecía escondida detrás de un arbusto?

–No.

Maggie se giró y miró fijamente a Jessup, quien había bajado la vista a un cuaderno de notas en el que iba apuntado cosas que seguramente no tenían ningún sentido. Mantuvo la mirada clavada en él y aguardó. En el instante precisó en que Jessup levantó la cabeza para averiguar qué había hecho callar a la testigo, lanzó la pregunta final.

–¿Jamás tuvo la menor duda, Sarah?

–No, jamás.

–Gracias, Sarah. No tengo más preguntas.

38

Tras finalizar el testimonio de Sarah Gleason, la jueza anunció el receso del mediodía. Bosch esperó en su asiento a que Royce y Jessup se levantaran y comenzaran a dirigirse hacia la salida. Entonces se puso en pie y se abrió paso en dirección contraria con el fin de llegar hasta la testigo. Cuando llegó a la altura de Jessup, le dio una fuerte palmada en el brazo.

—Creo que se te está empezando a correr el maquillaje, Jason.

Lo dijo con una sonrisa y sin dejar de avanzar.

Jessup se detuvo, se volvió y, cuando estaba a punto de responder a la provocación, Royce lo cogió del otro brazo e hizo que siguiera caminando.

Bosch alcanzó el estrado en el que se encontraba Gleason. Después de haber permanecido en él durante un buen rato a lo largo de dos días, tenía aspecto de hallarse emocional y físicamente exhausta, de necesitar ayuda incluso para levantarse de la silla.

—Sarah, lo has hecho genial.

—Gracias. No tenía ni idea de si alguien me estaba creyendo o no.

—Todos lo han hecho, Sarah. Todos.

La acompañó de regreso a la mesa de la fiscalía, donde Haller y McPherson dedicaron comentarios similares a su testimonio. McPherson se incorporó y la abrazó.

–Le has plantado cara a Jessup y has defendido a tu hermana. Puedes sentirte orgullosa de ello durante el resto de tu vida.

Gleason rompió de repente a llorar y se tapó los ojos con una mano. McPherson de inmediato la volvió a rodear con los brazos.

–Lo sé, lo sé. Te has mantenido fuerte y de una pieza. Es bueno que ahora te dejes ir.

Bosch se encaminó al banco del jurado y se hizo con la caja de los pañuelos. Se los llevó a Gleason y esta pudo limpiarse las lágrimas de la cara.

–Casi has acabado –le dijo Haller–. Tu testimonio ya ha terminado por completo, y lo único que queremos que hagas, a partir de ahora, es que estés presente en la sala para seguir el juicio. Queremos que estés sentada en primera fila cuando Eddie Roman testifique. Luego ya podremos llevarte a coger un vuelo de regreso a casa, esta misma tarde.

–De acuerdo, pero ¿por qué?

–Porque va a contar una sarta de mentiras sobre ti. Y, si eso es lo que tiene en mente, va a tener que hacerlo mirándote a la cara.

–Dudo que eso le vaya a suponer un problema. Nunca lo fue.

–Bueno, en ese caso el jurado deseará ver cómo reaccionas tú. Y cómo reacciona él. Y no te preocupes, tenemos algo preparado que va a hacer que Eddie sude la gota gorda. –Dicho esto, se giró hacia Bosch–. ¿Estás preparado para hacer esto?

–Solo tienes que darme la señal.

–¿Puedo preguntarte algo? –dijo Gleason.

–Claro –respondió Haller.

–¿Qué pasa si no quiero meterme en un avión esta tarde? ¿Y si quiero quedarme a escuchar el veredicto? Por mi hermana.

–Estaremos encantados, Sarah –intervino Maggie–. Estás invitada a hacerlo. Puedes quedarte el tiempo que desees.

Bosch permanecía de pie en el pasillo al que desembocaba la sala del tribunal. Había sacado el móvil y con un dedo tecleaba lentamente un mensaje dirigido a su hija. Su esfuerzo se vio interrumpido al recibir un mensaje. Era de Haller y constaba de una única palabra.

AHORA

Guardó el teléfono y se dirigió a la sala de espera reservada a los testigos. Sonia Reyes yacía desplomada sobre una silla. Tenía la cabeza gacha y dos tazas vacías de café delante.

–De acuerdo, Sonia, arriba y reluciente. Vamos a hacerlo. ¿Estás bien? ¿Lista?

Levantó la vista y lo miró con ojos cansados.

–Esas son demasiadas preguntas, pol… policía.

–De acuerdo, me contentaré con una. ¿Cómo te encuentras?

–Igual que el aspecto que ofrezco. ¿Tienes más de eso que me han dado en la clínica?

–No hay más. Pero voy a hacer que alguien te lleve de vuelta ahí tan pronto como hayamos terminado.

–Lo que tú digas, pol… policía. Creo que la última vez que estuve despierta tan temprano me encontraba en la prisión del condado.

–Bueno, la verdad es que no es tan temprano. Andando.

La ayudó a incorporarse y se dirigieron hacia el Departamento 112. Reyes era lo que se calificaba como un testigo silencioso. No iba a testificar en el juicio. No estaba en condiciones. Sin embargo, el simple hecho de hacerla atravesar el pasillo y hacer que se sentara en la primera fila le garantizaba a Bosch que Eddie Roman iba a tomar buena cuenta de ella. Confiaban en que le descentrara durante su testimonio, y que quizás incluso lo forzara a cambiarlo. Contaban con su desconocimiento acerca de las normas de funcionamiento con respecto a las pruebas. Por consiguiente, no repararía en que la presencia de Sonia en la sala la inhabilitaba a la hora de prestar testimonio y desenmascarar sus mentiras.

Harry golpeó la puerta con el puño al abrirla, consciente de que eso llamaría la atención de quienes se encontraban en el interior de la sala. A continuación, la metió allí y la condujo por el pasillo. Eddie Roman ya se encontraba en el estrado, declarando después de haber prestado juramento. Lucía un traje que estaba a varias tallas de la suya, procedente del armario del cliente de Royce. Estaba bien afeitado y llevaba el pelo corto y limpio. Al ver a Sonia en la sala, comenzó a balbucear.

—Tuvimos terapia de grupo dos…

—¿Solo dos veces? —preguntó Royce, sin reparar en la distracción que avanzaba por el pasillo a sus espaldas.

—¿Qué?

—¿Ha dicho que solo tuvo terapia de grupo con Sarah Gleason en dos ocasiones?

—No, hombre, quería decir dos veces al día.

Bosch escoltó a Reyes hasta un asiento entre el auditorio, donde había un cartel de reservado, y se sentó junto a ella.

—¿Y cuánto tiempo se alargó esto, aproximadamente? —preguntó Royce.

—Cada una duraba unos cincuenta minutos, creo —respondió Roman con los ojos clavados en Reyes.

—Me refería a cuánto tiempo pasaron ambos en terapia. ¿Un mes? ¿Un año? ¿Cuánto?

–Ah, cinco meses.

–¿Y se hicieron amantes mientras se encontraban en ese centro?

Roman bajó la vista.

–Esto… Sí, eso es.

–¿Cómo se las arreglaron? Supongo que hay reglas que lo prohíben.

–Bueno, si uno quiere, uno puede, ¿me entiende? Encontrábamos el tiempo. Encontrábamos sitios.

–¿La relación continuó una vez que ambos abandonaron el centro?

–Sí. Ella salió unas cuantas semanas antes que yo. Luego me tocó a mí y nos juntamos.

–¿Vivían juntos?

–Ajá.

–¿Es eso un sí?

–Sí. ¿Puedo preguntar una cosa?

Royce hizo una pausa. No se lo esperaba.

–No, señor Roman –le dijo la jueza–. No puede formular preguntas. Su papel en este procedimiento es el de testigo.

–Pero ¿cómo pueden traerla aquí en ese estado?

–¿A quién, señor Roman?

Roman señaló a Reyes.

–A ella.

La jueza miró a Reyes y luego a Bosch. Una mirada cargada de recelo cruzó por su rostro.

–Voy a pedirle al jurado que regrese a su sala brevemente. Esto no debería llevarnos mucho.

Los miembros del jurado hicieron lo que se les había ordenado. Cuando el último de ellos cerró la puerta tras de sí, la jueza se fue directa a por Bosch.

–Detective Bosch.

Bosch se puso de pie.

–¿Quién es la mujer que se sienta a su izquierda?

–Señoría –terció Haller–, ¿se me permite responder a mí?

–Por favor, hágalo.

–El detective Bosch se halla sentado junto a Sonia Reyes, que ha convenido en ayudar a la fiscalía en calidad de testigo.

La jueza paseó la vista de Haller a Reyes y de nuevo a Haller.

–¿Podría repetírmelo, señor Haller?

–Jueza, la señorita Reyes conoce al testigo. Dado que la defensa no nos facilitó al señor Roman antes de que prestara hoy aquí testimonio, le hemos pedido a la señorita Reyes que nos aconseje de cara a proceder con nuestro contrainterrogatorio.

Las palabras de Haller no habían conseguido borrar un ápice la expresión de desconfianza de la cara de Breitman.

–¿Le están pagando por estos consejos?

–Hemos acordado que la ayudaremos a que ingrese en una clínica.

–Eso espero.

–Señoría –dijo Royce–, ¿me concede la palabra?

–Adelante, señor Royce.

–Creo que resulta bastante obvio que la fiscalía está intentando intimidar al señor Roman. Es un recurso propio de gánsteres, jueza. No es lo que cabría esperar de la Fiscalía del Distrito.

–Protesto de manera enérgica contra esa caracterización –dijo Haller–. Contratar y emplear a consultores es perfectamente aceptable desde los puntos de vista ético y jurídico. Sin embargo, al señor Royce solo se le ocurre protestar cuando la fiscalía cuenta con uno que amenaza con destapar las mentiras de uno de sus testigos, así como su condición de depredador de mujeres. Con el debido respeto, ese sí que me parece un recurso gansteril.

–De acuerdo, ahora no vamos a ponernos a debatir sobre ello –zanjó Breitman–. Considero que la fiscalía está en su derecho de hacer uso de la señorita Reyes en tanto que consultora. Que vuelva el jurado.

–Gracias, jueza –dijo Haller, y tomó asiento.

Mientras los miembros del jurado regresaban a sus asientos, Haller se giró para mirar a Bosch. Hizo un leve gesto de asentimiento con la cabeza y Bosch supo que estaba contento. El intercambio con la jueza no podía haber ido mejor para lanzarle una advertencia a Roman: sabemos cómo te las gastas y, cuando nos llegue el turno de interrogarte, también lo sabrá el jurado. Roman tenía ahora una elección que hacer. Podía seguir jugando para la defensa o pasarse al equipo de la fiscalía.

Con el jurado de nuevo operativo, prosiguió con su testimonio. Royce se apresuró a aclarar que Roman y Sarah Gleason habían mantenido una relación que se había prolongado durante casi un año y que había incluido el intercambio de historias personales y el consumo de drogas. Pero cuando llegó el momento de revelar esas historias personales, Roman salió huyendo, y dejó a Royce con el culo al aire.

–¿Habló en alguna ocasión del asesinato de su hermana?

–¿En alguna ocasión? Las hubo a montones. No dejaba de hablar de ello, hombre.

–¿Y alguna vez le contó en detalle aquello a lo que ella se refería como «la verdadera historia»?

–Sí, lo hizo.

–¿Podría explicarle al jurado lo que le contó?

Roman dudó y se rascó la barbilla antes de contestar. Bosch supo que ese era el instante en que su trabajo daría frutos o se iría al traste.

—Me contó que estaban jugando al escondite en el jardín y que llegó un tipo que agarró a su hermana y que ella lo vio todo.

Bosch barrió la sala con la mirada. Primero la detuvo en los miembros del jurado, y le pareció que incluso ellos habían estado aguardando otra respuesta. Luego lo hizo en la mesa de la fiscalía. Vio que McPherson estaba apretando la parte de atrás de uno de los brazos de Haller. Y, por último, en Royce, a quien ahora le había llegado el turno de dudar. De pie en el atril, consultaba sus notas con un puño reposando sobre la cadera, pose que hacía pensar en un profesor frustrado ante su incapacidad a la hora de conseguir que un alumno ofreciera la respuesta correcta.

—Esa es la historia que le escuchó a Sarah Gleason durante una de las sesiones de terapia colectiva, ¿correcto? —preguntó finalmente.

—Correcto.

—¿Pero no es también cierto que a usted le contó otra versión de los hechos, lo que ella calificaba como «la verdadera historia», cuando se encontraban en un contexto más íntimo?

—Eh… No. No dejaba de repetir la misma historia todo el tiempo.

Bosch vio que McPherson le daba otro apretón al brazo de Haller. Todo el caso se resumía en ese instante.

Royce daba la impresión de ser un hombre a quien hubieran abandonado en alta mar. Se mantenía a flote agitando los brazos, pero solo era cuestión de tiempo que empezara a hundirse. No podía hacer más.

–Veamos, señor Roman, ¿no es cierto que el 2 de marzo de este año usted acudió a nuestras oficinas a ofrecer sus servicios como testigo de la defensa?

–No sabría decirle la fecha, pero estuve ahí, sí.

–¿Habló con mi detective, Karen Revelle?

–Hablé con una mujer, pero no recuerdo cómo se llamaba.

–¿Y no es verdad que le contó una historia que difiere de manera sustancial de la que acaba de relatar?

–Pero entonces no estaba bajo juramento ni nada.

–Es cierto, señor, pero no lo es menos que a Karen le contó una versión diferente, ¿no?

–Puede que lo hiciera. No lo recuerdo.

–¿No le contó entonces a Karen que la señora Gleason le había contado que su padrastro había asesinado a su hermana?

Haller se levantó para protestar, arguyendo que Royce no solo estaba dirigiendo al testigo, sino que no existía fundamento para la pregunta y que con ella pretendía que el jurado obtuviera un testimonio que el testigo no estaba dispuesto a ofrecer. La jueza aceptó la protesta.

–Señoría –dijo Royce–, la defensa desea solicitar un receso para deliberar con su testigo.

Antes de que Haller pudiera protestar, la jueza rechazó la solicitud.

–De lo que se ha desprendido por el testimonio de este mismo testigo, han tenido desde el 2 de marzo para preparar este momento. Haremos una pausa para almorzar de aquí a treinta y cinco minutos. Entonces podrá deliberar con él, señor Royce. Formule su siguiente pregunta.

–Gracias, señoría.

Royce bajó la mirada al cuaderno de notas. Por lo que pudo ver, Bosch descubrió que delante no tenía más que un folio en blanco.

–¿Señor Royce? –lo apremió la jueza.

–Sí, señoría, solo estaba volviendo a comprobar una fecha.

–Señor Roman, ¿por qué llamó a mi oficina el 2 de marzo?

–Bueno, había visto algo relativo al caso en la televisión. De hecho, a usted. Lo vi hablando sobre él. Yo sabía algo del asunto teniendo en cuenta que había conocido a Sarah como lo hice. Así que llamé por si podía ser de utilidad.

–Y luego acudió a nuestras oficinas, ¿es correcto?

–Sí, así es. Usted envió a esa mujer a buscarme.

–Y cuando acudió a nuestras oficinas, nos contó una historia diferente de la que acaba de compartir con el jurado, ¿no es cierto?

–Como ya le he dicho, no recuerdo qué le conté exactamente. Soy un toxicómano, señor. Digo muchas cosas que no recuerdo y que no querría decir. Todo lo que puedo recordar es que la mujer que me vino a buscar me dijo que me metería en un bonito hotel y, por aquel entonces, yo no tenía dinero para quedarme en ningún sitio. Y por eso vine a decir lo que ella me pidió que dijera.

Bosch cerró un puño y se dio un golpe en el muslo. Aquello era un desastre sin paliativos para la defensa. Miró en dirección a Jessup para comprobar si era consciente de lo feas que se le acababan de poner las cosas. Se diría que lo había captado. Se volvió y le devolvió la mirada a Bosch. Sus ojos oscuros rezumaban furia y desesperación. Bosch se echó hacia delante y levantó un dedo lentamente. Luego lo arrastró por debajo de la barbilla.

Jessup le dio la espalda.

39

He disfrutado de grandes momentos en los tribunales. Me he sentado junto a hombres en el instante en que descubrían que iban a quedar libres gracias a mis buenos oficios. He sentido la vibración de la verdad y de la virtud recorriéndome el espinazo mientras miraba de frente al jurado. Y he destruido sin piedad a mentirosos sentados en el banco de los testigos. Este es el tipo de situaciones para las que vivo profesionalmente. Pocas de ellas, sin embargo, han estado a la altura de la procurada al ver a la defensa de Jason Jessup quedar en evidencia con el testimonio de Edward Roman.

Mientras Roman provocaba un estropicio en el estrado, mi exmujer y compañera de la fiscalía me apretaba el brazo hasta el punto de causarme dolor. No podía evitarlo. Lo sabía tan bien como yo: no había forma de que Royce pudiera volver a levantarse. Una parte crucial de un proceso defensivo ya de por sí frágil se estaba desmoronando delante de sus ojos. No era debido tanto a que el testigo se le estaba yendo en la dirección opuesta, sino a que el jurado podía advertir que la estrategia de la defensa se había construido a partir de una mentira. Sus miembros no se lo iban a perdonar. Se había acabado y creía que todos los presentes en la sala –empezando por la jueza y acabando por los moscardones sentados en las últimas filas– coincidían conmigo. Jessup se iba a pique.

Me giré para buscar a Bosch con la mirada y compartir el momento. Al fin y al cabo, la maniobra del testigo silencioso había sido idea suya. Lo cacé dedicándole a Jessup el gesto de rebanar una garganta. La señal universal de que había llegado su final.

Volví la vista al frente.

–Señor Royce –dijo la jueza–, ¿va a proseguir con este testigo?

–Un momento, señoría.

Era una pregunta legítima. A esas alturas contaba con pocas alternativas. O bien podía limitar los daños dando por concluido el interrogatorio, o bien podía solicitarle a la jueza que declarara a Roman testigo hostil. Este último era un recurso embarazoso desde el punto de vista profesional cuando resultaba que eras tú quien lo había llamado al estrado. Sin embargo, también le ofrecería más libertad a la hora de formular preguntas comprometedoras, que ahondarían en lo que Roman le había contado en un primer momento a la investigación de la defensa y sus motivos para retractarse. Con todo, era un terreno particularmente minado, dado que, con el objetivo de ocultar a Roman durante el proceso de recopilación de pruebas, aquella entrevista original no había sido grabada ni documentada de ningún modo.

–¡Señor Royce! –ladró la jueza–. Tengo en alta estima el tiempo de este tribunal. Por favor, formule su siguiente pregunta o, de lo contrario, le cederé el testigo al señor Haller para que proceda con el contrainterrogatorio.

Royce asintió para sí mismo cuando hubo tomado una decisión.

–Lo siento, señoría. No tengo más preguntas por el momento. Royce regresó abatido a su asiento y a un cliente visiblemente enfadado con el volantazo que habían dado los acontecimientos.

Me levanté y comencé a dirigirme al atril sin esperar a que la jueza me cediera el testigo.

—Señor Roman, su testimonio me ha resultado, de alguna manera, confuso. Veamos si soy capaz de entenderle. ¿Le está diciendo a este tribunal que Sarah Ann Gleason le contó o no le contó que su padrastro asesinó a su hermana?

—No lo hizo. Eso es solo lo que ellos querían que contase.

—¿Quiénes son «ellos», señor?

—La defensa. La señora detective y Royce.

—Además de una habitación de hotel, ¿iba a recibir alguna otra cosa si en su testimonio de hoy contaba esa versión?

—Simplemente me dijeron que se harían cargo de mí. Que había mucho dinero en ju...

—¡Protesto! —bramó Royce. Se puso de pie de un salto—. Señoría, el testigo es claramente hostil y está representando una fantasía vengativa.

—Es su testigo, señor Royce. Puede responder a la pregunta. Adelante, señor.

—Dijeron que había mucho dinero en juego y que se harían cargo de mí.

La situación no hacía más que ponérseme de cara, y del revés para Royce. Sin embargo, debía asegurarme de no darle al jurado la impresión de ser yo el vengativo ni de sentirme exultante. Me serené y me centré en lo que de verdad importaba.

—¿Qué historia le había contado Sarah hacía tantos años, señor Roman?

—Como ya les he contado, que estaba escondida en el jardín y que pudo ver al tipo que se llevó a su hermana.

–¿Alguna vez le dijo que hubiera identificado al hombre equivocado?

–No.

–¿Alguna vez le dijo que la policía le indicó a qué hombre debía identificar?

–No.

–¿Alguna vez le dijo que el hombre equivocado había tenido que cargar con el asesinato de su hermana?

–No.

–No tengo más preguntas.

De regreso a mi asiento, eché una mirada al reloj. Aún quedaban veinte minutos hasta la pausa para el almuerzo. Antes que anunciar un receso temprano, la jueza solicitó a Royce que llamara a su siguiente testigo. Requirió la presencia de su detective, Karen Revelle. Sabía lo que estaba tramando y no me iba a coger desprevenido.

Revelle era una mujer de aspecto varonil, vestida con pantalones y una chaqueta deportiva. Llevaba impresas las palabras «expolicía» por todo su adusto rostro. Tras prestar juramento, Royce fue directo al grano, probablemente con la esperanza de detener la hemorragia que estaba sufriendo su caso antes de que los jurados se fueran a almorzar.

–¿A qué se dedica, señora Revelle?

–Soy detective para el bufete de abogados Royce y Asociados.

–Trabaja para mí, ¿es correcto?

–Correcto.

–El 2 de marzo de este año, ¿mantuvo usted una conversación telefónica con un sujeto llamado Edward Roman?

–Lo hice.

–¿Qué le contó durante esa llamada?

Me levanté y protesté. Solicité a la jueza si podíamos discutir la naturaleza de mi protesta en una consulta privada.

–Acérquense –nos dijo.

Maggie y yo seguimos a Royce hasta un lateral del banco de la jueza, que me pidió que procediera.

–Mi primera protesta es que cualquier cosa que declare este testigo acerca de una conversación con Roman es claramente un testimonio indirecto y no autorizado. Mi principal protesta, no obstante, es que el señor Royce esté intentando impugnar a su propio testigo. Va a utilizar a Revelle para impugnar a Roman, y eso no se puede hacer, jueza. Está endiabladamente cerca de poderse considerar incitación al perjurio por parte del señor Royce, porque uno de estos dos individuos bajo juramento está mintiendo… ¡y los ha llamado a ambos!

–Protesto enérgicamente contra la última apreciación del señor Haller –intervino Royce, quien se inclinó hasta quedar cerca de la jueza–. ¿Incitación al perjurio? Ejerzo como abogado desde hace más de…

–Antes que nada, retírese señor Royce, está invadiendo mi espacio –le dijo Breitman con aspereza–. En segundo lugar, puede guardarse sus protestas interesadas para otra ocasión. El señor Haller lleva razón en todos los sentidos. Si autorizo que esta testigo prosiga con su testimonio, no solo va a incurrir en un testimonio indirecto, sino que desembocaremos en una situación en la que uno de sus dos testigos habrá mentido bajo juramento. No puede tener lo uno y lo otro, y no puede sentar a un mentiroso allá arriba. Les diré lo que vamos a hacer. Usted va a pedirle a su detective que se retire del estrado, el señor Haller va a solicitar una moción para eliminar el breve testimonio que lleva ofrecido y yo la voy a autorizar. Luego nos iremos a almorzar. Durante ese tiempo, usted y su cliente pueden reunirse para decidir qué quieren hacer a continuación. De todos modos, me da la impresión de que sus opciones se han visto considerablemente limitadas a lo largo de la última media hora. Eso es todo.

No aguardó nuestra posible reacción. Impulsó su silla rodante lejos de nosotros.

Royce siguió el consejo de la jueza y dio por finalizado su interrogatorio a Ravelle. Yo le di la puntilla y sanseacabó. Media hora después, me encontraba sentado junto a Maggie y Sarah Gleason en una mesa del Water Grill, el lugar donde aquel caso había empezado para mí. Habíamos decidido darnos un festín para celebrar lo que aparentaba ser el principio del fin del caso Jason Jessup, y también porque el restaurante se hallaba en la acera de enfrente del hotel de Sarah. Solo faltaba Bosch, aunque se encontraba de camino tras haber dejado a nuestro testigo silencioso, Sonia Reyes, en su centro de rehabilitación para drogodependientes.

—Guau —dije una vez que estuvimos todos a la mesa—. Creo que nunca había visto nada parecido en un tribunal.

—Ni yo tampoco —apostilló Maggie.

—Bueno, yo he estado en varios juicios, pero no sé lo suficiente como para entender qué significa —intervino Gleason.

—Significa que nos aproximamos al final —dijo Maggie.

—Significa que el equipo de la defensa al completo ha saltado en pedazos —añadí—. Mira, el caso de la defensa era de lo más simple. El padrastro mató a la niña y la familia encubrió los hechos. Se inventaron la historia del escondite y del hombre en el jardín para no alertar a las autoridades sobre el padrastro. Luego, la hermana (es decir, tú) llevó a cabo una identificación falsa de Jessup.

Lo escogiste al azar para que cargara con un crimen que no cometió.

–¿Y qué pasa entonces con el cabello de Melissa que hallaron en la grúa? –preguntó Gleason.

–La defensa sostiene que alguien lo depositó ahí –le conté–. O bien como resultado de una conspiración, o bien con independencia del encubrimiento de la familia. La policía se dio cuenta de que no tenía un caso nada sólido. Prácticamente solo disponía de la identificación de un sospechoso que había llevado a cabo una chica de trece años. De modo que se hicieron con cabello de la víctima, o bien del cuerpo o bien de un peine, y lo plantaron en la grúa. Tras el almuerzo (si es que Royce es tan tonto como para seguir por este camino), presentará informes cronológicos de la investigación y registros temporales que demostrarán que el detective Kloster dispuso de tiempo y medios suficientes como para llevar a cabo la operación, antes de que se emitiera una orden de registro y el equipo forense entrara en el vehículo.

–Pero eso es una locura –dijo Gleason.

–Quizá –convino Maggie–, pero en eso consistía su caso, y Eddie Roman era la pieza clave, ya que se suponía que debía declarar que tú le habías contado que tu padrastro había sido el culpable. Su cometido era sembrar la duda en el jurado. Pero a veces es precisamente eso lo único que se necesita, Sarah. Una pequeña duda. Le bastó echar un vistazo a una persona que se encontraba entre el público, Sonia Reyes, y llegar a la conclusión de que estaba en peligro. Verás, Eddie hizo con Sonia lo mismo que hizo contigo. Conocerla, intimar y utilizarla para proveerse de anfetaminas. Al verla en el tribunal, supo que se encontraba en apuros. Era consciente de que si Sonia subía al estrado y contaba la misma historia que tú ya habías explicado, el jurado descubriría de qué calaña era (un mentiroso y un depredador), por lo que no creería ni una sola de sus palabras. Además, no tenía ni la menor idea acerca de lo que Sonia podría habernos contado acerca de sus correrías criminales. En consecuencia, ahí mismo decidió que mejor sería que contara la verdad. Joder a la defensa y hacer feliz a la acusación. Cambió su historia.

Gleason asintió a medida que empezaba a comprender.

–¿Crees realmente que el señor Royce le dijo lo que tenía que contar y que iba a pagarle por sus mentiras?

–Por supuesto –dijo Maggie.

–No sé –la corté yo rápidamente–. Conozco a Clive desde hace mucho tiempo. No creo que sea su estilo.

–¿Qué? –protestó Maggie–. ¿Piensas que Eddie Roman se lo ha inventado todo él solito?

–No, pero habló con la detective antes de acudir a Clive.

–Negación plausible. Solo estás siendo caritativo, Haller. Por algo lo llaman Clive el Astuto.

Sarah pareció advertir que nos había arrojado a una zona de conflicto que existía desde mucho antes del juicio. Intentó que pasáramos a otro asunto.

–¿De verdad pensáis que se ha acabado? –nos preguntó.

Reflexioné un momento antes de asentir.

–Creo que si yo fuera Clive el Astuto, ahora mismo le estaría dando vueltas a lo que es mejor para mi cliente y que eso me llevaría a evitar un veredicto. Empezaría a pensar en un trato. Incluso es posible que nos llame durante el almuerzo.

Saqué mi teléfono y lo deposité sobre la mesa, como si prepararme para la llamada de Royce fuera a materializarla. En el preciso instante en que lo hacía, apareció Bosch y se sentó junto a Maggie. Agarré mi vaso de agua y lo alcé en su dirección.

—Chinchín, Harry. Una maniobra muy sutil la que has efectuado hoy. Tengo la impresión de que el castillo de naipes de Jessup se está desmoronando.

Bosch cogió su vaso de agua y lo chocó contra el mío.

—Royce tenía razón, ¿sabéis? —dijo—. Ha sido una maniobra gansteril. La vi hace mucho en una de las películas de *El Padrino*.

Acto seguido, señaló con el vaso a las dos mujeres.

—Sea como fuere, salud. Vosotras dos sois las auténticas estrellas. Tanto ayer como hoy habéis hecho un gran trabajo.

Todos entrechocamos los vasos menos una vacilante Sarah.

—¿Qué ocurre, Sarah? —le pregunté—. No me digas que te da miedo el tintinear de los vasos.

Sonreí orgulloso de mi sentido del humor.

—No es nada. Pensaba que brindar con agua traía mala suerte.

—Bueno —dije recuperándome a marchas forzadas—, creo que a estas alturas va a ser necesario algo más que mala suerte para que las cosas tomen otro rumbo.

Bosch cambió de tema.

—¿Qué pasa a partir de ahora? —preguntó.

—Precisamente le estaba contando a Sarah que dudo que el caso vaya al jurado. Clive tiene que estar pensando en una resolución. Lo cierto es que no les queda otra opción.

Bosch se puso serio.

—Sé que aquí hay dinero en juego y que tu jefe quizá piense que eso es lo prioritario, pero este tipo debe regresar a la prisión.

—Desde luego —dijo Maggie.

—Por supuesto —añadí—. Después de lo que ha ocurrido esta mañana, contamos con toda la ventaja. Jessup debe aceptar lo que le ofrezcamos o nosotros...

Mi teléfono empezó a sonar. En la pantalla ponía «desconocido».

—Hablando del rey de Roma —dijo Maggie. Miré a Sarah.

—Al fin y al cabo, quizá sí que puedas subirte a ese avión esta noche.

Descolgué y dije mi nombre.

—Mickey, soy el fiscal del distrito, Williams. ¿Cómo estás?

Sacudí la cabeza a mis comensales. No era Royce.

—Estoy bien. ¿Y tú?

Mi tono informal no pareció desconcertarlo.

—Me han llegado buenas noticias de lo que ha sucedido en el tribunal esta mañana.

Su comentario confirmó lo que siempre me había imaginado. Aunque Williams no se había presentado ni una sola vez en el tribunal, tenía a otros que lo hacían por él.

—Bueno, eso espero. Creo que después del almuerzo tendremos más noticias acerca de cómo se desarrollarán los acontecimientos.

—¿Estáis considerando una resolución?

—Aún no. No tengo noticias del abogado de la otra parte, pero supongo que no tardaremos en empezar a discutirlo. Probablemente lo esté hablando en estos momentos con su cliente. Es lo que yo haría en su lugar.

—Bien, mantenme al corriente antes de que se firme nada.

Hice una pausa mientras consideraba esa última petición. Vi a Bosch meter la mano dentro de su americana y sacar el móvil para responder a una llamada.

–Te diré el qué, Gabe. En mi calidad de abogado independiente, prefiero mantenerme independiente. Te informaré sobre una resolución en el caso de que lleguemos a un acuerdo, y no antes.

–Quiero participar de esa decisión –insistió Williams.

Percibí una sombra que teñía los ojos de Bosch. Supe de forma instintiva que había llegado el momento de poner fin a la conversación.

–Volveremos a hablar sobre ello, señor fiscal del distrito. Me está entrando otra llamada. Podría tratarse de Clive Royce.

Cerré el teléfono en el mismo instante en que Bosch hacía lo propio con el suyo y se ponía de pie.

–¿Qué ocurre? –preguntó Maggie.

–Se ha producido un tiroteo en el despacho de Royce. Hay cuatro muertos.

–¿Jessup es uno de ellos? –pregunté.

–No…, Jessup ha escapado.

40

Bosch conducía y McPherson lo acompañaba después de haber insistido mucho. Se habían dividido en dos bandos con Haller y Gleason dirigiéndose de vuelta al tribunal. Bosch extrajo una tarjeta de su cartera y consiguió el número del teniente Stephen Wright. Le entregó su teléfono y la tarjeta a McPherson, y le pidió que marcara por él.

–Está sonando –le dijo McPherson.

Le cogió el teléfono y se lo llevó a la oreja al tiempo que Wright contestaba.

–Aquí Bosch. Dime que tienes a tu gente detrás de Jessup.

–Ya me gustaría.

–¡Maldita sea! ¿Qué demonios ha ocurrido? ¿Por qué no le seguía la pista la SIE?

–Tranquilízate, Bosch. *Lo estábamos siguiendo*. Entre los caídos en el despacho de Royce hay uno de los míos.

Aquello fue una bofetada. Bosch no sabía que hubiera un policía entre las víctimas.

–¿Dónde estás? –le preguntó a Wright.

–De camino hacia ahí. Llego en tres minutos.

–¿Qué has averiguado hasta el momento?

–Ni una puta mierda. Teníamos una vigilancia suave durante las horas del juicio. Ya lo sabes. Un equipo mientras estaba en el tribunal y una cobertura completa antes y después. Hoy, a la hora del almuerzo, lo han seguido desde el tribunal hasta el despacho de Royce. Jessup y el equipo de Royce se han metido en el edificio. Al cabo de pocos minutos, mis hombres han oído disparos. Han informado y luego han entrado. Uno acabó muerto en el suelo y el otro tuvo que parapetarse tras una pared. Jessup ha salido por detrás y mi agente se ha quedado a intentar una reanimación cardiopulmonar. Ha tenido que dejarlo marchar.

Bosch sacudió la cabeza. Solo podía pensar en su hija. Permanecería en la escuela durante los siguientes noventa minutos. Debería estar a salvo. Por el momento.

–¿A quién más le han dado? –preguntó.

–Hasta donde yo sé, Royce, su detective y otro abogado, una mujer. Tuvieron suerte porque era la hora del almuerzo. No había nadie más en el despacho.

Bosch era incapaz de ver qué había de suerte en un cuádruple asesinato y en el hecho de tener a Jessup rondando por ahí con un arma. Wright continuaba hablando.

–No voy a verter ninguna lágrima por un par de abogados defensores, pero mi hombre tendido en ese suelo tiene a dos hijos pequeños en casa, Bosch. Eso no está nada bien.

Bosch giró para incorporarse a la Primera Avenida y pudo ver el destello de las luces al final de la misma. El despacho de Royce se hallaba en unos bajos situados en una calle sin salida detrás del Kyoto Grand Hotel, junto a Japantown. A un corto paseo del tribunal.

–¿Se ha informado por radio del coche de Jessup?

–Sí, todo el mundo está alertado. Alguien tendrá que verlo.

–¿Dónde está el resto de tu equipo?

—Se dirige en bloque a la escena del crimen.

—No, envíalos en busca de Jessup. A todos los lugares en los que ha estado. Sin excepción. A los parques, incluso a mi casa. En la escena del crimen no nos sirven de nada.

—Nos reuniremos ahí y daré la orden.

—Estás perdiendo tiempo, teniente.

—¿Crees que puedo impedirles acudir primero a la escena del crimen?

Bosch entendió que Wright se encontraba en una situación imposible.

—Acabo de llegar —le dijo—. Nos vemos cuando lo hagas tú.

—Dos minutos.

Bosch colgó el teléfono. McPherson le preguntó qué le había dicho Wright y él la puso rápidamente al corriente mientras aparcaba detrás de un coche patrulla.

Pasaron por debajo de la cinta amarilla. Puesto que solo habían transcurrido veinticinco minutos desde el tiroteo, la escena del crimen estaba repleta de agentes de policía uniformados —los primeros en responder— e imperaba el caos. Bosch divisó a un sargento dictando órdenes para la protección de esta y se le acercó.

—Sargento, Harry Bosch, del Departamento de Robos y Homicidios de Los Ángeles. ¿Quién estará al mando de la investigación?

—¿No será usted?

—No, yo estoy asignado a un caso relacionado. Este no recaerá en mí.

—Entonces no lo sé, Bosch. Me dijeron que se encargaría el Departamento de Robos y Homicidios.

—De acuerdo, en ese caso se encuentran de camino. ¿Quién hay dentro?

—Un par de tipos de la División Central. Roche y Stout.

«Niñeras», pensó Bosch. En el mismo instante en que entrara el Departamento de Robos y Homicidios, ellos saldrían. Sacó el teléfono y llamó a su teniente.

–Gandle.

–Teniente, ¿quién se va a ocupar de las cuatro víctimas junto al Kyoto?

–¿Bosch? ¿Dónde andas?

–En el lugar de los hechos. El responsable ha sido el acusado de mi juicio. Jessup.

–Mierda, ¿qué falló?

–No lo sé. ¿A quién vas a enviar y dónde diablos están?

–Voy a enviar a cuatro. Penzler, Kirshbaum, Krikorian y Russell. Se encontraban almorzando en Birds. Yo también acudiré, pero tú no tienes por qué estar ahí, Harry.

–Lo sé. No pienso quedarme mucho.

Bosch colgó el teléfono y buscó a McPherson con la mirada. La había perdido entre la confusión que rodeaba la escena del crimen. La localizó en cuclillas junto a un hombre sentado en el bordillo de la acera, frente a la agencia de fianzas colindante al despacho de Royce. Bosch lo reconoció de la noche en que McPherson y él habían salido con el equipo de vigilancia de Jessup. Tenía las manos y la camisa ensangrentadas tras haber intentado salvar a su compañero.

–… cuando regresaron aquí, él se dirigió a su coche. No tardó más de un minuto. Entró y salió. Luego se metió en el despacho. Al instante oímos disparos. Nos pusimos en marcha y Manny fue alcanzado al abrir la puerta. Yo pude disparar algunas ráfagas, pero tenía que intentar ayudar a Manny…

–Por lo tanto, Jessup debió de sacar el arma de su coche, ¿verdad?

–A la fuerza. En el tribunal cuentan con detectores de metal. Hoy no habría podido meterla en la sala.

–¿Pero no llegaste a verla?

–No, en ningún momento vimos un arma. De hacerlo, habríamos reaccionado.

Bosch los dejó ahí y se encaminó hacia la puerta de entrada de Royce y Asociados. Llegó en el mismo momento en que lo hacía el teniente Wright. Entraron juntos.

–Oh, Dios mío –exclamó Wright al ver a su hombre tendido en el suelo nada más cruzar la puerta.

–¿Cómo se llamaba? –preguntó Bosch.

–Manuel Branson. Tenía dos hijos, y ahora debo ir a contárselo a su esposa.

Branson estaba de espaldas. Tenía heridas de entrada de bala en el lado izquierdo del cuello y en la parte superior de la mejilla izquierda. Había sangrado en abundancia. El impacto en el cuello parecía haber cortado la arteria carótida.

Bosch se apartó de Wright para dirigirse hacia un pasillo que quedaba a la derecha de la recepción. Había una pared de cristal que daba a una sala de juntas con puertas a ambos extremos. Allí se encontraba el resto de las víctimas, junto a un par de detectives que, ataviados con guantes y patucos, iban tomando notas en unos sujetapapeles. Roche y Stout. Bosch se quedó de pie junto a la puerta más próxima, pero no entró. Ambos detectives lo miraron.

–¿Quién eres? –preguntó uno de ellos.

–Bosch, del Departamento de Robos y Homicidios.

–¿Estás al frente de esto?

–No exactamente. Trabajo en un caso relacionado. Los otros están en camino.

–Por Dios bendito, solo estamos a dos calles de la Central de Policía.

–No se encontraban ahí. Estaban almorzando en Hollywood. Pero no os preocupéis: llegarán. Tampoco es que estas personas vayan a ir a ninguna parte.

Bosch observó los cuerpos. Clive Royce estaba sentado en una silla que presidía una larga mesa de reuniones. Tenía la cabeza echada hacia atrás como si estuviera mirando al techo. Un agujero limpio de bala se dibujaba en el centro de su frente. La sangre producida por el orificio de salida se había vertido, desde la parte trasera de su cabeza, a su americana y al asiento.

La detective, Karen Revelle, yacía en el suelo en el extremo opuesto de la habitación, junto a la otra puerta. Daba la impresión de haber intentado huir antes de ser alcanzada por el tiroteo. Estaba boca abajo y Bosch no podía ver dónde había recibido los impactos ni cuántos.

A la atractiva abogada y socia de Royce, cuyo nombre era incapaz de recordar, le había sido arrebatada su belleza. Su cuerpo reposaba en un asiento en diagonal al de Royce, la parte superior del cual se había desplomado sobre la mesa, y revelaba un orificio de entrada en la parte trasera de la cabeza. La bala había salido por debajo del ojo derecho y destrozado su rostro. Los daños siempre resultaban mayores a la salida que a la entrada.

–¿Qué piensas? –le preguntó uno de los detectives de la Central.

–Parece que entró disparando. Primero alcanzó a estos dos y luego cazó al tercero mientras corría hacia la puerta. Luego regresó al vestíbulo y abrió fuego contra los miembros de la SIE en el momento en el que hicieron su entrada.

–Sí. Tiene toda la pinta.

–Voy a echarle un vistazo al resto del lugar.

Bosch continuó pasillo abajo, asomándose a despachos vacíos que tenían la puerta abierta. De las paredes colgaban placas con los nombres de sus ocupantes y recordó que la socia de Royce se llamaba Denise Graydon.

El pasillo desembocaba en una sala de descanso provista de una pequeña cocina con una nevera y un microondas. También había una mesa comunitaria y una puerta de salida entreabierta unos ocho centímetros.

Bosch utilizó el codo para abrirla. Salió a un callejón en el que se alineaban contendores de basura. Miró a ambos lados y, a su derecha, descubrió un aparcamiento público situado a media manzana. Supuso que era donde Jessup había aparcado su coche, al que se había dirigido en busca del arma.

Regresó dentro y esta vez prestó más atención al interior de los despachos. Sabía por experiencia que se movía por un terreno delicado. Aquel era un despacho de abogados y, estuvieran estos vivos o muertos, sus representados conservaban su derecho a la privacidad y a la confidencialidad entre letrado y cliente. Bosch no tocó nada y se abstuvo de abrir cualquier cajón o expediente. Se limitó a recorrer la mirada por la superficie de las cosas, observando y leyendo lo que quedaba a simple vista.

Una vez en el despacho de Revelle vio a McPherson venir a su encuentro.

—¿Qué haces?

—Solo estoy mirando.

—Podemos buscarnos problemas si nos metemos en cualquiera de esos despachos. En mi calidad de abogado, no puedo…

—Entonces, espera afuera. Como ya te he dicho, solo estoy mirando. Estoy comprobando que el lugar sea seguro.

—Como tú digas. Estaré a la entrada. Los medios de comunicación ya se han enterado. Es un circo.

Bosch se había inclinado sobre le mesa de Revelle. No levantó la vista.

—Bien por ellos.

McPherson abandonó la habitación en el mismo momento en que Bosch leía algo escrito en un cuaderno de notas que reposaba sobre una pila de expedientes junto al teléfono.

—¿Maggie? Vuelve.

Obedeció.

—Fíjate en esto.

McPherson rodeó la mesa y bajó la cabeza para leer las notas en la página superior del cuaderno. Contenía lo que parecían apuntes sueltos, números de teléfono y nombres. Algunos estaban rodeados por un círculo, otros tachados. Se diría que Revelle había ido llenando el cuaderno mientras hablaba por teléfono.

—¿Qué? —preguntó McPherson.

Sin tocar el cuaderno, Bosch señaló una anotación en la esquina inferior derecha. Todo lo que ponía era «Checkers-804». Pero era suficiente.

—¡Mierda! —gritó McPherson—. Sarah ni siquiera está registrada bajo su verdadero nombre. ¿Cómo pudo conseguir esto Ravelle?

—Debe de habernos seguido después del juicio y pagado a alguien para que le diera el número de habitación. Tenemos que dar por sentado que Jessup posee esta información.

Bosch sacó el teléfono y llamó a Mickey Haller en marcación rápida.

—Soy Bosch. ¿Sarah sigue contigo?

—Sí, estamos en el tribunal, esperando a la jueza.

—Escucha. No la asustes, pero no puede regresar a su hotel.

—De acuerdo. ¿Y eso?

–Porque aquí nos hemos encontrado con un indicio de que Jessup sabe dónde se aloja. Acordonaremos el lugar.

–Entonces, ¿qué hago?

–Voy a enviar a un equipo de protección al tribunal para ambos. Ellos sabrán qué hacer.

–Pueden protegerla a ella, yo no lo necesito.

–Tú decides, pero te aconsejo que aceptes.

Colgó el teléfono y miró a McPherson.

–Necesito enviarles un equipo de protección. Quiero que cojas mi coche y que lleves a nuestras hijas a un lugar seguro. Una vez ahí, llámame y también os enviaré a un equipo.

–Mi coche está a dos calles de aquí. Puedo…

–Eso supondría una pérdida de tiempo. Coge el mío y márchate ya. Llamaré a la escuela de Maddie para informarles de que estás de camino.

–De acuerdo.

–Gracias. Llámame cuando hayas…

Les llegaron gritos desde la parte delantera de la oficina. Airadas voces masculinas. Bosch sabía que pertenecían a los amigos de Manny Branson. Estaban viendo a su compañero abatido en el suelo: la rabia y el olor de la sangre los enardecían para empezar la caza.

–Vamos –dijo.

Se encaminaron de regreso a la entrada. Bosch vio a Wright en el exterior, frente a la puerta principal, consolando a dos miembros de la SIE con el rostro surcado por la ira y las lágrimas. Bosch sorteó el cadáver de Branson y salió por la puerta. Tocó ligeramente a Wright en el codo.

–Necesito que vengas un momento, teniente.

Wright se separó de sus dos hombres y lo siguió. Bosch caminó unos pocos metros con la intención de hablar en privado. Sin embargo, no había peligro de que los escucharan. Por lo menos cuatro helicópteros de diferentes medios de comunicación daban vueltas en círculos sobre la escena del crimen, extendiendo un camuflaje sonoro que garantizaría la confidencialidad de cualquier conversación mantenida a lo largo y ancho de la manzana.

—Necesito a dos de tus mejores hombres —dijo Bosch, acercándose al oído de Wright.

—De acuerdo. ¿Qué tienes entre manos?

—Hay una nota sobre la mesa del despacho de una de las víctimas. Es el nombre del hotel y el número de habitación de nuestro testigo principal. Debemos dar por sentado que el tirador está al tanto de esa información. La matanza de ahí dentro nos indica que va a por personas relacionadas con el juicio. Aquellas a las que considera que le han perjudicado. La lista es amplia, pero sospecho que nuestro testigo la encabeza.

—Entendido. Quieres vigilancia en el hotel.

Bosch asintió.

—Sí. Un hombre fuera, otro dentro y yo en la habitación. Aguardaremos a ver si se presenta.

Wright sacudió la cabeza.

—Emplearemos a cuatro. Dos dentro y dos fuera. Pero olvídate de esperarlo en la habitación, porque Jessup jamás superará la vigilancia. En vez de eso, tú y yo buscamos un puesto de observación bien alto desde el cual dirigir la operación. Esa es la forma correcta de proceder.

Bosch le dio la razón.

—De acuerdo. Vamos.

—Hay una cosa más.

—¿Qué?

—Si te llevo conmigo, mantente en segundo plano. Serán mis hombres quienes lo abatan.

Bosch lo estudió durante unos instantes, procurando leer todo cuanto fluía entre líneas.

–Tengo preguntas que hacerle –dijo Bosch– acerca de Franklin Canyon y otros sitios. Necesito hablar con él.

Wright miró por encima del hombro de Bosch y volvió a la puerta de entrada a la oficina de Royce y Asociados.

–Detective, uno de mis mejores hombres yace ahí muerto en el suelo. No puedo garantizarte nada. ¿Me entiendes?

Bosch hizo una pausa y afirmó con la cabeza.

–Te entiendo.

41

Jueves, 8 de abril, 13:50 horas

Había más medios de comunicación en la sala que en ningún otro momento del juicio. En las primeras dos filas del auditorio, los reporteros y los cámaras se apiñaban hombro con hombro. El resto estaban ocupadas por personal del tribunal y abogados que se habían enterado de lo que le había ocurrido a Clive Royce.

Sarah Gleason permanecía sentada en una fila junto a la mesa del auxiliar de sala. Indicaba que estaba reservada a agentes del orden, pero el asistente la había colocado ahí para impedir que se le acercaran los periodistas. Mientras tanto, yo aguardaba en la mesa de la fiscalía a la llegada de la jueza, como un hombre varado en una isla desierta. Sin Maggie. Sin Bosch. Vacía la mesa de la defensa. Solo.

—Mickey —susurró alguien a mis espaldas.

Me volví y descubrí a Kate Salters, del *Times,* que se inclinaba por encima de la barandilla.

—Ahora no puedo hablar. Debo pensar en lo que voy a decirle en unos instantes a la sala.

—Pero ¿crees que el hecho de que esta mañana hayas machacado completamente al testigo es lo que podría haber…?

La jueza me salvó. Breitman entró en la sala, subió al banco y se acomodó. Salters tomó asiento y la pregunta que iba a querer evitar el resto de mi vida quedó sin respuesta; al menos, por el momento.

–Estamos de vuelta en el caso de California contra Jessup. Michael Haller se halla presente en representación del Pueblo. No así el jurado, ni el abogado defensor ni el acusado. Estoy al corriente, a través de comunicados de prensa todavía pendientes de confirmar, de lo que ha ocurrido durante los últimos noventa minutos en el despacho del señor Royce. ¿Puede añadir algo a lo que he visto y oído por televisión, señor Haller?

Me levanté para dirigirme a la sala.

–Señoría, no sé qué información se les está suministrando a los medios de comunicación en estos momentos, pero puedo confirmar que el señor Royce y su abogada ayudante, la señorita Graydon, han muerto a consecuencia de los disparos que recibieron en su oficina a la hora del almuerzo. Karen Revelle también ha fallecido, así como el agente de policía que acudió al oír el tiroteo. El sospechoso ha sido identificado como Jason Jessup. Permanece en paradero desconocido.

A juzgar por los murmullos procedentes del auditorio a mis espaldas, esos datos tan básicos probablemente habían sido motivo de especulación, y los medios de comunicación todavía no los habían confirmado.

–No cabe duda alguna de que esas son noticias muy tristes –dijo Breitman.

–Sí, señoría –convine–. Muy tristes.

–De todas maneras, pienso que en estos momentos tenemos que dejar las emociones a un lado y actuar con delicadeza. La cuestión es la siguiente. ¿Cómo debemos proceder con este caso? Creo estar bastante convencida de saber la respuesta a esta pregunta; pero antes de emitir una resolución me gustaría escuchar lo que tenga que decir el abogado. ¿Desea tomar la palabra, señor Haller?

447

–Sí, lo deseo, jueza. Solicito al tribunal que se suspenda el juicio durante el resto del día y que se mantenga aislado al jurado mientras aguardamos a la llegada de más información. Asimismo deseo que revoque la libertad del señor Jessup a la espera de veredicto y dicte una orden de arresto contra él.

La jueza sopesó estas peticiones durante un buen rato antes de responder.

–Aprobaré la moción de revocar la libertad del acusado y la de dictar una orden. Sin embargo, no veo la necesidad de mantener al jurado aislado. Por desgracia, no veo que aquí tengamos otra alternativa que declarar un juicio nulo, señor Haller.

Sabía que esa iba a ser su primera reacción, por lo que llevaba preparada mi respuesta desde el momento en que había regresado al tribunal.

–El Pueblo protesta contra la posibilidad de declarar el juicio nulo, jueza. La ley es clara respecto al hecho de que el señor Jessup haya renunciado a su derecho a estar presente en este juicio, al decidir voluntariamente ausentarse de este. De acuerdo con lo que la defensa estipuló con anterioridad, estaba llamado a ser el último testigo de la jornada de hoy. Sin embargo, resulta obvio que ha preferido no testificar. Por consiguiente, y teniendo en cuenta todo lo…

–Señor Haller, voy a tener que detenerle ahí. Creo que está pasando por alto una parte de la ecuación, y es que me temo que ese caballo ya se encuentra fuera del establo. Quizá recordará que el auxiliar Solantz fue asignado a la supervisión de los almuerzos del jurado tras el incidente con el retraso padecido el lunes.

–Sí.

–Bien, organizar una comida para dieciocho personas en el centro de Los Ángeles no es fácil. El auxiliar Solantz coordinó el traslado diario del grupo en autocar con el propósito de almorzar en la cafetería Clinton. Hay canales de televisión sintonizados en el restaurante, si bien el auxiliar Solantz se encarga de que no sean de carácter local. Por desgracia, uno de los aparatos estaba dando hoy un informativo de la CNN que cubría en directo los hechos acontecidos en la oficina del señor Royce. Diversos miembros del jurado le prestaron atención e intuyeron lo que estaba pasando antes de que el auxiliar Solantz pudiera apagar la retransmisión. Como podrá imaginarse, el auxiliar Solantz no se siente muy feliz consigo mismo en estos momentos, ni yo tampoco.

Me di la vuelta y dirigí la mirada hacia la mesa del auxiliar del tribunal. Solantz mantenía la vista baja en señal de humillación. Me volví de nuevo para encararme a la jueza y supe que mi suerte estaba echada.

–No hace falta que le diga que su sugerencia de mantener aislado al jurado era una buena idea, solo que llega un poco tarde. En consecuencia, y después de haber sopesado todos los puntos de vista, considero que este jurado está contaminado por los acontecimientos que se han producido fuera de esta sala. Mi intención es declarar un juicio nulo y retomar este caso desde el momento en que el señor Jessup sea traído de nuevo frente a este tribunal.

Hizo una pausa a la espera de alguna protesta por mi parte, pero yo no tenía nada. Era consciente de que estaba haciendo lo correcto y lo inevitable.

–Traigan al jurado –dijo.

Sin demora, sus miembros fueron ocupando el banco, muchos de los cuales lanzaron miradas de reojo a la vacía mesa de la defensa.

Cuando todo el mundo estuvo en su sitio, la jueza pidió constar en acta y giró su silla para encararlos. Se dirigió a ellos en un tono apagado.

–Señoras y señores del jurado, es mi deber informarles de que, debido a factores que aún no están claros para ustedes pero que no tardarán en revelárseles, he declarado un juicio nulo en el caso de California contra Jason Jessup. Lo hago con gran pesar, dado que todos nosotros hemos dedicado una gran cantidad de tiempo y esfuerzo a este proceso judicial.

Hizo una pausa y escrutó las caras de confusión que tenía frente a sí.

–Nadie desea invertir tanto tiempo en un caso sin acabar viendo resultados. Lo siento. Pero sí que les agradezco su labor. Todos han sido de fiar, y la mayoría de ustedes, puntuales cada día. También los he estado observando con detenimiento durante los testimonios y todos han prestado atención. Este tribunal no puede estarles suficientemente agradecido. Desde este momento son invitados a abandonar esta sala y dispensados de su cometido como jurado. Pueden irse a casa.

Los aludidos se dirigieron lentamente de regreso a la sala de espera del jurado, con muchos de ellos posando una última morada en el tribunal. Una vez que se hubieron marchado, la jueza volvió a dirigirse a mí.

–Señor Haller, por si le sirve de algo, quiero decirle que pienso que ha ejercido bien como fiscal. Siento que la cosa haya acabado así, pero será bienvenido a este tribunal, sea cual sea la mesa a la que se siente.

–Gracias, jueza. Me alegra saberlo. He contado con mucha ayuda.

–En ese caso, hago extensibles mis elogios a todo su equipo.

Dicho esto, se levantó y abandonó su banco. Me quedé sentado un buen rato, oyendo a la sala vaciarse detrás de mí y reflexionando acerca de las últimas palabras de Breitman. Me preguntaba cómo y por qué un trabajo tan destacado en la sala del tribunal había acabado de una forma tan horrible en la oficina de Clive Royce.

—¿Señor Haller?

Me volví, esperando encontrarme con un periodista. Pero se trataba de dos policías uniformados.

—Nos envía el detective Bosch. Estamos aquí para garantizar su protección y la de la señora Gleason en régimen de custodia.

—Solo la de la señora Gleason. Ahí está.

Sarah esperaba en su asiento junto a la mesa del auxiliar Solantz.

—Sarah, estos agentes van a cuidar de ti hasta que a Jessup lo hayan detenido o…

No fue necesario que terminara la frase. Sarah se levantó y acudió a nuestro encuentro.

—¿De modo que ya no habrá más juicio? —me preguntó.

—Exacto. La jueza ha declarado un juicio nulo. Eso significa que si detienen a Jessup tendremos que volver a empezar. Con un nuevo jurado.

Asintió y dio síntomas de sentirse algo desconcertada. Había visto la expresión en el rostro de mucha gente que se había aventurado de forma inocente en el sistema judicial. Abandonaban la sala del tribunal preguntándose qué acababa de pasar. Sarah Gleason no iba a ser una excepción.

—Ahora debes acompañar a estos hombres, Sarah. Tan pronto sepamos el siguiente paso, te pondremos al corriente.

Se limitó a afirmar con la cabeza y se encaminaron hacia la puerta. Esperé durante un rato, solo en la sala, hasta que también me dirigí al pasillo exterior. Vi a varios miembros del jurado siendo entrevistados por los reporteros. Podría haberme quedado a escuchar, pero en aquel momento no me interesaba lo que nadie tuviera que decir sobre el caso. Ya no.

Kate Salters me vio y abandonó uno de los corrillos.

–Mickey, ¿podemos hablar ahora?

–No me apetece hablar. Llámame mañana.

–Pero esto está pasando hoy, Mick.

–No me importa.

La aparté para dirigirme hacia los ascensores.

–¿Adónde vas?

No contesté. Llegué a los ascensores y me lancé dentro de uno que esperaba con las puertas abiertas. Me situé en un rincón de la parte de atrás y vi a una mujer junto al panel de mandos. Me formuló la misma pregunta que Salters.

–¿Adónde va?

–A casa –le dije. Pulsó el cero y bajamos.

QUINTA PARTE

LA CAPTURA

42

Bosch se encontraba de vigilancia con Wright en una oficina que les habían prestado en la acera de enfrente del hotel Checkers. Era el puesto de mando y, aunque nadie pensaba que Jessup fuera a ser tan estúpido como para entrar por la puerta principal del hotel, la localización les garantizaba una buena vista de toda la propiedad, así como de otros dos puntos de observación.

–No sé –dijo Wright mirando por la ventana–. Este tipo es listo, ¿me equivoco?

–Supongo –le respondió Bosch.

–En ese caso no me lo imagino dando este paso, ¿me entiendes? Si esa fuera su intención, ya lo habría hecho. Probablemente se encuentre a medio camino de México y nosotros aquí mirando un hotel.

–Quizá.

–Si yo fuera él, me largaría ahí y procuraría pasar desapercibido. Intentaría disfrutar del mayor número de días de playa posibles antes de que me encontraran y me metieran de nuevo en prisión.

El teléfono de Bosch empezó a sonar y vio que se trataba de su hija.

–Voy a salir un momento a coger esta llamada. ¿Tienes la situación controlada?

–La tengo.

Bosch contestó mientras abandonaba la oficina y enfilaba el pasillo.

—Hola, Mads. ¿Anda todo bien?

—Veo un coche de policía en la entrada.

—Sí, lo sé. Lo he enviado yo. Es una medida extra de precaución.

Habían estado hablando hacía una hora, después de que Maggie McPherson la hubiese llevado sin sobresaltos a la casa de un amigo en Porter Ranch. Le había contado a su hija que Jessup andaba suelto y también lo ocurrido en la oficina de Royce. De lo que no tenía constancia era de la visita nocturna de Jessup a su casa dos semanas atrás.

—¿De modo que aún no han pillado a ese tío?

—Estamos en ello, y ahora me coges ocupado. No te alejes de la tía Maggie y estarás a salvo. Iré a buscarte tan pronto acabe todo esto.

—De acuerdo. Un momento, que la tía Maggie quiere hablar contigo.

McPherson se puso al teléfono.

—Harry, ¿qué novedades hay?

—Nada nuevo. Hay una búsqueda en marcha y tenemos bajo vigilancia todos los puntos conocidos. Yo estoy con Wright junto al hotel de Sarah.

—Ten cuidado.

—Por cierto, ¿dónde está Mickey? Ha renunciado a tener protección.

—En su casa, pero me ha dicho que vendrá a reunirse con nosotras.

—De acuerdo, buena idea. Luego hablamos.

—Mantennos informadas.

—Lo haré.

Bosch colgó y regresó a la oficina. Wright seguía junto a la ventana.

–Creo que estamos perdiendo el tiempo y que deberíamos desmantelar esto –dijo.

–¿Por qué? ¿Qué ocurre?

–Acaban de anunciarlo por la radio. Han encontrado el coche que Jessup estaba utilizando. En Venice. No anda cerca de aquí ni por asomo.

Bosch era consciente de que abandonar el coche en Venice podría no ser más que una maniobra de distracción. Conducir hasta la playa, dejar el vehículo y, acto seguido, subir a un taxi de vuelta al centro. De todas formas, hubo de reconocer que estaba de acuerdo con Wright, aunque a regañadientes. Allí no hacían otra cosa que mirar las musarañas.

–Maldita sea –exclamó.

–No te preocupes, lo cazaremos. Voy a mantener a un equipo aquí y a otro en tu casa. Al resto lo voy a enviar a Venice.

–¿Y el muelle de Santa Mónica?

–Ya está cubierto. Tengo a diversas unidades en la playa y nadie ha entrado o salido del lugar.

Wright conectó por radio con la SIE y empezó a redistribuir a los suyos. Bosch caminaba arriba y abajo por la habitación mientras lo escuchaba, intentando penetrar en la mente de Jessup. Al poco, salió al pasillo para no molestar a Wright con su coreografía radiofónica y llamó a Larry Gandle, su jefe del Departamento de Robos y Homicidios.

–Aquí Bosch. Solo llamo para ponernos al día.

–¿Sigues en el hotel?

–Sí, aunque estamos a punto de abandonarlo para dirigirnos a la playa. Supongo que has oído que han encontrado el coche.

–Sí, acabo de estar ahí.

A Bosch le sorprendió. Con cuatro víctimas en la oficina de Royce, había dado por descontado que Gandle seguiría en la escena del crimen.

—El coche está limpio –dijo Gandle–. Jessup aún tiene el arma consigo.

—¿Ahora dónde estás?

—En Speedway. Acabamos de acceder al cuarto de Jessup. La orden de registro ha tardado lo suyo.

—¿Habéis encontrado algo?

—Nada por el momento. A este cabrón lo veías en la sala del tribunal luciendo un traje y te hacía creer que... No sé cuál es tu impresión, pero la verdad es que vivía como un animal.

—¿Qué quieres decir?

—Hay latas de conserva tiradas por todos lados y con restos pudriéndose dentro. Ves comida descomponiéndose en la encimera, y basura en cada rincón. Colgó sábanas de las cortinas para mantener el interior tan oscuro como una cueva. Convirtió el lugar en la celda de una prisión. Llegó incluso a escribir en las paredes.

La revelación le llegó de golpe. Bosch supo para quién había estado preparando aquella mazmorra bajo el muelle.

—¿Qué tipo de comida? –preguntó.

—¿Qué?

—Las latas de conserva. ¿Qué contienen?

—No sé, frutas y melocotones. Todo tipo de alimentos que uno puede conseguir frescos en una tienda. Pero él los tenía enlatados. Igual que en la cárcel.

—Gracias, teniente.

Bosch colgó y regresó corriendo a la oficina. Wright ya había dejado de hablar por radio.

—¿Tu gente ha acudido bajo el muelle a comprobar el cuarto de almacenamiento o solo han desplegado el equipo de vigilancia?

—Es una vigilancia superficial.

—¿Quieres decir que no lo han comprobado?

–Han repasado el perímetro. No había señal de que nadie se hubiera colado bajo el muro. Así que retrocedieron y tomaron posiciones.

–Jessup se encuentra ahí. Se les escapó.

–¿Cómo lo sabes?

–Simplemente lo sé. Vamos.

43

Tenía la vista puesta en el ventanal que se levantaba al final de mi sala de estar. El sol se ponía detrás de la ciudad. Jessup se encontraba ahí afuera, en algún lugar. Igual que un animal rabioso, sería rastreado, arrinconado y, no me cabía la menor duda, abatido. Era el final inevitable de su historia.

A ojos de la justicia, Jessup era culpable, pero no podía evitar pensar en mi cuota de responsabilidad en unos hechos tan terribles. No en un sentido legal, sino personal e interno. Debía preguntarme si, de forma consciente o no, había sido yo quien había puesto en marcha todo esto el día en que me senté con Gabriel Williams y acepté cruzar una línea no solo en la sala del tribunal, sino conmigo mismo. Quizás al permitir que Jessup estuviera libre había determinado su destino, así como el de Royce y los otros. Yo era un abogado de la defensa, no un fiscal. Defendía a los débiles, no al Estado. Quizás había procedido y maniobrado de cara a que nunca hubiera un veredicto, y así no tener que cargar con él en mi historial ni en mi conciencia.

De esta naturaleza eran las reflexiones de un hombre culpable. Sin embargo, no se alargaron mucho. Me sonó el teléfono y lo saqué del bolsillo sin apartar los ojos de la ciudad.

—Haller.

—Soy yo. Creía que venías hacia aquí.

Maggie la Fiera.

—Pronto. Estoy acabando unas cosas aquí. ¿Va todo bien?

—A mí sí, aunque a Jessup probablemente no. ¿Estás viendo las noticias por televisión?

—No, ¿qué muestran?

—Han evacuado el muelle de Santa Mónica. El canal 5 tiene un helicóptero sobrevolando la zona. No han confirmado que esté relacionado con Jessup, pero han dicho que la división SIE del Departamento de Policía de Los Ángeles ha obtenido autorización del Departamento de Policía de Santa Mónica para proceder con la detención de un fugitivo. Ya están avanzando por la playa.

—¿En dirección a la mazmorra? ¿Jessup tiene a alguien?

—Si lo tiene, no lo han comunicado.

—¿Has llamado a Harry?

—Lo acabo de intentar, pero no me ha contestado. Es probable que se encuentre en la playa.

Me alejé de la ventana y fui a tomar el mando de la tele de la mesita. Encendí el aparato y puse el canal 5.

—Lo estoy viendo —le dije a Maggie.

En la pantalla se veía un plano aéreo del muelle y de la playa que lo rodeaba. Unos hombres parecían estar desplegados por ella, avanzando por la parte inferior del muro, tanto en sentido norte como sur.

—Creo que llevas razón —convine—. Tiene que ser él. La mazmorra que acondicionó allá abajo era para sí mismo. Como un piso franco al que poder huir.

—Calcada a la celda a la que estaba acostumbrado. Me pregunto si es consciente de que van a por él. Quizás pueda oír los helicópteros.

–Harry comentó que ahí abajo las olas son tan fuertes que uno no oiría ni un disparo.

–Bueno, puede que estemos a punto de averiguarlo.

Durante unos instantes permanecimos absortos en las imágenes, hasta que me decidí a hablar.

–Maggie, ¿las chicas lo están viendo?

–¡No, por Dios! Están ocupadas con videojuegos en otra habitación.

–Bien.

Seguimos mirando en silencio. El eco de la voz del presentador nos llegaba a través de la línea telefónica, mientras describía sin gracia lo que discurría en la pantalla. Después de un rato, Maggie al fin se decidió a lanzar la pregunta que debía de haberle estado rondando toda la tarde.

–¿Creías que esto acabaría así?

–No, ¿y tú?

–No, jamás. Supongo que me imaginé que todo esto se quedaría en el tribunal. Como siempre.

–Sí.

–Por lo menos, Jessup nos ahorró la indignidad del veredicto.

–¿Qué es lo que quieres decir con eso? Ya era nuestro, y él lo sabía.

–No has visto ninguna de las entrevistas con los miembros del jurado, ¿verdad?

–¿Qué? ¿En la televisión?

–Sí, el miembro número diez está en todos los canales declarando que habría votado no culpable.

–¿Te refieres a Kirns?

–Sí, el suplente que acabó incorporándose al banco. Los demás no han cesado de repetir culpable, culpable, culpable. Pero Kirns ha dicho que no culpable, que no fuimos capaces de convencerle. Habría boicoteado al resto, Haller, y sabes que Williams no habría estado por la labor de hacer una segunda ronda. Jessup habría quedado libre.

Medité al respecto, y solo pude sacudir la cabeza. Todo habría sido en balde. Habría bastado con un único miembro del jurado, que albergara rencor contra la sociedad, para que Jessup saliera de rositas. Levanté la vista del televisor y la conduje hacia el horizonte tras el ventanal, allá donde sabía que Santa Mónica se abrazaba a uno de los extremos del Pacífico. Me pareció distinguir los helicópteros de los medios de comunicación trazando círculos en el cielo.

–Me pregunto si Jessup llegará a averiguarlo –dije.

44

Jueves, 8 de abril, 18:55 horas

El sol caía sobre el Pacífico y dibujaba un refulgente sendero de color verde a lo largo de toda su superficie. Bosch se encontraba en la playa junto a Wright, a unos noventa metros al sur del muelle. Ambos observaban la pantalla de vídeo de cinco pulgadas encajada en un dispositivo que Wright llevaba sujeto al pecho. Desde él dirigía la operación de la SIE encaminada a capturar a Jason Jessup. En la pantalla podía verse una imagen borrosa del almacén tenuemente iluminado bajo el puente. A Bosch le habían entregado auriculares, pero no un micro. Podía seguir las comunicaciones durante la operación sin intervenir en ellas. Cualquier cosa que deseara decir tendría que hacerlo a través de Wright.

Las voces que le llegaban eran difíciles de discernir debido al sonido de las olas rompiendo bajo el muelle.

–Aquí Cinco, estamos dentro.

–Estabiliza la imagen –ordenó Wright.

El enfoque de la imagen ganó precisión y Bosch pudo ver que la cámara apuntaba hacia los cuartos individuales de almacenamiento, que se encontraban en la parte trasera de la instalación del muelle.

–Esta.

Apuntó a la puerta por la que había visto entrar a Jessup.

–De acuerdo –dijo Wright–. Nuestro objetivo es la segunda puerta comenzando por la derecha. Repito, la segunda puerta comenzando por la derecha. Avancen y tomen posiciones.

La imagen de vídeo se movió a trompicones hasta una nueva posición. Ahora la cámara se encontraba todavía más cerca.

–Tres y Cuatro están…

El resto de la comunicación fue borrado por el estallido de una ola.

–Tres y Cuatro, repitan –dijo Wright.

–Tres, Cuatro en posición.

–Esperen a mi orden. Unidad Superior, ¿lista?

–Unidad Superior lista.

En la zona superior del muelle evacuado había otro equipo, que había colocado pequeños explosivos en las esquinas de la trampilla situada encima del cuarto de almacenamiento donde pensaban que se había encerrado Jessup. Cuando Wright diera la señal, los equipos de la SIE harían volar la trampilla y entrarían desde arriba y desde abajo.

Wright tapó con la mano el micro que le cruzaba la mandíbula y miró a Bosch.

–¿Estás listo?

–Listo.

Wright apartó la mano y dio la orden a sus equipos.

–De acuerdo, démosle una oportunidad. Tres, ¿tiene el micrófono en posición?

–Afirmativo. Estará en el aire en tres, dos…, uno.

Wright comenzó a hablar para intentar convencer a un hombre escondido en un cuarto oscuro, situado a noventa metros de él, de que se entregara.

–Jason Jessup. Le habla el teniente Stephen Wright, del Departamento de Policía de Los Ángeles. Se encuentra rodeado por arriba y por abajo. Salga con las manos detrás de la cabeza y los dedos cruzados. Avance hasta la posición de los agentes que lo están esperando. Si se desvía del cumplimiento de esta orden, le dispararemos.

Bosch se sacó los auriculares y escuchó. El sonido de las palabras de Wright le llegaba amortiguado desde debajo del puente. No cabía duda de que, de encontrarse ahí, Jessup podía oír la orden.

—Dispone de un minuto —apremió Wright en su última comunicación con Jessup.

El teniente comprobó su reloj y aguardaron. Cuando el segundero alcanzó el medio minuto, Wright contactó con sus hombres bajo el puente.

—¿Alguna novedad?

—Aquí Tres. No tengo nada.

—Cuatro, despejado.

Wright le dedicó a Bosch una mirada llena de desilusión, como si hubiera confiado en no tener que llegar a aquello.

—De acuerdo, procedemos tras mi orden. Manteneos juntos y nada de fuego cruzado. Zona Superior, en el caso de tener que disparar asegúrense de saber a quién…

Se produjo un movimiento en la pantalla de vídeo. La puerta de uno de los cuartos de almacenamiento, diferente de la puerta en la que estaban concentrados, se abrió con fuerza. La cámara se desplazó con brusquedad hacia la izquierda al reenfocar el objetivo. Bosch vio a Jessup emerger de la oscuridad tras la puerta abierta. Levantó los brazos y los juntó, y se colocó en posición de combate.

—¡Fuego! —gritó Wright.

La cortina de disparos que siguió no duró mucho más de diez segundos. Sin embargo, bastaron para que al menos cuatro de los agentes bajo el puente vaciaran su munición. El *crescendo* se vio acompañado de la innecesaria aportación de la zona superior. Para cuando llegó, Bosch ya había visto a Jessup caer abatido. Al igual que un hombre frente a un pelotón de fusilamiento, su cuerpo al principio pareció mantenerse erguido gracias a la fuerza combinada de los numerosos impactos recibidos desde diversos ángulos. Luego entró en juego la gravedad, y cayó en la arena.

Tras unos momentos de silencio, Wright volvió a establecer comunicación.

–¿Todo el mundo está sano y salvo? Procedan al recuento.

Todos los agentes de la zona inferior y superior informaron estar bien.

–Comprueben al sospechoso.

En el vídeo, Bosch vio a dos agentes acercarse al cuerpo de Jessup. Uno le tomó el pulso mientras el otro le apuntaba.

–Está siete-diez.

–Aseguren el arma.

–Recibido.

Wright apagó el vídeo y miró a Bosch.

–Y aquí se acaba todo –dijo.

–Sí.

–Cuánto siento que no pudiera obtener las respuestas que buscaba.

–Yo también lo siento.

Comenzaron a caminar por la playa en dirección al muelle. Wright echó un vistazo al reloj y encendió el radiotransmisor. La hora oficial del tiroteo se estableció en las 19:18.

Bosch dirigió la mirada a la izquierda, hacia el océano. Ya no quedaba ni rastro del sol.

SEXTA PARTE

TODO LO QUE QUEDA

45

Viernes, 9 de abril, 14:20 horas

Harry Bosch y yo estábamos sentados a extremos opuestos de una mesa de pícnic, observando las evoluciones de la unidad de exhumaciones. Trabajaban en su tercera excavación, localizada bajo el árbol de Franklin Canyon en cuya base Jason Jessup había encendido una vela.

No tenía por qué encontrarme ahí, pero deseaba hacerlo. El equipo procedía lentamente, removiendo el suelo centímetro a centímetro, cribando y analizando cada diminuta muestra de tierra que iban extrayendo. Llevábamos ahí toda la mañana y mis esperanzas de averiguar lo que Jessup había estado haciendo en aquel lugar durante aquellas noches bajo vigilancia habían ido menguando hasta derivar en un frío cinismo.

Habían extendido una lona blanca desde el árbol hasta dos postes plantados fuera de la zona de búsqueda. De este modo los desenterradores quedaban protegidos de los rayos del sol y fuera del alcance de los helicópteros de los medios de comunicación que los sobrevolaban. Alguien había filtrado la operación.

Bosch tenía sobre la mesa una pila de expedientes sobre casos relativos a personas desaparecidas. En el supuesto de que fueran descubiertos restos humanos, estaba preparado para aportar informes y descripciones de las chicas desaparecidas. Yo solo había venido pertrechado con el periódico de la mañana y leí por segunda vez la noticia que ocupaba la primera página. El recuento de los hechos acontecidos el día anterior era la historia principal del *Times*, la cual venía ilustrada por una fotografía a color de dos agentes de la SIE apuntando con sus armas a la trampilla abierta en el muelle de Santa Mónica. También se acompañaba de un reportaje de apoyo en torno a la SIE. Su titular rezaba: otro caso, otro tiroteo: la sangrienta historia de la SIE.

Tenía la sensación de que la historia traería cola. Hasta el momento, ningún medio de comunicación había averiguado que la SIE sabía que Jessup se había agenciado un arma. Cuando saltara la noticia –y estaba seguro de que así sería–, no había duda de que se desataría una tormenta que conllevaría controversia, más indagaciones y comisiones policiales de investigación. La pregunta clave sería: una vez que se determinó que lo más probable era que aquel individuo estuviera en posesión de un arma, ¿por qué se le dejó permanecer en libertad?

Me sentí aliviado por no estar, ni siquiera de forma temporal, en nómina del Estado. En el foso burocrático ese tipo de preguntas y respuestas tiende a apartar a la gente de sus trabajos.

No debía preocuparme por el efecto de todo ello en mi sustento. Iba a regresar a mi despacho, al asiento trasero de mi Lincoln Town. Volvería a mi función como abogado privado de la defensa. Ahí las líneas estaban más claras. También las metas.

–¿Maggie la Fiera va a venir? –preguntó Bosch.

Deposité el periódico sobre la mesa.

–No, Williams se la ha devuelto a Van Nuys. Su cometido en el caso ya acabó.

–¿Por qué motivo Williams no la destina al centro?

–El trato era que debíamos obtener una sentencia condenatoria para que lo hiciera. No pudimos.

Hice un gesto en dirección al periódico.

–Ni tampoco íbamos a conseguirla. Ese testigo reticente va por ahí largando que él habría votado no culpable. En consecuencia, supongo que puede afirmarse que Gabriel Williams es un hombre de palabra. Maggie no va a ir a ningún lado por la vía rápida. Así era como funcionaban las cosas en el nudo que ataba la política a la jurisprudencia. Y por eso no veía el momento de volver a defender a los condenados.

Nos quedamos en silencio durante un rato y me puse a pensar en mi exmujer, en cómo mis esfuerzos por ayudarla y promocionarla habían fracasado de manera estrepitosa. Me preguntaba si me guardaría rencor por ello. Esperaba con todas mis fuerzas que no. Me resultaría muy difícil vivir en un mundo en el que Maggie la Fiera me despreciara.

–Han encontrado algo –me avisó Bosch.

Regresé de mis cavilaciones y me concentré. Uno de los exhumadores estaba empleando unas tenazas para colocar algo extraído de la tierra dentro de una bolsa de plástico para muestras. Enseguida se enderezó y caminó hacia nosotros con la bolsa. Era Kathy Kol, la arqueóloga forense de la unidad.

Se la entregó a Bosch y este la levantó para poder observarla.

Pude ver que contenía un brazalete de plata.

–No hay huesos –dijo Kohl–. Solo esto. Estamos a más de ochenta centímetros bajo el suelo y, de continuar descendiendo, sería muy raro encontrar restos de un crimen. El emplazamiento se parece a los otros dos. ¿Quiere que sigamos cavando?

Bosch echó un vistazo al brazalete dentro de la bolsa y miró a Kohl.

–¿Qué le parecen otros treinta centímetros? ¿Les supondría un problema?

–Un día sobre el terreno siempre es más fructífero que uno en el laboratorio. Si desea que sigamos cavando, seguiremos cavando.

–Gracias, doctora.

–No pasa nada.

Regresó a la zona de excavación y Bosch me pasó la bolsa con la muestra para que la examinara. Contenía un brazalete con adornos. Adheridos a estos, había trocitos de tierra, al igual que en los cierres. Fui capaz de vislumbrar una raqueta de tenis y un avión.

–¿Lo reconoces? –le pregunté–. ¿Pertenece a alguna de las chicas desaparecidas?

Hizo un gesto hacia los expedientes sobre la mesa.

–No. No recuerdo que ninguna de las listas contenga una mención a un brazalete así.

–Puede que simplemente lo perdiese alguien que subiera hasta aquí.

–¿A ochenta centímetros bajo tierra?

–Entonces, ¿crees que Jessup lo enterró?

–Quizá. No querría irse de aquí con las manos vacías. El tipo debió de venir por alguna razón. Si no las enterró aquí, es posible que fuera donde las asesinó. No lo sé.

Le devolví la bolsa.

–Creo que pecas de optimista, Harry. No es propio de ti.

–En ese caso, ¿qué diablos crees que Jessup venía a hacer aquí todas esas noches?

–Creo que Royce y él nos la estaban jugando.

–¿Royce? ¿De qué me estás hablando?

–Nos la pegaron, Harry. Acéptalo.

Bosch volvió a alzar la bolsa y la sacudió para despejar parte de la suciedad que contenía.

–Fue un ejemplo típico de cómo desviar la atención –le expliqué–. La primera regla para una buena defensa es un buen ataque. Antes de llegar al juicio, empiezas por atacar los puntos débiles de tu caso. Buscas sus flaquezas y, si no puedes solucionarlas, encuentras el modo de desviar la atención.

–Entiendo.

–El eslabón más débil del caso de la defensa era Eddie Roman. Royce iba a subir al estrado a un mentiroso y un drogadicto. Era consciente de que, antes o después, lo ibas a localizar o a hacer averiguaciones sobre él, o ambas cosas. Necesitaba desviar tu atención. Mantenerte ocupado en asuntos ajenos al caso que tenías entre manos.

–¿Me estás diciendo que sabía que estábamos siguiendo a Jessup?

–No le habría costado imaginárselo. No puse ninguna protesta a su petición de que le concedieran la libertad bajo palabra. Eso fue muy raro, y probablemente le hizo pensar. De manera que envió a Jessup a sus rondas nocturnas para comprobar si lo vigilábamos. Como en su día ya discutimos, cabe incluso la posibilidad de que lo hiciera ir a tu casa con el objetivo de provocar una reacción y confirmar el seguimiento. Al no conseguirlo, al no obtener una respuesta, es probable que Royce pensara que estaba equivocado y se diera por vencido. Después de eso, Jessup dejó de acudir aquí por las noches.

–Y probablemente pensara que tenía el camino expedito para construir su mazmorra bajo el puente.

–Tiene sentido, ¿no crees?

Bosch se tomó su tiempo antes de responder. Colocó una mano sobre la montaña de expedientes.

–Pero entonces, ¿qué hay de esas chicas desaparecidas? –preguntó–. ¿Solo se trata de una coincidencia?

–No lo sé. Quizá no lo descubramos nunca. Todo cuanto sabemos es que continúan desaparecidas y, si Jessup estuvo implicado, lo más seguro es que ayer se llevara el secreto a la tumba.

Bosch se levantó con una expresión seria que le cruzaba el rostro. Seguía con la bolsa en la mano.

–Lo siento, Harry.

–Sí, yo también.

–¿Qué vas a hacer ahora?

Se encogió de hombros.

–Ir a por el siguiente caso. Mi nombre volverá a entrar en los bombos. ¿Y tú, qué?

Extendí las manos y sonreí.

–Ya sabes a lo que me dedico.

–¿Estás seguro de eso? Mira que, como fiscal, lo has hecho de fábula.

–Sí, bueno, te lo agradezco, pero uno tiene que hacer lo que tiene que hacer. Además, nunca me dejarán volver a cambiar de bando. No después de lo que ha ocurrido.

–¿A qué te refieres?

–Van a necesitar cargarle la culpa a alguien, y ese voy a ser yo. Yo fui quien dejó libre a Jessup. Espera y verás. La policía, el *Times* e incluso Gabriel Williams acabarán yendo a por mí. Pero no me importa, siempre que dejen a Maggie tranquila. Sé cuál es mi lugar en el mundo y pienso regresar a él.

Bosch asintió. No había nada más que decir. Sacudió una vez más la bolsa que contenía el brazalete y, con los dedos, consiguió apartar más tierra de su superficie. La alzó para estudiarla con más detenimiento y pude notar que había visto algo.

–¿Qué ocurre?

Se le demudó el rostro. Tenía la atención puesta en uno de los adornos, al que le extraía parte de la suciedad frotándolo con los dedos a través de la bolsa de plástico. Luego me la entregó.

–Échale un vistazo. ¿Qué es eso?

El adorno seguía mate y sucio. Constaba de un pedacito cuadrado de plata de menos de un centímetro de grosor. En uno de sus lados había una diminuta plataforma, y en el otro, lo que parecía una taza o un bol.

–Tiene pinta de ser una taza de té sobre una bandeja cuadrada –sugerí–. No lo veo claro.

–No, dale la vuelta. Estás mirando la parte inferior.

Así lo hice y pude ver lo mismo que él.

–Es uno de esos… birretes. Un gorro de graduación, y la plataforma que hay encima es para la borla.

–Sí, falta la borla. Probablemente se encuentre entre la tierra.

–De acuerdo, pero ¿qué significa?

Bosch volvió a sentarse y se puso rápidamente a hojear los expedientes.

–¿No te acuerdas? La primera niña que os mostré a ti y a Maggie. Valerie Schlicter. Desapareció un mes después de graduarse en Riverside High.

–De acuerdo. De modo que piensas que…

Bosch dio con el expediente y lo abrió. Era delgado. Contenía tres fotos de Valerie Schlicter, una de las cuales había sido tomada el día de su graduación con la toga y el birrete. Repasó a toda velocidad los pocos documentos que contenía.

–Aquí no dice nada acerca de ningún brazalete.

–Porque probablemente no fuera suyo –aventuré–. Las posibilidades son remotas, ¿no te parece?

Actuó como si yo no hubiera abierto la boca. Bloqueaba todas las respuestas reticentes.

—Voy a tener que irme. Tenía madre y un hermano. Descubriré quién sigue localizable para que pueda echarle un vistazo a esto.

—Harry. Estás seguro de que…

—¿Crees que tengo alternativa?

Volvió a levantarse, me cogió la bolsa y reunió los expedientes. Casi era capaz de oír el sonido de la adrenalina que fluía por sus venas. Un perro con un hueso. Le había llegado el momento de ponerse en marcha. La posibilidad podía ser remota pero era mejor que no tener una. Lo mantendría activo.

Yo también me incorporé y lo seguí hacia la excavación. Le dijo a Kohl que debía ir a estudiar el brazalete y que lo llamara si hallaban algo más en el agujero.

Nos dirigimos al aparcamiento de grava. Bosch caminaba a toda prisa, sin detenerse a comprobar si lo acompañaba. Habíamos acudido al lugar en vehículos diferentes.

—¡Eh! —le grité—. ¡Espérame!

Se detuvo en mitad del aparcamiento.

—¿Qué?

—Técnicamente sigo siendo el fiscal asignado a Jessup. Por lo tanto, antes de que salgas disparado, comparte tus impresiones conmigo. ¿Enterró aquí el brazalete pero no a ella? ¿Tiene eso algún sentido?

—Nada tendrá ningún sentido hasta que consiga identificar el brazalete. En el momento en que alguien me diga que piensa que es suyo, procuraremos averiguarlo. Recuerda que cuando Jessup estuvo aquí no pudimos acercarnos a él. Era demasiado arriesgado. Esto significa que no sabemos qué hacía exactamente. Puede que estuviera intentando localizar esto.

—De acuerdo, puedo llegar a imaginármelo.

—Debo irme.

Siguió andando hasta su coche. Estaba aparcado junto a mí Lincoln. Lo llamé.

–Mantenme informado, ¿de acuerdo?

Al alcanzar el vehículo, se volvió hacia mí.

–Sí. Lo haré.

Luego se metió dentro y le oí encender el motor con un rugido. Bosch conducía igual que andaba, saliendo en estampida y arrojando polvo y gravilla a su paso. Un hombre con una misión. Entré en el Lincoln y le seguí hasta la salida del parque y Mulholland Drive arriba. Tras girar por la primera calle, le perdí.

AGRADECIMIENTOS

El autor desea expresar su gratitud a diversas personas por la ayuda prestada en la investigación y escritura de este libro. Entre ellas se cuentan Asya Muchnick, Michael Pietsch, Pamela Marshall, Bill Massey, Jane Davis, Shannon Byrne, Daniel Daly, Roger Mills, Rick Jackson, Tim Marcia, David Lambkin, Dennis Wojciechowski, John Houghton, Judge Judith Champagne, Terrill Lee Lankford, John Lewin, Jay Stein, Philip Spitzer y Linda Connelly.

El autor también se benefició ampliamente de la lectura de *Defending the Damned: Inside a Dark Corner of the Criminal Justice System*, de Kevin Davis.